五杀

江映烛 著

人民日报出版社

昔日的少年梦见自己飘飘悠悠飞向高空啊，

飞了一半，遽然返航……

序 Preface

在笼屉般的世间，一个没有挂锁的抽屉开了。

一个少年的脑袋从中探了出来，他迷惑又假装勇敢地抬起头，用"讥讽瞳"窥视这广袤的天空，那里有一张叫"庸常"的大口，吞噬着世人的尊严、天赋与信仰。

有人告诉少年："讥讽瞳对于别人来说是刺儿，会被剜掉！"这句话就像一个诡秘的神谶，后来，少年的眼睛越来越差，如同幻梦将散，宫阙早塌……

这些年，我的确写过一些故事，或荒唐，或传奇，或梦幻，其中有一部分惨遭锤骗，有一部分尚且沉寂。相比于这些故事，《无杭》于我，又有特殊的意义。

很大程度上，它是我现实生活的一个"镜像"，不同于那些架空的讽喻或代入历史的寓言，《无杭》有实实在在的生活基础。

它容纳了我长久以来所有的难以自洽、别扭的调笑和进退失据的慌张，也容纳了我对文字的野心、对过去的思索。我想记录一些真实的过往，却厌烦强赋"意义"，一来是觉得意义本身没多大意义，二来是有意义的话被人写多了，就像"孟子将见王"里的"孟子"被写多了，"王"也被"见"多了，只剩"将"写的人少，所以金圣叹只好写了四个"吁"在卷面四角，这样还多少有点意思。而能做到"有点意思"，即是书中的"讥讽瞳"反抗设置的一个幽默使命。

说起"讥讽瞳",这是本书的原名,如曹文轩先生所说:"'讥讽瞳'明显是个隐喻的符号"。它贯穿全文,是一双"勘破虚妄"却"跳跃飞扬"的眼睛,荒唐调皮尖酸难制,最贴切最直观但却过于锋利。故基于各种考虑,我将书名改为《无杭》。

"无杭"出自屈原的《九章·惜诵》:"昔余梦登天兮,魂中道而无杭。"原文翻译为:"从前我曾在梦里飞游苍天啊,魂魄行至中途遇河却无渡船。"而我对其引申的释义为:"昔日的少年梦见自己飘飘悠悠飞向高空啊,飞了一半,遽然返航。"

我想,这句话算是对书中"少年幻梦"的一个较为完整的概括,屈大夫梦到自己飞向苍天所要抵达的,是一片政治清明鲜有人间疾苦的净土。而《无杭》中江川絮的梦要小很多,他梦到自己飞向高空所要抵达的,是少年的理想国,这个理想国里正义昭彰、人有天趣,想象力的沃野遍及八荒。

这样的彼岸自有其独特的魅力在,吸引着年轻的朋友心向往之。而通往彼岸的梦途中,有人之初的幻光(对本真的追求),也有不成熟的妄想,一味对其肯定或否定都不妥当。又由于年少的无知无畏,横奔失路、误入迷津的情况在所难免,但也恰因年少的无知无畏,因噎废食,"惩于羹者而吹齑兮"的圆滑与世故迟迟方至。

按照时下的惯例,书名该改为"有杭",得有种"谁谓河广?一苇杭之!"的慨当以慷。然而众所周知,能一苇杭之直通苍茫的方舟并不存在,所有现存的或存在于想望中的理想国,也终难抵达。当然,江川絮虽未抵达,但我希望天下人抵达。同时,少年并未放弃释阶登天的荒唐探索,这怕是本书除"有趣"的主旨之外另一点"仁至义尽"的衷肠……

至于江川絮,他在这一时期的某些释阶登天的反叛,是混沌的、蒙着头闭着眼的,介于自觉与不自觉之间,尚处于认知上的懵懂或半觉醒,对抗外界的同时又与自我激烈冲突。傅雷先生在《约翰·克利斯朵夫》的译者弁言中描述过这种青年人的反叛,他说:"人生中有一个时期应当敢把不公平,敢把跟着别人佩服的敬重的东西——不管真理还是谎言——一概摈弃,敢把没有经过自己认为是真理的东西统统否认。所有的教育,所有的见闻,使一个儿童把大量的谎言与愚蠢,和人生主要的真理混在一起吞饱了,所以他若要成为健全的人,少年时期的第一件责任就得把宿食呕吐干净。"这段话挪用至今日,依旧直抵要害。

至于我个人，尚不太能理解这个世界，如王小波所说"我似乎看到一个无智无性无趣的世界，在智慧、性爱和有趣的混沌中存在"，而我确实想在这些混沌之中挖掘出一些哪怕荒唐的"趣味"来……

所以这里面，有《死亡诗社》的"基汀"老师，有肉眼难辨的世外高人，也有坐吃山崩的"净坛使者"。

有真为不真白马非马，有鹅衔明珠愁来碰人，还有一只伤心的老鼠，怎么也学不会飞翔。

故事的最后，眼看他起朱楼，眼看他宴宾客，眼看他楼塌了。怎么办？是否要奏一曲挽歌呢？不要吧！不要的话怎么办？那只好操起铜琵琶，拿起铁绰板，唱一曲大江东去……

总之，托"讥讽瞳"的福，或者话分两说，全赖讥讽瞳，它像"罗生门"一样，使我徘徊在记忆之渊时脱不出荒诞的循环，这让我在回忆往事时尤不自信，所以下面的故事真真假假，可作笑谈。

翻开最初的那个破笔记本，只见书名下写着三段话，第一段是陈寅恪先生给静安先生的碑文："惟此独立之精神，自由之思想，历千万祀，与天壤而同久，共三光而永光。"

第二段是明末董说先生的《西游补》："救心之心，心外心也。心外有心，正是妄心，如何救得真心？盖行者迷惑情魔，心已妄矣。真心却自明白，救妄心者，正是真心。"

第三段是最初写《无杭》时的小序言："我们的一生中，存在一个个谜，被无形的因果牵引，其中微弱可察的那点引力，是直觉，是颠扑不破的真理。我其实不太能理清其中的脉络……"

不觉笔落。

谨以此书，献给所有讥讽瞳尚未磨灭的人……

COSMOS

无杭·目录

锲　　　子	诡妙的神谶……………………………	001
第 一 章	八万里风鹏正举……………………	003
第 二 章	高地佛语抑春心……………………	012
第 三 章	群策群力的救人狂欢………………	018
第 四 章	人生而自由，却缚枷锁中…………	028
第 五 章	父与子的"罅隙"…………………	041
第 六 章	情书出手终身误……………………	051
第 七 章	绿荫照水爱卿柔……………………	060
第 八 章	灰头土脸的老子……………………	070
第 九 章	流放"墨憨斋主人"………………	078
第 十 章	树生于广莫之野……………………	084

第 十 一 章	悖德舞弊牙难活	091
第 十 二 章	此道不及蜀道难	098
第 十 三 章	不朽不朽的故地	103
第 十 四 章	坐吃山崩的"净坛使者"	110
第 十 五 章	雕花的英雄甲胄	115
第 十 六 章	殉道者和卫道士	124
第 十 七 章	"诗手"大赛	129
第 十 八 章	冥冥旧人人不识	141
第 十 九 章	雪庐长话真为不真	149
第 二 十 章	一点烛火照阴阳	154
第二十一章	从天而降的"基汀"	162
第二十二章	一朝丧落,流离失所	167
第二十三章	魂兮归来,哀江南	173
第二十四章	东隅已逝,桑榆未晚	180
第二十五章	船长!我的船长!	186
第二十六章	人心不死,灯芯不灭——大学篇	193
第二十七章	冯翼惟象,何以识之	201

第二十八章	不履迷津，幻梦将散	208
第二十九章	时不当兮，阴阳易位	213
第 三 十 章	孟光接了梁鸿案	221
第三十一章	受难日里风波恶	227
第三十二章	初始的生命之钟	245
第三十三章	见信如晤	256
第三十四章	江海漂漂共旅游	265
第三十五章	讨薪檄文	276
第三十六章	鹅衔明珠，愁来碰人	282
第三十七章	相鼠有皮，人而无仪	292
第三十八章	人言落日是天涯	299
第三十九章	日出之际，会做一个梦	308
第 四 十 章	吾道非邪，不至于此	317
第四十一章	腊去春来又一春	323
第四十二章	暮光之中，万物垂坐	328
尾　　声	春光大好，不必悲伤	336
后　　记	中道而无杭	340

锲子　诡妙的神谶

不知何时起，江川絮发现自己长了一对讥讽瞳，也叫讥讽之眼，简称鸡眼。

起初，他并不知道那是讥讽瞳，还是一个衣衫褴褛的跛足老头告诉他的，为此，他付给老头五块钱。

老头煞有介事地对他说："娃儿，讥讽瞳对于他人来说是刺儿，会被剜掉！"

江川絮流着鼻涕心生恐惧，忍不住摸摸自己的眉目。

他想起商纣时期的大夫杨任，因阻谏鹿台之事，被纣王剜去了双眼。幸好杨任的怨气冲了道德真君的足下之云，神仙放了两粒金丹在他眼眶里。这下，眼眶就长出两只小手，手中长了一双"上看天庭、下观地府、中察人世"的眼睛。

杨任算得上因祸得福，但那长相从此与鬼怪无异，但他呢？江川絮自忖，估计不会有那样遇神仙的好运气，被剜了眼睛的话，只能是样貌可怖的瞎子，长大只好带把二胡，坐在天桥底下拉《二泉映月》……

他将远驰天外的思绪扯了回来，又听老头摇头晃脑地侃。老头捻着脏兮兮的手指，掐掐算算后告诉江川絮一个惊天大秘密，他说："绝大多数生有讥讽瞳的人，最终，灵魂会留在此岸，身体会度往彼岸！"

听他说完，江川絮摸摸胸口的红领巾，才意识到神棍的不可信，深悔不该过早破财。

他高声反驳道:"这样的故事我听多了!我听到的版本是人的身体和灵魂都会度向彼岸,或者灵魂度往彼岸,身体留在此岸,你都说反了!何况我还是坚定的共产主义唯物论者,快还我钱!……"

不料话音未落,老头转身就走,跛足踩得地面呼呼生风,破衣扬在尘里大袖飘飘,颇有种落拓杨过的感觉。

江川絮发足追赶,才确信自己真的受骗,因为老头跛脚走起来比他跑得还快,无奈,他只好大喊:"狡诈骗徒,还我五块钱!"

谁知老头停步转身,怒气勃勃冲他喝了一句,大意为:愚蠢!老朽要回大荒山无稽崖了,小子快回家吃奶吧!腊去春回又见春,腊去春回又见春啊……

彼时音声犹在,人已不见,有霰雪骤降,扶摇视线。

……

那年,川絮还小,尚不明白这世间的匮乏与隐喻。

后来才知道,那五块钱,是给神仙的差旅费。

而他原以为老头是茫茫大士,回家细想,才发现自己记错了,那应该是渺渺真人。

至于那段关于讥讽瞳的胡诌,说来说去,竟像是一个诡妙的神谶……

Chapter.1

第一章·八万里风鹏正举

高人告诉江川絮,他长了一对神奇的讥讽瞳,
但讥讽瞳是刺,会被剜掉,就像幻梦将散,官阙早塌。

1. 讥讽瞳

通常，人们称呼江川絮为"川絮""烟草"或"黄时雨"，但又有诸如林晓童者，认为他是个怪人，所以叫他"怪物"！

说起江川絮的讥讽瞳，江湖中有耳朵的人听了，都要叫一声"了得"！至于是惊讶的了得，还是可笑的了得，都不能掩盖他最初发现它们时的欣喜。

那是在江川絮儿时的幻想破灭殆尽之时，忽然有一天，他的身体莫名其妙再次"发芽"，前尘旧事一并贯穿，就有了这异样的眼瞳。

这眼瞳常不受他的控制，每每在见到各类标准答案和诸多不平之事时，自动发出某种怪异复杂的蓝光，像瞳孔中燃烧起明蓝色的火焰，又像在空气中点燃了硫黄。

众所周知，不受辖制的东西，多被定义为坏东西和怪东西，但江川絮毕竟是个年轻人，年轻到分辨不出什么时候是一腔孤注的义勇，什么时候只是戾气在作祟。所以在他年轻的岁月里，很长一段时间，他都把自己的这对眼瞳称为"小波的猪"，以表达喜爱。

讥讽瞳初生之际，江川絮兴奋得恨不能学文王姬昌刚出羑里时那样，要夸官三日。兴奋期的人头脑大约都是昏的，文王在恍惚中想不起自己的荣爵是痛食子肉后换来的，而江川絮也记不得自己的讥讽瞳是童趣将尽时生成的。

不但记不得，他甚至还自以为有了讥讽瞳，就能反缚命运的手脚，有阵子竟产生一种"天下我有"的诡异错觉，那时小女生见此蓝光，开始惊讶，后来尽被他故弄的玄虚唬住。每当有人问起，江川絮总会落寞地叹息远望，留下一个耐人寻味的背影。

后来他的好朋友祭泉告诉他，某些植物具有蓝光反应。

他问祭泉，这些植物是什么？想来必是些天材地宝！

祭泉摇头说，不不不，主要是藻类、蕨类和真菌。

江川絮听后大失所望，偷偷贿赂祭泉一顿午餐，勒令他不许将这痛心的消息散播出去，他不容自己顾盼神飞的"小波的猪"遭受半点玷污。

后来他发现，讥讽瞳有一大好处，每当有人要按照标准摆布他的大脑，讥讽瞳便会刺痛，提醒他不陷入罗网，这让他有空机智地一愣，继而在识破对方的腹诽中接受改造。

讥讽瞳也有一大坏处，时而让他分不清大伙的脸，统一框架下彼此太像，长相虽千差万别，但妙在思维方式能如出一辙，也算是填鸭式教育的一大苦劳。

当然，这些想法都出自他被年幼偏激的错误脑回路。

……

讥讽瞳出现后不久，一个人诡异地凭空出现在江川絮的视野，这个人神秘怪异又和他气息相近，江川絮始终不知道他的来路，所以对其既排斥又好奇。那人总会冷不丁地在江川絮乏善可陈的生活中露面，随即又消失不见，但他之所以较"过客"特别，是因为江川絮确定，他能一眼望穿自己的讥讽瞳，并在其上火辣辣地抽一鞭子，这加重了他的忧患。

开始江川絮见其"见首不见尾"地神出鬼没，心里叫他"神龙"，后来排斥他的如影随形，于是叫他"影子"。

2.《蒲公英册》

起初的故事里有五人，分别是祭泉、江川絮、永昶、何牧修和林晓童，在所有的故事发生前，注定要费笔墨先聊聊他们。

祭泉从小喜欢画画，长大一点想当个画家。

江川絮从小喜欢魔法，长大想当个魔法家，后来被告知魔法家并非什么正当职业，于是怒而弃之，改变想法要做一个写魔法的作家。

永昶从小向往打铁，长大想当个铁匠，而何牧修爱好天文，长大要当个天文学家。

至于林晓童，女孩的心思猜不着，她的想法变化多端。据分析，她应该是想当孙悟空，而这点隐晦的私欲，被其他几人窥破并死死盯住，因为说到那只猴儿，大家无不觊觎，绝不可能让她"乘虚而入"。

那时，所有的"家"几乎都有一个私密的本子，用来编织时光的幻影。

画家祭泉亦然，这个本子的纸页常常去旧换新，被他用心珍存，耳鬓厮磨出幻想的残温。其他课本练习册都有卷角，唯独这个本子没有，他用当时能想到的最好的字句为其命名，叫作《蒲公英册》。

《蒲公英册》中不光有蒲公英的种子散在这花花世界的各个角落，更有什么云头企鹅、火海黄鸭等诸多不属于这个世界的东西。

那一笔一画后来想起来，都像破裂的光景。他在扉页中画上他们五个，每个人都咧嘴憨笑着，脚下踩着一朵朵不同颜色的蒲公英，飞在岁月里……

3. 祭泉

祭泉生性柔懦，常年来深受各方暴力，以"言人所言，行人所行"为其宗旨，以被动修炼"金钟罩、铁布衫"为其日常。

他的父母苦心孤诣，不但要造人，而且要塑魂，造人容易，塑魂可就难了。其母多少是个文化人，带领其父效法女娲，时时刻刻将儿子的大脑扯出来像泥一样捏，以便塑其思想，成其正果，捏来捏去，捏得祭泉唯唯诺诺、鬼鬼祟祟、畏畏缩缩。

但出人意料的是，他们五人中，蔫头巴脑的祭泉最先按捺不住悸动的春心，萌发了对异性强烈的爱慕。这一行为，如同蝴蝶的第一次振翅，牵一发而动全身，引发了日后林林总总的故事。

祭泉的祭字在姓氏中读作 zhài，听说他的祖先是周公姬旦的第五个儿子。

《东周列国志》里，郑庄公手下有一位深受宠信的大夫叫祭足，字仲，曾屡屡在"克段于鄢"的故事中发挥狗头军师的作用。

可笑的是，祭泉自己都不清楚自己姓氏的正确读法。

当江川絮读书时偶然知晓此事，直笑得嘴角和眼角垂直，开始在私下里叫他"债券"，似乎将祭泉攥他的把柄攥了回来。

"债券"这个外号生成之后，牧修等人都觉得恰如其分，因为这是个经济学名词。打小，债券就被家人引向经济和财富的康庄大道，其母在养胎时就经常盘旋于各种大师门前，让腹中的债券早晚聆听成功学的福音，买个书包都要在上面贴个"远途"的字样。他的远途实则成形于娘胎之中，待他落地之际，他父亲就将儿子的志向公之于众，这大志便是做一名金融财会人员，继而成为 CEO，变身企业家，赚得钵满盆满，让全家人能够"金"盆洗手……

但多数人认为他并不能上远途，甚至近途都费劲儿，一来是祭泉晕车晕得实在厉害，二来是他的考试考得着实差劲，只对得起他外号中的"债"字。

为了扭转这种颓势，他的父母像两尊怒面的门神，每次出现都竖眉瞠目，或提打狗棒，或持打神鞭。最令人惊讶的是，他爸妈不但面目凶煞，还修出了神眼。

初中时每当债券和大伙在一起玩耍，总要眼观六路、耳听八方，以防其父母突然从某个草丛里裹着迷彩服出现。

他父母坚信，财会财会，只有在不见天日的地方拨算盘解方程，才会比人快。但凡见了野性的天光，沉潜之心必破！

同理，画画是要在心里开一扇天窗，让野性的光芒照进来，也是毁灭未来的荒唐之举，也被列入该禁的条目。

在这种主导思想的照耀下，语言和行动的暴力自然少不了。

那时，和梦想当"铁人"的永昶比起来，大伙一致认为只有债券能荣获"铁人"称号，时常建议他俩的梦想对调。因为他们常年以为铁人三项是逃跑、挨打和痊愈这三项技能，这三项债券在其父母的监督下远超同侪，足以屹立在"挨打界"的巅峰睥睨群雄，因此，永昶送他个光荣的美誉叫"当世颜杲卿，再生李若水"。

其实，债券倒是深深羡慕大将吴懿，总想在被抓现行的时候理直气壮地来一句："既已被擒，如何不降？！"但无奈他父母都不是刘皇叔，没有仁义爱才的心。

……

大伙原以为债券已在潜移默化中成就了金刚不坏之身，直到牙被敲掉，大伙才知道，铁布衫的路还很漫长，而照此情形发展下去，能预见到他的未来可能要以喝粥为生。

4. 永昶

永昶（chǎng）是江川絮铁打的好朋友，而他从小总幻想自己是个打铁人。

那时，他以为"铁人"王进喜就是打铁的，所以受到世人景仰，才将他游泳的大照片贴在童年的课本上，而他也想受此景仰。

长大后每当江川絮提到这段逸事，永昶总狡辩说是他记忆有误。他当时是要做冯默风那样的铁匠，专业打铁三十年，当世人都以为老冯仅仅是一名铁匠时，老冯微微一笑，说了一句"倘若人人不肯为国出力，谁来抵抗异族入侵！"说罢，即将铁锤、钳子、风箱等缚作一捆负在背上，从戎赴国难。

当时他俩还小，读这一段文字，读得泪水在眼眶打转，忍不住热血沸腾仰天大呼，说这才是为国为民的侠之大者，这才是拍袖肃宇的血性儿郎……

当然，和债券一样，永昶的打铁梦想也早早宣告破灭。因为他应付不来考试，就像1900应付不来陆地这个大键盘。（注：1900是托纳多雷的电影《海上钢琴师》中的男主角，生于船，葬于船，终其一生在船上弹钢琴，没踏上过陆地一步。）

江川絮据此分析他不善考试酿出的一系列苦果：不善考试，就不能上好高中；不能上好高中，就不能上好大学；不能上好大学，就不能有好的文凭；不能有好文凭，就不会有好工作……

如今四海承平，没有需要远赴的国难，你打铁做不了冯默风。而你没有文凭，这时代又不是礼贤隐士的魏晋，你打铁同样也做不了嵇康。倒是可以作一首《幽愤诗》试试，但最大的可能是，没能成为志节高雅的好儿郎，倒会成为世人眼中的真怨妇！

那天，江川絮费了整整三个小时的时间，鼓动三寸不烂之舌，说得舌根都快脱离了口腔，才打消了永昶的梦想。

永昶比他大两岁，却是其发小，二人因为一部《说岳全传》相识，因为一部《三国演义》结交。那时他们为围抢一部江父带来的1981年内蒙古人民出版社出版的绣像版《三国演义》，废寝忘食地战斗，搞得整栋单面楼鸡飞狗跳。

江川絮初以为永昶家里书荒，还屡动恻隐之心，直到亲眼见到了他家"内堂"的书架，才知其父的本职工作是书贼，穷年累月以盗书为己任，在校当图书馆管理员期间，陆陆续续几乎搬空了整个图书馆的古籍，以新书补缺。只一部《红楼梦》就盗来六个版本，而那几面书架的功用，几乎和恭王府内的夹墙差不多。

此事常令江川絮耿耿于怀，暗骂永昶之父心狠手黑，不给他爸爸也留一些。

这么偷书的人，自然嗜书，嗜书之余，对自己儿子的起名自然讲究。永昶名字中的"昶"字有日头长久、通达流畅的意思，《文选·音乐下》中就有："初涉《渌水》，中奏清徵。雅昶唐尧，终咏《微子》。"又有《七略·雅畅第十七》中说："达则兼善天下，无不通畅，故谓之畅。昶与畅同。"

当初其父起这个名字，是希望他和太阳一样永远高悬通达，然而，事与愿违。永昶除了喜欢咏唱古文外，其余都很庸常。

小时候江川絮喜欢叫他永永日，后来经过旷日持久的大战，终于妥协，改称他为"咏唱"。而这个外号，比照他的性格举止，也极为贴切。

5. 江川絮

最初的梦想残破的，除了永昶和祭泉，还有江川絮自己。

说起小江同志，除了那讥讽瞳，千头万绪不知从何谈起。

他压根儿不像永昶和祭泉，他打小善于应付考试，一直是家族中其他孩子的榜样。他精准地丈量着走路的步伐，口吐珠玑给亲戚家孩子讲述学习的经验。

但私底下，他又管不住自己的讥讽瞳，那一道道蓝光总是在不经意间闪过，劈裂自己编织的谎言。

本来江川絮以为他的成绩优于好友二人，梦想该可以实现。但没想到，他的梦想败得尤惨，因为他的梦想建立于幻想之上，实在抵不过大人们三番五次戳穿那些所谓假象，一次两次他尚能理直气壮地捍卫什么霍格沃兹，什么中土世界，但时间久了，自己也觉得尴尬。

这种脱不出幻想王国又禁锢在无聊现实中的窘境对于当时稚气未脱的江川絮来说实在难熬，他时常一面拿根破棍等待某天来个海格一样的巨人告诉自己，其实魔法世界等你很久了！一面却又背诵着马克思主义唯物辩证法是最科学的世界观和方法论。听智慧的长者说，只有物质决定意识，而意识和幻想只是人脑的分泌物。

而他实难将纳尼亚的狮子和什么多巴胺联系在一起，所以如此反复后，深陷矛盾的泥淖中不能自拔。

幻想破灭得差不离，他却未能有什么捍卫自己的大动作，直到他有了讥讽瞳。

有了讥讽瞳后，他决定做一个会反抗的人，首先他立志要为世间的不平而鸣。于是施展讥讽瞳，开始放眼望红尘中不平之事，不望则已，望了半日，嗓子哑了，大公鸡都赋闲了。

到傍晚时，扁桃体已肿成蟠桃，林晓童和何牧修忙拦住他，说川絮你别再鸣了，祖逖起舞要累死了。更要命的是，毗蓝婆婆都急了，还以为儿子昴日星官在找她！

江川絮当时嘶哑着说不出话的破锣嗓子上蹿下跳，青筋暴起义愤填膺，得亏林晓童眼力好，忙取来纸笔，只见他握笔唰唰唰写下几个草书大字。何牧修细细分辨，发现写的是："岂有此理，岂有此理……"

林晓童眼看笔头都快被压折了，忙劝说："重复的字你就用省略号代替吧。"

江川絮横她一眼，写道："岂有此理……这世间不平，竟一至于斯……"

6. 林晓童

至于林晓童，她是五人中唯一一个女生，这使得他们的共存有了稳固的合理性，就像一个正五边形。因为她本身具有醋缸的属性，再多女生进来，可能会乱起萧墙。

总的来说，除去小女生的一面，晓童是个神奇的人。她总能在莫名其妙的时机干出一些出人意料的事。大伙对她最多的反应是目瞪口呆和仰天喟叹，对她最多的形容词是"莫名其妙"。

她会冷不丁唱出一些想让人掩面奔走的歌，歌词无一记全，记不全的歌词由她顺口改编，唱出来时身边人无不傻眼。

比如那首《小芳》。

有一次几人走在路上安慰永昶，他因考试之事抑郁满怀，悲愤不能自解。

忽然晓童开腔唱起《小芳》：村里有个姑娘叫小芳，长得美丽又漂亮，一双黑黑的大眼眶，辫子晃三晃……

骤然间江川絮眼前出现这样一幅画面：一位叫小芳的有志女子，以村姑之身投身革命，为革命事业连日熬夜到眼眶发黑仍不肯休息。她有一条碗口粗的辫子，晃起来像九节鞭，又像打败过恶霸地痞玻璃花的老实人傻二，辫子三晃，侵略者被歼灭无数。

听完之后大家面面相觑，一时无言。

永昶乍以为自己失聪，恨不能吞粪自尽。

江川絮及时止住，只见永昶边用一根烧火棍粗的树枝捣耳朵，边问他，是不是我疯了？

江川絮说不是。

后来永昶再三确认晓童在那个时机发声不是要给他已受创的心灵一记猛击，川絮不置可否……

晓童有一套自己的完整语言体系，这套语言体系中的所有东西都有代号，知道学名的事物就用简称，不知道学名的事物就用杜撰的别称，比如《小羊肖恩》的动画中，那些羊分别被她叫作：肖恩羊、方头羊、书包羊、胖达羊……

又比如她很懒，经常盘在一处，江川絮形容她是懒蛇，她就开始辩解，说自己不是懒蛇，而是一只斑斓蜗，江川絮诧异地问她啥是斑斓蜗？她说斑斓就是美丽，而一直觉得自己是一只美丽的蜗牛，简称斑斓蜗。

晓童考虑问题的点也非常奇怪，经常会想诸如此类的问题：一只变色龙，它的两只眼睛可以独立转动，要是左眼看到左边天空中的苍蝇，右眼看到右边天空中的苍蝇，左右脑同时想吃而又独立运行，舌头伸出来的时候会不会劈叉？

她的各类神奇言论和举止，不一而足。

……

相比于其他四位"牛鬼蛇神"，何牧修正常许多。

他打小练习书法，以启功先生为偶像，常要律己修身，却又耐不住自身对周边事情的好奇，说起八卦趣闻来头头是道。

他父亲是中医，很有学养，而他从小的梦想是当个天文学家，这个梦想后来是被他自己推翻的，并未受到太多规正与干预，可以算得上一件幸事。

那时的他们意气风发，被永昶形容为"九万里风鹏正举"，但因为有人"未老身先退"，所以舍了"一万里"，剩八万里。

起初，大家披着战袍，站在黑漆的破船上大笑大叫，要高蹈远游，要亡走天涯……

Chapter.2

第二章 · 高地佛语抑春心

当时，他们站在一个没有人欲的道德高地夸夸其谈，
竖起大惊小怪的贞洁壁垒自我感动，
自以为高屋建瓴，自以为挣破了红尘……

7."风化的山墙"头一遭

故事从《蒲公英册》中的一幅画开始,画中立着一堵墙,墙下站着两个相对而立的大头娃娃,一男一女,男孩是"债券",女孩不认识,但衣襟上标着一个"柔"字。

墙上是一句海子的诗:"把我们的故事刻在被风化的山墙上,路人看到的时候都哭了。"

仅凭着这一幅画,一句话,林晓童推测出债券的春心荡漾,起初江川絮不信,恨不能割袍断义以示与她这等八卦女子势不两立。

可没过多久,她的预言成真了,江川絮啧啧称奇,暗地里称她为"福尔摩童"。

那是在学校组织的一次秋游后,债券暗暗喜欢上同级中一位娇俏可爱的女生,那女生因为跳舞时身娇体柔且不落学业而驰名。

而她的外号就叫柔儿,这让江川絮忍不住想到公孙止,但以债券当时的屌相,连迎娶裘千尺都是奢谈。

后经打听,柔儿大名叫尹卿柔,名字虽然柔,人却高冷,她总是婷婷袅袅地穿过楼道,留下一阵馨香的阴风。

债券每次被这股阴风吹到,都会面部僵硬,呼吸紧张。

但当时的江川絮对于异性尚处于懵懂阶段,且秉持着中国高中生纯洁阵地不容侵犯的"正义",因此丝毫无感,笑话起债券的哆嗦劲来就更加不留情面。

起初大伙只觉得有趣,说这是——"半天云里长满草,破天荒的头一遭",除了骂骂债券,并没有太在意。

而受了几位的嘲笑,债券不但没有痛改前非,见到柔儿后反而更加手足无措,有时甚至会同手同脚。

江川絮和林晓童深为其担忧,林晓童经常拍着他的肩膀说,大兄弟,别这样,你的行为不符合《中学生行为守则》，而且你这样引起女孩的注意，人家首先会以为你智力有问题，其次会以为你身体不协调。

听了林晓童的建议，债券并未幡然悔悟，而是猛练肢体协调能力，同时师从李伯苗练习劈砖。由于他挨打的底子好，加上用功刻苦，一周时间内就成果斐然，江川絮和林晓童跷起拇指夸他功夫不负有心人！

8. 飞鹰走狗李伯苗

要问李伯苗是何许人？可有一番说法，此人的名是大将邓芝的字，但性情却和曹操小时候很像，叫作"少好飞鹰走狗，游荡无度"。喜好劈砖，爱听摇滚，思想激进，痛恶应试，常被看作青年中的败类、学生中的毒瘤。

他和何牧修之间还有一段剪不断理还乱的恩怨。小时候玩弹珠，李伯苗手法传神，恰似桃花岛主，何牧修虽然常年握笔，但充其量只算个朱子柳，这一来二去哪能抵挡，一中午时间被赢了个底儿掉，当最后一颗镇山之弹被赢走后，何牧修流下屈辱的泪。

待李伯苗大笑着弯腰捡拾弹珠之际，悲愤的何牧修抄起一个土块朝他头顶扔去，万没料到这卑鄙土块隐藏了自己的实力，乃是一个裹着石子内核的土块，撞到李伯苗脑袋的一瞬间"图穷匕首见"，石子从中迸出来打得他头破血流。李伯苗低头捡弹珠时的笑脸抬头时已成哭脸，吓得何牧修魂飞魄散。

这次事件让何牧修坚定了一个信念，做一个斯文败类，也比当一个悍匪强。

那时的李伯苗，有些土皇帝的倾向，何牧修两股战战愣在当地，心想当年卷帘大将仅仅打碎一只琉璃盏，都被贬下凡间沉了流沙河，我打破这厮的头，不知会被如何处置？但谁知李伯苗颇有种梁山好汉的精神，包扎了脑袋后，不仅没追究牧修的责任，还说什么不打不相识。这一石子下去，反而促成了他俩的友谊。直到高中，李伯苗转学到同一个学校，见到何牧修，由牧修搭桥，大家才彼此认识。

由于比同龄人更长时间地暴露在野性的日光下，所以李伯苗皮肤黝黑，被江川絮等人戏称为黑夜的亲戚。

他做事情持之以恒，幼年劈砖，少年也劈砖，常戴着耳机听着重金属音乐劈砖练肌肉，算得上是债券的师父。初为人师的人一般没听过"人之患在好为人师"这句话，所以除了劈砖，他还教了债券一些其他领域的知识。

再见到尹卿柔时，是在广播体操时间的操场上，大家正懒懒散散朝着班级所在区域进发，顶着困倦的双眼摸索前路。

忽然江川絮的余光捕捉到，他身旁的债券眼中闪过一道夺目的光，他惊讶地以为债券也练成了他自认为举世无双的讥讽瞳。

随后江川絮见到不远处施施然飘来的尹卿柔，心中的大石落了下来。

就在这电光火石的一瞬间，身边的债券忽然大喝一声，猛地发力将江川絮放倒在地。

江川絮在毫无防备的情况下仰面摔倒，摔倒的刹那天旋地转，尚未看清这倒转的世界，手腕已在下意识中杵地，倒悬的眼中最后一幕，是尹卿柔惊诧的目光。

9. 早恋坟头蒿草高

江川絮仓促遇袭的事情发生后，大伙变得警觉，这件事说明，债券对尹卿柔的倾慕，已经超脱了幻想层面，开始了实际行动。

作为被无辜殃及的池鱼，江川絮异常恼火，他的左手蹭破一大块皮，过了一周才痊愈。

债券也意识到自己的莽撞，觍着脸拍着江川絮的背求原谅，说为了兄弟的感情，你委屈一下吧！

江川絮看着他可怜巴巴的样子，皱眉道："其实牺牲小我也没什么，但你吸引女孩的手段，也太儿戏了吧。关键在于，大哥你都高中了，人无远虑，必有近忧啊！冰清玉洁的中华儿女怎么能在成年之前就谈恋爱呢？你没听老师们说吗，早恋是沼泽，早恋是坟墓，早恋的坟头蒿草高！你一只脚已经踏入了死亡，我不能看着你把另一只脚也跨进去！最重要的是，万一你哪天被'FBI的激光灯'照到，把你的丑事捅出去，说债券最近不安分守己，企图勾搭女生。那后果你能想象到吗？大哥，到时候你爸爸精心打造的武器就有地方试手了！"

听江川絮摆明"血淋淋"的后果，债券的目光一片黯淡，江川絮虽然看着也难过，但却是为了他好，只能拍拍他的肩说，"节哀"！

关于"FBI的激光灯"，其中还有两段典故。

"FBI"是江川絮对班级卫道士的尊称，因为他们总能精准地发现班级浪潮中的逆流，慧眼如炬堪比FBI特工，所以大伙私底下给他们取了这样的雅号。他们热衷于协助维系教育环境的稳定，杜绝黄赌毒。

至于"激光灯",是他们小时候玩的一种游戏。那还是在尿尿和泥的童年岁月,江川絮的家在联排的平房,每天傍晚,14寸的小彩电里轮播着《宰相刘罗锅》《雍正王朝》的电视剧和周星驰、李连杰的电影,时间老旧幸福,空气中满溢着阳光的味道。几个巷子的小朋友像脱缰的野马飞聚在一起,玩一种名叫"电报"的捉迷藏游戏,这游戏脱胎于捉迷藏,可却比捉迷藏高级一些。

藏的人可以随时在圈定的大游戏范围内移动,搜寻者踩着一块石头闭着眼睛给隐藏者五十秒时间,他脚下踩的石头,叫"雷"。五十秒后,搜寻者开始行动,要在规定时间内寻找到所有隐藏者,否则就算输。

而隐藏者还有一种方法赢得比赛,他们可以暗度陈仓,绕到搜寻者起初踩的那块石头前,踩着石头大喊三声"踩雷咯"!

由于这个游戏对搜寻者要求较苛刻,除被赋予"英雄"的称号外,还配备一款超级武器,那就是激光灯,凡被激光灯照到的隐藏者,即被"拘禁"……

10. 春风又吹太史公

自从听了江川絮的一番教诲,债券安稳许多,劈砖的活动也随之减少。

恰在此时,教育界胡专家撰写的一篇关于"早恋危害"的文章进入大家的视野,称早恋会破坏青少年群体的"贞洁堡垒",简直是事关学子颜面的一大禁忌。江川絮和林晓童等人一看早恋竟然如此不堪,纷纷恍然大悟,摩拳擦掌要彻底帮债券脱离欲海。

胡专家文章中提到的"贞洁堡垒"一词,是林晓童认为借以游说债券的核心文眼,新颖脱俗,鞭辟入里。旋即上网一查,查到一部墨西哥导演由真人真事改编的同名电影。讲的是一个叫加比奥的偏执狂,为了防止家人受到这"肮脏世界"的污染,十八年来从不让自己的妻子和儿女走出位于市中心的家门(贞洁堡垒)一步,甚至三个孩子都被他改名为"将来""乌托邦"和"意志"……可谓将"包办"这一概念登峰造极的典型代表。

看了个大概后,江川絮和林晓童面面相觑,江川絮问:"咋办?要不把电影发给债券爸爸?直接从源头上解决问题?"

林晓童瞪大眼睛,沉吟道:"还是……再给个机会吧!"

"债券十八年后出来,说不定是一条好汉!比阿Q还快两年,不想想?"

"毕竟也是咱的朋友!"

"柔一点吗？"

"柔一点吧！"

"为啥？"

"我是想着……杀人可以，但别诛心吧！"

说起这"恍然大悟"，乃是当今莘莘学子练就的一大本领。高中生作为恍然大悟的一大重要组成团体，每个人都悟性奇高，大悟、彻悟、了悟、明悟乃至幡然悔悟，都能做到信手拈来，眨眼工夫，即可悟往日之未悟，且悟的频率要视作文布置的周期而定。

这种悟性并非一蹴而就，而是经过长年累月的范文阅读才形成的一种大能力。

大伙作为悟字辈一员，皆为宿将，为亲人洗个脚能悟出世间的孝子真情，扶老奶奶过个马路能悟出红尘中的人心善美，甚至走个路都能悟出祖国的康庄之衢。

有些人悟得标新立异，有些人悟得就缺乏创意，但大多数人悟得大同小异，比如司马迁在同一人笔下大概能遭受三十次宫刑，而且同样的情节能让写作者次次大悟。

这就令人尴尬了，禁不住要问一句：你以为那是野草吗？春风吹又生！

这种大悟常伴着"我有所悟你也该有所悟"的语调，缀着歌颂与赞扬的咏叹调出现，以达到"光焰万丈长"的效果。每当出现时，悟者都像哥伦布发现新大陆一样惊奇，以为自己空活了十数载，恨不能再次投胎为人。

江川絮和林晓童就觉得自己空活十数载，才明白早恋会有遗羞终身的后果，深深觉得对债券的劝告不该浅尝辄止，加之考虑到债券的父亲像周厉王，有闻谣轻杀的癖好，更热心于助他悬崖勒马。

他们决定，如果这厮再执迷不悟、"怙恶不悛"，他们不会再为虎作伥、助纣为虐，相反，只好大义灭亲、惩恶扬善，以确保高中生族群的"贞洁堡垒"不倒。

恍然大悟后，江川絮每天带着林晓童去给债券灌输"不净观"，要彻底净化他可能堕落的心灵。江川絮对他说："呀呀呀，你看着美女很美，其实她们毛孔有垢。你看着帅哥挺帅，其实他们也有脚臭！"说完被债券劈砖的手掐住脖子摇晃，但他锲而不舍，叨空就讲人相皮囊的故事。

当时，他们站在一个没有人欲的高地夸夸其谈，竖起大惊小怪的贞洁壁垒自我感动，自以为高屋建瓴，自以为挣破了红尘……

Chapter.3
第三章·群策群力的救人狂欢

江川絮梦见在一个遥风忽起的明月夜,
他躲在一棵大树后,仰头看一幕狂乱的景象。
他的讥讽瞳见到一只怪兽的大口,从夜空的云层中探下来,
吞噬着所有人的天赋与尊严,
这张大口,像是"庸常"。

11. "马贡多镇"的遥风

江川絮第一次看到"影子",是在一个草长莺飞的时节。

"影子"和江川絮一般高,穿着一身干净清爽的衣服,规规矩矩地站在微醺的暮光下。天微微擦黑,"影子"的面目熟悉又陌生,在那个瞬间,江川絮的周遭万籁俱寂。

他感觉到自己的心脏强有力地跳动,像是鼓槌;他感觉到讥讽瞳在拼命地发光,像在挣扎;他感觉到无声的风,这风来自"马贡多镇",从遥远的、遥远的地方,吹来一股孤独与困惑的味道。

他望着这个素昧平生的人,随着渐移渐散的日光,沉入夜幕里,随即消失不见。江川絮始终一动未动,"影子"消失的瞬间,他的耳畔又响起宴歌之声。

那个夜晚,江川絮做了个梦,他梦见在一个遥风忽起的明月夜,他躲在一棵大树后,仰头看一幕狂乱的景象。他的讥讽瞳见到一只怪兽的大口,从夜空的云层中探下来,吞噬着所有人的天赋与尊严,这张大口,像是"庸常"。

那些在夜里或醒或睡的人们,都嗅不出半点危险的迹象。

但还是有逃逸者,那是些梦中的精魂。他们在努力地反抗,其中有一些不够机敏,巨大的岩石从云山上滚落,顷刻间将他们埋在底下。于是,一座座山就这样落成了,其上草木茂盛,鸟语花香。忽然有人叫他,江川絮回头看,白天遇到的"影子"在向他招手,"影子"的身后有个树洞,似乎可以用来躲藏,他想过去,却莫名其妙地犹豫。

就这么转眼工夫,孤独这个词,如一杆长枪,将剩下的人钉死在盛世的浪梢上,彼时,江淹绝眦,顾野苍茫……

12. 共饮长江水

江川絮以为自己是点醒浪子的山野高僧，觉得自己禅境大增。却不料，受了他的点拨后，债券像是受了长途汽车的颠簸。

素来晕车的债券被江川絮越点拨越萎靡，每日面色蜡黄，目光呆滞，像丢了魂一样。

江川絮不敢再说禅语，怕他大彻大悟，撂下学业去出家。

后几天，他万般转移债券的注意力，可债券如老僧入定，视而不见，他的脖子上多了几条抓痕，不用猜也知这几日他在家中不太好过。

何牧修不知前情，有天私下里跟江川絮说，债券的这种表现，很像产后忧郁症！

江川絮怒道，你别瞎想！你是受了什么启发才有此一说？

何牧修从裤兜拿出一个小本，上面是他抄写的笔记："我瞧了几天我老爹的病例，刚巧有个女的就是这病，悲观绝望，情绪暴躁，整日唉声叹气，就像丢了魂一样。我观察债券好久了，他必然不会是产后，那就是产前！"

江川絮拍拍何牧修的手，大致诉说了自己拿佛经度化债券的经过。何牧修建议，要不去找永昶商量一下，看看怎么能把债券拉出沼泽，也算一件功德。

江川絮摆手说，不用了吧，永昶情商是负数。

何牧修坚持说，济世救人，无关情商！

于是，二人找到永昶合计此事。

江川絮大致讲了事情的始末，永昶沉吟半晌，起个腔背起一首《卜算子》："我住长江头，君住长江尾。日日思君不见君，共饮长江水。此水几时休，此恨何日已，只愿君心似我心，定不负相思意。"

何牧修听他背完，云山雾罩不知他话中玄机，忍不住鼓起掌来，赞道："好词啊好词！"

江川絮却笑了起来。

13. 钱乃身外物，不可多得也

江川絮笑是因为他知道永昶这话里根本没什么玄机，他了解永昶就像隔壁王婶了解麻将，是摸透了的关系。

他俩共历过一段值得记忆的幼年岁月。

那时江川絮家从一个山清水秀的小镇搬到一个煤烟横飞的大镇，在那里上了一年学。逐着师资与教育的步伐，就像向日葵追逐太阳。不过这只是一小部分搬家的原因，大的原因就不足为外人道了。

当时江川絮和永昶住在同一单面楼上，刚刚认识，他就察觉到永昶的古怪和异常。永昶那时走家串户，从来都是"破门而入"，搞得整栋楼的女眷对其深恶痛绝。

第一次来江川絮家也是这样，破门而入后，永昶顺手抽出书架上的一本《说岳全传》，四平八稳地坐在沙发上读起来，这让江川絮一度怀疑——"率土之滨，莫非王臣"——而他自己则是寄居在永昶领土中的子民。

仔细打量之后，江川絮依稀觉得，这位小哥，仿佛在哪里见过。思来想去，原来是在一部叫《天眼小神童》的动画片中，有一个叫博文的小男孩，是个戴着深度眼镜的书呆子。

当然，永昶要比那小子英俊一些。

相处一月江川絮才发现，"书呆子"是对永昶的严重误判，他的确是书呆子，但绝非传统意义上的书呆子。他的课业可谓一塌糊涂，却极为嗜书，什么《洛神赋》《谏逐客书》信口而来。

他的身上透着书生的气息，却又有一些奇特的腹黑，让人想到介之推、金圣叹和神经病者，大致是这个时代稀有的、远见于古书中某个时代的某种莫名其妙的特质。

对于当时人生地不熟的江川絮来说，遇到永昶的意义，恰如王英遇到了宋江，有种被"及时雨"淋了一番的快感。

但在真正成为挚友之前，他俩并非惺惺相惜，相反，江川絮视永昶为匹夫仇寇，永昶视江川絮为悍匪反贼。这种互相的敌视缘于某种古怪的对演义小说的热衷，两人都读演义小说，但都觉得对方比自己还差一些，总叫嚣着"不服来战！"果然彼此不服。

于是他俩常常约战，每回以单面楼的长走廊为紫禁之巅，叫上同楼的女孩罗娜娜和永昶的表妹杨檬做裁判。

那时，两人对冷兵器的观念也不合，江川絮认定，枪是百兵之王，而永昶确信，剑乃百兵之祖。所以江川絮总是手持一柄拖把，永昶常拿一把扫帚。

二人对视良久，终有一方按捺不住，发一声喊："呔，贼将通名！"接着按流程彼此冷笑，笑罢，江川絮嘴里高叫："吾乃常山赵子龙也！奉先小儿，吃我一枪！"

永昶不甘示弱，冷声回应："匹夫眼拙，吾乃汤阴岳鹏举！湛卢宝剑斩你狗头。"

喊罢便战作一团，江川絮拿拖把拖永昶的头，永昶拿扫帚扫江川絮的腿，两个女生头系丝巾擂鼓助威——一个上书"梁红玉"，一个上书"梁黑玉"……

至于永昶的情商，更是造物者的一大疏漏。有次他的父母中午去吃工作餐，给永昶扔下五块钱让他自行觅食。

放学后，被班里女同学知道了，跟在他屁股后头逗他，死活让他雨露均沾地请客。

江川絮也吊在她们身后帮忙起哄，后来永昶被惹烦了，从兜中掏出那五块，潇洒地扬手一挥。长吟一句："钱乃身外之物，不可多得也！"

看着那飘然远去的纸币，所有人愣在当地，随后笑得几乎撒手人寰。那天中午，江川絮和他一起在家炸了土豆片吃，聊起"义结金兰"这个词。

让这样一个人，给一个因为青春爱情落入低谷的人出谋划策，当真考虑得率性又天真。

14. 情圣的幻光

果然，永昶除了咏唱外，并未发挥什么实质性的作用。经过数小时探讨，三人成功将一场"帮助沦陷人口重见光明会"变成一场"诗词歌赋讨论会"。

会后，热心又无奈的江川絮决定向远在他乡的好友柳七求助。毕竟那时他们三个都还太憨，江川絮和何牧修长期受到恋爱丧德论的熏染，恨不能与异性之间划出鸿沟来，以示清白。永昶则可以完全忽略，从小到大他对异性的兴趣，低得让人误以为他没有生物本能，大家常常赞叹，如果柳下惠穿越回来，一眼就能认出永昶才是他的嫡系后人。而这柳七，则会让"柳下惠"嗤一鼻子。

柳七与这些人完全不同，他常以"情圣"自居。他大约是江川絮人生中结交的第一个日常违反《中学生行为守则》且不以为意的朋友。他原本叫柳悯农，因为喜欢柳永，不喜欢宴乐刘禹锡的悯农诗人李绅，所以私底下以"柳七"自居。

两人是在初中时王八绿豆对上了眼，勾肩搭背无比"中二"地做了几年朋友，每次同时大笑着穿过校园的时候，自觉呼吸中都带着风雷。那时，柳七在上课时给江川絮讲了自己喜欢柳永的原因，江川絮举手说："报告老师，柳悯农上课耍流氓！"

　　柳七的浪荡不羁，除了先天的禀赋和自身的努力外，也与其见闻有着千丝万缕的联系。他是江川絮认识的人中为数不多家庭条件好至每个假期都能出国旅游的人。据他所述，其足迹遍布亚细亚与欧罗巴，也许是受多了洋风的吹拂，思维方式自然比其他人要奇特一些，这种奇特，集中体现在不符合本国"中小学生行为守则"的领域。自古以来异化的产物，多会受到本地土著的鄙视，这一点从全村人对待何塞·阿尔卡蒂奥·布恩迪亚态度就能看出。

　　江川絮与之交好的另一个原因，是借助讥讽瞳，他能从柳七三分真七分假的夸张语态中辨析出那三分真的情节，这也足令他欣喜。他清晰地记得在某个未午休的正午，柳七站在他家沙发上肢体夸张地为江川絮描述他在国外的见闻。

　　他说在一个叫白露里治奥的地方，有宫崎骏动画里的天空之城，它就悬浮在台伯河谷之上，唯有一条很长很长亘如长虹的桥与之相通。说着拿出一个翻盖手机，找出一张他在"天空之城"的照片。

　　那时的手机像素还不高，且无广角，阴天中那座孤城下的事物看不清楚，桥下的事物也看不清楚，所以在记忆中，江川絮莫名地坚信这座桥的形态即是《阿房宫赋》里"长桥卧波，未云何龙"的长桥，而桥下是悬空的长河。

　　那段日子，遍观世间奇观的热望如血液循环在江川絮周身的每一个角落，他的梦境将他引至前所未见的国度，那里充斥着手风琴、望远镜、雕塑、城堡和依靠在老墙前扬手喂鸽子的老人。运气好的时候，江川絮会飞抵悬浮在云上的崖岸。

　　他在无数个长短不一的夜里，抱膝坐在崖岸上，迷惑、紧张、思睡。一万根蜡烛漂浮在周遭，从身后天空之城的长桥源源而来，万籁无声，他君临了沉默之乡，该到的尚未登场，他总在等朝霞。

　　柳七接通电话，听江川絮起个话头，就长叹一声道："姑娘啊，姑娘！"

　　江川絮一听话音就知有戏，忙请教对策。

　　谁知柳七先要自夸三句，说什么如果要是在金庸的小说中，他必定是那扫地神僧，韦小宝八成都得拜他几拜。

　　这三句自夸听得江川絮勃然大怒，责备他注意措辞。江川絮呵斥他说："首先，扫地僧是《天龙八部》里的！还有，韦小宝是《鹿鼎记》里的！你都给说串了。更严重的是，你这话说出来，涉嫌侮辱高僧，而且又不符合《中学生行为守则》，这还了得！"

　　听江川絮训完，柳七诡辩说："金老爷子写的人物那么多，何必较真呢！我只知道扫地僧是隐世高手的代称,而那韦小宝桃花运无数。"

江川絮听他辩得有几分道理,转念想起打长途电话的目的。忙放下此节,直奔重点,对话大致如下:

柳七拿腔道:"姑娘啊,姑娘!自古姑娘事最多,自古红颜多祸水……"

听他唱了起来,江川絮忙打断:"能说重点吗!吟诗的工作已经有人做过了,电话费很贵的,好歹你真名悯农,能不能体谅一下穷苦大众!"

柳七:"体谅穷苦大众?那你听过'司空见惯浑闲事,断尽苏州刺史肠'的故事没?"

又是一番唇枪舌剑……

一番骂战后,柳七慢悠悠切入正题:

"对于姑娘呢,我用了十五年的时间研究……"

江川絮虎躯一震,想不到这厮从刚出生就开始研究姑娘了,果然有城府!

"对于姑娘呢,要有的放矢,有去有收……"

江川絮"虎躯再震",未料到他对姑娘已经研究到这般田地,竟让人听出一种棋道的感觉。

"对于姑娘呢,起初就要狠追猛打,直捣黄龙,继而若即若离,使其麻痹……"

江川絮"虎躯三震",忍不住开口问:"姑娘又不是岳雷,直捣什么黄龙啊?"

柳七回问:"岳雷是谁?"

江川絮答:"岳飞儿子!"

这段通话持续了四十分钟,终结于江川絮的电话停机,停机前,柳悯农声情并茂地讲述了大禹治水的故事,并意气风发地阐释了何为"不愿君王召,愿得柳七叫!不愿千黄金,愿得柳七心!不愿神仙见,愿识柳七面"!

江川絮真真地听着此贼将话题带跑偏,但还是从中听出了部分关键信息,按柳七意思,只有清楚了姑娘才能解救被姑娘迷住的少年,要将债券"救离苦海",不能堵,要疏。就像禹王治水一样,堵则溢,疏则通。

具体方案有二。

第一,寻找尹卿柔,让她当面跟债券直说,令其死心,这是短痛,不过短痛一般来得比较剧烈。

何牧修觉得这方案简直是在瞎扯,一来变数太多,让女孩贸然出面,肯不肯是一回事,就算肯,债券本人不知情,忽然唱这一出,他的心脏估计受不了。二来谁去找她?大伙的小冷傲都在作祟,因此,断然否决此案。

第二，给债券出主意追一追尹卿柔，让他看看爱情的幻光，唤醒斗志再说，别像死鱼一样成天趴着，届时食髓知味，是好是坏到时再看。

　　比较下来，江川絮决定采用第三种方案，秉持道法自然的原则，静观其变。这一观，观出一位胡车儿专家来……

15. 被李白抄袭的巨匠

　　一场群策群力的救人狂欢画上一个休止符，但这休止符并不长久。

　　转眼过了期中考试。试卷下来后，江川絮成绩下滑至年级第七。江川絮的父亲江启文愁眉不展，江川絮虽然表面上鄙视这试卷，但心中也愁眉不展。

　　而一件事，却将他心里的愁引上眉梢。

　　那是家长会后，债券一天没来上课。当他再次出现时，面色从蜡黄变成死黄，像是被黄符贴久了的僵尸，死沉沉的。江川絮和林晓童摸到他身边问缘由。

　　良久，他慢慢开口说，未来我们可能不能再愉快玩耍了！

　　他说话的时候泪水在眼眶中打转，江川絮和林晓童听后却松了口气。说，嗨！多大点事，不能愉快玩耍又有什么？！高中有几个人能愉快玩耍？正好斩断你爸妈对我们结党营私的疑心！

　　隔了两天，债券依旧病恹恹的没有生气，又问，才知道一件让人恼火的事。

　　原来那天家长会后，债券的老爸回到家，即刻做了真周瑜，而债券被迫做了假黄盖，一个愿打，一个不愿挨，但不愿挨也由不得你。他爸当即一声断喝，家中无河，却有郑板桥的盗版字画被震落，随即老爷子使出一招苦练许久的小擒拿手拐住债券关节，没等他反应过来，一个锁喉抛摔将之拿下。

　　这一战，债券被打了个轻微胃出血，算是他父亲战功簿上的又一笔辉煌。

　　但这并不算完，又扯出天迎教育界的一位文化大师，日后江川絮等人亲切地称呼此人为胡车儿专家。

　　回忆起胡车儿专家其人，江川絮总要多费几笔无意义却有必要的墨水以免将自己陷入某种不可预知的旋涡，这种长篇累牍的解释让他觉得自己像是卡夫卡笔下即使变成甲虫也喋喋不休的格里高尔·萨姆沙。而从本质上，他认为回忆或艺术于人于己都是围绕在真实生活外围的梦境而非逐字逐句的真实本身，他相信芥川龙之介这么想才会有《罗生门》，王小波更不屑于解释——让"有趣"大打折扣的"谨慎"是这类逸群之才不堪忍受的。但是，江川絮的这类勇气在成长中渐行渐稀，他觉察到相当大一部分人，其实是对夸张、荒诞、解构、讽刺所带来的幽默毫无通感，甚至充满误解的。

他想起周作人《私怨的中国》一文中说，人们"为什么这样容易结仇，不肯宽恕别人？很大一部分原因是缺少教育，'譬如崇科学而破迷信，确是很好的事，但在抒情诗里一听到'我的灵魂燃烧着了'之类的文句，便勃然拂袖而去，似乎不免思想太窄浅了'……由此产生的"明的争斗或暗的倾轧"是"可怜的读书人最常犯的毛病"。

因此将"大"与"小"的情境区隔分明，将文字可能产生的误解提早阐明以避免莫名其妙的解读，由此损失部分朦胧美，也是无可奈何却甚有必要的事。

至于胡专家，放在江川絮所在的小城是"大"的，放在四海之内，确是"沧海一粟"的"小"，是没有普遍的象征意义的，放在人类时间长河的维度，更是微乎其微的，这点必须要说清楚。

其人的生卒年和户籍所在地，江川絮知之不详，在那个每日撰诗两千首的"文学神童"尚未问世的年代，江川絮所在的小城，人们对"炒作和营销的艺术"尚且知之甚少。所以当胡专家像孙悟空一样横空出世时，小城中凡有水龙头处，皆盛传着他的大名，而对其实际的功绩，都是放大了的，以下是其人。

胡车儿，字哀民，号多艰居士，常年来以响应号召和视察工作为己任，心系教育，情牵大众，有着极为深厚的人文情怀，那篇《早恋如蚁蛀堤》的文章就是他的手笔。据说此人自封国学大师，育人泰斗。著有文学性巨著《三段文》，这书名中的"文"指的是作文，而三段文则是作文三段论的简称。让他感到自豪的是，比起他作文三段论的知名度，亚里士多德的逻辑三段论可算籍籍无名。这作文三段论广为流传于天迎初高中，被当地无数学子家长奉为圭臬。

文中明确规定了智者的行文路线，如何开凤头，如何充猪肚，如何结豹尾，如何在文末添上一笔，引用名言，将通篇文章深化并升华。听说，只要彻悟了他的行文路线，不要说文章升华能信手拈来，神话都指日可待。"啊！"的一声长叹后带出一串恰到好处抑扬顿挫的颂扬，即能将文章先天锁定在不败之地。而凡是读过的同学都能领略到大师的风采，大师据此哗啦啦敛财，赚得钵满盆满。

除此成就之外，他的思想与时俱进，像柳絮一样随风向变动，比如批孔尊孔就常在一念之间。前脚尊孔子尊得感天，后脚骂孔子骂得动地，实在称得上是文思敏锐继往开来的大师。大师称他早年时曾梦见笔头生花而后文采斐然，乍一看好像是李白抄袭了他。

胡车儿专家怎么卷进小小债券的家事中的呢？原来为体现其在教育领域的勤政爱民，胡车儿专家亲自带队，扛着摄像机走街串巷，进入问题学生的家庭，用自己博古通今的智慧布道。

债券的母亲费了九牛二虎之力才力邀胡专家来做家访，纠察孩子的弊病，以便对症下药。

对此，债券胆怯不已。放学非要拉着江川絮和何牧修去他家助阵，结果何牧修临危撤阵，他劈砖的师父李伯苗倒是很有义气地前来补位。江川絮素来知道这位仁兄身体中有反贼的基因，临行前千叮咛万嘱咐，无论如何，虚心听讲，不能节外生枝。

没承想，这一场闪耀着人性光辉的家访，竟然成为一场情书大战的导火索……

Chapter.4
第四章·人生而自由，却缚枷锁中

人们往往忽视了语言的暴力，高举可见的利益，
将不可见利益下的活动统统归为末技。
偏见即是这样盘踞在人心头，根深蒂固以至散叶开花的。
"你们已经做够了交谈，能否让我看看实行，在互相吹捧期间，
有多少有意义的事足斤足两？"（《浮士德》）

16. 扶烂泥的伟大尝试

天色渐暗,像是金乌的一只脚已泡进漆黑的虞渊里。

江川絮与李伯苗抖擞精神,礼貌地陪同债券进了家门。胡车儿专家和他的两名拍摄成员已经坐在家中喝茶。

债券父母乍见江、李,一愣之后并未假以辞色。而那胡车儿专家也乐得学生多,好受其教育。

恭维的话显然已经说过,机器架好,进入正题。

胡专家俨视有顷,凤眼生威,随即不知从哪里摸出一部皇皇巨著拍在茶几上,赫然便是他的《三段文》,畅销的书封,烫金的标题,知识的光辉夺目而至,晃得人几乎睁不开眼。

接着胡专家面对镜头说了一番滚瓜烂熟的贯口似的官话,一说就是十分钟,可见其说相声的基本功着实扎实。说完,拿出早已准备好的债券的试卷,语重心长又不失慈爱地摸摸债券的头。

他说,孩子啊!你的阅读理解,理解得真是"愚不可及"。这里面的"硕果累累"指的不是秋日的果实,指的是祖国教育下的桃李满天下的莘莘学子啊,都高中了,这么浅显的文都看不懂吗?

还有你的作文,开篇第一句"我听见海浪的声音,站在城市的最中央,我想起眼泪的决心,你说愿意的那天起……"这是什么鬼东西?作文题目要求写的是关于生命的感悟呀。我们来看一篇全国优秀范文吧!

说着展手翻开那本《三段文》,将其中收录的经典朗读出来。

一九九〇年代,我们的百姓过上了越来越富足的好日子,就在这样一个好时代,我诞生了!转眼十六年春秋飞逝,我也该思索思索生命的真谛了。泰戈尔说:

"我们只有献出生命，才能得到生命。"而我更认同爱因斯坦的观点"一个人的价值，应该看他贡献什么，而不应当看他取得什么"。

　　你瞧瞧，人家之所以成为全国范文，境界就在这里摆着！你们语文老师难道没给你们教作文的公式吗？

　　债券看江川絮一眼，战战兢兢回答，教了！

　　"教了哪些呢？"胡车儿专家追问道，"看看，看看，教过这本书里的这些点吗？"说着用指尖点点《三段文》中一长段语文公式。

　　"学过一点，但这本书还没教过！"债券从头至尾将那段公式浏览下来，如实道。

　　胡车儿专家听后点点头又摇摇头，仿佛自言自语般长叹一声——"国学衰祚"！

　　随后又似有似无地来一句："唉……这怎么行呢！只是涉猎皮毛，不系统地学习，怎么能让孩子们步入国学的殿堂呢！"

　　在一旁沏茶的债券妈妈及时听出弦外之音，忙上前一记马屁拍得响亮："专家毕竟是专家，谁说不是呢！您的大作我们早就听说了，学校要是及早教授，也不至于荒废了孩子呀！"

　　江川絮听得屁股阵阵发痒，有种在游乐园坐海盗船的感觉，想要挠一挠，又怕打破这样庄重的局面，偏偏讥讽瞳又蓝光闪闪的几乎不能压制，只好假装眼痛，抽出一只手用力揉。

　　这面胡专家大气地摆摆手。"现在斧正虽然有点迟了，但远不至于到无药可救的地步。我国素来有大器晚成的例子，你看人家老黄忠，再看人家姜太公！"

　　听到姜太公，江川絮实在没憋住扑哧一下笑了出来，忙假装被呛到。

　　胡专家扫江川絮一眼，继续道："今天我走的时候会留一本《三段文》，早晚读一读翻一翻，文学素养自然会有很大进益。短时间内远超同'济'那是绰绰有余了！"

　　江川絮开始用咳嗽按捺住汹涌的笑意，同时按捺住要给胡专家纠正"远超同侪"这个成语的冲动。讥讽瞳透过捂着脸的指缝瞧出去，只见债券的妈妈已然大喜过望，差点学日本女人深鞠躬致谢，无以为报，只能忙着端茶倒水，炒菜切瓜，似乎亲眼见到一束圣光正在垂照愚钝的儿子。

　　胡车儿专家又里里外外把《三段文》的神奇晒了一番，隐隐有点鸿钧老祖宣讲天道的意思。眼看着要天花乱坠，债券的父亲适时出现，摇着专家的手说自己的儿子是一坨烂泥，希望胡专家能多加鞭挞，不辞辛劳地扶一扶这坨泥，说不定经过专家的妙手一扶，烂泥本身如果尚有些湿度，还能扒在墙上也说不定。

同来的李伯苗之前没反应，这时开始大喘气，江川絮怕他忍不住笑出来，忙拉他去卫生间冷静。

二人回来时，菜已经上了五味，胡车儿专家深深理解债券父母的良苦用心，为了满足他们的殷切期盼，夹一口菜，喝一口茶，对着债券口沫横飞，体谅且有效地为他增加了湿度。

《三段文》这样的著作说了个七七八八，其对中学生的好处大致相当于《九阴真经》之于习武人，有让人脱胎换骨的功效。

后来江川絮在大学毕业后遇到出版公司一位号称"世事洞明通晓人性"的富豪老总贾瑁先生，在其三天一场的人性兜售课上，贾总也是这样给在座听众说的。他说，我手里的这本书，目前是全球范围内销量第八的书，仅次于《圣经》等，而那本书，正是他自己写的！说完，在经历了一系列老套到掉牙的"强制撕纸算剩余寿命以感悟人生苦短必须及时成功"的游戏后，江川絮眼睁睁看着两个老大爷、三个老阿姨掏卡，豪气干云地刷了每人两万的入会费。

也是在那场振聋发聩的"人性讲座"上，江川絮第一次知道，原来自己是个"著名"的人。那时，他和贾总第一次见面，也就是他开讲前几分钟打了个照面，江川絮简单地说明了一下咨询出书事宜的来意。结果在开场介绍中，贾总就这样亲切地对在座各位介绍："今天来听讲的有知名企业总裁×××，大型高端设计师×××……著名青年畅销书作家江川絮！"江川絮万没料到自己一本书都还没出就已跻身著名青年畅销书作家的行列，心想："天可怜见降伯乐，一定是祖上积了德！"在手机上连香炉和供香都买好了，直到眼见叔叔阿姨们激动地付了钱……

如今江川絮再回头看，相比于贾瑁贾总，当年的胡车儿专家可算得上一位亲切爱民心系孩子的教育家。

扯完了《三段文》，胡专家即将话题从宏观引向微观，具体来剖析刚才那篇范文的诸般好处，起势就豪迈激昂。

"你看看，你看看，你看看这文，这就是文章！"

债券等被唬得连连点头，没想到这就是文章！

胡专家说完这句话，有几秒恰到好处的停顿，债券的母亲已忙完灶上的活，拿出纸笔准备记。

所有人洗耳待下文。

几秒后，胡专家蓄力说："比如这文章，开篇几句，就能看出作者深厚的文学功底和浓烈的爱国主义情怀。"

江川絮一愣，见旁边李伯苗趴在书上，恨不得剜下眼睛从头找。心想，这几句话，就能看出深厚的文学功底和浓烈的爱国情怀了？果然育人泰斗就是不同凡响，毕竟多少年在文学界摸爬滚打，练就了一对常人无可匹敌的火眼金睛。他试着去靠近专家的思想，这一下果然瞧出范文中的与众不同。

开篇即用了"好日子""好时代"，可算作高屋建瓴。再往后看，就更不得了，引用名言，而且一用两句，最难能可贵的是，针对名言，还有自己独到的判断，面对泰戈尔，作者更喜欢爱因斯坦的话，而爱因斯坦说什么？"一个人的价值，应该看他贡献什么，而不应当看他取得什么。"果然有为社会着想的大情怀。

江川絮竭力看到这一层意思，便力有不逮，而专家毕竟是专家，随意抬脚便更上了一层楼，点出此文更深一层的好处。

"你看看这文章的结构，纯粹是一气呵成，从大社会到小我，从过去到现在，多么清晰。还有这通篇洋溢的牺牲精神，这就是文学！"他说，"当代文坛能多出些像这样有血有肉的好苗子，最终会撑起来的！"

这一番立在云端俯瞰文坛的论断震得大伙七荤八素。而债券的母亲更是瞬间被那种挥斥方遒的英姿折服得五体投地，搓着手又要炒两个菜，债券的父亲开始盛赞……

江川絮不太理解，为什么这些有血有肉的同胞活得好好的，总要将牺牲的事喋喋不休挂在嘴边。他脑海里涌出一段《浮士德》中出现的白话，大意是："你们已经做够了交谈，能否让我看看实行，在互相吹捧期间，有多少有意义的事足斤足两？"

17. 厚土不足掩其"水"

江川絮觉得自己待在一个虚张声势的火炉旁，火炉的光芒溅出来甚烈，却不暖人。这样的教导和某些领导的讲话"异曲同工"，就是徒有声势和时长却没有实际的点，听完平增困倦。

正神游着，胡专家的脑袋突然凌厉地转向自己和昏昏欲睡的李伯苗，问道："你俩的作文呢？我看看，顺便给你们辅导辅导。"

二人面面相觑，彼此看出苦大仇深，但没有办法，只能慢吞吞从书包里取出试卷，江川絮的尚且崭新，李伯苗的已如遭狗啃。

胡专家立马以此细节将川絮和伯苗断定为两类人，并给二人的前程下了天壤之别的判词。当然，李伯苗属于"壤"，社会地位可归类至"贩夫走卒科"。

债券的爸爸在一旁点头附和，夸专家有识人之明。但鉴于专家之前对国学高屋建瓴式的分析，江川絮并没觉得从他这里获得"天"的判词有多么光荣。

评完头就该论足了，专家凝眉展卷，啧啧道："你们的这个阅读呀，都不得其法，教你们一条压箱底的绝技吧！"

见其终于要拿出压箱底的绝技了，大伙忙掏耳倾听，债券的妈妈也扔下铲勺闻声而来。

"阅读，阅读，在于理解！怎样理解作者写作时候那种高深的思想境界呢，你就将自己代入情境！当然了，这在考试时候不适用啊！最好的方法，就是……"

江川絮以为他又要说多做阅读之类的空话，没想到说压箱底，果真压箱底。

"最好的方法，就是，背答案！把各种卷子的阅读理解搜集起来，然后呢，找出它们的答案，这时候不需要看文章，只需要看问题，对照答案看，反复对照，你就会发现其中的规律，背下每个问法后专家的标准回答。

"到时候，你做阅读理解，那真是势如破竹、迎刃而解呀，啊哈哈哈！当然，这方面的技能，在《三段文》中有详述。"

大家惊了一跳，暗叹文学之路果然还是专家撑起来的，看样子语文有望了……

债券父亲时常凶煞的面目如春风般舒展开来，大手一挥临时决定道："还炒什么菜！大师，我们去外面切磋切磋拳技怎么样！"

胡专家连忙推辞，摄像随即关了镜头。专家说都是为了祖国的未来，才劳动精神做家访，不该吃饭。

债券妈妈横了丈夫一眼，怪其说话唐突，忙换个口径盛情相邀，说老师您看讲了这么久，口也干了，咱们出门喝杯茶，也让孩子多受受您的熏陶。

胡专家听得舒服，心想到底是文化人，品茶叙话乃是雅事，哪有不移步的道理，只好恭敬不如从命了！

江川絮和李伯苗也松了口气，趁机对视一眼就要足底抹油，却被债券的妈妈叫住："你们平日也总和祭泉一起玩，应该多多互相督促学习啊，这么难得的机会，也让胡老师给你俩开开光。"

江川絮听出她的话外之音是想要他们也承蒙惠泽，受些感召，少影响债券的金融前程……

他本想坚决辞行，可见到债券病恹恹又期盼的神情，莫名地动了恻隐之心，只好给坚决要走的李伯苗使眼色。

18. 不漏不漏！何为末技？

这顿茶喝得"觥筹交错"，大鱼大肉流水线一样地上。

填饱了肚子，胡专家、摄像和债券的老爸便文质彬彬地划起拳来，起初胡专家优雅地笑着说自己只会划小拳，但债券的老爸深谙文人谦逊之功，微微一笑，不做强求，陪着君子小声游戏。

可酒过半巡，胡专家即被债券老爸身上散发出来的粗豪性子所激发。撸起袖子大声吆喝着划起大拳，颇有几分梁山好汉的豪放，三下两下，债券老爸便招架不住。

债券妈妈笑道："真是深藏不露啊，你看看人家胡专家，这就叫涵养！"

债券老爸也忙附和道："不露不漏，真是不漏！"

胡专家摆摆手谦逊道："哪里哪里！"

随后，债券老妈举杯敬专家，敬胡专家之功，将自己的儿子打造成这样一坨能扶上墙的好泥。

江川絮瞥见她在暗地掐债券老爸，意为不必喝得太猛，还要请教。

又三杯酒下肚，债券老爸感激得流下老泪，握住胡专家的手使劲摇，说："棍棒底下出英才呀！这小兔崽子不学无术，老想着画画，老师你说画画有啥前途，是不是！"

胡专家理解地一笑："一点没错！就问一句，高考考吗？对吧，高考不考，即为末技！"

"知己呀！"

"你看看那个谁？那个古代画家？阎什么？就是不让自己的儿子画画的！"

债券老妈接道："唐代画家阎立本！"

"对，就是那个画家，画画都是匠人干的活，高考考吗？"

江川絮听得心头火起，这"阎立本"的故事是债券家说得最频繁的故事，其频繁程度和乾隆皇帝写诗的频率差不多，兴之所至提笔就写，兴之所至张口就说。故事说，有一次唐太宗邀请群臣到春苑池划船，看到水中飞鸟袅娜。一时兴起就宣阎立本觐见，为他画下美景。接着卫士高呼传令，阎立本小跑而来，大汗淋漓之下，还要为泛舟的群臣和皇上画像，一时间，阎老觉得羞耻难当。回家后告诉自己的儿子，他因作画成名，但却被人呼来喝去，犹如伶人，实在是耻辱，嘱咐儿子将来别从事这样的雕虫小技。

就这样一个故事，被他家跨越时代、断章取义、翻来覆去地用，顶着这个爱好的债券，好像被人纵马在身上反复践踏，好在他生性懦弱，被踏成春泥仍能唯唯诺诺地芬芳马蹄。

江川絮看着他的样子，想到"鸟面鹄形"一词，忽然觉得好笑。他的讥讽瞳也开始刺痒，蒙蒙眬眬地想起暮色里的那个"影子"，想起梦里那张吸食人们天赋与尊严的云中大口，想掀桌子，但又不能节外生枝……

19. 马良问大地，谁主沉浮？

债券的父亲和胡车儿专家在"何为末技"的问题上达成共识，一时间英雄惜英雄，会心而笑，再碰一杯，这一杯，又增了文人的雅兴，只见胡专家昂头展手道："拿笔来！"

这一幕让江川絮想到"温酒斩华雄"的折子戏，面如重枣的关云长丹凤眼一敛，手抚长髯，哇呀呀叫一句"拿刀来！"马上就有数名手下扛着青龙偃月刀登场。

可胡车儿专家威望不及关二爷，出门也没跟带笔的侍从。债券的父母虽在衣兜里摸了半晌，凭空也摸不出一支来，只恨自己不是魔术达人刘谦。

江川絮空有一颗看戏的心，一边胡思乱想，一边压制讥讽瞳，早忘了自己和李伯苗背着书包。

李伯苗也冷眼旁观，自打被判定为"坏"开始，他的眼神也隐隐发光，不过是某种戾气深重的青光，此情此景，没给那沽名钓誉的手心吐一口唾沫，已算克制。

一时尴尬，债券母亲嗔怪地瞪他俩一眼，催促道："还不快给专家拿纸笔，这些个孩子，成天只知道玩，都玩傻了，没一点眼色。"

江川絮从幻想中跳出，忙打开书包埋头找，眼中冰蓝色的光探照灯一样将书包内照个透亮。

他心说这还不错，虽然耳朵受了些折磨，却发现了讥讽瞳的又一大用处。

待眼中蓝光散尽，才从书包中翻出纸笔。

胡专家蹙眉一笑，作词一首。

"问苍茫大地，谁主沉浮？"

江川絮忍不住拍手道："问得好！"李伯苗笑出声。

胡专家犹自未觉，继续挥毫。

"见大江东去，浪涛难尽，徒自指点江山，忆往昔嵘峥岁月愁……"

写到这里，专家的文思便戛然而止了，速度比江淹快了何止十筹。

也难怪，二十一世纪嘛，什么都快，文思起得快，散得自然也快，难为他把毛主席的词移花接木两句，中间再拼一句苏东坡的，回炉再造即成文学的产物。主席当年忆往昔时，"峥嵘"岁月"稠"，他如今忆往昔时，"嵘峥"岁月"愁"。

到此为止，胡专家敛衣静立，随后长叹一声："可恨我不是马良！"

债券父母在找笔时，那句"只恨自己不是刘谦"的话只留在心里，而他"可恨自己不是马良"的话却说得大方，颇有种刘备叹息自己髀肉复生的英雄蹉跎感，区别只在他忍住了并未潸然泪下。

债券的父母鼓起掌来，赞叹大师毕竟是大师。

江川絮被他的那句感叹困惑了，反复琢磨他为什么要忽然说一句"可恨自己不是马良！"以其学养，不太可能知道"马氏五常，白眉最良"的白眉马良。那么就只有另一种猜测，就是他说的是"神笔马良"，而他不清楚神笔马良其实是画画的，以为是"下笔如有神"的马良。而他适时发此感叹，意思就是"对自己文思还有待提高"的谦逊……

随后，江川絮的猜测被证实一半，另一半又令他目瞪口呆。

李伯苗终于压不住耐性，未等胡车儿专家开始新一轮遥想当年的神勇，指着纸上的两字问："这是什么字？"

潦草的"嵘峥"二字，盘如蚯蚓，实在看不清。

胡专家用轻轻皱眉的微表情表达了本人对这个幼稚问题的不屑，甩甩笔并不作答，只是摇头像是自言自语，却又用大家都能听到的声音叹息："唉，最近真是好久不练字了，周旭的狂草都写不顺了。"

李伯苗一愣，又问："周旭是谁？"

胡专家诧异地抬头瞥他一眼，"小伙子你连周旭都不知道？连草圣你都没听过？这帮孩子啊，究竟学了些什么？"

江川絮瞠目结舌，也立马断定胡专家前一句的感慨十成说的就是所谓"神笔马良"，而他又有九成以上的概率把神笔马良当成了书法家，"可恨自己不是马良"和"最近好久不练字"连起来，就是完整的语意。说的是一句贯穿的话："可惜我不是马良，没有神笔，没写出落笔如有神的字！"言外之意还有些许对自己文采的自信。

再转头看李伯苗时，已发现这家伙嘴角抽搐，嘲讽像贴在墙上的大字报一样明显地铺在脸上，江川絮立即感觉形势不妙，怕他"二"劲上头当场来一句："你个傻瓜，草圣是张旭，不是周旭。"

这样做于他二人没影响，但债券必然成为被殃及的池鱼。百忙之中，他又瞥见债券尚未察觉到场中微妙局势的天真表情，暗叹读的闲书少，果然是非少。

他铆足劲偷踩李伯苗的脚，要其抑制冲动，不料"马失前蹄"，正中胡专家的脚。这一脚，踩起了胡专家尚未指导他二人卷子的记忆。

江川絮不得不又一次痛苦地趴回书包，不情不愿地扯出卷子。

"'人生而自由，却无往不在枷锁之中。'病句！典型的病句，首先不论这句话的好坏，光看断句，'人生，而自由'，什么玩意儿！"胡专家怒其不争地边念江川絮的作文边摇头，可能受了毛头小子怀疑语气的询问，感觉威严有损，一改温文尔雅的做派，色厉内荏。"我真不是要骂你们从小到大的语文老师，看看现在的教育，把语文都教成什么鬼样子了！"

债券妈妈察言观色，趁势又一记马屁拍出连环屁的效果："谁说不是呢！我们只盼着能给学生几个好老师，把成绩提上去。"

胡专家听完只好扼腕叹息："没办法呀，要为这个城市甚至是整个地区的教育版图统筹，就只能苦了这些个孩子，我要是教书，虽然惠及了少数人，可多数人不受利，权衡下来，只好委屈小众……"

一番高风亮节的苦水倒完，胡专家继续将适才的义愤拾起："都快高二的学生了，写出来的话和小学生一样，这个'而'，是连词，表示并列、转折和递进，你们老师教过吗？"

江川絮暗叹，老师整整一学期扎扎实实就教这些个语法了，甚至有时候觉得，若非语言不通，大伙的语文和英语老师可以换着教，但这话不能说，只能点头承认。

"教了怎么还犯这么明显的错误？什么是'而自由'？这'而'在语意中表什么？你最近都看什么书？"

"《庄子南华》和《哈利·波特》……"

"快扔了，什么乱七八糟的东西，害人匪浅呀！人生自由，不是很通顺的一句话吗！为什么要整那些乱七八糟不伦不类的虚词。"

债券父母听胡专家说得好专业，相视一笑，忙推推债券道："你也好好听着！"

"后一句更是没法看了，'却无往不在枷锁之中'，与前一句彻底矛盾，不但病得不轻，甚至是病入膏肓。"

江川絮没承想引用卢梭的一句话竟然就病到了这种程度，茫然不知所措。

心中暗叹，这一夜，怎么过得这么慢……

20. 黄钟毁弃，瓦釜雷鸣

苦心忍耐的成果终究还是被李伯苗毁了，宾主尽欢而散的温馨场面并未出现，取而代之的是江川絮拉着李伯苗，以作业多为由落荒而逃。

因为胡车儿专家在斧正了江川絮的卷子后，要看李伯苗的卷子时，李伯苗抬起头，瞪着两只圆眼轻佻地盯着他，忽而展手沉声道："您也别看我东西了，咱哥俩划两拳吧，大压小怎么样？"……

在微凉的夜风中，他俩穿过一排排路灯。一轮冷月无声地漫布清辉，像是寂寞的海水，在洗刷无谓的碰撞与难堪。

江川絮走在后头，仔细观察李伯苗的头，发现是个扁头，在脑勺接近脖子的地方微有突起，他怀疑那里藏着一块反骨，就像魏延一样。这类人一般桀骜不驯，这是好听的说法，不好听的说法是这类人容易在关键时候犯二，而他脑后也有一块，他记得从小他父母让他睡平反骨，但费尽周折，也没睡下去。

他想伸手摸摸李伯苗的反骨，手到其脑边，李伯苗忽然转头。

"班长你干啥？"

"呃……趁着月色给我看看手相吧，我听债券说你劈砖收徒，都是看过手相的！"

"有点看不清！"

"无妨，我有探照灯……"说着，江川絮的讥讽瞳亮起蓝光，将自己的手掌照得纤毫毕现。

"莫非……莫非你是超……超……超级……青光眼？"

江川絮垂下手泄了气，两人沉默下来。半晌，李伯苗打开手机放起摇滚，是一首"德国战车"的重金属，噪得可以。江川絮当时也偶尔听摇滚，但最躁能欣赏到《She is My Sin》，对这种开黑嗓的金属乐还不大习惯，听了几句，李伯苗跟着唱了起来，破锣嗓子又间杂坏镲片的声音，惨不忍闻。

李伯苗一噪，江川絮就有火，他暗怒此人神经大条且忍性太弱。本来稍微熬一熬，就是"你好我好大家好"的大圆满结局，可被他这么一搅，胡专家脸色黑了，债券父母的脸色也黑了，债券父母脸色一黑，债券脸色自然更黑，犹如一片阴云忽而延展开来，罩了大半张桌子，实在有种"黑云压城城欲摧"的感觉。李伯苗还在落荒而逃的时候问他一句："你有没有觉得他们四个像包公？"江川絮在那一刻恨不得掐死这个二货。

伴着音乐的咆哮，李伯苗摇头晃脑地笑问："班长你不是在写小说吗？我看了些开头，主人公的父亲是书法家呀！那专家连张旭都不知道，你为啥不拆穿他？"

江川絮愣了一下，忍住的话匣就此打开："伯苗呀，你受了十年教育，连一点屈心抑志的功力都没有吗？你知道自古何为病梅吗？不是那些被'斫正拔直，遏其生气'的叫病梅，而是那些要自然生长，与众不同的才叫病梅……"

"说反了吧！"李伯苗打断江川絮。

"没反，否则的话，你怎么会成为毒瘤！"

李伯苗一愣，摸摸脑袋，显然对自己是毒瘤这一点的认识还不够深刻。

"人常说'柔弱处上，至刚则折'，你管他说什么呢，总有说完的时候，我们笑着点点头就都过去了。你这么一闹，债券就会遭殃，我们有时间听解释，他的父母没时间听，他们的眼睛早已经被考试给烧焦了，否则怎么可能瞧不出水货？就好比在古代给一个傻子穿上巡抚的官服，站在百姓面前，百姓也得跪，心里还掂量着此人必有非凡之处。"

李伯苗啧啧："想不到你是城府这么深的人！"

江川絮摊手，说这跟城府有啥关系？我之前跟你一样，总时不时大脑充血，但这反而会激起他们说话的兴趣，这一来，就更加无法脱身了。你说这是笑里藏刀吗？我笑着听他说话，又不拿刀伤他，更没有害人之心，只是不想反复激起他说话的欲望而已。

李伯苗一听有理，笑道，还是万万想不到，像你这样的好学生，也会唱反调！

江川絮仰头而笑，见两处路灯之间空隙黑暗，仿佛两块大陆之间的水域，那是顽固的观念差别，远非一朝一夕可以弥合，就像亚洲和北美洲，非要勾连，除非白令海峡冰冻，在彻骨的冰层之上，两代人四目相对。

他脑海中闪出"黄钟毁弃，瓦釜雷鸣"这八个字，禁不住有了屈子之叹。他想，这一夜后，经过胡车儿专家"何为末技"的精彩演讲，债券父母对"雕虫小技"的反对信念将进一步加剧。而债券的画画之旅，在鬼鬼祟祟的基础上，将更举步维艰。

当晚，江川絮在睡前琢磨出这么一段话写在本上："人们往往忽视了语言的暴力，高举可见的利益，将不可见利益下的活动统统归为末技。偏见即是这样盘踞在人心头，根深蒂固以至散叶开花的……"

Chapter.5

第五章·父与子的"罅隙"

子女与父母间的沟通往往陷入互不理解的焦灼,
从一方强权,企图让另一方缄默起始,交流的天平斜得厉害。
此时另一方心头块垒难消,觉得多说无益,
就会在赌气中省下组织言语的精力,继而埋下长线潜伏的矛盾。

21. 九龙盘圣的瞎扯

回家路上李伯苗执意要和江川絮撮土为香行结拜之礼,但硬化的水泥马路暂时拯救了江川絮这个良民,本要去树坑撮土,却因为目击一坨狗屎作罢,二人惜别。

一进家门,就见一片灯火通明,江川絮的父亲江启文神采奕奕地候在客厅,刚招呼江川絮坐下,就将一牙切好的瓜推至他眼前。江川絮眼见这一牙瓜切得格外齐整,迫近时的分寸感拿捏得如同《鸿门宴》里项庄的步法,瞬间嗅出一丝阴谋的味道,正要夺瓜告辞,江启文喊道:"慢!"

江川絮缓缓松开拿瓜的手,机械地转动脑袋冲江启文嘿嘿笑了两声。

"儿子,今天听了胡专家讲课,有没有什么启迪?"

江川絮一愣,江启文重将瓜塞回他手里,说:"来,吃着瓜慢慢说!"

江川絮埋头啃瓜,实不忍心拂了老爸的兴致,但在他面前又懒得伪装。只好嘟哝说,启迪不多,吃得倒是挺饱!

江启文以为儿子在开玩笑,揉揉他的头,笑骂:"小兔崽子!胡老师传授了些啥?有没有一种茅塞顿开的感觉?"

江川絮心道,的确有种润肠通便的感觉,"茅塞"未开,茅厕跑了几回,多听其教导,能治便秘。

随即他被自己刻薄的腹诽逗笑,江启文以为儿子回味教导以致心有所感。强烈建议江川絮趁热打铁,回屋赶出一篇听后感来,记录那种"听君一席话,胜读十年书"的震撼。

江川絮开始以作业多为由推托,但耐不住江启文的几经劝导,久压的吐槽忍不住,开始喷薄。

他说,老爸,你知道吗,我看过一则笑话,讲的是一个姓牛名炸天的人,说自己出生那天，有祥光护体，瑞霭当空。九条龙从天上盘下来，龙首龙尾相合，组成两个大字——"圣人"。

医院二十五岁的接生姐姐抱他出来后，以头抢地，号啕大哭，后悔自己早生几十年，失去了跟他双宿双飞的机会。

奶奶抱了抱他，得了十几年的白内障瞬间复明，从此重见天日。

妈妈见到他，一时间身体痊愈，不用坐月子就奔行如飞。

老爸见到他，忽然重返十八岁，内裤外穿做了超人。

两岁去幼儿园第一天，老师就遣返他回家，说，你的儿子太神，全园小姑娘疯了似的不睡觉，窗户都被看破了十几个。

长到八岁，他梦见自己落笔生花，文采冠绝当代。于是下定决心著书立传，终成鸿篇巨制《三段文》，指导考生万万年……

起初江启文还听得呵呵笑，可听到这里，怒而打断问，你都看些什么乱七八糟的玩意儿？编故事的能力倒挺强，究竟要说什么？

江川絮吐槽的车刹不住，逸兴横飞道，这胡专家就是教育界的"牛炸天"啊！

话音刚落，讥讽瞳一闪，就看到江启文头顶已经燃起了两把明火，第三把的火苗正在酝酿，那是尚在揣测江川絮话中的意思。

见此情形，江川絮连忙脚底抹油。当晚，在拼尽全力补作业的时候，他脑海中反复闪过债券懵懂无知的衰脸和战战兢兢的腿，耳机里反复响着"眼空蓄泪泪空垂"，不禁也要蓄了些泪水出来……

22. 瞌睡无根，越睡越深

第二天清晨，闹钟催命般响，江川絮的意识是模糊的，但耳朵却屏蔽不了这锐利的噪声。

江爸在定闹铃方面是有研究的，手机闹铃一周一换，以免江川絮听惯了某种声音后自动屏蔽。

江川絮曾反驳过他，说这不科学，譬如你训练鸡鸭猫狗，持续的条件反射才符合生物的本能，你要反复训练它们在一个地方上厕所，它们下次内急时，才会想起自己惯常上的茅房。以此类推，我听惯了某种闹铃声，当它响起来的时候，我的脑海中才会自然形成要起床的潜意识。

但江启文鄙夷了儿子的科学，一语揭穿他不适合这条生物定律，当他听惯某种闹铃声后，会将之当作清晨的催眠曲……

江川絮艰难地从床上爬起来，后背重得似乎粘在了床板上，可还是下决心起了床。

他身子起了床，意识却还赖在被窝里，凭借本能穿衣。江启文嘴里杵着一根牙刷，直挺挺站在儿子床边，嘴里嘟哝着常说的至理名言："瞌睡无根，越睡越深！瞌睡无根，越睡越深！"

这句话在早年间一度被江川絮听作"瞌睡无根，越睡越神"！这一下给自己找到了嗜睡的立论根基。当时他每晚躲在被子里读小说，第二天上课补觉，全靠小聪明保持着成绩，听了"越睡越神"，搓着手暗叹，怪不得自己越睡越聪明，原来还有民间俚语作典故，并搜罗了几句张三丰的睡词挂在嘴边念叨："人言我是蒙眬汉，我欲眠兮眠未眠。学就了真卧禅，养成了真胎元。卧龙一起便升天。"除此之外，他还给自己编了一整套的故事，说什么自己是陈抟老祖之后，终有一天，他会因为一盘围棋赢下一座华山，届时买个毛驴，每天倒骑毛驴在山中出没，清风、明月两个童子跟在身边，防止他睡着了从驴上跌下来……

江川絮迷迷糊糊摸到卫生间洗漱，眼角一瞥，见自己的半张脸发着微蓝色的光，尤其以嘴角处为甚，他暗叹这讥讽瞳又调皮了，于是不作理会。

去了学校，拿出作业要交时，心情骤惨，恨不能仰天长呼："是哪个王八蛋闲得没事，把我的作业本用胶水粘起来了！"

这怒气刚涌上胸口，脑子陡然闪过一道灵光，随即瞧出，那应该是他昨晚趴在桌上睡着时压出的口水。他想起塞翁那老头的悲喜心情，喜的是自己一向谋而后动，没有脱口骂人，否则就糗大了，悲的是这下作业被口水粘在一起，本来只写了四成的作业倒有八成废了。

古人说屋漏偏逢连夜雨，人的倒霉是接踵而至的。江川絮因为藐视作业罪被判处罚写及罚站。

既然带个罚字，写的量自然会陡然增多。这下好梦难续，不但无法补觉，中午还得赶作业，偏偏还有个林晓童在耳边做着鬼脸逗他："师爷，翻译翻译，什么叫惊喜？什么叫惊喜？什么叫——惊喜！"

23. 下棋还是射鸿鹄

当晚拖着疲惫的身子回家，饭桌上，江启文又续上昨天的前言。他护持胡专家的心火始终难熄，经过一日的备战，已经集好了论据，张口即有苏秦的气场。

"儿子，我考考你，'不愤不启，不悱不发。举一隅不以三隅反，则不复也'什么意思？"

江川絮低头扒饭，听这个话头，就知道醉翁之意，实在后面。

"嗯？"江启文不容这种沉默的放肆，学《西游记》里的玉皇大帝，用鼻音发出一个抑扬顿挫的质疑音。

江川絮不好再装傻充愣，只好硬着头皮回答："语文课本里的就别考了吧，意思是，不到他努力想弄明白而不得的程度别去开导他，不到他心里明白却不能完善表达出来的程度别去启发他。如果他不能举一反三，就不要再反复地给他举例了！"

果然不出所料，江启文听他说完，故作琢磨状，半晌后点头。

"我尤其觉得孔子这个'举一隅不以三隅反，则不复也'说得好，这句旨在说一个悟性问题，受人提点，自己要有所领悟，自己如果鲁钝，没有从专家的教诲中吸取经验，那就等于白听，你不是学过《弈秋》的故事吗？"

江川絮没料到老爷子做了这么扎实的功课，既有名言又有典故，一时无言以对，本想以"这是老生常谈"来反驳他。但转念一想，这反驳未免中气不足，极有可能造成"倒持泰阿，授人以柄"的局面，让老爸趁势攀打。于是保持缄默，继续扒饭。

江启文见儿子又不说话，自顾自背起来："弈秋，通国之善弈者也。使弈秋诲二人弈，其一人专心致志，惟弈秋之为听；一人虽听之，一心以为有鸿鹄将至，思援弓缴而射之。虽与之俱学，弗若之矣。为是其智弗若与？曰：非然也。

"翻译如下，弈秋是全国最擅长下棋的人，让他教两个人下棋。一人专心致志，虚心听弈秋的话；另一个人虽然也在听，但一心幻想着有大雁要飞来，想拿起弓箭去射它。因此，虽然他和前面一人一同学习，成绩也相差很远呀，是他的聪明不如人家吗？自然不是呀！"

说完，他被自己逗笑，由典故抛出问题："这个弈秋就是教育专家啊，虚心听教育专家话的人，难道会没有感悟？你说说看，你要下棋还是射鸿鹄？"

听到这里直白得不能再直白了，江川絮不得不应战，心里暗忖："跟他学下棋，最后下不过学射鸿鹄的人。"

但嘴上却阴阳怪气地说："估计胡专家是苏格拉底，这种诱导式教育，我得隔段时间才会受启发！就像年夜的饭，过完年回味起来才觉得香！"

话音未落，江启文的不满被逗了起来，毕竟是对儿子了如指掌的老子，怎么会听不出江川絮刻意也压制不住的敷衍和揶揄。

"你昨晚还编故事笑话人专家呢！不知道你哪里学到的那些怪思想，课本都没有读精，不务正业编什么故事，还嫌人家专家讲得不好了？"

江川絮哈哈一笑，眼中浮现胡专家展手要笔的画面，称赞道："看他的样子，劈砖倒是一块好料！"

24. 没有"铁幕演说"的冷战

一句调侃几将江川絮推至不堪造就的位置，随后几天，是一段相对持久的冷战。这段冷战没有激烈的"铁幕演说"，起于无形之间，江川絮把那一段关于"要下棋还是射鸿鹄"的对话当作战端。

自古冷战和热战一样，是可以升级的战事，之所以说冷战会升级，自然是有冷战的经验。

第一次父子冷战发生在江川絮与永昶重逢的时候。小学毕业后，江川絮便离开那个煤烟纵横的镇子，去往毗邻的城市上学，而永昶继续留在原地。

那时没有电话，他俩就此失去联系。直到三年后的某一天，二人重逢在一个阴天闷热的下午。

那天江川絮身揣30块人民币走在去往书店的路上，脑海中算盘打得叮当响。

他在想要不要拿买"5+3"（《5年高考 3年模拟》）的钱买一本六角丛书的演义小说，剩下的钱用来吃雪糕。

他掐指一算，一本"5+3"定价29块，而全本《三国演义》22.5块，全本《东周列国志》25块，"三言二拍"均价15块，全本《封神演义》和《三侠五义》都20块。随便都能省出几块钱来。他也是在那时知道了何为"黄钟毁弃，瓦釜雷鸣"，总扼腕叹息。但转念一想，自己是新时代的螺丝钉，怎能乱生俗念，要为祖国建设多读有用的辅导书才对。

想罢心头的太阳红彤彤的，昂首挺胸迈进书店。俨视有顷后，定睛瞅准一本"5+3"，一个箭步掠过去，抄手捧起。

正准备结账离开，忽然有个声音从脑后炸响。

"匹夫！我还以为你死了呢！"

江川絮心头一颤，"那就葬我于高岗之上兮！"几要脱口而出……

甫闻此声，他胳膊上的汗毛就竖起来了，从小到大知道江川絮是"匹夫"并能不分场合地大叫出来的人，除永昶外，没有别人。

见到此贼的后果，是江川絮革命信仰的崩塌。三言两句过后，永昶扬一扬手中的《百年孤独》，说："加西亚·马尔克斯，魔幻现实主义，'留神你的心，奥雷里亚诺，你正在活活腐烂'……"

江川絮知道他在炫耀书中语录，但无知令他没法接话，憋了一腔"匹夫你都高二了，怎么还能读这些无用的闲书呢？"的铿锵正义准备教育他，可话到嘴边，却莫名觉得羞耻。

于是他闪电般扔掉了那本"5+3"，扯来一本《三侠五义》，迅速从冰柜中取出两支巧乐兹，递给永昶一个，欢快地掏了钱。

江川絮看到店员优雅地皱眉和不耐烦地找零，才意识到方才举止的粗鲁，实在不该随意掷弃……

走出店门，两人相视一笑，本以为这一笑会笑得尴尬，却不料笑得自然且得体，两人越想越开心，终于将这得体的微笑化为爆笑。

二人寻了一片草地坐下，这一见，竟然毫无久别的生疏感。

那天他们天上地下瞎扯，直扯到嗓子灼烧，才发觉时间过得飞快。江川絮心想，当年司马徽采桑时和树下的庞统聊天，终日不倦，大致也是这么个情形。

让江川絮惊喜的是，偶遇永昶并非巧合，他竟也已转学到自己所在的高中！

让江川絮担忧的是，他幻想再见时，是在一个阳光大好的午后。那时的永昶衣袂飘飘，早已摆脱不会考试的窘境，已能和江川絮同学一同步入高分人士的康庄大道，但事与愿违，他俩相逢在闷热的阴天，永昶依旧不会考试，前程依旧未卜。

回家免不了受一番谆谆教诲，江启文担忧儿子读了《三侠五义》会去当悍匪，江川絮安慰他说，自己还读了唐传奇和《刺客列传》，要当悍匪早当了。说罢江启文更加担忧，除此之外，更对儿子"弃车保卒"、舍本逐末、鼠目寸光的行为大加鞭挞。

小说就此没收，说是等待高考后再见天光，江川絮听后安慰自己说，没什么，书至少没被坑埋。随即他在心里将老爸和债券的父母进行了一番对比，立马找到平衡，又想起电影《撕裂的末日》中要摧毁一切艺术品，并将一切不抛弃个人感情的人置之死地的独裁者，觉得老爷子其实还挺开明。

他心里是这么想了，但耐不住讥讽瞳有不臣之心，趁机兴妖作乱，对内对外两线攻击，对江启文甩去一弧对抗的蓝光，对江川絮自己抛回一阵惩戒的灼痛。

这阵莫名其妙的灼痛惹恼了江川絮，而那道对抗的蓝光激怒了江启文。二人一时间大眼瞪小眼，瞪得彼此火冒三丈，江启文翻过小说看了眼定价，追问剩余钱财去向，江川絮理直气壮表示自己请永昶一同享用了一顿"盛夏的果实"。

一来二去江启文听不出儿子心里的悔改之意，两人彼此赌气，开始了一场为期数天的冷战……

25. 沉默的"太公兵法"

那场冷战引起了江启文的警惕，他发现从小到大一向听话的儿子敢于理直气壮地面对所犯的错误了，还学会了阳奉阴违沉默对抗，就像无师自通一种阴森的暴力。

其实也并非什么冷暴力，顶多属于"愣"暴力，但这种愣暴力，也足令人忧心。因为江母走得早，江启文一生的希望就寄托在儿子身上了，只盼其出人头地，能光耀门楣，生怕儿子走错了道，江家一门的少壮之才要不保，这是他能想到的最遗憾的事情。但他思来想去，不知道这种变化的缘起为何。

子女与父母间的沟通往往陷入互不理解的焦灼，从一方强权，企图让另一方缄默起始，交流的天平斜得厉害。此时另一方心头块垒难消，觉得多说无益，就会在赌气中省下组织言语的精力，继而埋下长线潜伏的矛盾。

江川絮当时即在这种状态，他觉得交流无用。江启文也听不得儿子的那些邪门歪道，觉得是那些课本以外的闲书和只鳞片爪的西方思想带偏了儿子正道直行的脚步。不出几日，他慷慨出资，勒令江川絮再去买一本"5+3"。

这回江川絮正儿八经跑去书店，虔诚地将这本高考圣经摆上柜台，这才见到父亲春风化雨般的慈祥目光，透着一股孺子可教的欣慰。

可惜江川絮不是张子房，他给老人穿完鞋，老人赞一句"孺子可教"后刚刚转身，他就把草草翻了一页的"太公兵法"随手扔掉了。多年来江川絮深究自己这种"阳奉阴违"，宁可敷衍也不愿花时间与人沟通以扭转别人看法的性格特点是从何而来，直到他在工作后很久有一次从梦中惊醒，才恍然大悟。

这个梦是他反反复复常做的几个梦之一。梦里他回到初中时期，他在饭桌上给父亲讲话，讲学校趣闻，讲书中故事，讲自我观点，但每次讲到一半，即被人打断，有时更甚，每次起个话头，即被人截和，恰似被腰斩和断头。后来，打断他讲话的人消失了，他又兴高采烈地在饭桌上给父亲继续讲话，结果讲到一半，父亲又将其打断。自此，江川絮在潜移默化中逐渐变成一个"阳奉阴违"的孩子，在外与人沟通时，他能纵横捭阖谈笑风生，但每当和父亲交流时，他难以畅通地表述完整。

这梦在江川絮年近三十时还会有，以至于"被家人将话头从中打断"这件事，成为他一生中为数不多的最厌恶的事情之一，那是种专属于他的病态的厌恶……

26. 人不"己为"，天诛地灭

不比当年扔掉"太公兵法"的顽劣，此次蔑视权威的态度更令江启文恼火，所以这场冷战旷日持久。就像《百年孤独》所说——"往日的推心置腹已经一去不返，同谋和交流变成敌意与缄默"。

江川絮了解父亲的所有出发点，但恼于他的言行，困扰于他的变化。以为老爸是当局者，自己却也非旁观者，总之都是迷惑者。

最早江启文教儿子要独立思考，那是在江川絮初次听到"人不为己，天诛地灭"这句话并将之滥用时，江启文慎重地给儿子上了一课。

他说："我觉得世人对这句话的解读不尽如人意，你最好用善意揣测它的意思。按照古汉语理解它，这句话里的'为'，不能翻译成'为了'，而是可以倒装，可以理解成'人不己为，天诛地灭'，意思是说'人不有所作为，天地都容不下'。"

江川絮听了这样一番解释，豁然开朗，这比"人不为了自己着想，天地难容"的翻译善良得多，姑且不论其正确性，至少这件事教会年幼的江川絮，不是别人说什么他就要信什么。凡事存三分疑，等自己判断过后，再给定见。

这样的江父在高考和学业问题面前，也如光阴一样一去不返。渐渐地，他们的对话拘束在事关教条的齿距之间，分分秒秒的啮咬，都是严丝合缝的味道。

想起来，当年那本披着"太公兵法"之皮的"5+3"——被江川絮草草翻看的那页前言——恰能诠释江启文当时的心理状态：

啊，朋友！我想对你说，拥抱明天，需要你学会做人、学会学习、学会生存，也需要你付出百倍努力，学会考试！达尔文说：'最有价值的知识是关于方法的知识。'掌握科学的复习方法吧，你将事半功倍，你将拥有制胜的利器！这是能力的延伸，这是智慧的加油站，这是高考的动力臂。如果拥有这个支点，你将会拥有解决所有问题的妙计……

虽然江川絮当年不懂事，仅仅读了这一页就抛弃了它，但读这一页时，他对未来的憧憬是敞亮的，这段《前言》极为精辟地体现出"学而优则试"的道理，又是一篇优秀范文！

其中"啊，朋友！"的咏叹本就亲和力十足，配上达尔文爷爷的名言更是锦上添花。尤令江川絮欣赏的是那直击要害的文意，"学会了考试的方法"，你就"学会生存"继而"拥有解决所有问题的妙计"。

这在当年对他启迪深刻，至少在阅后的一次作文中，江川絮即引用其中妙语——"啊，朋友！这是能力的延伸，这是智慧的加油站！……"

27."黑珍珠"与粉刷匠

那几天，江川絮的讥讽瞳压抑不住，一闪一闪的像两盏青蛙灯。他觉得自己可以思考一些问题，却又难以思考出所以然，脑子在宇宙和试卷中来回变频，如同一架坏掉的闪频电视机，思来考去，他做了个怪诞的梦。

他梦到自己乘着一叶小破船在茫茫大海上漂荡，一腔虔诚在澄澈清高的天空下化作自由的故事，撞进他干净的眼，但好景不长，世俗的威仪捣毁了他的妄念。于是他在船头用毛笔写下"黑珍珠号"，刚写完，一个浪头打过来，字迹就不见了，于是他再写，再被海水冲走，又写，又被冲走，就像一个无限的死循环，累得他精疲力竭。

有船员建议他，船长啊，我们已经在这片海域徘徊三天了，我看你还是先给咱们找回去的路，找到以后你再当粉刷匠怎么样？

江川絮说，不行，这是我们的信仰。

船员说，船长啊，这是你的信仰，不是我们的，你再这样，我们就不得不考虑跳船游回去了。

江川絮无奈，只好说，那你帮我写，一定要让"黑珍珠号"扬威海上。

船员喜出望外，大声道，放心吧，我是一个粉刷匠，粉刷本领强！

后来，蔚蓝的海水都被墨汁染黑了……

Chapter.6
第六章·情书出手终身误

每个人的心里都有一片独属自己的梦谷，
这片梦谷或清雅万千，或形态百样。
人们应该珍视这片虚有的沃土甚至高于物权，
实则它就是内心物权的外化。

28. 梦谷是领土

"黑珍珠号"的梦催化了讥讽瞳,使其持续地内外焦灼,反抗之心愈盛。

一个月后,债券在偷偷从事画画的末技时被家人发现,珍藏的画本随即被判"斩立决"。一旋幸福的火苗即在明媚的光中消亡。

看着他垂垂欲死的模样,江川絮等替他勃然大怒。想起来,那时候的他们总是替人勃然大怒,替人大怒实有讲究,彼时的他们将这种行为当作一种身具领袖气质的义勇表现,觉得这是一种生而为人的合情合理的主人翁精神。当然,此项精神,在他们未来的城市生活中,消亡殆尽。

那时他对债券说:"起来吧!你死狗一样趴在地上太久了!让别人以为你就是路。咱们该求自由求自由,该追女孩追女孩,该画画还画画!"

债券抬头望向江川絮,眼中一片狼藉。江川絮看着他的表情,想从其中读出一点愤怒和哀伤,但却没有。债券迟钝的五官似乎已不能代述他自己的情绪,这是让江川絮觉得悲伤的事。

江川絮以为,每个人的心里都有一片独属自己的梦谷,这片梦谷或清雅或形态万千,即使在他人眼中破败不堪,都不该被碰。

人们应该珍视这片虚有的沃土甚至高于物权,实则它就是内心物权的外化。就像著名的英国谚语"我的茅屋子,风能进,雨能进,国王的卫队不能进",这样才称得上神圣的私有领土。

而所有人都该形成这样的一种契约精神,在没有受邀前,误入他人的梦谷都该轻步软行诚惶诚恐,遑论野蛮地肆意踩踏。

债券的《蒲公英册》就是他的梦谷,他梦谷里的一草一木是其亲手所植,不偷不抢,何忍遭到轻贱!

因此，反抗的号角吹响了，这一响，便一发不可收。

除债券外，其他人都信心满满要助其俘获尹卿柔的芳心，江川絮率先意识到林晓童其实也是个女生，所以将之推上军师宝座。

29. 浪漫之物惟恍惚

林晓童接到军师委任状后，先摆谱三回合以惩戒一众瞎眼男生忽视她的性别之罪，直待消耗得几人精疲力竭转身欲去时，她才按捺不住八卦的心开始支着儿。

她说，要引起女生的注意，莫过于浪漫二字。而具体怎么浪漫，要瞧你们的本事了！打个比方，诸如……

接着她列举了一系列偶像剧中男主对女主的浪漫举动，除《还珠格格》外，在座都不知晓。

大伙面面相觑后略过她的案例开始架空讨论如何浪漫。

永昶起腔道："浪漫之物，惟恍惟惚，惟琢惟磨……"

大家齐声说："世界这么大，请你滚出去看看！"

随即进入正轨。

何牧修首先提出弹琴唱歌法，刚出口就遭否决。林晓童质问他是不是想置债券于死地！

债券此人长期以来备受嘲弄，又兼生性懦弱，上讲台说话尚且畏首畏尾，还能让他去女孩楼下唱歌？要真去了，尹卿柔家人扔不扔刀子暂且不论，百分百债券自家人会清理门户。

林晓童继而发言："要不送玫瑰？所谓赠人玫瑰，手有余香。万一被拒绝了，还能说是为了让自己留香，免得尴尬。"

何牧修反唇相讥："留什么香呀留香，你姓楚吗你就留香！有空去给'黄时雨'（江川絮外号）的书稿里添段子吧，什么乱七八糟的脑洞！"

江川絮也不同意这么干，玫瑰在学生阶段算是洋礼，属于露骨酸腐的舶来品，事关人品与脸皮，稍有不慎会腐蚀未成年人纯净的灵魂。

接着进入乱战模式，林晓童和何牧修像是共工遇上祝融，水火不容，江川絮负责做和事佬，却也苦无良方。

一刻钟后，永昶忽然发声："若要罗曼蒂克，不如效法重阳朝英之故事。"

林晓童嘱咐他好好说话，别整得人家和你很熟一样。

可永昶的话激起了江川絮的灵感，江川絮一拍大腿说，匹夫说得对呀！当年王重阳爷爷和林朝英奶奶就是情书往来，秋波暗送，即使相隔万里也不能阻断思念，才留下了一段矢志不渝的佳话。自古就有什么"邶风鹊桥雨霖铃""人面桃花凤求凰"，正所谓情书出手终身误，我们来个飞鸽捎信，鱼传尺素……

30. 七彩祥云的大话

敲定写情书的法子，大家一起去找债券。

林晓童显得颇为高兴，一路蹦蹦跳跳，江川絮和永昶正襟自持，以示与这等八卦女子殊途陌路。

他们找到债券时，见其像一摊发面一样颓然地搭在桌上，手握一支笔在本上随意涂鸦，嘴里念叨着什么。

何牧修凑近去听，正听到两句——"又岂在朝朝暮暮，又岂在朝朝暮暮"。

牧修说，这是在两人事成之后的话，你和姑娘八字还没一撇呢，什么呀就朝朝暮暮！

债券回过神见到一排人站在他身后，羞红了脸。

江川絮拍拍他的肩道："债券啊，都二十一世纪了，'神舟'都载人上天很多次了，而你都这么大了，不能再用诸如劈砖锤人之类的方法吸引女生了，好歹使用些文明手法。"

债券问："什么文明手法？"

林晓童哈哈一笑说："我们都商量过了，就写情书吧！"

债券忙摇头摆手说，不会不会。

何牧修说："你先试着写，不行有'黄时雨'给你代笔，真是愁煞旁人！"

债券眼中亮起华彩与瑟缩，是他每次偷摸画画时候的样子。

江川絮瞧见后暗叹，要是这样的华彩儿时能保持，你该是怎样阳光善良的小屁孩啊。可你都长大了，长得和我们一样大，长得该藏着自己的兴趣爱好了，长得不能左右自己的生活和愿望了，可你的心还没长大，还不能左右逢源地适应束缚，更不能一往无前地冲破牢笼。

林晓童在一旁也看着他的懦弱，小声说："喜欢，是求不来的。你和她，都是平等的人。你要勇敢、自信，女孩不喜欢没有自信的男生。"

江川絮期待他点头称是，可是他没有，仿佛茫然的大雾弥漫了眼睛，溢出些许惶恐，他问："那该怎么自信？"

大伙听后面面相觑，不知如何作答，心说这让人怎么教你呀，这个问题该去问要把你打造成财务精英的父母啊！

江川絮心有不忍又觉得好笑，感觉眼前之人有点像被嫌弃的松子，心想哪个漂亮女生会喜欢这样连丝毫延展性都不具备的脓包。

林晓童却皱着眉头认真思索起债券的这个问题来，三个男生爱莫能助地望着她的脸。

稍顷，她开口说："你可以想象自己是个盖世英雄，有一天要踩着七彩祥云……"

扯淡！纯粹是扯淡！江川絮心想，他忽觉荒诞得有些伤感了，大话西游，为何要大话？因为这些话大到不能实现，说出来只是为了让人想象和伤感的呀！

林晓童背着台词，却诠释得认真。这是江川絮第一次见到，一个女孩对爱，不只是爱情，对善美之事最与生俱来的憧憬。

等她说完，永昶举手补充说，债券你可以回家多翻翻金庸先生和古龙先生的书，江湖中的琴心剑魄、儿女情长都在里面了，有啥不懂的我还可以给你补补课……

31. 你随我走，天下我有

第二天课间，何牧修瞥见债券迈着铿锵的步伐往尹卿柔所在的班级走去。

他眼见不妙，忙叫上江川絮，飞奔过整条走廊将其拦住，展手就夺过情书。债券扬言那是隐私，看不得。

何牧修怒道："你总得让我们把把关呀！"

情书展开，二人大吃一惊。

信纸是很好看，龙飞凤舞的大字却差点闪瞎他俩的眼。

第一句写着："你随我走，自此之后，天上地下，唯我二人独尊！"

江川絮诧异不已："你写的这是什么？怎么就产生了天下你有，她跟你走的幻觉？"一言未完差点儿被唾沫呛住，清了清喉咙拍着信纸怒道，"这跟把女孩叫到面前劈砖有什么区别？"

债券茫然地张口，欲辩未辩。

何牧修仔细揣摩信中明喻，疑惑地挠着头问："你俩要私奔？"

债券忙使劲摆手。

江川絮给他敲警钟说，断不能生此邪念啊！你要是带着女孩私奔，估计你漫漫余生就没有"奔"这种能力了。

债券红着脸吃吃半晌后解释说："不是'咏唱'教我去借鉴金庸和古龙的书吗？昨晚我还给他打电话补了历史课。"

"补了些啥内容？"

"补了一个碑文，说'凡日月所照，江河所至，皆为汉土'！"

"汉宣帝定胡碑？匹夫给你补这个干什么？"

"他说碑上这句话是化用班彪的一句话，叫'汉秉威信，总率万国，日月所照，皆为臣妾'。"

"这又有什么联系呢？"何牧修挠破头皮也不明白其中的联系。

"他说这句话的意思是，汉朝有恢宏的霸气才能总领万国，凡是日月照过的姑娘，都是我的妾！"

"啊呸！"江川絮几乎七窍生烟，"你听他个神经病给你胡说？"

"他说主旨大意和武侠书里的基本一样，武侠书里的英雄都是这样豪气干云的……拔剑长啸，然后……姑娘在手，嗯……群雄束手！"

"啊呸，啊呸，啊呸呸呸！"江川絮跳了起来。

何牧修捂着脸沉默了半天，咬牙道："那写的都是些个乱世里的大侠、神仙啊！有一些是黑社会大哥呀，你现在处于和平年代，社会安定的和平年代你懂吗？你写的这东西有诱拐少女的倾向呀。我的个神！'哒哒的马蹄是个美丽的错误'听过没有？情书要那样写呀……"

十五分钟后，由江川絮起草，何牧修代笔誊录，一份热腾腾的情书新鲜出炉。

  那一日，你过我家门前
  哒哒的蹄声敲碎梦的连环
  我披衣立于窗前
  久久地凝望你
  有酸怆的情绪
  和无声的语言

  马蹄踏出朵朵白莲

像浪花发了芽
你在芽上小憩
恬静又困倦

天与地织起朦胧的纱
纺锤沉丝
模糊了你
模糊了视线
它不懂我的怅然与难堪

我再难凝望你
彼时
精移神骇
忽焉思散

此文一出，债券纳头便拜，热泪滚滚，江川絮忙扶他起来，说"爱卿不必行此大礼"。

何牧修啧啧称奇，断定江川絮心里一定住着个"什么宝贝"，他已被那酸怆的情绪酸掉了牙。

江川絮摇头说不，那是你牙不牢，我是动了真情写的，管它是不是情书。

这样的软文，自然并非凭空捏造，而是根据债券口述的小故事改编而成。

写前江川絮引导债券，让他说一件自己和尹卿柔交集最大的事，否则情书言之无物，容易流俗。

于是债券抓耳挠腮，终于憋出这样一则"典故"。

故事其实很简单，有一天下雨，债券被关在书房搞"国际经济研究工作"，正放空自己望着窗外雨帘，一辆汽车驶入视线——车窗是摇下来的，车上正巧坐着尹卿柔。由于交通堵塞，此车恰巧在债券楼前马路边停留，正眯着眼睡在后座的尹卿柔，被情愫复杂的债券饿视几分钟。

就这样一件事？就这么一件事……

何牧修问这屁大点事该怎么写？江川絮说无妨，以国人偷藏起来的浪漫情怀，划拳喝酒都能品出人生苦短的哲学，这个故事怎么就不能浪漫！只不过需要点艺术性的加工而已。

在艺术性的加工里，雨自然不能写成雨，应该写成"苍穹的泪"，不过江川絮见债券羞涩又深情的样子，不忍戏弄他，绞尽脑汁写成了"纺锤沉丝"。

汽车自然不能写成汽车，换成马车，无非也是"轮辐盖轸"，大可代用，更进一步，马儿和车都是四肢物种，也说得过去。而那"朵朵白莲"，自然是汽车驶过溅起的雨水。

三人满意，一拍即合，何牧修心急火燎给情诗取名叫《纱马行》，说什么取雨中乘车路过之意，又像词牌名，古雅又好听。江川絮说你可拉倒吧，怎么不叫杀马特，可最终那一笔题目已被何牧修填上，且立意坚决……

32."刺卿"《纱马行》

石沉大海尚有"扑通"一声，涟漪数圈，《纱马行》投出去却无半点儿声响。

江川絮与何牧修按理来说事不关己，可此信毕竟是出自他俩之手，并且"生擒扈三娘"的牛皮已经吹给林晓童几人，如今没有回音等于间接否定了二人的才华，所以两人大感失望，颇觉颜面受损。

在经历了林晓童的一番毒舌奚落后，二人聚首小议此事，议来议去，恍然有所悟，何牧修问："会不会跟忘了署名有关？"

江川絮愕然瞪视他，良久无语。

他和江对视半晌，问："尹卿柔纵然心动，是不是也无法回应？"

江川絮点头称是。他猜想此时的尹卿柔八成坐立难安，有种错过才子的失落感。

何牧修忙去偷偷观察，观察来的结果再一次让他们大失所望。

那个尹卿柔，居然像个见过世面的女人一样，并未显示出怅然若失或焦躁难安的情绪。

江川絮问债券是不是情书给错了人。

债券忙摆手说，不可能不可能，我托尹卿柔的好朋友放进她桌兜里时是我亲自盯着的。

林晓童也按捺不住上来凑热闹，说要不咱们派一只带着摄像头的蚊子，去观察观察她？

江川絮怀疑这种高科技蚊子尚未诞生，否则狗仔队应该会率先用到。

没有高科技，何牧修主动请缨变成那只刺探军情的蚊子。林晓童说想要出师吉利必须有个代号，要叫他"阿蚊队长"或者"军蚊"，被他断然拒绝。于是经永昶建议，改称他为"何则成"，行动代号"刺卿"。

之所以派遣"何则成"出马，是因为他的过去，实在是潜伏界的一员虎将。这个后文再表。

"何则成"出马后，不日回报消息。原来已有三只雄孔雀每日围着尹卿柔团团转，以不同的方式开屏。而其中一人实在是劲敌，听说号称"情书界的独孤侠"。

Chapter.7
第七章·绿荫照水爱卿柔

那时你会发现,我也是个害羞的男孩。
只是弄巧成拙,只是欲盖弥彰,
只是自以为是过了头,只是欲擒故纵失了手。
人们说,绿荫照水爱晴柔,
既然你叫卿柔,从此以后,我就叫绿荫吧……

33. 浪里白条浪江湖

传闻"情书界独孤侠"的情书不仅走质,而且走量,写起情书信手拈来,日产十篇。

林晓童揣度,应该是尹卿柔看多了此人的情书,故而已对情书免疫。

这倒激起了大家的好奇,不日,"何则成"便寻来一篇真迹,以供瞻阅。

爱柔:
  是谁?送你来到我身边?
  是上天!
  是谁?送你来到这人世间?
  是宿命!

——题记

你穿白色衬衫那个下午,我隐约看到你的文胸肩带好像和上次款式不一样。

我拽着你的小辫子,你红着脸骂我,可爱的你更加可爱了。可是你竟然没有生气,撇嘴转身写作业,倔强的你更加倔强了。

你163厘米的个头,和我是标准的情侣身高。在路上我拦住你的去路,问你去哪。你没有回答我,甩开我坚实的臂膀,潇洒地走开,一脸嫌弃。那一刻,我以为是上天注定。

我记得那是正午,你与我并肩,双马尾、黑色眼镜、白帆布鞋、花格子纹理衬衫。只记得我脸在发烫心在跳,那一路走得蹒跚,我在心里默数了325步,却一直没说话,我想,还有40步,就是一个大周天的缘分。可在路口,时光没有为我们暂驻,你也许看出我的不舍,在沉默30秒后才移步离去,也就在那30秒里,我知道发生了什么。我想着漫漫的往昔时光,想着洋洋的未来日子,想象你若不在,要双眼又有何用?

如果你伸手我就任你打,如果你张口我就任你骂,如果天打雷就让它劈在我身上,我愿失去月亮换你一个晚安。

那时你才会发现,我其实是个害羞的男孩,你翘起的嘴角紧握的双手,你愤懑的眼神不屑的语言,都是让我更喜欢你的理由。

如果风吹起你的长发,我会伸手在你额头,弹一个脑瓜崩。如果风吹起你的长裙,我会回首看你慌张得一脸娇羞。如果风吹过这些岁月,我会悔不当初,没能在你最美的年纪猜透你的心,没能在你幽怨的眼神里找出深藏的事,没能在这样的光阴里给你菩萨般的温柔。

还好,你尚在最美的年纪,我也是这样的年华。

LOVE　浪里白条浪江湖

大家看罢,目瞪口呆。

江川絮禁不住感叹,原来是"宿命"送柔儿来到了人世间,他还以为是她妈。

何牧修点头称自己也没想到,只观题记,就知此人绝非等闲,他已能将歌词运用得出神入化。

看署名就知此人厉害的根源,他叫——"浪里白条浪江湖"。

细读全文时,江川絮和牧修互递眼神支走了债券,他们怕他疮痍的心再遭创伤。

债券一走,几人便大呼小叫。

江川絮蹙眉摇头道:"太可恶了,以这厮的脸皮,我们几个叠在一起都不是对手!你看看第六段,'原来他是个害羞的男孩'。"

林晓童也未料到此人竟是个"害羞的男孩",啧啧道:"不得了,怪不得叫浪里白条浪江湖,浪起来果然无人能及,你瞅瞅'这菩萨般的温柔',你看看这一个'脑瓜崩',再瞧瞧这'小辫子',竟然已到肌肤相亲的地步。"

形势不容乐观,所以江川絮等深感不安,在如此严苛的"扫黄"环境下,竟然留下了这样的孽种。可见地下组织在哪里都是难以根除的。

34. 潜伏虎将何牧修

《孙子兵法·虚实》有云:"善战者,致人而不致于人。"要致人,首先要知人。

经过"何则成"的潜伏,大伙了解到部分敌情,那个浪里白条浪江湖,本名张舜,因与《水浒传》中"浪里白条张顺"同音,且自诩又有三分江湖浪气,索性取名"浪里白条",听说他还有一个笔名叫"江湖浪子浪江湖",浪江湖虽然在精神上浪得可以,但却也是"恍然大悟界"举足轻重的人物。

为了进一步了解对手,组织上决定派江川絮换岗"何则成",进一步刺探敌情。

所谓"刺探",便是在"探"的基础上多一层"刺"的意思,必要时要有个刺的动作,也就是说遇到能解决的敌人顺手刺死了,即能省去很多麻烦。

江川絮暗自忖度,武力刺探非其所长,决定先通过虚拟世界一探究竟,这样不容易暴露,即使暴露,他也可虚晃一枪,全身而退。这叫"事了拂衣去,片叶不沾身",是典型的刺客行径。

根据线报,不日江川絮加到张舜的QQ,一看网名吓一跳,叫"江湖文圣扫江湖",江川絮想傲慢之人可能有傲慢之人的本事,所以揣着小心不敢小觑。

等他上线,刚聊了三言两句,江川絮就摸不着头脑。

开始对话,张舜就发来一段长文,接着良久无话。原文如下:

诺夫(苏联作家)在他的著作中讲述了一个叫格雷姆阿秋的村子屠杀牲口的情景:当夜幕降临时,能够听到难以压抑的杀猪宰羊的叫声。刚刚加入集体农庄和尚未加入集体农庄的农民都在屠宰自己的牲畜,公牛、绵羊、猪,甚至奶牛和正在产息的母牛都被杀了,村里的树挂满了肉。农民提出的口号是:"杀吧,这些不再是我们的了。"

江川絮顿时被唬住,暗叹果然山外有山,天外有天。一听到诺夫、斯基之类,必然是苏联作家,而他当时对外国作家知之甚少,掐指估算这是什么朴实高深的隐喻,本想输入一句类似"布尔什维克必胜"的话来探他口风,但一转念,又不敢贸然搭腔。

双方沉默,江川絮在忐忑良久后,等来张舜同学的后半段文字:

上述说明苏联农业集体化(　　　)

A. 充分调动了人们生产积极性

B. 侵犯了农民利益

C. 为苏联工业化建设创造了条件

D. 实行自愿加入原则

江川絮小心翼翼发过去个大写字母"B"，不敢再多话。

片刻后，聊天界面弹出一个"Bravo！"

江川絮擦汗，还好这个词他在电影里见过，是意大利语表示喝彩的意思。他庆幸半晌，但心头闪过一丝犹疑，这难道不是咱们历史配套练习册里的习题吗？

不等他琢磨明白，张舜又发过来一段诺夫的简介，江川絮有点不知所措。

接着张舜又截了一段布莱希特和什么诺夫的名句。

江川絮终于沉不住气，觉得再坚守城池不出难免有损士气，但又苦于对苏联作家的生疏，只好憋出一句《钢铁是怎样炼成的》里的话回应他："一个人最大的破产是绝望，最大的资产是希望。"

张舜不接这句话，气氛陷入尴尬。半晌，他问江川絮平时看什么书，江川絮不敢托大，只好含糊说一句《三国演义》之类。

刚发过去，张舜便连回几个仰天大笑的表情，江川絮心道这么懂哲学的人，一言一行必有寓意。

因此脑子转得飞快，试探道："你是不是要出门去？"

不料张舜并无出门之意，只是淡淡说，我常精读三国！

江川絮一听，同道中人呀！做刺客的心在悬了半天后软了下来。

他想中庸之道自古盛行，冤家宜解不宜结，怀柔政策也不错……

这次洽谈到这里便戛然而止了，因为江启文忽然闯进屋子看儿子是否在学习，江川絮草草跟张舜说了句回聊，便板着一张严肃向学的脸陷入题海。

这次"刺卿"行动，江川絮实未探出张舜的虚实，反而被他唬得一愣一愣。

隔天，江川絮将详情告诉何牧修几人，他说："债券这事棘手，我们还是罢手吧，看来是遇到高手了。他的情敌不光情商秒杀他，学识也秒杀他。我探半天没探明白那'浪江湖'的虚实，所以建议不做正面对抗。正面对抗的话，债券八成会成炮灰。"

何牧修问："那咋办？"

江川絮叹息道："怀柔吧，说不定还是我辈中人。他一上来，背后就背着一座哲学大山，洋洋洒洒全是名言，就不好好跟你聊天。"

林晓童探过脑袋诧异道："有这么厉害？"

江川絮摆摆手："实在不行让'咏唱'去跟他比背诵诗歌吧！"

何牧修摇头："他俩驴唇不对马嘴！"

江川絮说："这个比喻好！但要的就是这种搭不上腔的效果。彼此听不太懂对方在说什么，几回合后，他就蒙了。"

林晓童笑了，揶揄江川絮说："你不是一直说自己是赵子龙，是岳鹏举吗？一天天的啥匹马斩五将啊，枪挑小梁王呀！叫'咏唱'来和什么稀泥？"

江川絮说："这是策略呀姐姐！更何况很有可能真是同道中人，何况他叫江湖浪子，我姓江，同宗之人，怎忍相杀呀！不信你俩谁用我的号去跟他过过招？"

"借口！你这是遇强则弱的心理！"

"你再说一遍，你个扁头！"

"借口！"

……

最终，何牧修拿着江川絮的号继续跟张舜聊。一天后，见面第一句话："刺他！"

江川絮问他怎么如此笃定。

何牧修说："今天我登录你的账号，看到浪江湖给你的留言了，他说'这么巧！你也姓赵？我妈也姓赵'。"

江川絮愕然，因为他那时的网名叫"常山赵子龙"，只好叹息"一切反动派都是纸老虎"。

何牧修笑道："亏他说自己精读三国，难为他还知道常山是个地名！"

35. 绿荫照水爱卿柔

当天晚上，江川絮像决斗前的骑士一样，有种大任在肩的仪式感和激励感，一回合刺敌于马下保护幼主（债券）的责任感莫名其妙地炽烈。

时过凌晨，万籁已寂，江川絮觉得吉时已到。于是摩拳擦掌，供起李敖、仓央嘉措、纳兰性德与王小波，又将浪江湖的情书摆在眼前，三息之后，针锋相对开始创作，末了还不忘查询别的语种平增虚势。

创作之前，他在身边准备了一只桶，写完后抹抹嘴——身边的桶也快满了。

第二天情书拿到教室，林晓童与何牧修展开一看，当即呕起来。

江川絮勃然大怒，警告他们尊重大作，于是林晓童小声开念。

爱卿：

你是杜拉斯笔下"集千万女性于一身"的姑娘，你拥有蒙娜丽莎式的微笑、岩间圣母的慈祥和维特鲁威人的黄金分割比，你穿着兰陵笑笑生笔下的碎花布裙子，云鬟堆翠头戴桃花，双眼一个像湖泊一个像琥珀。

你是海伦，让特洛伊勇士奋勇大呼，为睹芳容十年征战；你是董小宛，让才子冒辟疆扼腕叹息，半生清福九年折尽；你是林徽因，让情圣徐志摩怅然若失，得之其幸失之其命。

我见到你的那一刻，以为见到了浣纱的西施、出塞的昭君、醉酒的贵妃、拜月的貂蝉。你身穿霓裳盈盈起舞，赵飞燕自愧弗如。自此后，我的双眼外人不入。

我忍不住要唱：西湖的水，我的泪，我情愿和你化作一团火焰，啊……啊……啊……

我记得那是黄昏，你从我身旁经过，白衣乱摆辫子甩甩。之后多少个夜深人静午夜梦回，你都出现在我那忧伤幽怨的梦里，白衣乱摆辫子甩甩。

我还记得那是清晨，你在我前面散步，深灰的长裙和蓝色的发带。你的周围粉蝶飞舞虹光万丈，你走过的路面鲜花开放万物生长，我不敢靠近我无法呼吸，我想象自己的前世是董永或许仙，但现世的我却像凡人一样——无能为力。

"曾虑多情损梵行，入山又恐别倾城，世间安得双全法，不负如来不负卿？"也许这样的天问，即是我对爱卿的感情。

也许蓦然回首伫倚危楼，你会感知到我的笨拙，察觉到我的伪装，会体会到我那极力隐藏的心肠。也许时光回头月下斟酒，你会看到我偷看你时的微笑，你会听到我倾听你时的心跳。

那时你会发现，我也是个害羞的男孩。只是弄巧成拙，只是欲盖弥彰，只是自以为是过了头，只是欲擒故纵失了手。

人们说，绿荫照水爱晴柔，既然你叫卿柔，从此以后，我就叫绿荫吧……

萨嘎破……

绿荫祭泉

林晓童读完，笑瘫在地。

何牧修干呕半天，终于在江川絮的怒目下开口：

"你像凡人一样无能为力？我看你像犯人一样无能为力吧！人家浪江湖'记得那个中午'，你就'记得那个黄昏和清晨'，人家是个'害羞的男孩'，好巧你也是个'害羞的男孩'?!"

林晓童喘过一口气:"你也是……个……哈哈哈哈……你也是个'害羞的男孩'?哈哈哈……"

江川絮忙拍拍她的背,说姐姐你回口气,小心噎过去。

何牧修接上林晓童的话:"还有!什么叫你拥有'岩间圣母的慈祥和维特鲁威人的黄金分割比'?这尹卿柔是贞子吗?每次穿着白衣服出现在你忧伤幽怨的梦里……"

林晓童再次从地上爬起来:"爱卿?哈哈哈哈哈……爱卿?哈哈哈哈,爱卿?"

"唉唉!打住结巴,正所谓'亲卿爱卿,是以卿卿,我不卿卿,谁当卿卿'……"

"说人话!"

"浪江湖叫她爱柔,我怎么能和他重复?"

"你怎么不让她平身呢?还'情愿化成一团火焰'?还还,这是什么?'绿荫照水爱晴柔,既然你叫卿柔,从此以后,我就叫绿荫吧。'你怎么不叫照水呢!"

"照水不好听,我这是见贤思齐……"

何牧修扶起笑到原地打滚的林晓童,长吸一口气:"害羞……男孩!最后一个问题,这个……'萨嘎破'是什么鬼?"

江川絮斜眼瞥他一眼,不屑道:"你这就文化短板了吧!这是我专门查的希腊语,意为'我爱你'……"

又一片呕吐之声……

36. 欲擒故纵失了手

撒出去的情丝收不回来,正如撒出去的渔网被浪卷走。

原本江川絮感觉这回稳操胜券,不料依旧没有音讯。一番闹够,众人决定不再去打扰尹卿柔,却又不忍见债券好不容易攒起的一点生机再次消失殆尽,决定将此事善终。

永昶建议起草一份悼文,叫《爱卿女儿诔》,话音未落又被请出去看世界。其他人没了他的干扰,一拍即合,决定先制造些幻象,让债券在这种虚拟的亢奋中脱离无望的苦海再说。

接着由"圣手书生"何牧修执笔,仿女生清秀的字迹拟回信一封,说是信,其实就是宽一点的小纸条。上面寥寥写了几句话：

现在谈情，为时尚早，期待看到更优秀的你。

尹卿柔儿

这几句话看似写得模棱两可，但落入债券眼中，不知会读出几种隐含的意思，关键是其中的"度"把握得巧。

首先，这几句话实为拒绝，但又可以说其中隐藏着"看到优秀的你后再谈情"的暗语。最要命的是，大名尹卿柔之后又缀了一个"儿"字，这一字跟得暧昧，于拒绝之上又添了三分希望。

总之，债券在桌上发现这封信时，慌得东张西望，随即将自己泊入无限的心事里，呆坐着将纸条紧紧攥在手心，眼中闪着喜悦与茫然。

后来他们知道，只一句"期待看到更优秀的你"就能深深打动他，那是一种落寞中令人喜极而泣的注视感。

他们几人躲在角落观察着这个抠着手指呆若木鸡的朋友，他的样子看起来那么懦弱那么傻，牧修和永昶忍不住笑了起来，江川絮也跟着笑，讥讽瞳闪呀闪……

笑着笑着，讥讽瞳沉寂下来，骤然间锐利地刺痛了一下。那一刻，双眼忽然模糊，牧修拍拍他的背，说"黄时雨笑笑得了，收泪！"但江川絮自己知道，那不是笑出的泪……

37. 纠察大队慢慢走

至于为什么每次潜伏工作都派何牧修去，实在是因为他的过去，有丰富的潜伏经验。

何牧修小学时曾经是校园先锋纠察队中的一员虎将，其地位堪比五虎将中的马超。

当时，他们校长发起"慢慢走""善善行"和"弯弯腰"系列活动，号召同学们讲文明树新风。走路"慢慢走"，以便发现身边的真善美；定期"善善行"，规定时间内提交好人好事；时常"弯弯腰"，见到垃圾都要捡起来。

而校园纠察队的职责就在于发现学生中不响应号召的逆流，以便将之捉拿归案，教育斧正。

"慢慢走"行动对同学们的影响深远,但在小学毕业前就戛然而止。

开始,纠察队成员像猎犬一样追捕在学校里快行和疯跑的学生,抓到以后逼其撩起裤腿,看看腿上究竟有没有飞毛,有则剪之,无则记过。

自此后,大家都成了诗人,走起路来娉娉婷婷,嗅花观柳,故此迟到现象屡禁不止。此外,据说自从活动推行以来,该校在多次小学联谊运动会上,蝉联倒数第一,实损颜面。

如此这般,只好作罢。

"善善行"活动讲究的是定期定量,持之以恒。班中同学们都要准备一个周记本,一周一交,以备审核。本子中主要记录自己这一周的善行,不得少于五件,起初同学们热情高昂,不料不久后好事做尽,短短几周内,扶了八百个老奶奶,以至于老奶奶在小学生出现时都不敢出门。

几周后,大伙便难达指标,于是大家集思广益发动智慧,攒起一毛两毛,定期上交。一时之间,拾金不昧的春风吹遍整个校园。以至于居心叵测之人听说此事,混进小学来捡钱。

至于"弯弯腰"活动,成功激发了何牧修的潜伏技能,让他有了做间谍的可能。这是因为"弯弯腰"活动最难发挥队员的功用,大伙都有种"空有凌云志,无力上青天"的英雄赋闲感。

于是乎,他们常常潜伏在一个角落,在同学们必经之地丢下几片垃圾做诱饵,然后猎豹一样蹲守。一旦有人经过却没有"弯弯腰",即刻被他们锁定为"抗旨"嫌疑人,并以闪电之速将其猎捕,记过处罚。

后来,何牧修懂得了矫枉过正的道理,懂了"我哭时也允许你笑"的道理,袖子一甩,昂首离开了纠察队。

Chapter.8

第八章·灰头土脸的老子

世故的头颅踉踉跄跄挤在一起
他们的噪音蒙蔽了自然的耳朵
无穷无尽的滑稽戏
我不希望你步着人流而去
琼花鬓发双败之前
尚有吐香天地的一息

38. 生悲悯，难笑心恙之人

人活着时的精神状态，确实是由一些莫须有的支柱撑起来的。

债券不能从其家庭、师长处寻得支撑，却从那个连话都没怎么说过的尹卿柔处获得了某种奇怪的动力。

这份虚无的寄托让其他几人深感诧异。

自从接到那份伪造的回信后，债券从颓势中拔出来，每天辛勤地耕耘在垃圾桶旁。

他将那片地方开发成一片崭新的沃土，时不时地撒些旁人看不到的希望种子，继而傻乎乎地坐在原位等待它们生根发芽。他照料得格外悉心，企盼某天能见到面向阳光的花。

他的兜里时刻揣着各种资料的标准答案，谨遵胡车儿专家的话就像谨遵医嘱。有事没事拿出来背诵，满心幻想着这样的努力能落入"爱卿"的眼。

永昶私底下叫他"心恙之人"，江川絮打断了他的嘲笑，心有不忍。

39. 今世进士尽是近视

李伯苗在几人中最激进，所以朋友们总劝他看淡看淡，难得糊涂。他听了大家的建议，为了看淡这红尘，近视的眼睛都快瞎了。只好先行一步，压眼镜于鼻梁之上。

配眼镜那天，永昶和江川絮作陪。

永昶问江川絮："你说关二爷为什么老眯着个眼睛？是不是读《春秋》读近视了！"

江川絮沉吟片刻，说那也有可能。

他长出一口气，叹道："这也就解释清楚了关羽为什么从来躲不过暗箭，过五关的时候被孟坦那样的三流武将放一冷箭没躲过，攻樊城的时候被曹仁和庞德连射两箭，庞德放冷箭时关平都看见了，喊了一声'休放冷箭'，可二爷还是中招了。可见他不是武功不高，而是眼神不好，只能近战，隔得稍远，他就看不清对手在干什么了。"

江川絮愕然捧腹，跷起拇指夸他："想不到你身为匹夫，也有不正经的时候！"

永昶耸耸肩说，近墨者黑嘛！

江川絮记起当时看过一篇报道，说随着教育事业和新兴电子产品的蓬勃发展，我国学生的近视率也"大步流星"地跃居世界前列，与网红等产业齐头并进，使他国难望其项背。据不完全统计近视人数已达五亿之多，只靠着上辈人作为不近视人群的中坚力量明眼观世界。

李伯苗想得倒是很开，大手一挥说，大概是如今的国人知识入眼太多，这两扇心灵之窗哪有不蒙尘的道理！而以咱们超高的觉悟，干涸的心田已受灌溉，这身皮囊烂点儿算得了什么！

除此之外，另有一番好处，眼睛退化了，眼镜行业自然起得飞快，还能带动经济的发展。何牧修开眼镜行的姑父曾给他说过行业内的顺口溜："20元的镜架，200元卖你讲人情，300元卖你讲交情，400元卖你讲行情……"

江川絮听李伯苗的思想觉悟如此之高，已与昔日飞鹰走狗的形象判若两人，遂对其刮目相看。

李伯苗验光期间，永昶想到老联一句："今世进士尽是近视！"

江川絮沉吟半晌对道："原始院士原是远视！"

永昶拍他说，对个新鲜的，这个有人对过了。

江川絮思前想后不得好联，忽然想到胡车儿专家，拍手说："砖家撰假转嫁专家！"

永昶咧嘴露出牙花，说这个有趣，我还可以改一下，"撰假砖家专嫁专家"，和你的"嫁"意思不同。

说说笑笑，李伯苗眼镜已上鼻梁，一照镜子，目眩神摇，原本一线天的小眼睛更被缩小几成，回来的路上活像只马猴，之前的豪爽荡然无存。

他问江川絮二人有哪些近视的名人，永昶说："那太多了，张口就给你来一个，你知道'瞽叟'吗？就是圣人舜的老爹！"

李伯苗听后展颜，问这人主要干了些啥事迹？永昶说："主要虐待和策划着怎么杀死舜!"

李伯苗瞬间面沉如水,江川絮忙上前让永昶找个凉快地方待着去,说"瞽叟"是盲人,不是近视;永昶不会安慰人,讲的不是玩意儿,来我给你讲一个。

接着他提起一位改变李伯苗小半生的人——冯梦龙。

故事出自游戏主人的《笑林广记》,江川絮当时错记为冯梦龙的《笑府》。

讲的是近视三兄弟认匾的故事。

说三兄弟近视,某天去拜会客人,到了人家堂上,抬头看见堂上挂着"遗清堂"一匾,大哥看后问二弟:"这家主人有病吗?为何要挂块'遗精堂'的匾呢?"二弟说:"大哥你眼皮黏在一块了吧,这家主人明显好道,所以挂匾'道情堂'!"老大老二互相不服,争得面红耳赤,这时老三进来,举目一看,得意扬扬地开口道:"瞎人就爱瞎说,这厅堂上哪里有什么匾额?"

江川絮讲罢,和永昶相视大笑,转头见李伯苗还沉着脸,戳戳他问:"你咋不笑?"

40. 忧郁的视网膜

李伯苗回到家,满脑子萦绕着江川絮和永昶给他讲的什么"笑君双眼太稀奇,吹灯烧破嘴唇皮"的笑话,颓废半日,便把自己的QQ网名改作"忧郁的视网膜"。

穷思以"忧郁的视网膜"为笔名撰诗一篇,叫《莫忘》。

莫忘

那忧郁的视网膜
自爱她的那天起
沉坠,沉坠
沉坠入沉醉的沉渊
渊中没有光
我看不见
唯独有的是

> 纵横的影子　飘摇的爱
>
> 我开始蜕化，退化
>
> 蜉蝣落草般蜕化
>
> 望不穿高墙与围城
>
> 却忆起最完美的她
>
> 人的眼球像两只带柄的枇杷
>
> 如今我的枇杷，已然枯萎
>
> 原来网膜，即是莫忘……

如此大作一经问世，李伯苗胸中炽热，得意得差点喷出火来，以忧郁形象招摇数日，走哪里都恨不得留下笔名。

"你好，我是忧郁的视网膜，你也可以叫我忧郁莫忘！"

班主任乍见其眼神迷离，走路飘忽，以为他精神受到了什么刺激，只好以教条斧正。

两天时间，李伯苗光顾各科办公室累计9次，终于假戏真做，将视网膜的忧郁引遍全身……

41. 不窥牖，见天道

美国终于要从伊拉克撤军了！患难的人群在旧日的故土上四散奔走，战后的世界满目疮痍。

然而这一切，基本和江川絮等人的生活没有半点关系。同学们对战争与和平鲜有关心，对明星的丑闻八卦倒是了如指掌。但这些毕竟不能摆在明面上说，在明面上，大家似乎都是有着深度思想的文化人，所以张口闭口一本正经地按照最科学的哲学观背诵物质与意识的辩证关系。这一来，什么孙子老子都得遭殃。

管你是几千年前的圣人贤才，都要在最科学的思想荣光下灰溜溜走一遍，以便照出阴影加以鞭挞。

也正赶上教育界掀起一股分析孔子思想的阵风，学校拍手一合计，你们分析孔子，孔子还向老子问过道呢，我们就分析老子，于是在各种主义的照耀下，各班开展形式多样的思想研讨会。

江川絮班和隔壁班合兵一处，声势浩大，引得众领导前来观看，这一下暗潮涌动起来，众思想家们摩拳擦掌，严阵以待。

活动刚开始，讥讽瞳眼见一层莫名其妙的攻伐之气氤氲开来，像是无形的"承影宝剑"横空在班中劈出了楚河汉界。"楚方"认为老子是唯心主义，"汉方"认为老子是唯物主义。同学们分为两面甲士，剑拔弩张分居两界，张口闭口都以"老子"自居，战事就这样如火如荼地展开。

江川絮、何牧修、李伯苗还有林晓童端坐在唯物主义阵营，装出认真思索的表情。

最先发言的是楚方代表马梅妍同学，"老子的观点'有物混成，先天地生'。这里的物指的就是物质，而他说物质先天地而生，表意严重不明，而众所周知，物质是先意识而生的，所以我认为老子是唯心主义思想！"

"哗啦啦"，一片掌声与喝彩，马梅妍同学优雅地坐下。众领导面面相觑，在彼此的脸上看到一抹欣慰的笑。

汉方代表坐不住了，正是自负学富五车的"江湖浪子"张舜，只见他拂袖起身道："老子说'祸兮福之所倚，福兮祸之所伏'。其中包含的哲理是矛盾双方相互依存，在一定条件下相互转化。这是最科学的唯物主义观点。"

"哗啦啦"，又是一片掌声。

对面郝疏敏同学站起来，拿着一张纸念道："那老子还说了'不出户，知天下。不窥牖，见天道。其出弥远，其知弥少。是以圣人不行而知，不见而明，不为而成'。他的这个观点错误理解了实践与认识的正确关系。不行如何知晓？不见如何明了？不为如何成功？所谓实践决定认识，认识是对实践有能动的反作用。实践是认识的来源，实践是认识发展的动力，实践是检验认识真理正确性的唯一标准，实践是认识的目的和归宿……"

五分钟后，郝疏敏总结："因此，老子是错误的唯心主义者。"

话音刚落，又激起汉方雁子鹤同学的不满，以老子的"有无相生，难易相成，长短相形，高下相盈，音声相和，前后相随"进行反驳，说这句话体现了万事万物都是有矛盾的，而矛盾具有普遍性和特殊性，众所周知，矛盾的观点是马克思主义最精髓的灵魂。所以老子是伟大的唯物主义者！……

好不容易轮到中场休息，忽而两队中同时分出一部分人揭竿而起。这单独分出来的一彪人马合作一处，即刻促成三足鼎立的局面。

问及第三方观点，原来是另辟蹊径，认为老子既是唯物主义又是唯心主义，这一下，引发了另两方人马心照不宣地双线攻击，斥其投机倒把，革命立场不坚定。

张舜察言观色良久，居然打着"良禽择木而栖"的口号中场倒戈，跑到对面投诚。

汉方的义勇自然破口小骂，而楚方却张开怀抱，大赞他的弃暗投明。

42. 捍卫科学的汗马功劳

下半场的辩论更加精彩，三方人马混战，"从不积跬步，无以至千里"，分析到"天下之至柔，驰骋天下之至坚"，不一会儿，又到"宠辱若惊，贵大患若身"。

这些竟然都囊括在最精深的唯物主义哲学观下，说到激动处，只恨不能大喊一句，老子的正确思想是承袭马克思爷爷的。

经过整整两节课的雄辩，思想家们意犹未尽，但时间却不等人，无奈之下，大家只能以摇头摆脑的喟叹之姿表达对于自己足以惊世的观念未及问世的懊恼。

临结束前五分钟，张舜抢到最后一个发言权，作为投诚之人，身无涓埃之功，出言就想着有所斩获，说话自然铿锵有力。

"老子提出了'小国寡民'的思想，而我国是个有着悠久历史文化的泱泱大国，这个理念明显不符合我国的国情和核心价值观，有反对祖国大一统的思想倾向。"

众领导一听这还了得，纷纷瞩目。

李伯苗听不下去了，啐了一口小声说："这傻东西，还'反对祖国大一统'，人家春秋战国时期的人物说句话，非拿当代的观念生套，真是无聊透顶！"

江川絮见他色厉内荏，有为老子出头的倾向，忙暗示他不可冲动。

安慰他说，有这样的活动已经很不错了，至少让同学们知道了老子这个人。所谓同学同学，思想不相同，怎么一起学！

何牧修也在旁附和道："'黄时雨'说得对，老子还说过'夫唯不争，故天下莫能与之争'呢，闹戏而已，听听算罢！"

他话音未落，对面张舜同学像葫芦二娃一样有了顺风耳，立马捕捉到这句话："还有，我常常听到有同学说老子总强调的两句话，一句'夫唯不争，故天下莫能与之争'，第二句'祸莫大于不知足，咎莫大于欲得'，这两句话充分体现了消极避世、不思进取的思想。倘若人类社会没了竞争，那整个国家就没了前景，就像我们的教育，没有了分数的竞争，同学们就不会诞生思想。"

好一个诞生思想！众领导微笑着点头鼓掌，没料到下一代祖国花朵的思想竟已经绽放到如此程度，从老子的话想到人类社会，继而延展到祖国、分数、教育。

最后领导发声总结，选了个聪明的折中点，大手一挥，颇有种挥斥方遒的气度："这个老子啊，他的话，既有可借鉴的，又有很错误的，我们要在科学的思想下甄别对待，揭穿谎言，留下真相！"

继而掌声雷动。

这一场辩论实在精彩，张舜同学立下了捍卫科学的汗马功劳，立即被任命为政治课代表。

江川絮早从债券的家访案中知晓李伯苗没有忍性，憋了一肚子嘲弄的话又准备在文章上发泄。

他望向窗外，讥讽瞳中的光芒化作蓝色的飞鸟，跌跌撞撞融入高空，它窥见余烬未熄的壁炉里刚刚消失了一抹身影，那个身影口齿不清地说："对角巷（翻倒巷）"……

Chapter.9
第九章·流放"墨憨斋主人"

吟到最后两句,他的声音忽然拔高,
右手举起来虚做个拔簪的动作,似乎要散发,
可惜了那头毛寸上不具备插簪的条件。
天渐渐地朦胧了,自由的意志尚在高空徜徉,
唱着一首被虚妄的暮烟所笼罩的歌……

43. 笑话屁话和鬼话

江川絮悔不该为李伯苗普及冯梦龙这个人，当日听了"近视"的笑话，李伯苗回家后马上找到了《笑府》这本书，翻了几页觉得没什么大意思，回头看序时却恰好投了他的胃口，啧啧称奇只叹相见恨晚。

赶上他忧郁的视网膜正在师长的鞭挞下愤懑不已，加之对那场事关"老子"的辩论憋了嘲讽，又思及从小到大他因为成绩和"逆民"的性子遭受过类似"不让秃鹤做广播会操比赛"的区别对待。于是李伯苗铆足了劲，创作三日，终成大作一篇，誊于作文本上呈了上去。

江川絮等尚未见到这篇大作，真迹已被封杀，听说办公室里传得沸沸扬扬。

他们从李伯苗得意的口述中知道了其中最精髓的一部分内容，什么"撕开虚伪的面具，吐掉禁锢的毒核"。

之后还化用了《笑府》的序，自称墨憨斋主人，写什么"后之话今，亦犹今之话昔，话之而疑之，可笑也，话之而信之，尤可笑也。填鸭育人，屁话也，而争传焉。以分窥仕，鬼话也，而争仿焉……"

李伯苗说到得意处忍不住仰天长笑，听得江川絮等面如土色，大叫你个傻子，这有什么可笑的，哭的时间快到了！

江川絮暗叹历来有一点文人情结的人往往最憋不住话，当然这部分人也成为"被下放"的专业户。逼得皇帝从牙缝中蹦出一个"贬"字，才捶胸顿足地黯然而去。而这些人，心坎中的积郁只要撒欢跑出来，就会像脱缰的野马一样跑满整张纸，刹都刹不住。

他的预感准得像女人的第六感。校方考虑到李伯苗的思想可能会流毒青年人纯洁的灵魂，隔天，庄重的审判大会便在班中如期举行，主持会议者为班主任，到访的嘉宾共有三位领导，教导主任狼行虎视，把控全局。

一股正义凛冽的肃穆寒气扑面而至，在教室中来回荡漾，迫得众人心胆俱寒，没来由地觉得自己做了亏心事。

教导主任不愧是控场老手，时机拿捏得极准，在肃穆之气将要发酵之际，奋力咳嗽一声，震得半个教室的人浑身一激灵，班主任适时发声："有些同学，思想品行极不端正，什么都不懂，什么都不知道，却不懂装懂，胡言乱语……希望这样的事情以后再也不要发生。"

江川絮听出班主任有口头惩戒，隐隐回护李伯苗之意，又急又喜，背上生出一层细汗，生怕李伯苗这愣头青不识好歹，于是埋头从胳膊下窥视坐在后座的他，却见其老神在在地弓身趴着，满脸的不屑一顾。江川絮悄悄对他打手势安抚他的情绪，意为既然老师没有点名，忍一忍风平浪静。

但他忘了今天的主场发言人并非班主任，而是教导主任。

班主任教训方罢，教导主任这员主帅登场，只见他哗啦啦展开一张作文纸，发雷霆之声骂了起来。

江川絮和牧修都没想到李伯苗竟然天拉地扯，连苏轼回贺铸的《青玉案》都塞进了这篇散文中，什么"遣黄犬，随君去。若到松江呼小渡，莫惊鸳鹭，四桥尽是，老子经行处"……这是由批判"唯分数论"的弊端，笔锋一转扯到了道义友谊上。

而教导主任只负责教导，不负责教学，自然不认识这是古人的原词，以为又是篡改，尤以"遣黄犬""老子经行处"最甚，骂道，看看这两句，就能完全看出这学生的顽劣，每天拉着黄狗，恶霸一样，道德败坏，品行卑污，还自称老子经行处。你走过的地方能做什么？打家还是劫舍？

一些同学笑出声来，江川絮揣着惊讶，这句话都已算大逆不道，后面指摘填鸭式教育弊端的那段必然更加罪不可赦！

不出所料，教导主任眼瞅着李伯苗那张焕发傲慢的脸，恨不能上去踩两脚，当读到"填鸭育人，屁话也"这七个字时，简直怒气勃发，怒不可遏，甚至有怒发冲冠的趋势！这还了得，这话有摇动教育根基的倾向，于是三言两语便剥夺了李伯苗做人的资格。

江川絮陡然间生出一股梁山义气，忽觉眼前世界变蓝了，就想站起来为李伯苗说话的权利辩护，猛然间一只手死死拉住他。他晕乎乎转头，却见林晓童对自己摇头，让他暂时别冲动，目前为止尚未指名道姓。

江川絮正恍惚，只听"哐啷"一声巨响，整颗心骤然一紧，随即惶惶然沉了下去。

最担心的事情还是发生了，他转头看去，只见李伯苗已经站了起来，凳子被有力的小腿弹出老远。他像一只骄傲的狮子，直挺挺地伫立在那里，整张脸已憋得通红，眼中已没了瞳孔，只剩眼白。

　　瞳孔回归原位后，他目不转睛地瞪视教导主任，只可惜眼镜束缚了眼神的发挥，没瞪出霸气来，瞪出了呆气。

　　若说教导主任之前生的是勃然大怒之气，这下生出勃然巨怒之气来，大怒好比诸葛亮骂死王朗，只发挥唾沫的本领，而巨怒则要于口之上再添身手，走马过去力斩匹夫首级。

　　而这教导主任身心兼修，生起巨怒之气来口脚并用有条不紊，足下刚生风，人已至李伯苗面前，嘴里骂得比贯口还顺溜。

　　"有些人，拿着无知当饭吃，拿着羞耻当光荣，拿着丢人当耍人。"

　　刚近身，教导主任便使出他的看家绝技，"胡笳十八拍"……

　　江川絮的讥讽瞳灼烧起来，已忍不住要出头。

　　正在这时，他们听到几颗掷地有声的字从李伯苗的牙缝进出，"沐，猴，而，冠"。

　　何牧修和林晓童面面相觑，江川絮默默闭上眼睛。

　　这四个字出来，要帮他也有心无力了，这已侮辱了师长。

　　之后一场硝烟，李伯苗的校服领口被撕破，鼻血长流。

　　好躁呀，讥讽瞳闪啊闪，似乎一声似有似无的叹息飘过。

44. 昨日之日不可留

　　这场闹剧最终以李伯苗上山下乡反省已过告一段落，时间的长短以主任大人消气的周期为准。

　　怕就怕时间短了，主任大人这口被人侮辱的恶气消不了，时间长了等气消了，又怕连李伯苗这个人都忘了。

　　班主任实在仁慈，临行还找到他嘱咐了一段好话，大意是你下乡好好养猪，在实践中充实自己，争取日后能做一个对社会有用的人。

　　无奈李伯苗觉悟尚浅，不能理解其苦心，听了一半转头就走。

　　临行前，江川絮、牧修和永昶三人为其送行，访十里长亭不获，只好将就找了一处路边的小公园当暂别之地，好在公园里不缺柳树。

　　四人每自各持饮料一瓶代酒，良久无话。

江川絮怕气氛沉重，率先要挑起兴头。

他跷起拇指夸李伯苗道，那天你帅呆了，擦了两股鼻血，俨然是位昂首世外的贵公子。

何牧修摇头惋惜说，美中不足是校服有点儿狼狈，可惜了这件万能的衣服，恐怕以后你……

江川絮听话音不对，生怕他蹦出一句"恐怕以后你再也穿不上这件衣服了"。

忙抢过话头说，对呀，可惜了这校服，袖中藏乾坤，情急做抹布，冬暖夏凉随处滚，重在还能规正人的品行，可惜了可惜了。

永昶也在一旁摇头附和，大呼惜哉惜哉！

何牧修听永昶惜哉惜哉地乱叫，拍拍他道，来首送别的诗吧！

永昶张口就来。先是白居易《赋得古原草送别》的后四句：

远芳侵古道，晴翠接荒城。
又送王孙去，萋萋满别情。

牧修摇头说，换一首换一首，别老凄凄惨惨。

于是永昶换一首："君言不得意，归卧南山陲。春草年年绿，王孙归不归。"

李伯苗瞪着眼哼一声说，关王孙什么事？我又不叫李王孙，首首都是王孙。

大家笑个不止。

江川絮缓口气纠正永昶说："这位'王孙先生'你背串了，'王孙归不归'是王维的《送别》，'君言不得意'两句是《山中送别》，不过话说回来，这句'君言不得意'倒也应景，当年羊祜都有'天下不如意，恒十居七八，故有当断不断'的感叹，何况你我。你回去好好养猪改造思想，等过段时间穿一套新校服再回来。"

何牧修表示赞同，转而又嘲笑永昶说："你行不行啊，背了两首全是王孙，一首还背串了。再想，不行咱们就'唱长亭外古道边'送这狗贼走？"

永昶念叨着低头沉吟起来，酝酿片刻，终于酿出完整的一首诗，是李白的《宣州谢朓楼饯别校书叔云》：

弃我去者，昨日之日不可留；
乱我心者，今日之日多烦忧。
长风万里送秋雁，对此可以酣高楼。

蓬莱文章建安骨，中间小谢又清发。
俱怀逸兴壮思飞，欲上青天揽明月。
抽刀断水水更流，举杯消愁愁更愁。
人生在世不称意，明朝散发弄扁舟。

吟到最后两句，他的声音忽然拔高，右手举起来虚做个拔簪的动作，似乎要散发，可惜了那头毛寸上不具备插簪的条件。

这时永昶的情绪也达到一个狂涛漫卷的顶点，江川絮知道他也是借着别人的坟，哭起了自己的伤心。

可偏偏那样意气风发的不回首的决绝句，未能激发出大家的豪情，反而激发了一种疲软的无奈。

何牧修仰头喝一口蜜茶，却喝出三分酒气。

开口笑道，你们知道最后两句让我想到了什么吗？鲍照有两句话，叫"心非木石岂无感，吞声踯躅不敢言！"

李伯苗诧异地瞧他一眼，天渐渐地朦胧了，自由的意志尚在高空徜徉，唱着一首为虚妄的暮烟所笼罩的歌……

Chapter.10

第十章 · 树生于广莫之野

大爷从遥远的树顶微微欠身俯瞰江川絮,接着答非所问:
"讥讽瞳对于他人来说是刺儿,会被剜掉!"
此时他的身子已探进云里,只有声音从云层中传出来。
那个声音说:"相见有期!"
随即山道开始坍塌,江川絮仰身陷落下去,
眼里那棵树延伸到的天穹,
变成《逍遥游》中无边无垠的广莫之野……

45. 屏风后立人

　　李伯苗走了后,大家消停了许多,就像举义旗的乱人被正法,其余观者纵有乱心,也被吓破乱胆,属于乌合之众,不足成事。

　　说起来班主任也有难言之隐,对于"流放"李伯苗,保留了一丝微妙的怜悯,江川絮敏锐地察觉到这一点,心情好了许多。

　　随着期末考试的临近,大伙也渐渐淡忘了有这么个人。

　　分科考试是一件大事,大到家长们也惶遽不安。

　　江启文还好,除了每天黑猫警长一样盯着儿子,谨防课外书等祸乱源头外,基本就是絮叨絮叨。从开周八百年之姜子牙,说到兴汉四百年之张子房,历史名人逐个清点一遍,末尾都编上他们如何学习课本,才成就了人生伟业的故事,仿佛都是他亲眼所见。

　　江川絮说老爸你适合当个史官,常知人关门之语。

　　江川絮尚能和父亲见招拆招乐在其中,债券可就没这么幸运了。

　　他父亲悍然将儿子塞入各种补习班中,开始全方位恶补,他母亲更是用极佳的天赋在极短的时间内学会了溜门撬锁、探囊胠箧的本事。大家很乐意称她为"楚留香阿姨",无奈她盗相不雅,每次翻完儿子的书包后,都留下书破笔残的狼藉局面,大家只好给她差评,背地里称其"盗跖""时迁"。

　　他父亲悍然将儿子塞入各种补习班中,开始全方位恶补,他母亲更是用极佳的天赋在极短的时间内学会了溜门撬锁、探囊胠箧的本领。大家很乐意称她为"楚留香阿姨",无奈她盗相不雅,每次翻完儿子的书包后,都留下书破笔残的蛛丝马迹,大家只好给她差评,背地里称其"盗跖""时迁"。

　　江川絮以为,这个"盗"字有着很深的哲学层面的"含义"。一切"为你好"或"大利于众"的盗,都可从常规意义的"盗"中分离出来。大利于众的盗,往往与侠义、大勇沾边，如希腊神话中的普罗米修斯为人类盗火种。盗跖的门徒也曾以此种盗问道于盗跖："盗亦有道吗？"而"名声若日月"的盗跖回答他："何适而无忧道邪？"具备了圣、勇、义、知、仁这样的五德，盗也有圣人之道。

反观"债券母亲之盗"，显然充其量算个"为你好"的小盗，但她经过了一番自我催眠式的心理建设，觉得为债券好仅是一小方面，她的行为在过去现在未来的时态上，都会产生"百利大于一弊"的积极影响。债券崛起了，在"过去"能光照祖宗，在"现在"可荣曜双亲，在"未来"可福荫后代，故而可将自己的行为无限趋同于"大利于众"的盗，她甚至觉得孟子的母亲也这样想的，一时理论根基如蒯通建造的城防——固若金汤……

随后的日子，"时迁"阿姨在精进盗技的同时，不忘督促债券把各科习题答案复印裁剪好，揣在兜里天天背。

在这种局势下，债券自然不敢将尹卿柔给他的回信放在书包里，同样，学校桌兜也并非安全之所，大家曾建议他把信缝在内裤上，后来想到内裤得洗，洗的时候这封伪信必然不保，而且不卫生，因此他不予采纳。

林晓童提议，倒是可以装在裤兜里，这叫最危险的地方最安全，因为裤兜里尽是些纸条答案，"尹卿柔的信"夹在里面，鱼目混珠，真真假假，应该比较安全，债券当即采纳。

当时，他开启了这样一种生存模式，大概可分为四段。白天像死狗一样趴在最后一排，摇头晃脑地背答案。晚上一放学火急火燎回家扒几口饭赶去补课。补课回来面对着横眉冷对的老爹，嗫嚅着宣讲对未来金融企业家的梦想志在必得，末了表达对闲时画画等不务正业行为的忏悔，接着喊出类似"听话使我快乐"的响亮口号。转身回屋写作业，写作业期间时迁阿姨又化身成为一只猫头鹰，瞪大警觉的夜眼盯着他。

这是江川絮去他家时亲眼所见的，出于人道主义关怀，有天放学后江川絮被邀请去债券家给他讲题。讲完几道，俩人玩闹起来，咯咯咯地偷笑，正笑着，一股凉气从江川絮后脊梁骨攀升上去，他察觉有什么东西盯着自己，回身一望，只见一只冰冷的眼睛在门缝处隐没。

江川絮浑身发毛，瞬间记起一部韩国惊悚片，讲的是一对母女流浪者偷偷潜伏在别人家，母亲似乎有精神病，觉得哪里都是自己家，房屋的主人才是入侵者，所以她会和女儿找机会灭掉房屋的原主人，自己住进去。原主人的尸体被裹起来放在橱窗里，就像当初她们潜伏在橱窗里一样，而橱窗里永远有一双眼睛盯着你……

经此事，江川絮才明白为何后墙屏风是女人自古的战场，所谓"屏风后立人"，多少好事、坏事、秘事、私事都被这样的耳朵听了去，才有了诸如"檀溪跃马"类的好故事。

46. 路通天下

期末考试前的一个周末，几人相约爬山。说说笑笑到了山腰处，却被一道环山的铁丝网拦住去路。

本来要跨过去，无奈队伍中有像郝疏敏这样的女孩，穿着裙子实在不方便，只好绕行。

郝疏敏是个敏感善良且单纯的姑娘，长到法定成年年龄尚未掌握买菜技能。从来分不清油菜、菠菜和油麦菜，绿色蔬菜里，只有两样她认得清楚，一样叫生菜，一样叫香菜。只因她吃麻辣烫时爱吃生菜，吃面时却不吃香菜，所以记得这两类菜的容貌，至于水果，她从来分不清橘子、橙子和柚子，但能分清红柿子和西红柿。

拥有这样特质的姑娘，即天然具备了让人跃然欲逗的潜质。在课间休息时，何牧修就经常将逗郝疏敏作为一项愉悦身心的活动。而郝疏敏则一逗即怒，一怒便垂首嘟嘴，一嘟嘴便泫然欲泣，每到她泫然欲泣时，男生就忍不住要笑，笑到她快要憋出眼泪的时候又忍不住哄她，而她一哄就能恢复原状，泪水在要掉未掉之际徘徊。长此以往，郝疏敏练成哭笑无状的能力，情绪转化极快。

她坐在何牧修后一排，上课无聊时喜欢以何牧修的校服背部作画板来排遣无聊，一学期下来，何牧修经常被检查校风校纪的老师以穿着奇装异服为由拦在校门外。

像郝疏敏一样的女孩，必有万般柔肠，经常被一些悲伤文学伤得痛不欲生。而自己也取个笔名叫"柒柒"，与《仙剑奇侠传（二）》中的女主同小名，江川絮从小玩过这游戏，所以认得这两字，有事没事就问她的师父是不是峨眉山仙霞派掌门清柔师太，问完即被郝疏敏的挚友小段女士打得鬼哭狼嚎。柒柒有个花花的小本，专门在小本上记录自己伤春悲秋的"痛"与"愁"。何牧修和江川絮总是欠欠地想要偷看，但一是束于道德，二是绕不开小段同学的看管（小段同学像霍格沃茨学校的管理员费尔奇，在看管东西和"拷打捣蛋鬼"方面，有其独到的天赋），所以一直没能如愿。

林晓童和郝疏敏也是好朋友，两人经常秘密耳语，说些女生间的小秘密。这一点和男生截然相反,男孩们那时正当少年,总是把侠啊义啊挂在嘴边,凑到一起喜欢大声野气地讲话。

一行人绕着铁篱笆走,却发现铁篱笆像是一条环山的腰带,围在山腰走不到头。走着走着,江川絮忽然驻足说:"地球是圆的!"

林晓童问:"啥意思?"江川絮说:"山在地球里,地球是圆的,是不是说我们一直朝着一个方向走,最终能回到原地?"

郝疏敏瞪他一眼说:"神经病!……那咋办?"

何牧修说:"咋办?找找上山的路,咱要上山顶,这么环着走,不一直在山腰?"

林晓童说:"哦,有点道理!"

几人哈哈大笑,笑罢继续走。不一会儿,看见一处坡上有几亩地,地里种着果树,果树前面有一间茅屋。

这是一间简陋的茅屋,屋外放着一个破旧的弹簧沙发。一位老大爷躺在沙发上摇扇子乘凉。

几人商量,去老大爷处打听一下上山的路。

女孩们不愿再走冤枉路,喊着要原地休息,于是永昶上坡问路,大伙在下面等。不一会儿,永昶下坡。

林晓童问:"大爷说怎么走?"

永昶啧啧叹息,摇头不止。

"高人呀,高人!我过去问大爷上山的路怎么走,没想到大爷斜瞥了我一眼,想都没想,挥手说了四个字!"

"哪四个字?"

"路!通!天!下!"

"啥?""什么?""啊?"大伙纷纷诧异道。

"大爷说,路!通!天!下!"永昶一字一顿重复一遍。

几人面面相觑不敢相信自己的耳朵,安静三秒后,所有人笑成一团,良久不能止,笑声中夹杂感叹,"高人呀!"

江川絮眼前出现一幅形象的世外高人图:深居山野,远遁世俗,他的屋后还拴着一头驴,大爷起卧累了,随时倒骑而走,和老神仙一样"驾鹤上汉,骖鸾腾天",和陶渊明一样"窈窕寻壑,崎岖经丘"。遇上后辈前来问道,轻描淡写大手一挥,说一句"路!通!天!下!",直把书中所谓乐观通透的人生真谛逼出纸外。

何牧修笑罢感叹:"怪不得武侠小说的高人都藏在什么山里、洞里、深渊里。"

江川絮抬头要瞻仰那位高人,只见看山大爷也笑着往下望,他已坐起身来,像是结跏趺坐的老僧。

江川絮见他的瞬间,忽觉其似曾相识,心里咯噔一下,讥讽瞳也奇怪地有了异常反应。离开前,他向茅屋扫一眼,那破旧的茅屋上还挂着一副残联,屋门外杵着一把锄头,锄头顶部挂着个葫芦。

当时他想,难道他把这位看山大爷和记忆里的"葫芦娃的爷爷"重合在了一起,所以才觉得眼熟?后来回忆起来,显然不是。

47. 广莫之野的大树

爬完山后的江川絮睡得格外沉,他做了个怪梦,梦中讥讽瞳一直忽闪忽闪地发光。他本人则沿着一条河流走,走着走着到了一处山道,道旁松林柏立。绕过山道,忽见看山大爷在一棵松树顶上趺坐,像个修止观境的禅师。他趺坐得极稳,已经到了"外离相,内不乱"的定禅境界,只有一根细细的枝丫撑着他的体重。

江川絮走到树下抬头望,忽然大树开始长高,他见大爷禅定在树梢没反应,怕他掉下来,于是大声叫他,大爷似乎没听到。接着这棵树越长越高,树越高江川絮离大爷越远,但形貌却越清晰,只见大爷嘴皮开始动,念起了《清静经》。

什么"常能遣其欲,而心自净,澄其心,而神自清……"

江川絮大声喊:"大爷呀,您是佛是道?"

他没反应。

江川絮尝试往树上爬,但爬了一半力不从心,向下望已觉害怕。他又大声喊:"大爷呀,路通天下,您老坐着树是要去哪?"

他没反应。

哗啦啦树叶向下落,差不多把江川絮埋了,江川絮抱着树干,抖掉脑袋上的叶子,再看时,大爷离他已非常遥远,一间破茅屋从树顶长出,门上一副残联,一个葫芦。

讥讽瞳亮了,江川絮在恍惚中又焦又躁,第三次喊:"大爷呀,您是谁?坐在树上要去哪?要上天的话,能带上我吗?"

这回大爷身形微动,他从遥远的树顶微微欠身俯瞰江川絮,接着答非所问:"讥讽瞳对于他人来说是刺儿,会被剜掉!"

江川絮诧异万分,向天问:"大爷呀,讥讽瞳咋了?为什么会被剜掉?为什么我离您越来越远？我有好多话要问……"

此时大爷的身子已探进云里，只有声音从云层中传出来。

那个声音说："相见有期！"

随即山道开始坍塌，江川絮仰身陷落下去，眼里那棵树延伸到的天穹，变成《逍遥游》中无边无垠的广莫之野……

江川絮从梦中惊醒时已是午夜，身子被汗浸透。

那天之后，他再也没见过看山大爷，但每每不经意间想起那句"相见有期！"就觉得冥冥中似乎还会相遇。

而大爷对他们的生活也未造成困扰，反而成为大伙笑谈时的一个谈资。每次谁心情不佳，其他人都会上前安慰："大爷说了，路通天下呀，兄弟！"

"有什么想不开的，路通天下呀，姑娘！"

"茫然个屁，路通天下呀，同志！"

一时之间，看山大爷莫名其妙地成为一个虚拟精神领袖，"路通天下"成为几人向往的一种精神境界，连写作文都要加话给大爷，借其口说主旨，"大爷道，'孤望天涯，路通天下'，人生要活得通透！"

日后，大伙尊称这位仅有一面之缘的看山大爷为——"路通大仙"！

Chapter.11
第十一章·悖德舞弊牙难活

日头慢慢地落下去，几人目送着他渐行渐远，
像目送赴死的壮士，颇有种"风萧萧兮易水寒"之感，
只不过他不是荆轲，甚至连半个秦舞阳都算不上。
一条长街，夕阳铺洒下来，仿佛铺在第五大道，美不胜收的景。
而景中的背影渐行渐淡，他走得那么踉跄，那么佝偻，
像条丧家之犬。

48. 野马分鬃的试卷

"路通大仙"让他们度过一段编故事自娱自乐的日子，接着期末考试来临。

紧张的气氛像毒气一样蔓延开来，各家各户请菩萨出海为考前的孩子安上紧箍。

彼时的江川絮心理素质极差，有着后日的自己难以理解的宠辱心，总有种"稍有闪失，英明折堕"的患得患失感。所以一门考试即能焦躁得他寝食难安，这与几年后的"放浪形骸"形成了十分鲜明的对比。

这样的江川絮已算是软弱无能，但有些人，比他的心理素质还差。

债券半年来得蒙教育大师指点迷津，又顶着佳人的殷切盼望，撇下绘画的"末途"，没日没夜地奔走在学校与"私塾"之间，卧薪尝胆，韬光养晦，只待期末大放异彩，为家庭争光，向尹卿柔展示，可不料越近考试，越觉胆怯。

他的父母屡屡为他"打气"无数，内容可总结为八个字——"若有闪失，提头来见！"

考前一天，债券精神悬于一线，江川絮等从未见过他如此紧张，甚至近他身三丈内，都是焦灼的气场，于是他们这群团团转的蚂蚁也不敢靠近债券这口热锅，只能隔空丢给他几句毫无底气的减压话，继而纷纷逃离，留他自行冷却。

江川絮远望着这个状态的债券，就像关二爷见到了颜良，有种观其上阵，"如插标卖首耳"的感觉。

考试当天，悲剧发生了。因为江川絮和债券不在一个考场，整件事是听郝疏敏等人的转述，综合债券之后的自述知道的。

当日考政治，债券刚进教室，一抬头，见尹卿柔也坐在这间教室里。从这一刻开始，他就慌了神，据说如郝疏敏这样的知情者对债券投以心照不宣的一笑，而且故意咳嗽几声，他立马憋得满面通红。债券没有搭理这些异声，故作镇定又踌躇满志地回到了座位，那几步，走出了他最初劈砖时的决意。

卷子发下来后，债券依旧踌躇满志，一边控制着手指的抖动，一边以最快的速度答题，就像是要在心上人面前的舞台上表演，他的心里自动忽略了没人欣赏他的事实，提心吊胆又亢奋激昂。

直到被一道题卡住，他开始无意识地捏裤兜，那里有多少日子来他辛勤背诵的答案集锦，这些答案集锦像乱麻一样在他头脑里交织，似乎呼之欲出却又千呼万唤出不来。他像便秘者一样难受，他的手紧紧地攥着代表希望的口袋，在牛仔裤上捏、揉、搓，短短几分钟时间，差点儿将之变成乞丐裤。

接着，监考老师一道黑云般朝他压了过去。

"站起来！"

债券站了起来。

"嗯？做什么呢？干洗店毕业的啊？"

整个教室哄堂大笑，债券脑子里"嗡……"的一片忙音，恍惚中瞥到第二排的尹卿柔也在笑。

"答题答题！"监考老师环顾四周维持秩序，接着转向债券："问你话呢？干什么呢？"

"我……我没干什么！"债券迷迷糊糊答。

"兜里是什么？拿出来！"监考老师忽而色厉。债券脑海中一片空白，下意识捂住兜，他想，兜里还装着尹卿柔的信，无论如何不能被发现。

"拿出来！这么大了，丢不丢人！"监考老师再次命令，音调陡然拔高。

债券面红耳赤，开始前后摇晃，嗫嚅着辩驳说，"我什么都没做"。

"你什么都没做，裤兜都快被你搓破了，你还想做什么？"说着探手要搜债券的兜，债券捂住不放。教室中又一阵闷声的笑。

随后监考老师面如寒霜，一把从桌上抽走了卷子。债券畏畏缩缩追上去，腾出一只手抓住卷子边沿，惊慌失措，他说自己什么都没做。无奈老师像包公一样疾恶如仇，见其竟敢与自己分庭抗礼，还犯了当众喧哗、扰乱考试秩序之罪，当即横眉立目："你什么都没做，那是我瞎了吗？"

正说着，卷子发出"嘶啦"一声鸣叫，野马一样分了鬃，大风呼呼地刮，两片代表命运节点的纸张随风飘扬……

49. 不可逃避的生死契

当日，校方称债券以顽劣之姿行舞弊之实，与监考老师当庭抗礼，对明文规定知而故犯，且从其口袋中搜出与异性的暧昧书信，破了学生时期最不能碰的"淫戒"，实乃道德败坏之徒。幸而发现及时，在教育人员的帮助下，得以悬崖勒马，没有变身淫贼。现念其初犯，宽大为怀，只将作弊的那门课成绩清零，记过处分。

丑事便这样"曝尸荒野"，当天下午放学后，几人陪着债券在街边的公园盘桓许久。

直到太阳渐渐西斜，江川絮很想说些什么却又无话可说。

林晓童说："误会，误会，都是误会！只要是误会，都会过去的。"

良久沉默，风有点凉。

永昶说："债券啊，我们都该回家了……所谓是福不是祸，是祸躲不过，你终究要回家的，而且宜早不宜迟！"

江川絮觉得永昶总算说了句靠谱的话，只是腔调起得不对，那口气像是在鼓励一个剑客面对不可能逃避的生死契。

喏，你看，和你签生死状的人终究在路的尽头等你，虽然你叫乌鸦，路尽头的那人却是燕十三，你去则必死，但早晚得去，晚过去不如早过去，因为这就是……宿命。

宿命这个词脱口而出很容易，而人，往往很容易被很简单的宿命牵绊。

江川絮提醒债券说，情急时就给你爸妈提教育专家胡车儿老师，说不定能网开一面，少点皮肉之苦。

只是他没想到还有一种情况，发生这样的作弊丑闻，债券的父母恨不能再请胡专家家访一次，以便感化驽钝，再启蓬心。

债券左右摇摆着身子嗯嗯地答应着，挤出个难看的微笑。

日头慢慢地落下去，几人目送着他渐行渐远，像目送赴死的壮士，颇有种"风萧萧兮易水寒"之感，只不过他不是荆轲，甚至连半个秦舞阳都算不上。

一条长街，夕阳铺洒下来，仿佛铺在第五大道，美不胜收的景。

而景中的背影渐行渐淡，他走得那么踉跄，那么佝偻，像条丧家之犬。

50. 齿冷则心寒

债券再出现时少了门牙一颗，在大伙的再三询问下，才道明事情原委。

请家长那天，班主任老师在叙述债券斑斑劣行时，有意隐去"尹卿柔儿"那段，算是保了债券一程。

可就算如此，所谓"作弊"的行径也为人不齿，因此他爸爸觉得他不齿为人，所以扬言要敲掉他一颗门牙，要让他"没齿难忘"。

当时他爸爸气得咬牙切齿，抬手便打得债券"蓬头历齿"。

债券自知不敌，举步右撤，不料脚下一滑，当即来了个狗吃屎，嘴磕在桌沿上，磕掉了那颗浊牙笨齿。

何牧修安慰债券说，反正你也没有伶牙俐齿，敲掉一颗也不足挂齿。

债券受了何牧修这样的安慰，眼里打着泪花难以启齿，好不容易启齿，眼泪就泫然欲下。江川絮仿佛看到他的生机从那豁洞中散逸殆尽，脑中灵光一闪，忙拦住何牧修，开始另辟蹊径安慰他。

江川絮说："所谓齿牙为祸，说的就是牙齿是祸患的根源，所以还是敲掉的好！"

"还有一个成语说'齿少心锐'，就是说牙齿少了，心思就敏锐，因此没牙有没牙的好处。你瞧瞧，人家著名的丘吉尔 16 岁得了牙病，20 岁的时候前上齿几乎全部脱落，正是因为如此，你看看人家的口才！面对强敌时那一番番激动人心的演讲！这就是'齿少心锐'的典型案例。听说后来他镶的假牙，以 1.6 万英镑的高价成功拍卖。看看，天将降大任于斯人也，必先断其齿牙，这是对你的考验呀！"

债券抬眼看江川絮，江川絮认真地望进他的泪眼，那泪花中是介于"老子信了你的邪"和"你读的书多应该不会骗我"之间的犹疑。讥讽瞳忽然刺痛，但江川絮忍住没有眨眼。

永昶听江川絮胡诌，受了启发，适时帮腔说："匹夫说得对，没什么的！古代的英雄发怒时都'裂眦嚼齿'，秦观就曾经说：'吏士攘袂切齿，皆欲犁其庭而扫其闾。'意思是壮士们都把牙齿嚼碎切掉，这才算英雄。甚至还有'客来叩门……予惊喜出迎，不觉屐齿之折'的故事，看看那些鸿儒们，客人来了都能高兴得折断木屐和牙齿，可见掉牙不是什么大事！"

债券一听敲掉牙齿还能和英雄鸿儒沾边，觉得不错，心情也好了很多。

走着走着，债券忽然抬手摸摸豁牙的边缘，说了句我牙齿冷。

大家都笑了，江川絮想到有个叫"齿冷心寒"的成语，原来是这个出处，更没承想，债券也学会了譬喻……

51. 翻案登徒子

所有沦为笑料的故事大体总结下来都是这几个字——"亲者痛，仇者快"。

债券荣登校园新鲜笑料榜的同时，暗恋尹卿柔的消息也不胫而走，尹卿柔亲自出马辟谣，轻易便击碎了二人之间有暧昧的流言，人们看看"阳春白雪"的柔儿，回头再看债券，眼里出现的自然是"下里巴人"，"癞蛤蟆想吃天鹅肉——一厢情愿"的推论自然也是顺理成章。

随后，"登徒子"这个词莫名其妙地火了一阵，那段时间，似乎人人口中都说着这个词，就像日后的网络流行语。林晓童敏感地察觉到，这个词对债券不利。

几人看着债券漏风的牙，每天都非常痛心，嘱咐他尽量少说话。好在假期马上要来了，也只有几天时间要挨。

他们对债券实在是抱着惭愧和同情之心，都觉得自己的手上沾了债券那颗断牙上的血，是门牙的间接刽子手。

江川絮与何牧修错在不该鼓励债券以写情书的荒唐方式对抗，更不该模仿尹卿柔的口气给债券回信，纵然他俩的初衷有一部分是让债券带着所谓"爱"的假象砥砺发奋。

林晓童错在不该给债券提议将信随身揣在兜里，导致他被当庭误解时不敢掏兜申辩的尴尬局面。

如今的债券疑似被扣上一顶"登徒子"的帽子，身边人都觉得难辞其咎。甚至要是没有江川絮这群损友，以债券的柔懦，后续的事情压根儿不会发生。所以他的门牙以及他折损的尊严，必要由大家一块承担。

债券明显感觉出几个朋友的愧疚，但他觉得这一切都不关损友们的事。有一次他很委婉地表达，宁可有这样的事，也不愿失去他寥寥几个损友，这让损友们越发愧疚，又琢磨着怎么补救，债券察觉出他们的意图，连忙制止。

门牙损后，他说话漏风，漏得底气全无，说话较之以前更加软绵无力，像个久患沉疴的病人。江川絮几人一合计，决定不再为他添乱，但有一件事，要趁着假期刚开始，债券彻底沦为家奴之前，凑钱赶紧给他把牙补了。

补牙那天，永昶和林晓童也跑来陪他，晓童用"缺憾往往是产生悲剧之美的源泉"这一论点来宽慰债券爱情的夭折，还举例茉德·岗曾对叶芝说的话："世人应该为我一直拒绝你的追求而心生感激。"而永昶更彻底，甚至为"登徒子"翻了案，以宽慰债券丢失的颜面。

当时债券张嘴补牙，电钻清理残损牙根，口水四溅，江川絮等搬着椅子围坐在他身边，永昶手里拿着一页打印出来的《登徒子好色赋》，读完后一本正经地分析道："登徒子算是古往今来最冤的男人之一，宋玉在《登徒子好色赋》中说登徒子的妻子'蓬头挛耳，龁唇历齿，旁行踽偻，又疥且痔。登徒子悦之，使有五子'。就是说他妻子长得太丑，蓬头垢面，驼背跛脚，而且还有痔疮，但登徒子还能疼爱她喜欢她，身为楚国大夫，对丑妻不离不弃，还和她生了五个孩子。据此，世人分析出登徒子连如此丑女都爱，可见他好色之极。这不是大大的荒唐嘛！所以债券，你不必听他们说什么！"

　　债券口不能言，但眼神为之一亮。

　　江川絮暗地对永昶跷起拇指。

　　何牧修也连忙点头附和："对对，'咏唱'说得对，你可以说登徒子是卑鄙的奸臣，都不能说他是好色的小人。"

　　债券口不能言，眼神随之一黯。

　　其他几人心头一惊，齐刷刷望向牧修……

　　后来在大学里，江川絮遇到一个外号"登徒子"的朋友，而那个朋友，才真正配得上通常意义上"登徒子"浪荡好色的代名词形象。

Chapter.12

第十二章·此道不及蜀道难

车子脱离轨道，飞向峡谷时，会像鸟儿一样嗖地展开翅膀，直待落水，才悲哀自己不会两栖……

52. 星空下的牛魔王

　　处理完债券的牙，江川絮心头的块垒消解大半，这时，假期也到了。在其后的一小段时间里，他的精神有点儿恍惚，这是他众多恍惚中的一段，倒也不足为奇。

　　江川絮记着自己看了一则关于星空的故事，说是牛魔王立于万丈星空下，忽然不想长大，正巧流星划过，他就变成了一头牛犊。

　　但林晓童告诉他，这不是故事，是真事，那本来就是个万丈星空的夜，他们走了很远的路，几乎把半个镇子都踏了一遍。途中，他们看到一头巨牛的影子，在一辆驶过的车灯中，从覆盖半座山逐渐缩小为一头牛犊。

　　林晓童把久扎的一头小辫松了开来，细软的毛发散得像瀑布。她说，当时他们沿途聊的，多是些诗词歌赋。

　　那时林晓童刚刚萌发了文学自强以免遭同伴嘲笑的念头，加了很多文学交流的大群，但进入一段时间后就发现，名为"文学交流"群，实际上和文学关系不大。群中大多数人平时都充当着沉默的大多数，只有在群主及几位"德高望重"的人在群里分享自己的日常打油诗时，忽然蹦出来齐刷刷地颂扬，"感谢××老师，××老师真的是学贯中西德高望重，写的打油诗精彩绝伦堪称典范……"一人夸赞，随后一群人复制粘贴，场面蔚为壮观，大有朝堂附议之感。

　　于是林晓童决定自学，学了几天，总觉得已有所成，表达欲大增，于是拽着江川絮，非要跟他聊。

　　在星空下，他们的聊天内容大致如下：

　　林晓童："怪物，我要给你说呢！"

　　江川絮："你少说！"

　　林晓童："听着啊！我要给你说呢！"

江川絮："你少说，就你话多！"

林晓童："我要给你说呢，我最近读了×××，感悟良多呀！"

于是江川絮就笑起来，并叹一声："长话短说！"

这样重复的对话，从那个牛魔王星空下变牛犊的晚上开始，在未来的很长很长时间里，重复了无数遍。

江川絮就这样听林晓童絮絮叨叨说自己的感悟，从盘古开天辟地到清朝入关，感觉日升月落，岁月东奔西走……

对于这些，他的印象都比较清晰，林晓童的声音就回荡在他脑海里，她说："我觉得那个人啊，就是愚忠！"……

"怪物，你不要对我进行嘲笑！"……

53. 磨牙吮血非等闲

每个假期，江启文都会带着儿子取道去江川絮童年生活的地方——天迎，债券掉牙的这个假期，自然也不会例外。

回家路上，必经一段依河而建的省道。这段省道要穿过一段峡谷，一面靠山，一面临峡，这峡有个响亮的名字，叫"享福峡"。

享福峡的路用一句诗可以形容，那就是"此道不及蜀道难，磨牙吮血非等闲"。如果要化用江川絮班主任的河伯论，可以说这段路上的土地爷爷和邻居峡谷大仙战略关系搞得不甚融洽，彼此斗法善勾人命。所以每年总有几辆车以鱼跃之姿纵身谷内，而葬在路上的，又不知凡几。

江启文每天上班，就要途经享福峡，原本半小时的车程，在这条路上往往能折腾一个多小时，不知情的还以为是司机牵绊于峡中美景……

他们正午时分坐上了去天迎的大巴车，十分钟后，就入了峡口，十五分钟后，路上弥漫起的烟尘已笼罩四野，成就了"天苍苍野茫茫"的势头。

忍受着"中人欲呕"的颠簸，江川絮一肚子的不合时宜又要伺机出来作祟。他心想李白和白居易说得真好，所谓"青泥何盘盘，大坑小坑挪步难"。而行走在这条路上的人能做什么呢？无非是"扪参历井仰胁息，以手抚膺坐长叹。"又有什么感想呢？只能顿生一些穷途"没"路之感罢了……

大巴车就这样几步一顿地往前挪行，据说是前方又有车祸，路况再次吃紧。假设此时将这条道上的汽车行程拍摄下来作散点图录入电脑，看上去，必然像电脑无休止地机械性卡顿。

按理说，浮土和泥坑遍布的路，能出什么车祸？这您可有所不知，车祸和众多灾难一样，天灾尚在其次，人祸才是主因。

这条享福路，路虽差，人却野。许多司机师傅一上此路，久压在心底的落拓和西部牛仔的狂野便被烟尘呛出胸肺，变作破口大骂，堵车该骂，超车该骂，夹道该骂，骂声既起，豪情便生，豪情升起来即成野性，遇到稍平坦的半截路，一脚油门踩下去，神行太保都赶不上。

江川絮扒在窗户上向外瞧，只见悬崖边残缺不全、隔三岔五的防护栏。转头问江启文，"爸，这破路没人修吗？"

江启文随即给出个欣慰的答案，"咋没人修！上个月不是刚修过吗？"

江川絮本想批判几句，但听到上个月有关部门刚修过，这一腔愤情便被堵了回去，化为沉默。

这条路，自他记事起便开始修，修了七八年，比全长1956千米平均海拔4000米的青藏铁路还多了两年，算是个世纪工程。听说是相关负责人每次修路时都思虑周全，考虑到沥青含有的化学成分复杂，有芳香烃、聚合物、直链烷烃等有毒成分，有可能使得过往车辆的轮胎中毒，继而危害人民的身体健康。因此每每怀着普度济世之心，背负可能承受的骂名，忍辱负重将之换作水泥泥土混合物，以保百姓无虞。

江川絮显然理解了这点，所以在此问题上没做深究，良久，他又问父亲："不是说要建隧道吗？隧道建成，两地坐车不用穿峡谷，10分钟不就到了吗？"

江启文笑笑说："快了快了，是说要建隧道来着，都上报啦，2006年说要建，报上说是国家重点建设项目，还举办了盛大的奠基仪式嘞！全长5公里，其中隧道3公里，设计的是单洞双向两车道，报上说投资了2.5亿，计划工期1年半，即2007年底竣工。等到2009年6月又说，又投资了3亿，计划当月底开工。"

江川絮一算，今年才2011年！

江启文关严车窗说："听说，这两年快了，马上又要动工了！"

江川絮叹一声："老爸，你也没算算，这10年来，你每天白白耗在这条路上的时间成本？"

江启文揉揉儿子的头发，笑说："你这娃娃，知道的新词还挺多，操这些闲心干什么！"

江川絮不再说话，偏过头去，讥讽瞳穿越茫茫烟尘……

成天往返于两地的人们等待着，他们茫然又提心吊胆地在这条无谓的行程中周折。

听说，这是条不痛不痒的路。

听说，车子脱离轨道，飞向峡谷时，会像鸟儿一样嗖地展开翅膀，直待落水，才悲哀自己不会两栖……

Chapter.13
第十三章·不朽不朽的故地

他们驾着席篷飘在漫无边际的夜空里，
像孤独的逃荒者，
像木讷的流浪客。
天上这样的星辰不知凡几，而他们的航路又曲折逶迤，
动辄便荡进地上人寻不见的领域。
于是，念者逡巡，怨者踟蹰，哀者徘徊枉顾。

54. 难过迷津的幻光

  天迎之于江川絮是个怎样的地方呢？故乡？童年的摇篮？还是更多奇奇怪怪难以名状的记忆集中营？他无法定义。

  他曾在这里做过最绚烂的梦，而如今做梦的能力与日俱减。

  江川絮和父亲住在外公家，这里曾是他家的老房。望着那一排排笼在山水中的平房，他仿佛切到了过去的残脉。大抵人在故地，就容易摸到岁月的脉搏，突突突地、破碎地跳动。

  这里有他的外公外婆，有他的小姨小舅，有他善美的童年，有他旧日的一切。在这个温柔的地方，讥讽瞳都难得地温柔缱绻，江川絮想，自己的偏执与自私不外如是……

  因为他尚未出生时爷爷奶奶都已过世，所以向来称呼外婆外公为奶奶爷爷，而他从小，是在二老的看护下长大的。江启文经常说一句话："一个家里的老人走了，这个家就算散了，不管你多庞大的家族！"

  当时的江川絮对这句话感触不深，直到二老相继去世，后来的他在国家大剧院看《四世同堂》的话剧，看到里面的祁老爷时，这句话才一字字如刀般闪出来刻在心头。（剧中在父亲跳河、四爷被杀、闺女饿死的情况下，孙子瑞宣和他妻子还要瞒着爷爷为他过八十喜寿。）

  屋子里，江启文正陪着爷爷聊天，奶奶笑着捅着炉子，江川絮倚在烟熏火燎的墙边帮忙生火。一晃神，他就在火苗里窥见了过去。

  他仍然记得正是在这同样的情境下，他的母亲给予他最重要的人生启蒙。

  她告诉江川絮，万事万物都是有生命的。

  当时母亲正在生火准备做饭，年幼的江川絮手里拿着两疙瘩炭蹲在旁边，身上穿着小时候最爱的迷彩服。

他问母亲："妈妈，那桌子有生命吗？"

母亲半蹲下来捅着炉子，语气是毋庸置疑的肯定："当然有了！"

江川絮说他不信，桌子又不会动，也不说话。

母亲偏头对他笑："谁说生命一定要会说话会动！桌子被做出来，是有生命的。木头挪了个位置，直到它被磨损，废弃，它的生命才会慢慢消失……"

江川絮听后撇下炭，转身去床头抱起自己的玩具小熊跟它对话，拔下自己"神奇的汗毛"给小熊当作保护与奖励。

在这之后的很长时间内，他都觉得生命真是一件妙不可言的好玩事儿。

那是他一生中上过最重要的一堂课，也让他明白了为什么妈妈画画那么好，原来那是细腻的灵魂在纸张上舞蹈。

自此后，这只小熊一直被他带在身边，到初中，到高中，到大学，到工作，换了很多个城市，换了很多张床。尽管时至今日，对之说话的习惯早已湮没在时间的风尘里……

55. 聒碎乡心梦不成

当天夜里，思绪翻来覆去像是煮沸了的水。

江川絮站在门口抬头望，正巧，月是满月，一轮风圈环在月亮周围，看样子，明天有风。

天就像一片无垠的大水域，不论日月还是星辰，都是水鱼，它们交错着沿轨道游弋，有些能遥遥相望，有些却终难相遇，而传说中走丢了的旧人，变作星辰。

他们驾着席篷飘在漫无边际的夜空里，像孤独的逃荒者，像木讷的流浪客。

天上这样的星辰不知凡几，而他们的航路又曲折逶迤，动辄便荡进地上人寻不见的领域。

于是，念者逡巡，怨者踟躇，哀者徘徊枉顾。

当夜无眠，许多忘记很久的往事，竟在时隔多年后记起，而且记得如此清晰，像是一场场梦撞进眼帘。像是自己也乘上了飘篷，向着永恒的夜域驶去，沿途拾些破碎的回忆。

在这里，他终于软下所有的棱角，卸掉一切的伪装，成了讷于言辞的孩子，无论是嬉笑怒骂还是自我解嘲，都变得没有意义，他只需要安安静静地聆听。

他用母亲教给自己的最好的方式思考,用爸爸教给自己的最勇敢的方式行走,用爷爷教给自己的最善良的眼神看人,用奶奶教给自己的最诚实的语言说话。他收敛愤怒带刺的羽翼,散去毫无必要的戾气,用老一辈人至简单极诚心的态度看待这个世界……

56. 生命沥血般的无极

第二天,江川絮带着自己的两个表妹去一处高坡上看自己以前住过的旧家,那座坡被当地人戏称为"威虎山",两边夹着葱郁绵延的缓山,中间开阔的坡地由低到高呈"非"字形陈列民居。坡与山之间是一带庄稼地,缎子一样,以前爷爷家和他家也置有几亩薄田,种些自给自足的土豆蔬菜。

如今那故居,也早已改头换面,入住他人。

表妹婷婷问江川絮,哥,你怎么总爱来这些老地方。

江川絮说不出口。

表妹玲玲说,哥,以后等你有钱了,把这个地方买下来。

江川絮说,好啊!

婷婷又说,买下来又不住,半年回来一次,放着干什么?

江川絮说,放洋芋。

在这旧家,江川絮的父亲买了家中的第一台裕兴 VCD,每天放碟片和邻居一起听,还记得第一首歌叫《流浪的人》,歌词唱道:

> 流浪的人在外想念你
> 亲爱的妈妈
> 流浪的脚步走遍天涯
> 没有一个家
> 冬天的风啊夹着雪花
> 把我的泪吹下
> 走啊走啊走啊走啊
> 走过了多少年华
> 春天的小草正在发芽
> 又是一个春夏……

当时这首歌给江川絮幼小的心中种下无数怜悯的种子，立志将来碰到流浪的人，要给他一个家，可后来发现，流浪的人太多，甚至自己在某种意义上，也是流浪之人，而流浪之人不知归期，立地为家，有些人立不了地，于是尽在羸弱的瘦马上老去。

第二首叫《唐古拉风》，江川絮一直叫它《无极》，这是他听过最辽阔的歌，歌词道：

    无极的雪域呦
    无极的草原老调
    生命沥血般的无极
    无极之境
    噶喇昆仑抖落了遍体的沧桑
    绽放在不朽的不朽的故地
    天宇里翻飞起无数的经幡
    无数的彩色经幡与不倦红鸟
    乘着金辇自神话中来
    千万只风车的呼啸和牛羊的骚动
    紧叩着雪域的脊梁
    雅砻河谷飘送的飘送的风
    染绿了雪域的山山水水
    从羌塘草原到山南林区
    从长江源头到雅鲁藏布
    金灿灿的谷穗和青稞酒
    炽热了吐波特的打谷场
    田野里风扬起恢宏的祈祷

    无极的雪域呦
    无极的草原老调
    生命沥血般的无极
    无极之境
    五彩祥云带来了神佛的祝词

> 雪域遍洒吉祥的甘霖
> 我看到生命像红雨般鲜活
> 我看到群山像牛骨般坚挺
> 还有生生不息的万条河
> 闪耀着灼灼的灿烂之光
> 我双手合十祈愿
> 我双手合十祈愿
> 众生吉祥
> 众生吉祥
> 吉祥
> 吉祥
> 吉祥

江川絮一直在幻想,能写出这样词、曲的作者,是怎样一个辽阔的人。

第三首歌是崔健的《一块红布》,当时听着这样的歌词,江川絮不太懂。

> 那天你用一块红布
> 蒙住我双眼也蒙住了天
> 你问我看见了什么
> 我说我看见了幸福……

但江川絮的父亲听完,只说了五个字:这就是天才!

……

那时,他们躺上青青的草地上,身边是馒头花和蚂蚱,冰草和酸酒瓶,风就这么安静地刮着。

他们站在高高的山坡上,就像站上高高的瞭望台,坠落的红日拽走了人们的影子,没人觉得孤独。

这是怎样一个理想国!

江川絮想起纳兰性德的"风一更,雪一更,聒碎乡心梦不成,故园无此声"……其中的故土相思之情,大概也是如此吧。

57. 漫漫汤汤，山石崩摧

当天迎也被撕破了面目，江川絮才明白，这世上的绝大多数称得上好的地方，都是不能免俗的，那些所有现存的和存在于想望之中的理想国，终将覆灭。

不久之后，青山依在，绿水无存，天迎的河道被填平，在此基础上盖起了楼房。

这条河原本是黄河的一条支流，如今只剩下一条污浊的小溪在新盖的混凝土墙边流淌。

江川絮记得小时候父亲曾带他站在沿河的校楼上观看洪水，当时整个河道漫漫汤汤，轰隆一声，一大块近河的山石便在水流的拍击中轰然崩摧，其断口宛如天神立斧。

而时至今日，这河水窄得快赶上成人的手掌了。可能是考虑到"不能再让洪水肆虐人间"，所以大刀阔斧填了河，只是不知河道经千万年成形，土质松软，在此之上的楼盘根基会不会稳，但天迎巧在避过了地震带，这一点顾虑倒是不用迎刃也能解……

Chapter.14

第十四章·坐吃山崩的"净坛使者"

故乡的人和事,总是在想起来的刹那拨转马头,飞驰而去。
他像是隔着一层"蒙昧"的玻璃向过去窥望,
一圈圈光晕包裹着"往事的露珠",
他每看清一滴,一片就陷入黑暗,
再去瞧时,时间已将之揩拭干净。

58. 相逢一笑泯恩仇

如果非要给江川絮立一个"仇人"，"净坛使者"徐海言勉强算一个。

他是江川絮的小学同学，两人已有多年没见，却恰巧在江川絮离开天迎的前一天，在集市的凉皮店里碰见了。

一见面，各自勾起了童年的回忆，都忍不住地笑了起来，江川絮说这叫"相逢一笑泯恩仇"，徐海言说没错了。三言两语，晚上小学同学聚会的饭局已经定了下来。

说到饭局，不得不拎出和徐海言"结仇"的原因。

看他的外号叫"净坛使者"，就知道此人的吃相实在令人胆寒。当年众小朋友之所以对他深恶痛绝，也是在这个"吃"字上。

小时候的徐海言几乎什么都吃，这对于爱好和平、喜欢动物的女同学来说简直是个噩耗。

那时他的成绩倒是很不错，这得益于他父母的喂养，为了让他好好学习，他的父亲总对年幼的徐海言进行一些超乎寻常的食欲诱惑。

他总是语重心长地对徐海言说："儿子呀！只要你肯在课本上下工夫，除了龙肝凤胆这些传说中的食物外，你想吃什么，老爸就给你吃什么！"……这个承诺一经履行，可害惨了无数野生动植物。

当时班里的小伙伴但凡要张口说动物，都得慎重地对徐海言"退避三舍"。

而他偏偏像是生了顺风耳，每次都能在最不恰当的时机神出鬼没地出现并插话。

比如某某女同学说，我家里养了一只黑白相间的小兔子，太可爱了！

他说我昨天刚吃过兔子肉，很嫩的！

又比如江川絮说，我舅舅家房檐上有个鸽子窝，有一窝鸽子。

他接话说，前天我刚喝了鸽子汤，很补的！

于是某某女同学和江川絮抱头痛哭，对其恨得咬牙切齿。

那时大家还小，尚不知燕窝为何物。有一回和江川絮一起练二胡的好朋友家住了几只燕子，住了一季后忽然飞走了，几人正安慰伤心的同伴。"净坛使者"听说后跑来告诉他们："我吃过燕窝！"……

于是大家知道了，这个人什么都吃，连燕子搭成的窝都要吃，导致燕子无家可归，只好出走。这之后，尤其是女生，碰见他，简直如临大敌。家里丢只鸡崽，想不到黄鼠狼，最先想到的是徐海言。

经过再三斟酌，小朋友们决定给徐海言取个代号，叫"净坛使者"，并私下里缔结盟约，监视"净坛使者"再向动物伸出魔爪。

直至有人亲眼看见徐海言一家人在餐厅点田鸡吃，并大着胆子溜去后厨见到了制作过程，回来心有余悸地跟小朋友们详述了经过，众人惶惶不安地报了警。告诉警察说："警察叔叔我们要向您报告！我们班的'净坛使者'徐海言跟他爸爸在一起吃蛤蟆，今年的苍蝇蚊子明显多了，您要管管！"

警察叔叔告诉他们，蛤蟆有毒不能吃。

大家一听蛤蟆有毒，以为徐海言命在旦夕，想起他除了不爱惜其他动物的生命外，其他方面为人不算坏，就跑去跟他说了许多睦邻友好的话，最后憋不住还是嘱咐他去医院看看。

没想到三五天过去了，他抹着大宝SOD蜜的脸色越发红润有光泽，除了嘴角擦不干净的油迹有点形如皲裂的结痂外，一点病态都没有。

大家在松了口气的同时又感觉大失所望，深悔那些动情的话不该说。

当时有个和江川絮关系要好的女孩叫朱琳，她也在二胡班，听说了"净坛使者"爱吃狗肉的毛病，时刻为她家的小狗"缸缸"担忧。后来那只狗没进"净坛使者"的嘴，却被人用砖头砸断了后腿。

59. 司马光砸缸

小时候江川絮和朱琳十分要好，还曾经为她骂过司马光。当时她家的小狗后腿刚跛，两人都不能直面这个惨痛的事实，直将一腔怨气都撒在司马光等人身上。

因为朱琳看那年的春晚上赵丽蓉奶奶总在说司马光砸缸，故对此人深恶痛绝，并勒令江川絮也骂司马光,江川絮骂无可骂,只好编故事骂。

有一天他冷不丁翻出一个本子,上面记录了自己小时候编的这则故事。

上面写着:"司马光是个坏人,因为他爱砸缸,缸很疼就开始哭,哭着哭着缸满了,满了后人们在缸里养了鱼和小王八,鱼和小王八只好在缸里游。有一天起了大火,人们就往火上泼缸里的水。小鱼娃和小王八被大火烤焦,净坛使者就吃了它们!

"所以司马光是最开始的坏人,如果他不砸缸,缸不会哭,不哭就没有水,没水的话鱼和小王八就能愉快地在河里游泳,不会被逮到缸里,净坛使者也就吃不到它们。"

当时记得朱琳在读到这篇"逻辑缜密"的故事时泪流满面。感动又伤心。

后来江川絮转了学,和朱琳等朋友们逐渐失去了联系,那时候没有手机,大家伙没那么多真真假假的朋友,所以对每个和自己要好过的人记得格外清晰。

60. 皮之不存,毛将焉附

"净坛使者"徐海言的成绩后来也落了下去,大家坚称这跟他吃了太多动物下水有关,所谓水往低处流,正常的水都往低处流,何况是下水。

他自己也很着急,直到有一天,他从电视里看到孙大圣吃书能获得知识,于是见贤思齐,以大毅力用四天时间把自己的数学课本连牛皮纸在内吃得干干净净,数学老师上课时唯独他没课本。

一次两次老师忍了,第三次叫他起来,斥问他为什么上课总不拿课本。

他张口说:"吃了!"

数学老师勃然大怒,说:"你小小年纪就敢顶撞老师,老师慈眉善目地问你,你给我说吃了,后面站着去!"

当时江川絮几人其实知道他吃书的事情,但平日里厌恶他吃遍动物的斑斑劣迹,巴不得他被罚站,所以没人出面替他做证。

徐海言被罚站,越站越愤懑,想起自己吃了无数山珍海味,寻常饭菜都入不了法口,如今为了学习,忍了多大的心把数学书给吃了,没受表扬,反被惩罚,简直岂有此理。

于是下课后,趁老师不在,他冲上讲台拿起老师的手写教案就开始吃。一众小朋友集体停下手边的活,呆呆地观看他奋勇吃书,有些人莫名其妙,有些人啼笑皆非，有些人摇旗助威。等老师来了，正好抓个现行，此时教案已经被他吃掉近三分之一。

这一来，老师才相信他真的吃书，可手写教案已惨不忍睹。老师当时暴跳如雷，健步如飞地奔过去一把从他嘴里抢过剩余教案，纸张哗啦啦散了一地，他是从本子的脊梁开始啃，完美诠释了何为"皮之不存，毛将焉附"。

那件事之后，徐海言被惩罚得厉害，这也对他造成了巨大困扰，他陷入空前的委屈。几个小朋友想起"人之初，性本善"的道理，终于软下心来一齐去安慰他，表达慰问的同时给出了中肯的建议，大意是，我们真的不是讨厌你，只是别什么都吃，适当地给地球母亲留一点生命的火种。否则，穿山甲在不久后就会变成葫芦娃中的童话角色……

每当回忆起故乡和童年的事，江川絮总觉得会心，但同时又察觉到这些人和事，总是在想起来的刹那拨转马头，飞驰而去。他像是隔着一层"蒙昧"的玻璃向过去窥望，一圈圈光晕包裹着"往事的露珠"，他每看清一滴，一片就陷入黑暗，再去瞧时，时间已将之揩拭干净。

他总是喜欢自己回忆，却不愿意过多地为他人描述，就像卡尔维诺《隐藏的城市》中说的："'记忆中的形象一旦被词语固定住，就给抹掉了。'波罗说，'也许，我不愿意全部讲述威尼斯，就是怕一下子失去她。或者，在我讲述其他城市的时候，我已经在一点点失去她。'"

Chapter.15
第十五章·雕花的英雄甲胄

大抵每个男孩都会在童年时仰视父亲身上那件漂亮的英雄甲胄，雕花的肩章，长帆似的披风，荡开的瞬间风雷激荡。

但当你想从他手中接过这身英雄的战衣时，才发现时间磨烂了它，而父亲告诉你，人间没有宏大的史诗，只有世俗的柴米。

男孩再次凝目看英雄的父亲，发现他只是个普通人……

61. 渐臻化境的套路

江川絮从天迎回来后不久就开学了,初开学的日子总是过得新鲜又不适应,因为旧日的许多残骸和琐屑被大家忘在脑后,抛开普遍的抱怨假期短暂的情绪,同学们都算得上积极昂扬,大家互道别来之情,或多或少揣着些新的希冀。

债券的门牙已被补全且平安回归,何牧修的书法又有精进且无灾无难,林晓童又创作出"清风飕飕凉,奔跑着小绵羊"这样的佳句,而江川絮的讥讽瞳也已寂然许久,至于永昶,在企图背诵完《礼记》的闲暇,胡说八道的本领更上一层楼。

唯一美中不足的是,李伯苗尚在流放地养猪。电话中他称自己正在"牧童骑黄牛",没事就跟书里的"王二"学习在旷野裸睡的狂野。虽然暂无入校的诏令,不过听话音,还是相信皇恩浩荡,前途可期。

江川絮以文科全年级第一、理科第四的成绩择优而选学了文,有幸与何牧修、林晓童分至一班"狼狈为奸"。而债券没有这个幸运,继承祖志学了理。

当时川絮与牧修的想法较为天真,以为文科就是读读背背,且历史地理恰是其兴趣所在,颇有几分"闲庭信步"的愣头自信。林晓童问他俩这种自信从何而来,江川絮胡诌说是从好望角上的老灯塔上来。

可两三月光景,好望角的老灯塔就停电了,两个自信的守夜人失足踏进了混沌的大海里,陷入某种对文史认知上的倦怠和茫然,和所学的大部分东西一样,套路和程式化依旧成为代替思考的主基调。

何牧修的父亲是个资深的历史爱好者,警惕地预见到照此情形发展下去,儿子可能会沦落为一个历史虚无主义"患者",而"忘记历史就等于背叛",所以及时打破儿子的困境是当务之急。

思来想去,他送给何牧修两本史学巨著,分别是吕思勉先生的《中国通史》和钱穆先生的《中国通史》,迫其"苟日新,日日新"的阅读。

不出所料，这两本书果然对何牧修大有裨益，只不过多裨益在了他的脾气上（动辄要对照两位先生的史书纠正教材上的偏颇），分数不涨反降。而他也从潜在的历史虚无主义"患者"再次一跃成为亢奋的历史修正主义者，誓要重攀灯塔发出一些质疑，如为何"总要把历史的重点放在自以为是地推断已成事实的结果的必然性上"？

其父大惊，反思之下，觉得还是儿子的自由度出了问题，连忙收回二书，并用克罗齐的话开悟何牧修："一切历史都是当代史"。而在这成千上万年的"当代史"中，何牧修其人，作为芸芸众生中无德无能的普通一员，明确要做的不是质疑和挖掘历史，而是学会考试技巧把历史分数提上去。

何牧修不服，凭什么自己殚精竭虑用从钱穆先生那里学来的史学思维分析答题，会在答题"公式"面前败得片甲不存，经历了历次铩羽，何牧修和江川絮对文史的兴趣衰减大半，永昶总结说这叫做"向之所欣，已为陈迹！"

江川絮说错了错了，是"向之所欣，已为成绩！"

62. 人生是盒巧克力

在这个摇晃又偏离的秋天，一片随风飘零的白色羽毛消解了他们几人离经叛道的偏执情绪。在随后很集中的一段时间里，他们开启了一段"明心见性"的观影时光。

江川絮在或明或暗的情况下，把当时能搜集到的好电影几乎看了个遍，包括《肖申克的救赎》《放牛班的春天》《V字仇杀队》《霸王别姬》等等，人生第一次充沛地感知到影像的能量密度与魅力。

这段生涯始于一部电影——《阿甘正传》，在一个混沌又阴冷的周六，林晓童带来一张高清光盘，在随后的整个观影过程中，所有人都感觉受了洗礼一样，一扫荫翳。

那种微妙的感觉似乎是从远方遥遥而至，穿越了皑皑白雪的深冬、料峭薄寒的初春和躁动热烈的盛夏，缥缥缈缈地来了。

上次有这种感觉，是很久前江川絮和永昶半夜三更窝在一起偷看《加勒比海盗》，那种孤往天涯、沉浮沧海的自由感灼烧得两个毛头小子辗转难眠，只恨自己手边无帆无剑。

当夜两人彻谈一宿，热血激荡慨当以慷，要仗剑，要屠龙，要仰天长啸，还要等着日头将升，薄露微垂之际扬帆出海，踏着旭日的光辉纵意远方。

江川絮学着 Jack 船长微张眼帘、前后摇摆的神经质样子，目光憧憬地说着那一大段台词："Wherever we want to go. That's what a ship is, you kown. It's not just a keel and a deck and sails. That's what a ship needs. But what a ship is, what the Black Pearl really is, is freedom."（我们想去哪里就去哪里，这便是船的真正含义，你明白吗？可不仅仅是有条龙骨，有层夹板，有几张帆。那些一艘船的配给所需，却非一艘船的真正含义，"黑珍珠号"的真正含义，是自由。）

说完后，两人陷入一派飘然的想象之中，仿佛已赤裸裸地驰骋于自由之地。

第二天，两颗自由的心脏即被闹钟提到了嗓子眼。江启文亲自出马喊他俩起床，两小时前还乘奔御风的少年僵直地从床头挪至床尾，坐着睡死在墙面上。

《加勒比海盗》的余音尚在耳际盘旋，《阿甘正传》又带给人截然不同的感动。他们看到一个太阳一样的人在沉重的生活大幕里欢喜求存，跨越一个又一个时代。

这部电影给所有人或多或少的影响。

林晓童在她的桌子上刻下影片中的一句台词："我不懂，是我们有着各自不同的命运，还是，我们只不过都是在风中飘荡。"后来，她飘荡了许多地方，去寻找自己的命运。

江川絮捡了九片完整的白色羽毛，夹在九本自己心爱的书里，每回看到都想起阿甘那样纯粹的人，这给仓皇的生活添了几分牢固的信念。他的讥讽瞳也非常喜欢这些羽毛，发出柔水般的光为其上晕，恰似裹上一层善美的灵魂。只不过后来，柔光渐溢，羽毛如叶子一样凋零大半。

何牧修坚信"人生就像一盒巧克力，你永远不知道会尝到哪种滋味"。于是养成了每遇烦心事，都以巧克力消愁的习惯，后来牙掉了不说，还惨遭与莱昂纳多相同的命运，从一个翩翩少年变成一位便便胖叔，大家都叫他"何啦A梦"。

债券在《蒲公英册》的残本上记下"用跑步丈量人生"这句话，之后他当了体育生，每天在操场上挥洒汗水。

只有永昶看完，没有留下什么行为上的纪念，只是沉默半晌，冲江川絮说"已无苟且之心"。江川絮知道他也想起那时看《加勒比海盗》时的慨叹，对挣脱高考的樊笼心意已坚，不禁对他跷起拇指，直到他最终去了煤校，才明白，有些束缚，并非想要挣脱就能挣脱……

63. 雕花的英雄甲胄

看完《阿甘正传》，大家早早散了回家。当天傍晚，江川絮嚷着要在家吃火锅，以驱天气的阴冷。

江启文和天下父母一样，觉得学生的时间金贵，不值得去一趟菜铺子，让江川絮先抓紧做作业，自己前往采购食材。可江川絮认为在家等菜就好比在城候援，有焦灼的危险，于是三两下蹬鞋穿衣，要求一同前往。江启文无奈，只好在儿子完成作业的保证下，带他出去遛一遛。

去时一路无话，天色渐沉，回来时江启文来了兴致，开口聊起学习，旁敲侧击让儿子暂缓读闲书、写故事等杂事，说这是动摇根基的大事。

也许是看了好电影的缘故，一肚子不合时宜难得没有往外倾泻，江川絮没有反驳，只是静静听着。

沉稳的云层终于忍不住颤抖起来，豆大的雨点呼朋唤友而来。

两人开始跑，江启文还不忘嘿哟哟地将话收了个尾。江川絮看老爷子跑起步来虎虎生风，忍不住嘎嘎一笑。

不知从何时起，父子平日里能说的话只剩寥寥，除了翻来覆去理念不合的几句争辩外，多的是沉默，久之，他们都会避开一些可能引发冲突的话题，摘些无关紧要的吃喝拉撒的小事。

江川絮从一个餐桌话痨——每天都要报告式地在餐桌上讲几个故事逸事的小男孩，变成餐桌话痴，除了嗯嗯啊啊、菜品点评外别无他话。

江启文也从一个口才卓越，讲起自身经历和人生道理来幽默逗笑的风云偶像，变成一个诚惶诚恐，成功学充盈全身的中年男人。

归咎下来莫非那八个字——"父不知子，子不知父"。江启文对儿子所说的奇闻逸事、神话演义都不感兴趣，屡屡叫停，频频打断，江川絮从最初的愤懑到后来的平淡，时间久了，便没了说话的欲望。而江川絮对父亲所说的主次轻重、应试至上的道理更是不满，往往神思杳杳，避其所言，这样久了，江启文也不再自讨没趣。

等回到家洗完菜，他们才发现忘了买鸡肉，恰好降雨的是个敷衍的小龙王，脾气暴躁地吐了几口水就打道回府了。天边拉出一缕金色的光，江启文嘱咐儿子烧水，他下楼去小区巷口挑鸡肉。

江川絮烧了水，打开厨房的窗子望下去。

一条灰白的巷子，单面涂满糟粕的墙面，父亲刚出楼道，绕着雨水往外跳，经过一个个水坑，矫捷硬朗，那一缕光覆在他身上，像一件金色的甲胄。

江川絮一时恍惚，忽然觉得父亲的身形变作一条桅杆，他随着岁月不断朝你终不可期的水域飘摇，而桅杆的影子，在夕阳里越拉越长，越长越变形，越变形越模糊，而血缘这条纽带，在模糊的影子中逐渐清晰，直至刻入骨头里……

大抵每个男孩都会在童年时仰视父亲身上那件漂亮的英雄甲胄，雕花的肩章，长帆似的披风，荡开的瞬间风雷激荡。但当你想从他手中接过这身英雄的战衣时，才发现时间磨烂了它，而父亲告诉你，人间没有宏大的史诗，只有世俗的柴米。男孩再次凝目看英雄的父亲，发现他只是个普通人……

64. 蝉吟鹊噪方知静

日子恢复高中时期该有的刻板与麻木，文科班的同学们也渐渐相熟，班主任让他们按照成绩高低依次挑选了座位。

江川絮想起《小窗幽记》里的"幽堂昼深，清风忽来好伴"，觉得教室恰似幽堂，白天不间断上课，显得昼深日长，是熬人的事，要吹到好风，见到好景，必须在窗边。于是将这个理论立马告诉了何牧修和林晓童，挑了个第三排靠窗的位置，林晓童紧随其后成为其同桌。

但坐定后江川絮才发现自己《小窗幽记》读得不扎实，还有另一句话他没体会明白，叫"窗下，唯有蝉吟鹊噪，方知静里乾坤"。

这聒噪有小部分来源于蝉吟鹊噪，大部分则来源于他们前排坐的两个女生，一个叫魏雅琪，一个叫马梅妍。

魏雅琪算是旧识，提起她来又要勾出一段往事。小学江川絮和永昶住在同一栋单面楼时，她家就住在单面楼对面，和永昶还有同桌之谊，常执一根细长的粉笔在课桌上划定"国界"。

魏雅琪向来以漫天花雨撒银针的功夫著称于校，两杆圆规使得出神入化，每每扎得永昶泪水涟涟。那时他们怀疑魏雅琪家藏了好多铁杵，每到夜深人静便开始磨针，所以才有了这般深不可测的身手。当面他俩夸其有"针"功夫，背地里，永昶切齿饮恨，意图雪耻，最后自忖身手不济，怕贸然妄动变成漏斗。只好摒弃暴力的方法，请江川絮出山帮他智力御敌。

江川絮回想历史上敌强我弱的邦交关系，唯有和亲与岁贡的路走得通，限于二人尚未到法定婚配年龄，只好劝其俯首称臣。但永昶表示自己是堂堂五尺男儿，所谓"男儿到死心如铁"，怎能轻易弯腰？于是改变策略，去跟魏雅琪谈判，经过几次铩羽而归的惨败后，终于成功签订了互不侵犯条约，双方签字礼一毕，永昶大喜过望。

然而自古条约只对弱势的一方生效，所以没过一天，即被魏雅琪单方面撕毁，成了人类历史上最短命的条约。

看着重新游走在课桌上为二人划定"国界"的粉笔，当时的永昶对这个世界的道义第一次产生了幻灭的怀疑。江川絮甚至猜测，正是此事，影响了永昶在很长一段时间内对女性的信任程度。

那时的魏雅琪高挑又冷傲，像个流落小镇的英国公主，放学回家的路上，时常腰杆挺得笔直走在前头，江川絮和永昶跟在后面不敢逼近，怕被她的远程攻击反杀。但秉持着"有仇要报"的原则，二人觉得大丈夫不能认怂，于是合伙为她取了个"乌鸦仔仔"的外号算报了仇……

时隔多年未见，再见时魏雅琪已从永昶的同学变成了江川絮的同学，可谓造化弄人。而江川絮在警戒了这位"挚友的童年梦魇"一段时间后，才发现她已深得温良恭俭让的德性，从体型到性情大变了样，非要用一个词来形容，只能用"喜庆"。

至于马梅妍，可以称得上是班中两大奇人之首。她梳着两缕粗壮的大辫子，总是冷不丁地仰天大笑。初闻此笑时的情景江川絮记忆犹新，当时正是课间，江川絮迷迷糊糊坐在座位上打瞌睡，猛然间有条黑鞭一样的东西横抽过他的脸，他心惊肉跳骤然清醒，抬头的刹那就见到马梅妍同学锅盖大的侧颜正冲着天花板，中气十足地放声大笑。

江川絮平生实没遇过这样的巾帼，小心翼翼探问她发笑的缘由，原来是——"偶见秋色有感"！

此后，他花了很长一段时间适应马梅妍莫名其妙的大笑，用了更长的时间来预判她随时会甩过来的麻花辫。

要说之前江川絮对命里相克这个词理解不透，见到魏雅琪和马梅妍后算是心领神悟了，不出一周，她俩已混得厮熟，每日上演宫廷大戏，时而披挂上阵，杀个你来我往。

林晓童和江川絮每日观斗，着实为其悬心。

这之后不久，马梅妍郑重地告诉周边人，"眉眼如画"这个词应该是古人为她"量身定做"的，正应了"梅妍如画"，并象征性询问后排两位是不是。江川絮和林晓童昧了良心说是是是，这时魏雅琪跳起来破口大骂："你搞清楚再说话，你的名字是没颜，不是美颜，你的脸美颜相机都无法拯救，不要因为被他俩美言几句，就大河向东流了。"

江川絮诧异地看着魏雅琪，以为后现代主义文学界又添新秀了，后来才知道，是段子界添了新秀。

这以后马梅妍反反复复强调心灵美才是真的美，因为她心灵美，所以美颜如画，眉眼也如画，还总是引用李敖先生的话："我要想佩服谁，我就照镜子！"

照罢仰天大笑，辫子甩甩。

林晓童根据她的特点作歌一首："鞭子甩甩，大步地走开……"

马梅妍强调到后来，大家逆反心理更盛，异口同声开始叫她"煤烟姐姐"，比"没颜姐姐"又低了好几个档次。可见，有时很多挣扎，都是无谓的挣扎，该扎针的时候，最好配合治疗，不然会适得其反，加重疾患……

65. 垃圾桶与柏林墙

《道德经》上说，这世上的事，从来都是"有无相生，难易相成，长短相较，高下相盈"，这是恒定的规则。

江川絮几人在选择座位时得了实惠，扎堆在那些能于乏味中发掘出乐趣的人群里。但同样的事情落在有些衰神身上，却结出悲剧的果实。

债券有了上学期期末政治零分的劣迹，名次自然不会靠前，兼之头上扣的又是"作弊被抓""当庭抗礼"的罪名，无法平反，气憋在心口，郁结成块，遂成"硬气"。这股硬气挺着他自始至终没有呈交检讨书。综上，他受些反感在所难免。

而且他实在不是学理科的料，倾尽全力，也就能达到明白个曲线运动和万有引力的地步，这还是基于他小时候玩弹球是一把好手，总能让珠子弹出一个精准的曲线。

这么说吧，如果那时与何牧修玩弹珠的是他不是李伯苗，他也能被何牧修打破头，因为李伯苗就是玩弹珠太有心得且太心狠手辣，赢牧修个片甲不存才惨遭毒手，债券的技术较李伯苗也不遑多让。

而他不懂物理也就罢了，也实在不是学语文的料，纵然已经被那胡车儿专家开了光，背了无数试卷答案，但依旧资质鲁钝，提升有限。江川絮感叹这点共性和自己相似，他看这些内容也往往是在失眠之际。

总而言之，一个人不合于某种环境的时候，如果没有一段时间缓冲，则诸事不顺。债券实与环境不合，又被安置到了最后一排靠近垃圾桶的位置，这个位置在地缘上属于不事文明、刀耕火种的偏安之地，故而良久后，债券养成了偏安一隅的习性。

这在策略上，实则是刺激教育的一种方法，企图通过"辱"来激起被辱者的斗志，学名叫作"知耻后勇"。无奈，以债券的驽钝，对这种良苦用心理解有限，在那个角落，一坐就是一年，当他快要在那里坐化的时候，江川絮等人才想起来，似乎有这么个人曾经在他们面前活生生地存在过。

那时文理相隔后，就像凭空架起了一道微缩版的柏林墙，柏林墙的跨越是"一去不返"的，人们从东德窜往西德，窜过去便另起炉灶不再回来。而这堵文理隔绝墙不同，窜过去串门的人有大本营在身后，无法做到抛家舍业，所以得偷偷摸摸地过去，偷偷摸摸地回来。因此那段时间大家都读起了一本叫《侠隐》的书，指望在书中找到做一名隐侠的功法。

该墙不是实体存在，只以道德相约束。老师们会在课堂上说，理科班的某某同学为什么总往我们文科班跑？各位都是高中生了，请检点自己的行为！

这些话面向大众而说，指向性并不明确，但若听者有意，则会如芒在背。他们替债券写情书的荒唐事也传出去一些风声，毕竟天下没有不透风的墙，却多"风闻言事"的人。

万幸原件并未流落出去，酿成"情书门"的惨祸。而债券喜欢尹卿柔的故事也流传在坊间，好在老师仁慈，没有将此事捅到债券父母处的打算，只是将债券提至办公室耳提面命过几回，虽然都被他矢口否决，不过以他的演技，怎能瞒得住阅人无数的眼睛。

恰巧尹卿柔的班级就在江川絮班级隔壁，教室首尾相连，所以柏林墙伫立在那里，债券为了避嫌避险，也不敢来翻，江川絮等不想惹是生非，也懒得去越。

所以当债券快要坐化时，大家也不能体会，他渴望自由的囚禁之心是何等煎熬……

Chapter.16

第十六章 · 殉道者和卫道士

暮色让人钻进小天地
看戏之人,在行庄严之礼
兴风作浪的,已泅浮于世
浪迹天涯的,已魂归故里
世界像要瓦解
他已厌弃了流离

66. 一瞑不视

债券那边刚泛起小浪,柳七那边传来噩耗一桩。

说是他们学校一名老师走了,走的原因可能是多方面的,但有一点是明确的,她在学校并不如意。在此之前,她因授课方式被校方多次警告处分,她曾在班上义愤地对学生们说,你们这些孩子从小受到太多强加的观念束缚,受了太多摧残想象力的暴力,太缺乏生机和活力,撒谎都撒得千篇一律,老师也无能为力……

言之动情。

听完之后江川絮也很难过,他不知道言语激动的柳七在整理这一番言论时演绎的成分有几分,但无论如何,这类事都屡见不鲜,时至今日想起来,他仍感到困惑,遑论当时。那时的他,只能用自己浅近的直觉和远未成熟的心智偏颇地看待此事。

后来江川絮在大学也碰到类似的事,同校已经考上研究生的师姐经不住压力从楼上一跃而下,几天后,此事烟消云散。他依旧困惑,他觉得,这样的问题,不该是放在明处引起高度重视,让真正有深度的学者讨论其背后根源,加以防患解决的问题吗?为什么要鬼鬼祟祟藏着掖着,从而引发更广泛的猜忌和失望呢?

那天的江川絮是伤感的、理智的、人性的,虽然幼稚,但并非阴谋家要借题发挥,也并非看客要冷眼旁观。他的讥讽瞳阵阵刺痛,他在想自己该做些什么,于是他拿出纸笔,恍恍惚惚地为那位素未谋面的老师写了些零零散散的话。事后他几乎忘了自己写了些什么,自由的悼文、祝福、祈愿……支离破碎。他还写了自己刚刚学会的一个词,叫"有契约精神的公民",有契约精神的公民是热爱自己的国家的,但也会为其不尽如人意处迷茫。

他在想,多大的压力可以逼人轻生?

眼前路的狭窄,就像步入一道峡谷,只有一条通幽的路,在遥远的对面,号称是可以预知的光明未来。

千千万万的人步入峡谷，即进了正途。他们眼光远迈人海望着未见未知的光明，鞭声一响，大家开始彼此竞逐，没人引导说，峡谷两侧的山壁也能称路，不过崎岖一些罢了。恰恰相反，因为这些道不直，所以被称作歪道，而歪道通常是给邪魔走的，履足其上的风险被正经的教育者当作反面教材警醒后人，这些教育者包括千万父母、千万师长。于是后来行在山壁上的人，被长鞭抽下，尽管他们中有的属山羊。

67. 国学呀，你将何去何从？

那位老师或该失望，或许她早有这样的心理准备。她的离去并未掀起任何触及根本的风波，甚至一点波澜都没有掀起，可谓波澜不兴。

江川絮仅代表个人观点为其觉得不值得。

胡适先生曾撰写过追悼两学生的文，文中称："此二君者，皆有志之士，足以有为者也，以悲愤不能自释，遂以一死以解，其志可哀，其愚可悯也，余年来以为今日之急务为一种乐观之哲学，以希望为主脑，以为但有一息尚存，则终有一毫希望在，若一瞑不视，则真无望矣。"

有些问题，属于沉疴积弊，远非朝夕能改。

然而，怪象在于，自古殉道者尸骨未寒，卫道士却能大行其道。

当此之际，胡车儿专家一战成名，一篇题为《国学呀，你将何去何从？》的批判性文章占据报纸正版面，全文一言三咏叹，情绪悲壮，痛心疾首，读之使人泪落。

文中沉痛地叙述了高中生如何连最基本的虚词实词都不会用，感叹文学在当今社会行进的艰难，并建议校方加强对学生背诵课文的监督。最好能将课文中的名家散文甚至说明文，都全篇背诵下来，以发扬"国粹"。此外，正本清源、独尊课本极为重要，"凡不在应试之行唯物之列者，皆绝其道"，如遇《哈利·波特》、金庸古龙等宣扬灵异思想、打杀之术的，当概行禁止，一律没收。末了，强调了《三段文》这类经典教辅的重要性。

至于该书有多重要，江川絮与何牧修在大略浏览后得出共识，其重要程度，就像厕纸之于如厕之人。

胡车儿专家的文章一经发表，立马受到太宽重视，并将之树立为地方教育者典型，号召全体教育者向他学习。

学校随即召开了教工大会积极响应，要向这位优秀同志看齐。

议题就叫《关于文学国粹的探讨》，其实就是"关于课文背诵的探讨"，并极为乖觉地将这条法令拓宽了领域，此后政治课本里要背诵的内容也大大增加。

随后这份报纸满天飞，每个班抱来一大摞，恨不能人手十张备用研习，成为自《三都赋》后又一次让纸张增值的大事，也因此大大延缓了区域纸媒的衰落。

江川絮捧着报纸睡熟在课桌上，梦中见到陈寅恪先生……

他醒来后忽然动念，质疑混文化界难道这么舒服？理想不禁动摇。但凡有点文学常识，说话流利没口吃，看几篇名著梗概和作者简介，背几篇挥斥方遒的大气概文章，再龙飞凤舞写几个"周旭"的狂草，即能将国学的大旗扛在了肩上趋步驰走。

如此这般，自然而然站在了伟人的肩膀上，说话都硬气三分。最重要的是，得有"专家"的称号，这个称号好比方鸿渐从爱尔兰人手里花钱买来的博士文凭，具有遮羞蔽丑光耀门楣的作用，出门在外少不得被认作大师，认不出的叫有眼无珠，认出的叫慧眼识珠。这样一算，前途真是一片大好。但这些仅是不切实际的妄想，他还年幼，尚不明白人脉、财富及营销先行的重要性，能找到那个爱尔兰人，即是人脉或渠道，前后支付给爱尔兰人的四十美金及留洋的衣食住行，即是财富，方鸿渐未达到名利双收的地步，是还存着部分知识分子的有所不为，营销和包装没有跟得上，中间弯弯道道，岂是江川絮一个小儿能想到的。

江启文得意扬扬地拿来教育周刊扔在儿子眼前，手指那篇巨著来证明大人的远见，巨著中还附着胡专家30度仰头远望的黑白侧照，那眼神中的忧国忧民堪比伟人。

江川絮实无心思瞥上一眼，有气无力地以"爸，我在学习"来搪塞江启文，可江启文执着，搬出"磨刀不误砍柴工"的至理来。

江川絮听他的逻辑确实没有漏洞，只好屈服，从上到下浏览一遍，讥讽瞳又忍不住地闪啊闪。

他心里暗叫胡专家真是走运，幸好那天他喝了些酒，估计记性也不好，没有把卢梭的那句名言拥出来再按部就班地肢解一遍。否则，就真有好戏瞧了。

他草草瞥了一眼，又激起父亲的不满，非要让儿子说个感悟出来……

逃无可逃的江川絮随即拟首小诗，而这不过是自娱。那首诗道：

> 暮色让人钻进小天地
> 看戏之人，在行庄严之礼
> 兴风作浪的，已泗浮于世

> 浪迹天涯的，已魂归故里
> 世界像要瓦解
> 他已厌弃了流离

68. 现世王骀"大恍哥"

江川絮等起初以为张舜作为江湖浪子，思想一定腐朽。

可没想到其真人实是个聪明绝顶、觉悟极高的人，在学生这个恍然大悟界，能称得上卧龙凤雏，至少在所有认识的未成年人中，名副其实为恍然大悟第一人，简称"大恍哥"。

大恍哥读过的范文车载斗量，因此能动辄有悟，不但悟得深刻，更比其他人悟得勤奋。

胡车儿专家名满江湖后，张舜和江川絮等一行"优秀学生代表"被派去采访他，以备校园专栏写作。

由于当日胡专家还有视察工作，所以采访很短，简单搭了几句话就回来了。

可等老师让他们撰文时，张舜同学却能做到下笔有神，文章隔日即上校刊。

江川絮阅后大吃一惊，以为他俩采访的并非同一人。张舜采访的似乎是当代的"王骀"，简直达到了"立不教，坐不议，虚而往，实而归"的境界。庄子在《德充符》中记载的王骀就是这样的大师，别人去请教他，他没说什么话，没讨论什么问题，就能使拜访者空着脑袋过去，装满学问回来。

胡车儿专家显然做到了这点，他没说什么话，没讨论什么问题，却于无形之间，打通了张舜的大悟之脉，回来之后什么人生境界都通透了，洋洋洒洒悟出诗三百，看得江川絮羞愧难当无地自容，只能感叹自己境界太低。

这还不算罢，大悟往往具有纵深的延展性，紧接着大恍哥后浪推前浪，又撰文一篇，题目为《颂功名》。乍一听，像是要写梁山，展开读才知写的是招安。

文中高举追随胡车儿大师"罢黜百家，独尊课本"的大旗，称应正本清源，抵御歪门邪道。并摘录《后汉书》中"德音流千里，功名重泰山"一语，声情并茂地将高考和德音等价，言下之意只有赢了高考，才证明人有德行。

两文并出，就像大炮双响，震入了胡车儿专家的耳朵，立马被其推荐上报，抹泪称："青年才俊有望，祖国前景辉煌。"

债券和永昶读罢该文，深恐自己没了德行，陷入一片焦灼中……

Chapter.17

第十七章·"诗手"大赛

你是我的一曲昼梦
久远
却终将
失落在散碎的摇光
那一刻
你怎忍我的灵魂
捧着饿碗
衰败在那——冷夜寒窗

69. 好热闹，波间涌出蓬莱岛

这个秋天也过得热热闹闹，红白喜事接踵而至。

"复兴国学"的号角在各式各样的大会之后吹响，仅仅是前奏，就吹得"振聋发聩"慷慨激昂，名目繁多的范文雪片而下，各类作文书从天而降，眼看抄书的前景已是板上钉钉的大势。

起初大家风风火火地凑热闹，大叫着要"振兴国学"，看到一篇美文便一拥而上，将其逐字逐句解析得支离破碎，就像在看达·芬奇的画。真正是"可怜宵，波间涌出蓬莱岛。香烟乱飘，笙歌喧闹，飞上玉楼腰"。

然而真正等到背文抄书的当口，大伙"振兴国学"的热情就像溶解了醋酸钠的水，几秒钟内迅速结冰。

林晓童几人一瞧，这可不行，提议要破了这种抄书的困局。运筹之下，决定主动请缨，举办一些国学活动作为缓兵之策。

江川絮首先拍案道："《孙子兵法》云，先发制人，后发制于人。"

永昶继而拍案道："九阳神功曰，静观其变，能后发先至。"

大家齐声道："滚出去……"

接着，何牧修力挺江川絮："我赞同'黄时雨'的观点，所谓'无路请缨，等终军之弱冠'，我们效法终军，向班主任和语文老师献策，要求举办国学活动，校方看我等积极向上，响应号召，一定同意，或许能免些机械性的抄书任务。"

林晓童拍手道："说得好，所谓擒贼先擒王，吃饭先喝汤。那么……计将安出？"

江川絮脑海中灵光一现，来个九十度潇洒甩头的姿势。"我们去向老师提议，举办个诗手大赛！"

林晓童一激灵，诧异道："尸首大赛？"

江川絮点点头："不错！如今唱歌的叫歌手，写作的叫写手，下棋的叫棋手。我们作为最会扎堆赶潮流的羊群，没理由不见贤思齐。所以办个'诗手'大赛，诸位意下如何？"

　　永昶赞同道："妙策！妙策！有种妙计安天下的感觉。"

　　林晓童向来以"十万个为什么"出名，皱眉疑惑道："那为什么不来个征文比赛？"

　　永昶摆手："要写征文我退出，我整个高中三年只学了议论文。"

　　何牧修为林晓童答疑："永昶说的是其中一个原因，比如他们老师，节节课讲那作文三段论，练得他快成了东方不败，走路都夹着腿。"

　　永昶作势虎扑要招何牧修，江川絮护法拦截，一番打斗后，江川絮接话继续："更重要的原因是，诗歌字数可长可短，加上人在某些精神恍惚的状态下提笔，很容易变成后现代主义诗手。比如……你！"

　　林晓童开嗓"咩……"一声表达了自己的愉悦。

　　江川絮环顾一周，看大家没了异议，举拳道："还望大伙勠力同心，大事必成！"

　　大家目光坚定，齐声道"不求同年同月同日生……"

　　"打住！打住！"……

　　江川絮欣慰一笑："好！还有谁有问题？"

　　不料林晓童再次举手。

　　江川絮摊手做个请讲的姿势。

　　林晓童问道："请问，终军是谁？"

　　……

70. 老夫聊发少年狂

　　江川絮和林晓童作为代表找到班主任处鼓动风云。

　　班主任听后一笑，抬眼望着他们，半晌说："是想逃避一些什么吧？"

　　江川絮嘴里说没有，眼角被拆穿的笑意已含不住。

　　垂下眼帘的瞬间他和班主任来了个会心对视，这一眼是"胸口挂灯笼——心照不宣"。

　　由此他对班主任的看法也大大改观，班主任人虽古板，可有些不满还是能与他们合拍。看来上学期，他在课堂上确有回护李伯苗之心。

对完眼神，班主任沉吟片刻说："嗯……这个想法不错，很积极，可以试做，但千万别影响了主业学习……准备什么时候举办？"

江川絮压住惊喜，装作踌躇样说："这个得等我们商量一下，具体出个详细策划给您，这段时间要是能定下这事，可以给同学们一些看书准备的时间，据我所知，知情的同学热情都很高。"

班主任点头说好，让他们回去写份策划给他和语文老师。

当天下午，策划新鲜出炉，隔天由班主任呈交学校，两天后批示，说同学们响应教育部号召，对国学热情很高，这样的学习态度值得鼓励，允许各班协办，届时还会选佳作"上达天听"。

"宣旨"之日，大伙着重将"参与积极，感悟良多者，可暂免最近课文抄写"的话听了去，一时间，群情沸腾。

班主任见工作量繁重，让江川絮和其他各班几位语文课代表负责初审遴选工作，大赛期间，就让同学们多多看书准备，陆续投稿，为期一个月。

可免抄书的赦令一经下达，报名者踊跃，像是三月溯流回潮的鱼儿，争先恐后，唯恐天下不乱。

除了少数几个像马梅妍这样的同学整天眼神迷离地酝酿诗情外，其他收上来的稿件千奇百怪，歪诗覆野。甚至连稿纸也千奇百怪，有荧光信纸，有数学本的纸，还有一片厕纸，甚至有湿巾，面对此情此景，林晓童特用"五光十色"这个词来形容！

71."曝诗荒野"杀威联

三天之内，江川絮被大量莫名其妙的恶搞诗湮没，用林晓童的话说，感觉神经病院的墙倒了，一些奇奇怪怪的人跑了出来。

最痛苦的是正上着课，忽然有一句"脱发用霸王"从脑海中蹦出来，憋笑憋得和便秘时一样难受，老师除了罚江川絮拿课本站在教室后面，还总追问他为何最近总是脸色潮红，惹得全班哈哈大笑，他甚至在梦里都在哭笑间挣扎。

后来江川絮觉得实在不妥，这样的喧沸之势终将引起老师的注意，到时候发觉广大同学的创作热情原来都放在恶搞上，难免降雷霆之怒。这一怒，抄书的量较之前一定有增无减。

江川絮找伙伴们商量，还特地叫上了久被遗忘的债券。

江川絮说："现在民智已启，但有些群众还是比较愚昧，玩起来不知节制，恐怕会导致大计早夭！"

永昶反驳："妲己早夭的话不是好事吗？！"

江川絮冲上去掐住他的脖子，其他人连忙劝架……

何牧修随手翻开一页诗念道："'黑线爬满我的脸，这是我惆怅时的样子！'这不挺好的嘛！"

江川絮又冲过去掐住他的脖子，其他人连忙劝架……

闹了一会儿，林晓童出来说句公道话："这可不行呀！这么恶搞，最后交上去，恐怕大家都得凉！"

随后几人商量对策，林晓童的建议是让恶搞的人继续恶搞，江川絮、何牧修他们召集部分"有志之士"写点凑合的交上去，不也行吗！

但何牧修表示，晓童虽然说得不错，但他们现在满脑子都是"弹弹弹，今麦郎"，怎么写？还有最要命的一点，好笑的恶搞只是其中一部分，剩下一部分中有比较低俗的恶搞，还有一些匿名荤段子，这流出去……

说罢大家咂嘴叹气。

半晌后，江川絮说："现在大家已经陷入全民狂欢的恶搞潮里，想做正经事的人，也被带得不正经。我建议我们清源截流，抬高门槛，杀杀恶俗之风。"

永昶摊开一只手道："好！好！先作个杀风气的联！"

江川絮说好，扎个马步思忖半晌，以为立马会文思尿崩，不料"文思不动"。

尴尬之余，想起给李伯苗配眼镜时"今时进士原是近视"的谐音合字联，灵机一动仿了句"诗手试手失手成尸首"。

几人看后拍手叫绝，林晓童催促江川絮，趁势写个下联。

江川絮刚被推到高潮的气场不能弱了，却又苦于才思枯涸。眼神漫无目的地扫视，恰见马梅妍同学以手支颐媚眼如丝，提笔就写。

下联：媚眼美颜没眼变煤烟。

横批：曝诗（尸）荒野【不拒（惧）来者】

写完顿觉春风得意，飘飘然不能在人世间久待。他想起当日胡车儿专家大笔写下"嵘峥岁月愁"时独孤求败般"患无敌"的惆怅，忽然切身理解了他的寂寞。

何牧修喃喃问："何解？"

江川絮还要保持寂寞的姿势不能立马动，永昶适时为发小增光添彩，解释道："先看横批，是告诫后来投稿的人，以后他们的诗都会公开，所以叫'曝诗荒野'，括号里的'不拒来者'又可理解为'不惧来者',这是以进为退,有挑衅的意思,你敢来投稿就敢把你的诗公开,既不拒你于门外,又不怕得罪你!……再看上下联就很容易理解了,警告那些无法无天的诗手,如果再乱试手,失手后可能会变尸首。下联牵强附会,借了梅妍同学的光,媚眼的美颜如果没眼色瞎写,也可会变成煤烟……"

听完解释后,林晓童赞叹他俩的脑洞真是九转回肠山路十八弯,赞完大家鼓掌。江川絮嘴角咧到了耳根,却摆手说哪里哪里。他窃喜知音难觅,心说这解释就相当于甄士隐给跛足道人的《好了歌》写的《好了歌注》,有锦上添花的作用,同时他明白了代言相较于自说自话的优势,怪不得WWE(美国职业摔跤联盟)里的布洛克常年要让保罗·海曼替他说话。

瞎写的杀威联落定,大家心情大好,江川絮随手抽出一堆稿子塞在债券手里说:"瞧瞧!就这拉屎不带纸的水平,你都能参加!"

话出口感觉不对,何牧修和永昶已经笑成一团。

看着债券一脸局促,林晓童骂江川絮说,你这补刀的水平,快去撞墙吧……

江川絮张口要解释,何牧修和永昶拽着他笑得一把鼻涕一把泪,催他道:"快去,快去,别解释了,去撞墙吧……"

没料到这么一句话燃起这么大的笑意,江川絮和债券都忍不住笑了起来。

良久笑声渐止,江川絮对债券说:"唉,不是!我的本意让你也活动活动,你看大伙都凑热闹呢,你也别成天苦大仇深了。"

林晓童说:"对对!尹卿柔也会投稿,到时候把你的诗润饰润饰,柔儿看到,估计也会大吃一惊。"

当时他们揣着对朋友隐晦的善念,想要帮他拔出沉沦的幻境,可不知道,让他沉沦的事情已悄然发生,并愈演愈烈……

72. 你是我的一曲昼梦

杀威联流落出去后,部分口无遮拦的"江湖人士"注意力被大大转移,确实也产生了一些震慑效果,只不过对他们解释杀威联的意思却费了一番工夫。

随后,同学们进入正轨,这是投稿前的一段文思蛰伏期。

这段蛰伏期倒是过得有点意思,天气由秋入冬,日渐寒冷,但教室中却春情烂漫,生机盎然。

第一场雪落下来的时候,马梅妍以手支颐,楚楚可怜地望着窗外。忽听她幽幽地长叹两声，后据江川絮分析，那两声长叹第一声是为了引起大家的注意，第二声是为了引他们发问，偏偏江川絮就是那样凑趣的人。

于是他恰如其意地问马梅妍一句"怎么了？"

接着她又长叹出第三声。

这连环三叹让人想起笑傲江湖中的连环三仙剑，李小龙的连环三腿和程咬金的连环三斧，只不过程咬金的连环三斧是虎头蛇尾，三斧过后后继无力，而马梅妍的连环三叹则不然，三叹后方始发力。

只见她拢拢刘海，甩甩辫子，中气十足地幽叹道："看呀，雪花落在我的脸上，落在我的鼻尖上，落在我干涸的心田里。"

这之后的大约半分钟里，江川絮和林晓童面面相觑，都觉得自己失聪了……

三分钟后，只见她甩甩辫子仰天大笑，笑罢冲着魏雅琪大叫，她指着自己下颚的痘痘喊："你看看清楚，这是痘痘吗？啊哈哈哈，这是痘痘吗？"

魏雅琪神情淡淡地搓着自己的圆脸说："是脓包！"

……

如果让江川絮说说最让人觉得一去不复返的难忘时光，可能就是童年时候和这个阶段，大家荒唐而有生机地活着，而且生机在短暂的一段时间里呈现澎湃之势。

最终，江川絮杜撰了几首浅近的小诗奉上。

第一首叫《恓惶》。

恓惶

你要掩埋昨日的恓惶
蛰伏于雪域的荒凉
眼见
善恶交杂绽放
自由之犁已开始耕地
你坐于牛背之上
欲乘牛出关
无奈
尹喜不在
关门不开

第二首叫《酒》。

酒

我慕刘伶的逍遥
酿一壶醉生死的酒
赤身裸体
洞开门扉
酒啊酒
你若毒不死我
便载我去梦域
探访自由……

第三首叫《江郎》。

江郎

直到那一天
孤独这个词
如一杆长枪
将你我钉死在盛世的浪梢上
彼时
江淹绝眦
顾野苍茫

交上去后,班主任说小诗太短,再交一篇,江川絮只好又交上一首叫《岁纹》的诗。

这算是他那段时间内写过最用心的东西,某个晚上,江川絮从卧室抬步出来,看着睡着在沙发上的父亲,想起那日从楼上远望他的远影,一时间不知所措。

他在心里调侃,背影真是个被人用烂了的意象,可忽然间的脆弱,撕破那层叛逆、滑稽的惯有伪装。那是一种空空落落的慌乱感觉,像是生命的构图已被打散,让他的手心不受控地痉挛。

自己的父亲究竟是怎样一个人？江川絮在长大后对他少有评价，但他的内心知道，他的父亲，是个受过"拔本垂泪、伤根沥血"之苦的人。

当夜江川絮在桌前坐到了半夜，整个身子都麻麻木木冷透了，后来他提笔写了一段杂乱的文，一首无名的诗。

那文至今已失落不见，诗却还留着，并取了个题目：

岁纹

时间刻出石子路的面纹
清风扬起尘垢与花香
我在弦月下黯然又欢喜
奔波杂沓
溯游辗转
你的远影未显迟怨
我的乱梦已缠满卧床
我不能预见有一日
你的苍老
你的死亡
届时
音容将会浮溢
命途必呈乱象
你是我的一曲昼梦
久远
却终将
失落在散碎的摇光
那一刻
你怎忍我的灵魂
捧着饿碗
衰败在那——冷夜寒窗

73. 破裂与迷茫的祝生

"诗手大赛"圆满收官，大家编出了名目繁多的奖项，给本次诗手大赛一个喜乐的收尾，江川絮特拣了一些有趣的，抄在了他的日记本上。

林晓童获得"最佳童趣奖"，她的《梧桐树上有小鸟》被广为传诵。

> 梧桐树上有小鸟
> 涅槃凤凰嘎嘎叫
> 斑斓蜗牛奋力爬
> 像是叶子在祈祷
> 鸳鸯鸳鸯你别跑
> 龙宫太子来洗澡

自此之后，他们知道了"凤鸣九天"，原来整个天下听到的都是"嘎——嘎——"的叫声。

郝疏敏以笔名柒柒写的《眼神》获得"最佳痴情奖"。

其中名句有：

> 东边日出西边雨
> 想你想得睡不着

获奖的还有何牧修的《真心》。

> 我编一个花圈送你
> 上面的每一朵花都代表我对你的一份心
> 那花最好有九十九朵
> 因为九九归一
> 我对你一心一意

看过第一句后，这首诗最终被他们归入"最佳惊悚奖"。

马梅妍这些日子酝酿良久，酿出的成果颇多。

最好的一篇获得"最阳光奖"，题目《向日葵》。

向日葵

啊——阳光
如此炽烈又慈祥的阳光
你这样普照
大地、草木、村庄
我见到你
就觉得
心里复苏了一片地方
我察觉到自己是向日葵
抑或是向日葵的妹妹
沐浴着阳光而活

得奖之际,她猛甩辫子仰天大笑。何牧修忍不住说:你的这首诗,如果在最后一句的阳光后头添个助词"的",整个语境就完美了。

她并未会意,反而以手背抚面颊作娇羞状,大家忙眨眨眼偏过头去。

魏雅琪一字一句念道:"我察觉到自己是向日葵,抑或是向日葵的妹妹,沐浴着阳光的……'二货'。"

"最爱国奖"颁给了张舜。

我们在主旋律中飞翔
迎风,跳跃,旋转,徜徉
呼吸着核心价值观的力量

最后说说债券,他的小诗竟也获奖了,获了个"最大意象奖",题目为《祝生》。当时初稿拿来第一句就惊呆了诸人。

我看见汹涌的大火球朝我飞来
射向广漠的宇宙空间

江川絮问他这句话的来源,他说采自《宇宙里有些什么》。

永昶被雷得虎躯一震,挠着头问,"大火球朝你飞来,又射向宇宙空间?你是宇宙空间?"

江川絮帮忙圆道:"笨!大火球朝他飞去的时候,他躲过去了呀,他身后才是广漠的宇宙空间!"

林晓童又问:"为什么是大火球朝他飞去?"

江川絮对她怒使眼色,说:"继续往下看。"

原文如下:

祝生

我看见汹涌的大火球朝我飞来

射向广漠的宇宙空间

我是其中的一粒微尘

胎生、卵生、湿生、化生

沉默在苍穹之涯

久飘且荡

没人祝我脱死

就像谎言一样

满是破裂与迷茫

这首严重表意不明东拼西凑且不知所云的东西被他们调侃为后现代主义印象派的杰出产物,也曾逗乐了大家很长一段时间。

但时至今日想起来,它像一首满是隐喻的预言。

只不过它是出自债券之手,所以没人看出,当时它迸出的灵气无人能及……

Chapter.18
第十八章 · 冥冥旧人人不识

金色的光辉像流火铺过来
有人踩着水荷似的鞋子
背后是云天和白塔
撑篙之人笑道
座子不够了……

74. 时间这无力的革新家

"诗手大赛"办得圆满,唯一的遗憾是永昶并未获奖,他常年扎堆书海,猛然间碰电脑敲字,实在不习惯,把诗句中"以酒浇愁"敲成"依旧脚臭"惨遭淘汰。

当此上下欢颜,天人交泰之际,江川絮借机向班主任提起李伯苗下放之事,也顺便提醒大家别忘了此人。

江川絮的意思是,如今四海承平,政通人和,没理由不大赦天下,以昭天迎教育界宽大仁慈之理。

班主任听后犹豫地点头,江川絮察言观色,瞧出事有转机,趁势煽风点火。

"老师,我想起培根先生的一句话——时间乃是最大的革新家!"

这么长时间不见,大家都被革得挺新了。譬如债券成功被革新成理科生,林晓童与何牧修则被革新为文科生。想来李伯苗应该也已洗心革面,投胎为人了吧!

班主任听后点头说有理,人孰能无过,所谓知错能改,善莫大焉,既然洗心革面,就该宽大为怀,这就去问问处分是否到期,争取叫他回来上课。

江川絮见班主任竟然如此宽宏大量,十分开心地告退,并将这喜讯告诉林晓童等人。

大伙一合计,这段日子过得积极乐观,要不摆个小接风宴,互道一下阔别之情。

等他们把接风宴都摆好了,却接到消息说,李伯苗回归之期再延,原因是学期中间,没理由平添进人,学籍档案不好规整,再者考虑到洗心革面也分情节轻重,偏偏李伯苗的心和面都比较脏,这么久过去了恐怕依旧不能被时间的长河洗净,贸然将其召回依旧有流毒学子的危险,所以可能要等到下学期了。

何牧修和林晓童都怪江川絮谎报喜讯,惹得大伙空欢喜、白忙活。

江川絮尴尬地摊手说,亏我还引用了培根先生的名言。

林晓童听后大摇其头，说怪不得，"培根"最后变成了吃的食物，可见他的话效用不大。

75. 岁底不足，提防天哭

时近岁末，大家结伴爬山散心，起初债券一贯他蔫头耷脑的模样，可刚爬到了山顶，被山风一激，他像是被打通了任督二脉，走路一步三晃头，仿佛在脖子里安了个马达，浑身上下涌出一股"挡我者死"的傻气。

大家把一张旧毯子铺开在一片干草上，坐下来吃零食，吃了一会儿，江川絮抽出笛子，在山风中吹了一首《牧羊曲》。吹到结尾由于风大，气息不足，音调由悠扬变为呜咽。

永昶拆台说，你应该把二胡拿来！江川絮问，拿二胡干什么？

永昶说拉一曲《江河水》啊！

他这么顺口一说，居然被晃着脑袋的债券接上，哼起了《江河水》，虽然难听如鬼泣，但调子是对的，这就让大伙吃了一惊，心说这小子居然在学习财会之余，还能偷听到音乐这种东西！

一番昧着良心的夸赞后，其余人开始闲聊，债券则开始疯跑，跑了一会儿忽然到人家坟圈里拿起一块砖头，扭着屁股大声喊："是谁？在高原上动了我的旺仔小馒头！"

大家忙喝阻他，说坟上的东西不能乱动！

后来，他又从自己的背包里扯出一个风筝，开始借着冬风放风筝，不料风筝放了一半，线莫名其妙断了，于是他又开始漫山遍野追风筝。

大伙目瞪口呆地看着这个人像只山羊一般在山上蹦跳，深悔没叫上马梅妍与之做伴。

这时渐渐变了天，沉沉的灰幕从天边滚动过来。

不一时，呼呼的风里，已夹了细细的冰冷雨丝。

林晓童偏头看着疯跑的债券，他在追风筝时摔了一跤，爬起来顾不上拍土又开始追。

江川絮抬头看看天说："正所谓……岁底不足，提防天哭！我们该撤了。"

大家收拾东西，扬声喊债券回来，他磨叽大半天，直到从半截土坡的一棵矮树上取下风筝，缠好线才跑回来。

此时微霰零,散雪下,细碎雨丝已变为雪渣。

片刻工夫,雪渣变作雪片,洋洋洒洒而下。

大家走捷径收拾下山,债券牢牢攥着风筝,满脸微汗,扭着腰身张牙舞爪地走在后面。

江川絮观其形貌,觉得这厮应该是得了什么"见光疯"的病,在家圈的时间久了,猛地放出来就没了章法。

何牧修也看出他神经兮兮的,打个激灵对其他人说,债券就是个坑,快让他走前面,我怕他走后面把我们都葬送了!

说罢大伙深以为然。

债券听后,翻个白眼说:"走前面就走前面!"

说罢唱着《葫芦娃》领队。

暮秋之际,这里的植被早就凋零殆尽,何况此时已入冬,这条下山的捷径上皆是浮土,此时浮土润了些雪水,变成泥。

所有人亦步亦趋往下挪,鞋上都是泥。

江川絮叹道:"啥时候带你们去天迎看看,那才叫山,这顶多叫高土坯。"

林晓童抬起头问:"啥意思?"

江川絮被她逗笑了,调侃说:"你将来倒是能当一个好捧哏!我是说,山里没有植被还叫什么山?"

下到半山腰,一只驴从他们不远处经过,永昶停步回身,敛衣起腔,指着那驴问大家:"你们猜我在想啥?"

林晓童说:"我知道!指驴为马?"

永昶怪笑一声,看着江川絮和牧修。

何牧修挠挠头:"驴肉火烧?"

江川絮早知其意,笑出声来:"匹夫的意思是,'骑驴过小桥,独叹梅花瘦!'"

林晓童偏头看永昶,永昶挑挑眉毛道:"不错!"

林晓童嚷嚷起来:"可以呀,你俩有秘密!"

何牧修跟着起哄,江川絮拍林晓童一巴掌,解释说:"这是诸葛亮的岳父黄承彦在大雪天骑驴过桥时念的一首《梁父吟》。"

说着两人背起原文:

一夜北风寒,万里彤云厚

> 长空雪乱飘，尽改江山旧
> 仰面观太虚，疑是玉龙斗
> 纷纷鳞甲飞，顷刻遍宇宙
> 骑驴过小桥，独叹梅花瘦

"这我俩小时候总一起背的东西，算是最喜欢的大雪诗……"

江川絮话音未落，忽然轰隆一声响从前方传来，大伙在慌乱中抬眼，债券已从山坡上滚了下去……

76. 至乐心愉的哑笑

当他们心惊胆战地扶债券起来时，讶异地发现他居然在笑，那笑虽然无声，却显得颇为畅快。似乎是什么低级趣味的恶作剧得逞了，再看他的半个身子、侧腿已经满是泥泞。

江川絮心道，你个傻子，怎么和李伯苗一个德行！他笑得得意时就没有预料到哭的时刻会接踵而至。

刚想着，债券就用泥手抹了他们每人一把，继而在一片骂声中笑出声。

何牧修擦了抹在鼻子上的泥，长叹一声："我的妈妈不让我和傻子玩。"

林晓童也皱着眉头擦裙子上的泥，边擦边骂："还笑！还笑！你看你嘴张得像个窑洞似的，也不想想回家你爸妈见到你这副土贼样子的后果，说起来你和李伯苗在这点上简直是一丘之貉，都是鼠目寸光的傻瓜……"

骂完，债券的笑嘴咧得更大了，像是掩埋了过去的所有怯懦与无奈。

下了山，何牧修提议要不要各回各家，主要考虑到债券的衣服脏成这样了，早点回去既能保证市容，又能增加其逃脱法网的概率，早回早换洗，不至于再添一项浪荡晚归的罪名。

不料，首先反对此提议的，就是债券。

江川絮甚至搬出尹卿柔压他，说他这种形象要是被柔儿当街遇上，那估计今生都没有机会做翻身农奴了。

但他却表现出诡异的开心，说无所谓，咱们转转再回。

于是他们沿着山脚下的长街散步，大雪絮絮而落。

江川絮是喜欢这样浪荡的，冷风射得他肌体发寒，不过心头却是火热的。

林晓童让永昶开口赋诗，何牧修说，别一天天让他赋诗了，让债券讲个冷笑话吧。

江川絮忙拦住：可拉倒吧！债券开口说的平常话都像冷笑话，让他讲冷笑话，不得冻死我们，下雪天的还是憋点热笑话暖和暖和吧。

出乎意料的，债券没有推三阻四，反而开始酝酿着讲那些好多年前就算陈词滥调的老笑话，诸如《鹦鹉学舌邮递员》之类。

虽然完全没有笑点，大家却依旧笑得异常开心，像是在听班里的女孩王英芳讲笑话，她的笑话往往只能自娱，不能娱众，而听众的笑点也仅仅是英芳本身。她讲笑话，每次都是刚一开口，自己就已面色潮红憋笑憋个半死，等笑话讲完了，所有人都没听懂她在讲什么，但大家还是觉得很好笑。英芳曾有句名言："给我一个地球，我能撬起整个支点。"

那个天色暗淡的下午，长街好长。所有人都达到了一种至乐心愉的状态。

77. 冥冥中人谪仙客

不久后，他们遇到了一个侧卧于街边之人，他为何会在这样的落雪中侧卧在街边，那时他们谁都没有细想，后来记起来，江川絮觉得不像是巧合，似乎冥冥中，他就等在那里。

就像单福长歌候皇叔，要以一种诡异之姿引得来人注意。

大雪洋洋洒洒地飘着，那人侧卧在街边的一块脏毯子上，身上却别无遮盖之物，但整个人却不瑟缩，好像已在熟睡状态下感觉不到寒冷，简直是头流浪的北极熊。

大伙见到他时，几个鬼鬼祟祟的孩子正在他屁股后头准备点炮，江川絮定睛一看，是那种三根手指粗细的麻雷子，他们小时候叫这种炮"小雷管"，威力堪比微型"手榴弹"。

江川絮心头涌上一阵反感，远远地大喝一声。何牧修等人见状，也附声呵斥，将几个孩子驱散。

这情形异常熟悉，简直像是岁月重现，让江川絮想起小的时候在天迎的一件事。

那时八岁，一天从学校回家，家背后不远处站着一个吊着鼻涕的傻子。裤子被人扒下一半，大大小小孩子围成一圈，傻子在圈里转来转去，一个男孩在他眼前学他跛脚走路的样子，另一个男孩从后偷袭，猛地将他圈在腿弯的棉裤拽至脚底。

孩子们大笑着，他似感觉到冷了，弯腰拽起裤子。

那时也正是年节将至，孩子们也已经玩起鞭炮，其中两人拿着威力不大的摔炮扔到他脚底吓他，于是他一边提裤子一边跳，嘴里含混不清地叫着。

江川絮见后气极，抓了一把石子，嘶声骂了句当时学到的脏话，奋力把石子甩向人群，扔完转身就跑。

后来他分析，实不该在扔石子前喊那一句，这做法就像程咬金劫夺朝廷的生辰纲时，先报上自己的姓名一样傻。这一嗓子喊出去，喊来几个被石子击中的仇人紧随在后，回家的半路中，江川絮的背上挨了三石子，腿上挨了两石子。

回到家后，他用脚踹开小屋子的门，梗着脖子站在屋中间开始哭，后来想想，那时也真是没出息，但妈妈和爸爸说他那时像个真正的男子汉。

天迎向来民风淳朴，江川絮从未见过那样欺负人的事情，那是第一次受到莫大的刺激。他当时又闹又哭，妈妈抱他在怀里"嘘……嘘……"地念叨着安抚情绪，他气得浑身颤抖，扭着身子蹬着腿挣扎。

他小时候的脾气和长大后相比是天地二极的反差。四岁之前家人说他有传说中的"气死病"，据奶奶爷爷爸爸妈妈的说法，他脖子上有一撮"气死毛"，跟尚师徒爱马"呼雷豹"肉瘤上长的三根咆哮毛一样，剪不得，每次生了大气，家人就得抚摸气死毛，防他气死过去。江川絮小时候信这个，所以总以为王朗被气死是因为小时候家人剪了他的气死毛。

总之当时的江川絮怒不可遏，想起《大刀向鬼子们的头上砍去》这首歌，觉得那些孩子和鬼子一样可恶，央爸爸找个棒子去打死他们。

江启文没有找棒子打人，只是跑去驱散了一众孩子，顺便拿了妈妈蒸的两个花卷两个馒头给那傻子，他回来告诉江川絮一句话："辱人者，人恒辱之……"

江川絮将飞驰天外的思绪扯回来，啐了一口，喃喃骂了句小畜生。

林晓童诧异地瞅了川絮一眼，说：这么大的熊崽子就是皮……

江川絮也没作回应，调整了一下情绪。

转眼已走到那人跟前，他被几人的喊声吓醒，翻身坐起扫视江川絮一行。

江川絮忽然觉得此人有些面熟，但是确定自己从没见过他。

本来他们对其报以微笑后就该从他面前经过，不料忽然见到他似笑非笑贼兮兮的眼神，江川絮却拔不动步了，不但江川絮拔不动步子了，林晓童他们也不约而同停了下来。

大家都感觉到这人比较奇怪，第一眼看他时竟落下太多细节，首先他是个老头，初见时他们似乎都忽略了这一点，其次他应该是个算命的，而非拾荒者或流浪汉，他坐起来时露出压在身下的算命八卦和画在破毯子上的盘符。

但他的穿着打扮都太古怪了，他肩上背个袋子像在学布袋和尚，腿上放个破扇子像在学济公，脑袋后面一撮草窝般的头发中盘个小小的发包，上面插根道士的簪子。似道非道，似俗非俗。江川絮暗忖，这人难道是什么民间罗教的神棍，儒道佛啥都挂一点？

再瞧他的那对袖子，一条是布的，一条是棉的，后来江川絮跟他相熟之后曾经调侃他，说你穿的衣服是"不眠"，却这么能睡，看来不眠只是一个幻想……

这时他冲着他们缩着脖子咧嘴一笑，露出两排不尽完整的黄牙，且眉眼间尽是狡黠。

大伙瞬间觉得这神棍缺少装高人的专业素养，你这贼兮兮一笑，还怎么让来人信服。

他们回以一笑，老头忽然振袖，故意甩开了衣服下摆，露出一角腰牌，江川絮瞥见正面有"东方"二字。

大伙面面相觑，觉得这神棍好没创意，动辄给自己起个"东方""南宫"之类的复姓充半仙，又或者有"世人不识东方朔，大隐金门是谪仙"的隐喻？

林晓童拽拽川絮的袖子，示意离开，江川絮看他张口欲言，好奇地想听听他会说什么，如果他开口就是"施主，贫道（老衲）看你最近印堂发黑……"的经典台词，他们一定转身就走。

不料老头在眼神跟江川絮对撞的瞬间，嘴唇微动，江川絮分明看到那口型说的是——"讥讽瞳"。

霎时间，江川絮心头升起一团异样的疑云，他的瞳孔失了焦，眼前是大雾般弥漫的雪。

忽然间，金色的光辉像流火铺过来，有人踩着水荷似的鞋子，背后是云天和白塔，撑篙之人笑道，座子不够了……

Chapter.19

第十九章·雪庐长话真为不真

当晚江川絮做了个梦,
他梦见天机老头折起幌子说,这是幌子!
说罢让江川絮随他走。
江川絮凝目看幌子,幌子迎风飘扬,
大雪卷过来,上面的字便看不真切了。
这时头顶有叫声,
江川絮抬头看,见飞过一只伤心之雁。

78. "真为不真，不真为真"的幌子

他们和那算命老头聊得口沫横飞颇为投机，天上地下云山雾海地瞎扯，主要内容是：探讨神仙的七大姑八大姨、天庭诸将的战力等。譬如猪八戒在当天蓬元帅时有哪些要好的朋友？他当时位列北方四帅，有"三头六臂之威容，运七政八灵之洪造"，被贬凡间后为何变得那么弱，战斗力到底剩下几成？

对这些问题算命先生"信口拈来"，随手扯出几张黄色的符纸，在上面勾勾画画地和他们探讨。

大伙见其和寻常神棍不同，不但神话知识储备丰富，而且不急着骗财，所以对其好感倍增，尊称他为"东方老伯"。他摆摆手，说别叫我老伯，叫我"天机老头"。

林晓童听神话故事入迷，也就不嚷嚷着要走。而何牧修在一旁叹息了半天"君子不语怪力乱神"后，适时引入"比克大魔王"这套神魔体系使得话题戛然而止，天机老头一头雾水，颇为受挫。

他唶叹道，真是长江后浪推前浪，老朽自以为对天庭地府的神仙妖怪已经了如指掌，没想到近年来又出现这些你们都知道我却不知道的魔王，可见我已闭目良久。

大家愕然无语。

随后，雪力渐劲。老头说自己结庐在人境，这寒舍就在附近，想邀大伙前去避雪。

债券第一个举手赞成。江川絮操着闲心想，债券天生有一些画画的天赋，日后跟这天机老头学些画符算命的江湖本事，也不失为一种立身之技。

永昶附和说，盛情难却。林晓童见要跟去玩，没有意见。

江川絮心存疑虑，不知道之前见这老头口型说"讥讽瞳"是不是自己的幻想，所以也想跟去瞧瞧。

何牧修有些不乐意，却耐不住其他人拖拖拽拽地游说，也一同前往。

东方老头起身，咧嘴一笑，袍袖一展，抖抖腿，又露出腰牌，这回是背面，刻着四个字"万初天机"。

他拿起地上的幌子，甩一甩，对江川絮说，这是幌子。

江川絮笑着对他点点头，说我在电视里见过。

79. 雪庐长话怪力乱神

到了他的寒舍，他们着实吃了一惊，暗叫老人果然诚实，说是寒舍，果然是寒舍。

他在山脚下搭了个木头窝棚，房顶用破毡布和塑料盖着，而屋内四下透风，温度较室外高不了许多，这也就解释了老头为何能在下雪的街边小憩。

进屋时，他们看到门柱上挂了半幅残破的隶书对联，已被雪花濡湿大半，只有上联写着"天涯……人不问"。

进到屋里，老头把幌子往墙角一扔，幌子在半空旗帜一样展开，江川絮瞥见上面有八个字——"不真为真，真为不真"！

他回过头来，正巧碰到老头冲自己挑眉，眼神中尽是戏谑。

江川絮心说，这不仿的是太虚幻境里"假作真时真亦假"的对联吗？又不新鲜，以为都没读过书呢！

屋中实在狭小，加上寒冷，几人贴身坐在一张脏且破旧的弹簧沙发上，老头盘在破床上，神神道道地开始闭眼掐算，林晓童搓着手环顾一周说，您老就缺把拂尘了。

就这样静坐了半天，老头打个哆嗦，睁开一只眼问，要不要生火？

大家纷纷从沙发上弹起来说，太好了，都快冻得"鼻青脸肿"了！

随后大伙帮忙劈柴生火，老头从门背后的麻袋里翻出几个红薯要煮来暖身，大伙见其清贫至此，实不忍吃。

老头笑道，此地是他临时修行的住所，就像皇上的行宫一样，并不是家，所以放心吃吧！

江川絮心说您倒是真敢比，又想到他的耐冷能力，恐怕不是居家之人能练出来的……

又推托几句，老头笑着告诉他们一个奇怪的观念，说什么其实房子、车子这些社会和日常家庭必需的必要的东西，都是人们想象出来的束缚自己的概念，并非必需的必要的，指不定谁比谁可怜。

大家被这样的奇谈怪论惊了一跳，没人真正理解他的意思，但有一点却心照不宣，红薯可以吃，今日却也要破财济贫而走，否则怎么都过意不去。

炉火生起来一会儿，红薯的香气就飘了出来，等烤好了，老头探手将一个个滚烫的红薯掰开分给他们，自己也捉了一块率先开始吃。

林晓童嘴馋尝了一口，烫得舌头疼，但其香甜的气味混着风雪的清冽，让她连连点头。

其他几人都叫好。

吃完红薯，债券说想见见"神职人员的装备"，于是老头从床边取了个竹筒让大家抽，竹筒里装满了签子，存了玩的心，大家随手抽取。

抽到的都是什么"回头一悟，缰绳好收""花残月缺，镜破钗分""恐惧忧煎，皆在目前，若逢明鉴，指破空传""功成身退，烟霞啸傲"……

玩了一阵，江川絮从老头的眉目瞧出另一人的影子，可是一时想不起来。

临走前，大家各自留下几块钱，老头什么都没说，只是让债券在炉边把身上的泥烤干了搓掉，还给了他一柄刷子，于是债券在大家的注视下，把裤腿搓破了……

80. 雁过也，正伤心

当晚江川絮做了个梦，他梦见天机老头折起幌子说，这是幌子！说罢让江川絮随他走。

幌子上写着"不真为真，真为不真"八个字。

江川絮心说我又不是甄士隐，被你个神棍忽悠两句就顿悟红尘了。

于是拒绝道，我不认识你，我不走。

老头笑着眨眨眼说，那你看幌子！

江川絮凝目看幌子，幌子迎风飘扬，大雪卷过来，上面的字便看不真切了。

这时头顶有叫声，江川絮抬头看，见飞过一只伤心之雁。

江川絮正琢磨意思，恍恍惚惚又听到老头的声音响在耳畔。他含糊地冲着迷津大喊：你在点我？

接着满目的大雪，困倦难耐，老头的笑声空旷，他说："我没在点你，你会找我点你。"

这天之后，秋日终于走得无影无踪，散碎的落雪中不再有雨先行。

后来江川絮认真寻思过幌子上那八个字的含义，琢磨下想到公孙龙"白马非马"的白马论，他想，这可能是个诡辩的谬论。

Chapter.20

第二十章·一点烛火照阴阳

舞台渐暗,凄绝的无词吟唱扩散在整个庙山上,
像老版电视剧《红楼梦》中的引子序曲,所有光线集中在那一盏烛火上,
火焰飘飘摇摇,映得帷幕淡淡发红,
帷幕后素白的一抹人影慢慢坐下来,
那道透明的帘,是永隔的阴阳。
"当"又是一声锣,谢幕。

81. 呵呵笑我，我笑呵呵

转眼年节将至，举国欢腾。

大家见面都忍不住寒暄互问："你幸福吗？"

随即，学校布置所有人以"你幸福吗？"为话题作文一篇。

何牧修受此亲善主义熏染，又想到"绝知此事要躬行"的道理，周末上街随机调查陌生人的幸福指数作为行文素材。

"阁下留步！"

"什么事？"

"在下有事相询，敢问阁下幸福吗？"

……

后来，他被揍了，这打击不次于扶老太太被讹。

江川絮几人被他一个个打电话召齐时他已酒过三巡，见到好友抑制不住的酒精从眼眶溢出。

大伙面面相觑，一齐上阵安慰他，说别灰心，泱泱中华，难免有几个仇视社会的。但这只是极少数，可以忽略不计，大多数人还是打心底觉得自己幸福的！

何牧修抹着眼泪问，比如呢？

永昶转转眼珠敲桌子道：比如我姐。

林晓童追问，那究竟是怎么个幸福法呢？

永昶道：我表姐在上海打工，过些天要坐火车回家了，打电话说她到车站买票，与排队人群激战三昼夜，挤得头皮都快蹭掉了。但最终买到了票，这叫好事多磨，幸福不？

大家齐声道，果真幸福！

何牧修打个嗝问，逻辑太差，这叫什么幸福？

江川絮忙递上纸巾循循善诱：这位圆脸的小同志，这就是你不对了，所谓知足不辱，知止不殆嘛，你没听过春运就是春季运动会的典故吗？只有参赛者具备熟练的抢购技能或是惊人的排队体魄，才能拔筹返乡，余者皆是炮灰，现在匹夫的表姐返程在即，团圆在望，怎能说不幸福呢！

林晓童问：你姐头皮真被蹭掉了吗？

永昶忙翻手机：有照片为证。

江川絮瞪他一眼说：别听他胡说八道危言耸听，他姐那是用了劣质的霸王。

江川絮话音未落，永昶的手机屏幕已经晃在大伙眼前，大家定睛看去。

屏幕里，一个蓬头垢面的女人站在滚滚人流中，举着一张火车票咧嘴而笑。头发像被迁徙的牛群踩踏过，眼圈黑得像是刚参加过万圣节被泼了卸妆水，一身黄袍褶皱如黄土高坡的沟壑，加之牙黄脸黄，双眼无神，简直惨不忍视。

林晓童特用自造成语"左支右杵"来形容那蓬头发。

大伙立马笑成一片，永昶知道这帮二货没有恶意，自己也忍不住笑场。

江川絮笑罢余情未泯，又瞥了一眼屏幕中人，这一瞥忽觉眼熟，接着如遭电击般浑身一颤。清清嗓子问道："这难道是小时候常带我们玩的那个盼盼姐？"

永昶点头说是，江川絮愕然无语，脑中间歇性短路。

何牧修眨眨眼睛泪珠又下，哽咽道："这不祥林嫂吗？"

永昶说："你醉了……"

82. 感天动地窦娥冤

年关总是千呼万唤始到来的节日。

虽然春晚的趣味性一年弱似一年，虽然城市化的进程削减了大部分年味，虽然较小时候已丧失了许多热情，但能放假，能团圆，也值得期待。

这回的新年江川絮是在老家村里过的。除夕之夜，家家户户灯火通明，江川絮带领众侄儿侄女走街串巷，到亲戚家盘旋，每到一家，都上炕坐坐，吃些零食寒暄半晌。

大家以手加额，庆祝三鹿倒闭，庆祝奥运成功，庆祝GDP屡创新高，也庆祝当地的水污染代替了穷污染。

大家探讨着"杞人忧天"的成语，说着"天下本无事，庸人自扰之"的祥和话，说着舍己为人、舍生存义、舍己奉公的大义词，当真是天人交泰。

大年初三，村里请戏入乡，在九天玄母庙中搭台给圣母娘娘唱秦腔。

江川絮也顶着酷寒与大伙同去看，都是什么《火焰驹》《对银杯》《拾黄金》《望江亭》《哑女告状》之类的好戏。

有几个角儿演得真是绝，演到深情处眼泪唰唰流下来，看得江川絮也在暗处抹泪，每次都感觉泪痕止不住，能冻在脸上。

演《窦娥冤》那日正巧天降大雪，戏场里人不多，江川絮和大大小小几个侄女侄儿站在雪地里，冻得哆哆嗦嗦，夜色被一台戏衬得格外诡异。

虽然跟着父亲江启文看过这戏很多遍，不过这么立在雪地里半夜看还是头一回。

这戏演得太苦了，最后一幕不是沉冤昭雪，正法张驴儿，而是止于窦娥托梦。

窦天章坐在案前俯身观书，烛灯摇曳，白气缥缈。接着他恍惚睡去，乐声凄幽，舞台上白气渐盛，已赴黄泉的窦娥身穿素缟幽幽而来。窦天章缓缓抬头，与窦娥相见，窦娥无语凝噎，泫然泣下。

台上还拉着一道白帘，帘后另一个窦娥望天旋转，那个窦娥身旁是三尺白练，一根桄杆，雪花从高处絮絮撒落。

窦娥敛泪唱道："三尺琼花骸骨掩，一腔热血练旗悬，岂独霜飞邹衍屈，今朝方表窦娥冤。"那唱腔好似悠长的叹息，一口叹尽诸般情绪。

"当……"一声剧终的锣音，醍醐灌顶般惊醒梦中人。

接着舞台渐暗，凄绝的无词吟唱扩散在整个庙山上，像老版电视剧《红楼梦》中的引子序曲，所有光线集中在那一盏烛火上，火焰飘飘摇摇，映得帷幕淡淡发红，帷幕后素白的一抹人影慢慢坐下来，那道透明的帘，是永隔的阴阳。

"当"又是一声锣，谢幕。

沉寂已久的讥讽瞳随着锣声闪了闪，进出一股莫测的情绪，像是怒泉，初而愤怒，击石拍岸，后来汇入溪流，幽咽缱绻。江川絮想起谢臻的话："悲如蛰蛰日吟，读之使人思怨。"

他想啊，有些事让人伤心之余，细思真使人生怨。那个自到京师，一举及第，官拜参知政事的窦天章，究竟是怎样一个父亲？你说他是个刚正的慈父，但为了考试将小窦娥扔在别人手里，这也罢了，权当是无奈寄养在蔡婆婆家的留守儿童，那么等他一举及第发迹了呢？他忘了留守儿童，十几年耽搁下来没去瞧女儿一眼。直到官至肃政廉访使到山阴考察吏治，才发现女儿已经死了三年有余，还要女儿鬼魂托梦，方能雪冤。

天上的雪越下越大，"那是孤独的雪，是死掉的雪，是雨的精魂"。也是生者的泪、亡者的灵，更是昔日的旧约、未来的孤愁。

这是江川絮看过最苦最好的戏，后来他看过很多版本的《窦娥冤》，却再没见到过这么震撼人心的舞台……

83. 我若为王

开学前几天，江川絮急了，何牧修急了，林晓童急了，永昶也急了。

他们不知债券急了没，他这个假期照常在家思过，所以大伙对其少有关注，不过按照惯例，他也应该急。

总之，所有人都急了，这种急不像内急，实在不行就地解决也能缓解焦虑。

这种急是一种内心的焦灼，是一种面面相觑的无可奈何，是一种兴尽悲来的窘迫。

大家疑惧地凝视彼此，手按胸脯，嘴角抽搐，异口同声，音色颤抖。

"你真没写？"

"不是你会写吗？"

"为什么说我会写？"

"别吓我！你真没写？"

"也不能说都没写，写了一些。"

"呼……吓死了，写了多少？"

"二十几页！"

"我……总共两百页！你……真是指屁吹灯，指猫念经……"

"现在咋办？"

一片哀叹声后，大伙捶胸顿足，开始悬梁刺股、闻鸡起舞，一面愤愤怒骂，一面奋笔疾书，只差凑齐"囊萤映雪"和"凿壁借光"，为此大家纷纷感谢爱迪生先生发明了电灯，省去诸多凿壁捉萤的麻烦。

很多人在放假后不久，就潇洒地拍拍衣襟，将假期作业当成废铜烂铁抛诸脑后。

但这假期作业如同《天龙八部》里的马夫人，你冷落它越久，它报复得你越狠，它们变作铁蒺藜，当你纵意驰骋以为能笑到最后的时候，忽然绊你的坐骑一个"马啃泥"，你的坐骑相应地甩你一个"狗吃屎"。

江启文对儿子这种拖沓时常鞭挞，说他"平日不烧香，临时抱佛脚"。

江川絮反驳说爸你这句话用老了，考试前你也这么说，换一句。

江启文思索片刻，组织了更通俗的语言道："屎快拉裆里了才找厕所！"

江川絮听后愕然，竟无可辩驳。

在处事风格上，江川絮没有继承江启文年轻时的乐观果敢，江启文生儿子时已到而立之年，算是晚育，但从江川絮记事起到十岁的很长一段时间里，他印象里的父亲都是那种行动力极强的人，要干什么事情雷厉风行，绝不拖沓，有三分将军的英气。

而江川絮这个人多思多欲，行动力弱。

正在他为自己的作业焦头烂额时，表妹玲玲打来求教急电，求教的内容包括了语、数、外。江川絮想，当哥哥的威严不能折挫，就算自己火烧屁股，也要先给妹妹救个急再说，何况是小学六年级的题目，压根儿费不了许多时间。没想到等题目拿来，一下午浮皮潦草地匆匆过了，问题都没解决干净，答到后来，江川絮像风大吞了蝗虫一样难受。

因为遇到以下题目：

根据节奏，写出乘法算式（一组拟声词）：

1. 叮叮叮，叮叮叮 ＿＿＿＿＿＿；
2. 啊，啊，啊，啊 ＿＿＿＿＿＿；
3. 呜呜呜，呜呜呜 ＿＿＿＿＿＿；
4. 喵喵，喵喵，喵喵 ＿＿＿＿＿＿。

此时的江川絮已耗时良久，内心焦灼，看到这样的题目后沉吟半晌，凝神分析出这样的答案。

第一道题"叮叮叮，叮叮叮"八成是——《狐狸叫》；

第二道题"啊，啊，啊，啊"应该是——"科学实验站"；

第三道题不大确定，可能是世界杯主题曲——《飘扬的旗帜》又或者是那首——《丹顶鹤的故事》（《一个真实的故事》）；

第四道题就很明显了，答案是——"三毛"！

表妹玲玲听完，张大嘴瞪着他，说："哥，你可不要骗我！"

江川絮说："放心吧，哥哥读的书多，不会骗你。"

"可这是算术题。"

"嗯……怎么说呢，文理不分家，你长大就知道了。"
……

好不容易处理完其他科目，轮到语文，江川絮翻开表妹的作文本，一眼扫过去就乐了。他忽然感觉时光又回撤了五六年，还是同样的情节，还是同样的笔法，除了字迹不同，一切停滞得美好如初。

只见表妹写道：

今天天气晴朗，阳光明媚，我坐上公交车去探望姑姑。

我的心情和天气一样晴朗，我占了个舒服的座位，心里美滋滋。

就在这时，忽然车停了，从车下上来一位老奶奶，摇摇欲坠地站在我身旁，我起初假装看不见，我心想，那么远的路程，我可不想站着，可当我看到座位后面的标语"请把座位让给需要帮助的人——老弱病残"时，我想到老师教我们，要营造和谐社会，要靠你靠我靠大家，于是挣扎了片刻，我的热血就沸腾了。我腾地站起来，羞愧地扶着老奶奶说："奶奶您坐！"

奶奶诧异地看我一眼，开始惊喜，后来感动。她坐下来，摸着我的头发说，谢谢你，你真是一个好孩子。中华民族有了你们这些好儿孙，复兴就有望了。

我环顾一周，车上的叔叔阿姨、哥哥姐姐都对我竖起了大拇指，也夸我是祖国的花朵，民族的希望。

一股自豪的情绪涌起，我不自觉地挺起了胸膛，虽然出门没戴红领巾，但能感觉到，胸前有无形的红领巾在迎风飘扬。

我谦虚地笑着对奶奶说："奶奶不客气，为您让座是我应该做的，我们都是社会中的正能量。"接着我看到了老奶奶欣慰的笑。

那一天，我感觉到了人世间的真善美，感觉到自己已经长大了，感觉到肩头的责任。多么有意义的一天呀！

江川絮读完后感慨万千。

这熟悉的凤头——天气晴朗，阳光明媚，开宗明义，直入主题。

这熟悉的豹尾——多么有意义的一天！我感觉自己长大了，感受到了人间的真善美。

这熟悉的猪肚——中华民族的希望，飘扬胸前的红领巾，祖国的花朵，社会的和谐。

江川絮啧啧问:"这是你抄的你哥二年级的作文吧!"

表妹玲玲说:"哥你又胡说了!你仔细看!"

江川絮再定睛浏览一遍,发现表妹的作文比他那时候少了句"社会中的螺丝钉",多了句"社会中的正能量"!

江川絮惊讶得摸不着头脑,问天迎哪有公交车给人让座位?你哥我当年脑补出天迎的公交车就够无耻了?你也步我后尘?还有什么满车的叔叔阿姨、哥哥姐姐都不让座位,你让了,你小小年纪,这是在讽刺社会吧?最后这句"社会正能量"是谁教你的?

玲玲摇摇头叹道:"哥,我都六年级了,别老把我当小学生看,你老了!"

江川絮良久反应不过来。

可见,精髓恒久远,佳句永流传。不随时代变迁折损的,不是容颜,而是精神。

后来另一个表妹婷婷又打电话求助江川絮,这时他觉得,再帮妹妹,是一种"怙恶不悛"的做法,于是让其简明扼要说重点。

婷婷问江川絮:哥,你高中最喜欢的课文是什么?我们要写读后感。

江川絮随口胡诌:《我若为王》。

婷婷问:那表达的中心思想是什么呢?

江川絮说:表达了作者厌恶奴才的中心思想。

……

Chapter.21
第二十一章·从天而降的"基汀"

我步入丛林,希望活得有意义。
我希望活得深刻,汲取生命所有的精髓,
把非生命的一切全都击溃,
以免在生命终结时,
发现自己从来没有活过……

84. 法线、法宪、法显

开学后，江川絮班换了个中等身材身宽体胖的语文老师，开堂第一句话，报上大名道："我叫法贤！"

这四个字从牙缝蹦出来，恰似晴空中起了一声炸雷，轰隆隆震得在座同学一阵眩晕。

同学们齐刷刷抬头看着这个新老师，不料他报完姓名后，便像是铁铸的一样立在讲台上纹丝不动，观看大家的反应。

大伙与他对视良久，不知不觉间五十多双眼睛都酸了，也没摸准他的用意。

江川絮跟何牧修、林晓童三人互递眼色，用神识交流一番，揣度老师可能是要让同学们拿他的名字做文章。

江川絮的神识在空中迅速勾勒出一句话："说此人莫非是……"

何牧修摇头打断："不像！观其面相，福耳双垂，唇厚额宽，声如洪钟，绝非等闲之辈！"

林晓童深吸一口气，咕噜噜转着眼睛问："那他是？"

江川絮："至今无发现，所以可能是吴法宪！"

何牧修掐指暗算："他可能公正无私，是始终垂直于某平面的虚线，所以叫法线！"

林晓童冲二人翻个大大的白眼。

这样的相互对视持续了近十分钟，当教室中的氛围由莫名其妙转为诡异再转为窃窃私语时，忽然讲台上那位福星一样的人动了。

这一动，立即引起所有人的注意，后来想起来，这是一种精准的心理捕捉！这比十分钟的演讲还要吸睛，因为人的猎奇心理总对怪异的气氛和举动敏感。

当所有人肃静下来盯着他的一举一动时，这福星嘴角勾起一抹不羁的笑。

他抬手将桌上的语文课本扫到了桌角,转身在黑板上写了个大大的"美"字。

写完便开始讲一种叫"美学"的东西,他说:"人学语文,最终的目的,是为了欣赏美,了解美,享受美,先抛开这些课本吧!"

江川絮当时大惊失色,差点跳起来说,你讲得不对,属于典型的狭隘小资情结。我们学语文,是为了素质教育考试,是为了弘扬祖国文化。

但是他奋力忍住了,他左顾右盼,见同学们眼中也是惊惶。

他又瞅瞅后门,那里没有巡查的脸,不禁松了口气,心道,这下大抵安全了。

幸好班中的摄像头只是唬人的纸老虎,平日不开的,但稍一转念,紧张的情绪又蹿上来。

万一摄像头开着怎么办!

哈哈,讥讽瞳非常舒适地内灼,他的眼睛仿佛被温暾的灵泉清洗,这是讥讽瞳在讥讽他自己,他的通感告诉他,讥讽瞳在灵动地笑,而笑声中传达的意思,是嘲讽他多虑的愚蠢,这让他惬意无比。

摄像头纵然开着,画面也无声,难道会有人专门趴在监视器前读语文老师的唇语?

这样一想,便释然了。

听了半堂课的奇谈怪论后,下课大家凑在一起,江川絮说:"原来咱们都猜错了,这人不是法线,也不是法宪,而应该是法显!"

85. 天竺取经第一人

随后的一段时间,江川絮观察那语文老师良久,发现他虽有做间谍的面相,但实无做间谍的心。

他既无《谍影重重》中杰森·伯恩的内敛深沉,也无《憨豆特工》中憨豆的"神鬼莫测"。

他整个人懒散又多不屑,给人一种莫名的舒适感。

尤其是那一手飘逸的板书,用何牧修的话说,称得上别具一格,自成一体。

江川絮默默地想,难道天上掉蔡元培,竟然掉下个中国版的新文学老师"基汀"?

那时天真才有那样天真的臆想,后来不天真所以知道,如果天上能掉贤人,十成中有九成半会摔死。

他并未摔死,江川絮就知道,他并非来自天上,而是机智地从地上来,潇洒地振衣暗笑,为大家引入一道光。

而何牧修几人也洞察了他的不凡,只祈盼能一直这样不凡下去,至少等到他们毕业。

而事实也如大家所料,他确实像法显,在遇到的老师中算是天竺取经第一人,带来的经文也是旧日闻所未闻的。

他在课上信马由缰地讲,讲谢灵运,讲嵇康,讲刘伶。

他说:"刘伶每天酒醉,写些什么'醉里乾坤大,壶中日月长'的诗,再留个《酒德赋》,且为人不羁宦海,常喝醉裸睡,醒了晾晾裤衩。"说着还抬手在黑板上画个晾衣竿。

于是哄堂大笑中这位东跑西颠的酒神被大家记住。

他来了后,江川絮的讥讽瞳又趋于安定,仅仅作舒适的自嘲,而少因外事骤放蓝光。

86. 我步入丛林

基于他们一行将法贤老师幻想为"基汀"。

江川絮、何牧修和永昶,偶尔也带上林晓童,几人各自抄了许多《死亡诗社》里的经典台词,每天傍晚等到放学,先去江川絮家对面的一处小公园小聚,凑在一起共同念:"我步入丛林,希望活得有意义。我希望活得深刻,汲取生命所有的精髓,把非生命的一切全都击溃,以免在生命终结时,发现自己从来没有活过……"

"来吧,我的朋友 / 寻找更新的世界尚为时不晚 / 我决心已定,要驶过夕阳尽头 / 尽管我们不再有昔日的伟力,可以震天撼地 / 我们仍有着,同样的英雄的心 / 时间和命运,使它衰老 / 但坚强意志仍在 / 让我们去奋斗,去探索,去发现 / 永不屈服!"

料峭的春寒挡不住几个少年炽烈的心,那时的他们依然觉得人生充满了可以以一己之力改变世界的信仰与力量,并为此亢奋共勉,矢志不渝。其实那只是少年的棱角总是不容易磨平,磨平之日就已不再是少年。

这样的集会并没有持续多长时间,即被家长逐个击破,大人们相信,所有的离经叛道与谋叛都从集聚和消息共通开始,这是自古的历史经验。

几天后，林晓童率先被"一个姑娘经常混迹在男生之中，有伤大雅"这样的理由抽离出团队。又过几天，永昶得到"虚掷光阴大弊于人生"的格言，被勒令准时准点回家做题。

川絮和牧修适时以人为鉴，预见到自身的兴衰，也幡然悔悟。这么着大家也就散了，虽然可惜，但大家也不可能真的神经病到半夜找个山洞一起去读诗。

后来这一小片公园也被封了，人们在公园外围起了铁栏杆，防止孩子们进去触碰健身器材，只有特定小区的人能进，但小区中多是忙于生计的蓝领，没人抽出闲情逸致逛园子，于是小园子就俨然变成了每天放学路上的"莲花"，只可远观，再难亵玩……

Chapter.22

第二十二章·一朝丧落，流离失所

春季将尽，我虽缠绕于母亲身侧犹无法阻挡噬肉的咸波。鲸吞之中我眼见春天已腐朽，盟誓过的恩情化为乌有……

87. 座中诸位，谁不怀忧？

离乱的故事总是让人难以启齿，或者是故意避而不谈。所以每当后来江川絮回忆这段往事时，总是有偏差，就像《罗生门》一样。

那时离乱的种子早已种下，只等着被岁月催着生根发芽。

大家得知消息时，债券的家庭已经破裂。

林晓童喃喃问："这几十年的感情，为什么说离就离了呢？"

其他人不说话，这怎么能是猝起之事？是积怨呀！是被久积的怨念摧垮的。

而这怨念的"捻子"，被蠢钝的儿子点燃。江川絮想，这捻子前一定竖着个聚光镜，长年累月地积攒太阳的热量。

若说他们几个朋友从未嗅出什么端倪，那是假的，只不过青春期的孩子各有各的惆怅，见面很少说惆怅的事。

细细想起来，这条线早在大半年前的那场期末考试就已经埋下。从那时开始，债券的家庭就已呈分合之势。

他本就活得像只败犬，在这喧哗的大世界中可有可无地活着，如今败犬变成了流浪犬，窝都散了，可谓"一朝丧落，流离失所"。

江川絮找到债券，告诉他，没什么大不了的！

那天，在债券家里，江川絮看着他喝醉了，过来跟川絮碰头，头碰头撞得咣咣响。

江川絮跷起拇指夸他道："刘伶！"

债券的脸扭曲成一团，鼻涕眼泪通过曲折的面纹汇聚一处，最终脱不出万有引力，流入嘴里，为川絮上演了一出涕泗滂沱，百川归海。

川絮啪啪地拍着他的脖颈，咬牙切齿道，你个尿包啊你，你长这么大，哭都哭不出声音。

于是债券哭出声,面相极其难看地哭出声。

于是江川絮也被他熏醉了,他从不沾酒的,那日喝了一点,不知怎么就飘飘而醉。

醉了后的他跑到门外抓一把土蹭蹭债券满脸的鼻涕眼泪,也蹭蹭自己的。

这时债券是真的醉了,突然"呔!"的一声大喝,说:"妖怪哪里跑?"

他说猴子多牛啊!毛主席都夸猴子,说什么"金色猴子举起棒,打遍天下万里埃"……

川絮纠正他,是"金猴奋起千钧棒,玉宇澄清万里埃!"

债券说对,就是这句。"猴子举起棒子挥一挥,妖魔就灰飞烟灭了,天下就太平了。猴子多牛呀……我要是猴子,天上地下除了如来佛祖外,唯我独尊,那多逍遥自在!"

"要说到孙悟空逍遥自在,你去看看熟悉的降红孩儿那一段吧,叫作《大圣殷勤拜南海,观音慈善缚红孩》。

"书上明明白白写着,大圣去请南海观世音,到了门口,先是端肃正行,继而等待通报,后'菩萨闻报,即命进去'!

"你瞅瞅,大圣是收了猴样,就像你去办公室找老师,打了报告才进门,甚至你打报告就可以进去,大圣还要等一会儿。(大圣等罢,敛衣皈命,捉定步,径入里面,见菩萨倒身拜下,自称弟子。)

"虽然大圣是为了救师父,但也能看出,他也在樊笼里。"

"这世上,哪个不在樊笼里?"

江川絮絮絮叨叨地说完,抬眼看债券时,他在笑,手指蘸水在桌上画,画个极抽象的猴子,似乎已沉浸在自己的小世界里,没听见他的话。

川絮拍拍他,他眼泪又掉下来,狼狈难堪。他喃喃道:"吃下书就能破万卷,什么考试在我话下?"

川絮也醉了,碰着债券的头,眼泪也掉下来,他拉着他的手,指了一圈空荡荡的房间,说:"你问问他们,座中诸位,谁不怀忧?"

窗外的天色暗下来,屋中的光阴寸寸游移而去,二人坐在黑暗中……

88. 花残月缺,镜破钗分

那天之后,江川絮的讥讽瞳重燃了,接着没日没夜没完没了地随情绪波动。

每当周遭很安静的时候，债券的身影就会在他的眼中出现，像是某部老电影里的镜头：日光寸寸游移，债券的身影在最后的黄昏消失在最后的光阴里。

讥讽瞳感觉到，那是失落，这让江川絮心慌，但他想到《天使望故乡》里的一句话："世间所有人生历程无不是失落，瞬间的依恋、片刻的分离、无数幽灵幻影的闪现、高天上激情饱满的群星的忧伤——这一切无不是失落。"

江川絮找到那个"天机老头"，他问老头："那天抽签债券抽到哪个？"

老头说早已忘记，只是取出签筒递给他。

江川絮倒出所有的竹签挨个看。

当翻到"花残月缺，镜破钗分"时停下来。

他举起签子对着阳光，半晌后问老头，请问是这个吗？

老头不说话，从枕头下取出一本《楞严经》，蘸着唾沫翻看，翻了半天，指着其中一句话读给他听："当平心地，则世界地一切皆平。"

读罢冲他眨眨眼。

江川絮不明白也不想猜老头的用意，更没心思跟他闹玄虚，鞠个躬问他："师父，请问您记得是这个吗？"

老头说是，江川絮愕然。

但转念一想，这老头是干这个的，每天给人抽签，能记起几个月前给某个人抽的签不容易。

于是江川絮试探性再问一遍："我记得不是这个，您老是猜的吗？"

他说是。

江川絮又愕然无语，问第三遍，您老究竟记不记得。

老头垂下眼帘，不作正面回答，他说："命是这样，算命也是这样，岂能回流？"

江川絮蓦然间感觉眼眶发胀，像被猛风戳了一下。他忽感自己荒唐，这些都只不过是迷信和心理暗示罢了，是又怎样？不是又怎样？

不过是个"花残月缺，镜破钗分"的竹签子，本身没有意义。

去了的无法挽回，要来的无可抗拒，算这命有什么用？只不过等事情发生后来个印证，不准自然想不起，准了却也无可奈何，徒增伤痛而已。

就像岳爷爷，给他几句"岁底不足，提防天哭，奉下两点，将人荼毒。老柑腾挪，缠人奈何，切些把舵，留意风波"的偈语，不到应验的那一刻，你知道什么是老柑？什么是风波？

在破沙发上坐了良久，天机老头已经生起了火。江川絮回过神想自己该走了，但起身的瞬间想起幌子的事，问道："师父，我记得第一次见您时曾见幌子上有字！"

老头说："你看到，自然有你看到的道理。"

江川絮见他不问自己看到了什么，主动道："我记得幌子上有'真为不真，不真为真'八个字，我回家做梦也梦到了，后来我找过您一次，可再见幌子时，上面的字没有了，难道是幻觉吗？"

老头剥着红薯一笑说："该你知道的，我不知道！"

江川絮愣住不知如何作答，老头说："有空看看"西游"！"

江川絮回过神，以为他在点自己。

没料到老头咽下口中红薯，问："咱们上回说到银角大王还是奔波儿灞了？"

89. 命是这样，岂能洄游

江川絮找到林晓童和牧修时，在天机老头家的事已经忘了大半，只记得只鳞片爪，他要说给二人听，说的时候，经过些许加工，把"回流"说成了"溯流而返"。

"命是这样，算命也是这样，岂能溯流而返？"

他们又将这句话送给债券，想让他振作起来，说这世上破碎的、惨烈的事情实在太多了，来和大家一起疯一疯吧。难道他会成为所有人中第一个抑郁而死的人吗？这不是笑话吗？江川絮告诉他，他这叫"龙垂首"。龙垂首，必抬头，抬头之日，光明万丈！

这些激励果然成效显著，债券在朋友们面前奋力地挣扎，奋力地闹，奋力地阳光，奋力地搞笑，他甚至还幽默地用约翰·纳什的博弈论分析了一番自己没追到尹卿柔的原因。所有人忘了伤疤哈哈大笑，让传说中能治愈百病的时光来治愈他。

除了有点时常恍惚的神经衰弱，他整个人都焕发了，大家把那点神经衰弱的小毛病当成他受伤期后自愈的正常生理反应……

在某个草长莺飞的日子里，债券终于病了，后来就住进医院。

他们前去探望他时，他开心地坐起身，穿着一件条纹睡衫，手上吊着液体。

何牧修调侃他是"穿条纹睡衣的男孩"，债券咧嘴一笑，江川絮说："嘿！牙齿补早了，要是豁牙没补就更像了！"林晓童说你俩可别乌鸦嘴！四人笑起来，债券说："坐！"

何牧修瞧他有些发福了，悄悄问："你这家伙是装病逃学呢吧！"

债券挤着眼微不可觉地点头，于是大伙又笑了。

江川絮顺手拿起床头边的一个本子，打开来瞧。

满满的画，花鸟鱼虫，山川田埂，没有落款，也无日期。画得不是非常好看，但十分细腻，不经意就能发现某个树梢坐着一只猴，远处的石头下藏着半尾鱼，不细看根本瞧不出。

翻到最后，是几张被透明胶粘起来的纸，一幅画的是云上挂着一只企鹅，一幅是燃烧的大海，鸭子在烧着的海里游泳。江川絮认得这是《蒲公英册》里的寥寥几幅旧画，被人撕了又粘了起来。

何牧修和林晓童也凑近看，看了半晌，林晓童问："你不是吊着液体吗？怎么画的画？"

债券低头笑笑，说自己以前画过一些，左手吊着液体的话，右手腾出来也可以画。

江川絮说不行，我得预约，你现在闲着没事当了散人，画工可能会日渐精进，必须预订几幅你的画，等以后没钱的时候拿出去拍卖！

债券说送你一幅，要哪一张自己撕。

江川絮说要那张云中企鹅，林晓童一听，也上来争抢……

他们要走时债券的妈妈提着饭盒从外面回来，大伙客气地寒暄几句，祝福几句。

她见江川絮手里还拿着那个画本，说："祭泉画得不错！"

江川絮点点头说："阿姨，他本来就很棒！"

那天回程的路上，林晓童问："叔叔为啥不在呀？"

何牧修挠挠头："债券爸爸？可能跟他妈错开了看护他吧，毕竟离婚了，见面尴尬。"

林晓童哦了一声，半晌后说："我还以为他们会借儿子生病的机会复合呢！"

江川絮心头一酸一暖，笑说："你真可爱……"

有一天，江川絮看到简嫃女士的《天涯海角》，在书的封面写着这样一段话："我是被弃的游魂，在父与母决裂之后找不到诞生的洞口，我背诵母亲的恋歌，美丽之岛是我们钟爱的岛屿，我祈求太平洋的波涛拍击美丽之岛的额。父亲啊，赐我面目赐我英勇的名姓！而春季将尽，我虽缠绕于母亲身侧犹无法阻挡噬肉的咸波。鲸吞之中我眼见春天已腐朽，盟誓过的恩情化为乌有。"

再后来债券转到市里的大医院，江川絮发现自他入院之后，大家进入两个世界，虽然心理上觉得相隔不远，但实际上只剩下微不可觉的遥感……

Chapter.23
第二十三章·魂兮归来,哀江南

念公之志兮,如盘龙蜷身于蒿草,不见其翱翔,
　然一腔灼灼正气,乘清气兮御阴阳。
念公之寿兮,如朝露附临于芳叶,日出而靡菲,
　然一身皎皎之德,齐日月而凝天光。
念公之行兮,荷衣兮蕙带,倏而来兮忽而逝。
念公之袖兮,着紫气而进霞光,朝发枉渚兮夕宿辰阳。
念公之高义兮,长太息以掩涕,悲风旋旋而哀心凄冈。
念公之清白兮,沧浪濯缨而风荡荡,驰骋云间兮芳满堂。

90. 跳崖老鼠，一伤至斯

好吧，债券最终走了。

时间把他困在了某个过去的时空里，在那个时空里大家一语成谶，债券就是穿条纹睡衣的男孩，而其他人隔着一张无形大网探望他，别人进不去，他出不来。

就像那句话说的，"命是这样，岂能溯流而返？"

总之他走了，走前有点神经质。他会动辄"哒"一声大叫，说妖怪哪里跑！

在他的葬礼上，他们也只看到了他的母亲，后来才知道，那位为了儿子的学习给人溜须拍马点头哈腰，为了家庭颜面练会劈山断背掌和碎牙拳的父亲，离婚后回到老家，落魄之余，在酒驾中结束了他人的生命，也断送了自己的后半生。

这也就解释了债券这样一个已经受惯了冷落的熊孩子，怎么会仅仅因为那个漫长却终将到来的父母离异而一伤至斯……

但这些事，他都没有说，那也许并非刻意伪装，只是他最后坚守的一点尊严吧，既然他的生命墙已经被那么多衰败和不光彩涂抹，就没必要再平添对家庭的诟病！

其实每个人都有一段不想被人揭开的伤疤，即使至亲的人也不行，即使伤疤下的肉已经发脓溃烂。就让它长在那里好了，溃烂好了，独自一人知道就好了。

他走前不久，摇身一变成为一个阳光健康的孩子，朋友们不认为那样的欢笑挣扎是所谓回光返照。

他还在通话中给大家讲了一则笑话。

他说："悬崖上一只小老鼠挥舞着短短的前爪，一次又一次地跳下去学习飞翔，旁边母蝙蝠看着他摔得头破血流，忧心地说，孩子他爹，要不要告诉他，他不是咱们亲生的？"

江川絮再想起这则笑话的时候，眼泪唰地就滑了下来。

这是个悲剧啊，只不过人们没有擦亮眼睛，茫然地笑。

那天晚上，他梦见债券头戴着老鼠的毛皮，头以下是老鼠的身子。

一次次奋力往矮崖下跳，他的身上血肉淋漓，矮崖的那头是一道雄阔的门，仿佛是南天门。

天兵天将在那里把守，地狱的判官拿着朱笔为债券的表现打分。

债券抬头见江川絮，笑说，你来了。

江川絮眼瞳酸胀，快要喷出火来，愤怒地嘶吼说，你别傻了，你是老鼠啊，你学不会飞的，别再跳啦。

债券笑着说，可我不想去劈砖呀，不想让人失望，不想旁人瞧不起，也不想让家人分开。

江川絮咬牙切齿地流着眼泪骂他，你真是懦夫呀！你可以去打洞呀，你管别人看得起你看不起你？我和永昶、晓童、牧修都看得起你，还不够吗？

他满眼笑意地深深望了江川絮一眼，背过鼠身继续跳，江川絮从怀里取出他的画本。

他吱吱地叫，似乎已经退化了语言，但江川絮听懂了，他说烧了吧。

然后画本就在江川絮手中烧了起来，呼的一阵风，整个世界都烧了起来。

有人在爽朗地笑，讥讽瞳瞳了……

91. 寒食祭奠，风霜摧折

他们忘了债券的忌日，像是别了命途上终会遇而失散的过客。

债券入过几次梦，就笑着静静地消失了。

他们从其桌兜里找到一本压在教材中的画本，是《蒲公英册》的另一部分。

江川絮重燃的讥讽瞳沸腾了，他开始频繁看到那个衣着光鲜的"影子"干干净净地出现在他的生命里，庄重地度过光阴如同半神。而他本人和朋友们就像一群没有智慧没有修养的灵长类，常常聚在一起轻狂地大叫，愤怒地大笑。眼见那轮日头无温度地坠落下去，江川絮会指着太阳说天色模糊了，咱后会有期！

当年的寒食节放假，林晓童最先脱离了某种恍惚的状态，提议说要不祭奠一下债券，于是他们小做准备，去了山脚下一处荒僻的林子。

他们没叫李伯苗，只怕他养猪修来的那点人格与耐性一经伤心的刺激返了祖，再出些胆大包天的言论，又被贬回去流毒社会。他已经回来了，不过留了一级，这个之后再表。

何牧修将诗手大赛上债券的诗摘出来用隶书誊录一遍，再用小篆誊录一遍。

林晓童问为什么要多此一举？

何牧修说迷信里"泉下"自古存在，也可能用的是古字，用篆书看得懂。

永昶嘴角抽搐，要挤个笑出来却惨遭失败，只说我还看过甲骨文，不过看不懂。

大家偏头瞪他一眼。

收拾停当，他们像社会流寇一样蹲在土堆上，冷风吹得脊背凉，半天没话。

林晓童打破沉默："要不咱们各自写点话吧，只言片语写啥都行，给烧了去！"

永昶说："行，正好暖暖身子！"

大家偏头再瞪他一眼。

又半天过去，其他人陆续点头，每人抽出一张纸写。写完后挖个小坑，就要烧。

何牧修忽然一拍脑袋说："忘了今天是寒食节，禁火，这么着还不坏了规矩！"

永昶说："管他呢！现在知道寒食的有多少人？难道家家户户今天都吃冷食？我想老先人介之推也不会介意吧！"

何牧修说："明天清明，要不等等？到明天再祭？"

江川絮摇头："择日不如撞日，既然已经来了，就告诉他，让他在其他地方别被笼子困住，他就是守的规矩太多了！如果怕坏什么规矩，我们就挡住坑口。"

何牧修沉默下来，永昶掏出打火机作势要点。

林晓童说等会儿，大伙齐看她。

只见她坐在地上，用手将坑里的土弄平整了，再将周围垒的一圈土捏起来，圆圆的一圈，像是一个大大的碗砸下凡间形成的盆地。

江川絮呱呱嘴说："聚宝盆！"

何牧修也跷起拇指夸她说："你要饭倒是一把好手！"

事毕，永昶终于生起火，一张一张点燃。

江川絮写的是些零碎的只言片语。

祭泉：

　　　　下一世，

　　　祝你如愿变成齐天大圣。

再也不要明白什么齿冷心寒，
那时你补全了牙，找到了伴，
再也不讲蝙蝠和老鼠的笑话，
你要在凛冬的山巅放风筝，
在扶摇的北海上支画架。
要在众人瞩目中，
大声喊："是谁？在高原上动了我的旺仔小馒头！"
那时的你，
身跨烈马，有赴汤蹈火的青春！
那时的你，
光芒万丈，所行之处光芒万丈……

何牧修和永昶写了什么江川絮没看，林晓童后来告诉江川絮她写的，她说自己默写了一段《大话西游》的歌词。

从前，现在，过去了再不来
红红落叶常埋尘土内
开始终结总是没变改
天边的你飘泊白云外
苦海，翻起爱恨
在世间，难逃避命运
……
风霜摧人，长夜渐凉
我现在才知道你的名字
祭泉——祭奠于黄泉
……

最后，火舌翻卷着攀上来将债券自己那首诗点燃。
是迷乱的《祝生》：

> 我看见汹涌的大火球朝我飞来
> 射向广漠的宇宙空间
> 我是其中的一粒微尘
> 胎生、卵生、湿生、化生
> 沉默在苍穹之涯
> 久飘且荡
> 没人祝我脱死
> 就像谎言一样
> 满是破裂与迷茫

那些诡秘又残忍的预言，一颗颗迸出来，散逸空中。

江川絮的讥讽悄悄无声息地亮起来，针扎一样刺痛。

永昶说："足下，今天是寒食，你不是介之推，没有割肉给我吃，但我们给你烧纸了！"

大家笑起来，笑声汇成一条吐满苦水的大江。

接着寒气袭来，将这大江冻住了，所有人站在江面上，呼吸成冰。

四野苍白，像是那种痛得抓心挠肝的孤独与不甘。

92. 目极千里兮，伤心悲

隔日清明节，江川絮没有什么动作，不久后的端午节，他写了一篇祭奠屈原的赋，叫《吊屈原赋》，后文写道：

余尝思，似屈公者，何以长受离殃？除清浊之辨，知音垂丧。亦有己身之过，《孟子》曰，离娄视千里之远，察秋毫之末，微睨而窥物，瞀以为无明！而屈公必有三尺青锋，一袭清氅，以羲和为照，扶桑为傍，动则如湛卢离鞘，出而有神，静则似云梦楚泽，大雾迷江，使世人仰之不见，望之不透，窥之不破，故嫉其高旷远，笑其癫狂。

我有数念，为公上飨。

念公之志兮，如盘龙蜷身于莽草，不见其翱翔，然一腔灼灼正气，乘清气兮御阴阳；念公之寿兮，如朝露附临于芳叶，日出而靡靡，然一身皎皎之德，齐日月而凝天光；念公之行兮，荷衣兮蕙带，倏而来兮忽而逝；念公之袖兮，着紫气而进霞光，朝发枉渚兮夕宿辰阳；念公之高义兮，长太息以掩涕，悲风旋旋而哀心凄罔；念公之清白兮，沧浪濯缨而风荡荡，驰骋云间兮芳满堂。

君子负大道而行，不虑生死！岂夫黄鹄可比，忍尤攘垢夸耀华裳，耻乎鸳鸯并辔，轻薄哂笑音声跳梁。初服既破，长夜乖张，愿公之德泽，恩惠国运绵长。

"朝骋骛兮江皋，夕弭节兮北渚……"我等斥鷃之辈，借公烁古励今之作，于端午为公招魂：

"皋兰被径兮斯路渐。

湛湛江水兮上有枫。

目极千里兮伤心悲。

魂兮归来哀江南……"

江川絮想，这个适者生存的社会，太懦弱的活不下去，太清高的也活不下去。

但懦弱的人被踩成了肉饼湮没在历史的长辙里，而清高的如果有幸还能挣得三分薄名流传后世。

那宁可效法屈大夫，何必像债券一样唯唯诺诺，连一本完整的画集都留不下。

这之后，江川絮发下幼稚的暗誓，要起笔构建自己的理想国，像是将梦外化。

也是在那个时期，江川絮的讥讽瞳达到有史以来最频繁的叛逆状态，和父亲的冲突也不断加剧。江启文见儿子公然拿读课本的时间动笔写一些幻想里的事，吓了一大跳。情绪上由起初的瞠目薄怒到接下来的勃然大怒，行动上由起初的循循善诱到愤然作色，嗟叹之余，眼里已经见到儿子捧着破碗垂垂饿死的样子。

同是在这个时期，"影子"开始频繁地游走在江川絮的余光之中，他像是烟雾聚成的幻象，又像是久已忘却的旧人。

江川絮始终连他的名字都不知道，但却深深觉得他的气息与自己太近，他比自己更加努力，更加收敛，更懂得察言观色，更适应游戏规则。最令人惊异的是，他会一眼望穿江川絮的讥讽瞳。

他会站在不远不近的地方对江川絮淡淡地笑，笑容似乎隔着樊篱，礼貌又点到为止，加了一丝或有或无的戏谑味道，仿佛是一种信念方面的碾压，他看透了江川絮，因此比江川絮从容，比江川絮游刃有余。总之江川絮好奇他，总是想起他，总是忘记他，又出于某种莫名奇怪的私念，也没向任何人提起过他……

Chapter.24

第二十四章 · 东隅已逝，桑榆未晚

所谓"好梦了无端，春前浑不解"，
还有"人似秋鸿来有信，事如春梦了无痕"。
他和大家在一排排路灯下漫步，
谈论着浅显的人生悖论和不谙世事的妄想，
小小的时代感从灯里倾泻出来，从所有人身边滚滚流过，
像是水潮……

93. 梦惊尚觉寒

六月的大潮将永昶拍死在沙滩上，四肢百骸像被肢解了般随浪起伏。

良久，他换过一口死气，死而复生地凝缩出一大堆论断。

他说："高考啊高考。学霸的战场，学渣的墓地，像个大局，囊括所有人。比的就是泅泳，不但不擅泅者溺，擅泅者也溺。这水冷而无情，冻毙了许多人的独立人格。不能说它不好，只能说还不够好吧，它对一部分人好，但却玩砸了另一部分人的青春。所谓'三句承题，两句破题，摆尾摇头，皆为考技'！又所谓'千人一面，众口一言，分数为天，余者皆下'。玩完后，徒留满目空虚，这难道是初衷吗……"

说完了这么长一段话，朋友们都希望他能侥幸成为没被玩砸的前类人，但见他颓成了一摊烂泥的样子，大家预感到不幸，并夸其像条游狗。

那段时间永昶的心情可用"荡漾恍惚"来形容，每天放学他都会在校门口等江川絮几人。

他告诉大家，他忽然发现自己没有喜欢的东西了，一切就像一场梦。

江川絮说，来，作一首《如梦令》试试！

他期期艾艾半天，记起一句"梦惊尚觉寒"。

大家不再逼他，他继续解构自己这梦。

他说，现在脑子里乱糟糟的，不知道这么多年究竟学了些什么？而且自己似乎已化身成一条鱼人，乱七八糟堆砌起来的杂学正在从七窍散溢。

江川絮说："所谓'好梦了无端，春前浑不解'，还有'人似秋鸿来有信，事如春梦了无痕'，你可能做了一场春梦。"

永昶探手过来掐住江川絮的脖子摇。

林晓童听了他的前尘如梦论，挥挥手说："这是好事呀，五月天咋唱来着？'丢掉背包再丢唠叨，丢掉电脑再丢大脑……没用的全忘掉'，你把值钱的都留给我们，说不定就能离开地球表面了！"

江川絮和牧修齐声道："靠谱！"

……

终于，所有空虚和玩闹被一纸成绩单击碎成空洞，如梦初醒的感受变成再坠噩梦。

在纠结了一假期是否要补习后，永昶揣着对大学的憧憬走了。

走之前，他和大家在一排排路灯下漫步，谈论着浅显的人生悖论和不谙世事的妄想，小小的时代感从灯里倾泻出来，从所有人身边滚滚流过，像是水潮……

94. 枯藤老树昏鸦

永昶一走，少了个神经兮兮张嘴背诗的人，其余几人时而觉得空荡荡的。

江川絮与何牧修常在自习课上偷偷跑下楼背书，用这小小的逃课举动来舒缓被困的心情。

然而天网恢恢，疏而不漏，不久俩人就被教导主任逮住。

第一次主任举起蕴含内力的厚掌，遮住了二人眼前的阳光，运起"胡笳十八拍"第一式"后汉衰祚"，快起快落，噼里啪啦每人数掌表示惩戒。拍完后他俩都感觉真的衰祚三分。

随后主任采取"三段式结构"阐明利害，第一段举例那些出头的鸟儿已经被打死了，听话的鸟儿都蜷在巢里吃大锅饭。并提出三项统一，只有统一调配，统一行径，统一思想，才能在即将到来的高考洪流中苟存。

第二段亲切地用了"一粒老鼠屎会毁一锅汤，两粒老鼠屎会毁十盆饭"的新奇比喻形容他们的离经叛道。

最后一段以"亡羊补牢，为时未晚""东隅已逝，桑榆未晚"和"放下屠刀，立地成佛"的寓言禅语收尾。

江川絮一听自己有荼毒生灵的害处，讥讽瞳外闪内灼，不敢再造次。

可何牧修忘了李伯苗昔日之祸，且心怀债券之怨，对主任的话置若罔闻。

第二次他被抓后，班主任拉下脸来，斥责道：跑什么跑，何跑跑啊！

于是班中盛传起一首歌："何跑跑，你慢些跑啊，慢些跑……"

后来教导主任又训过他一次，骂道：蹬鼻子上脸，天天净啥俅事？

牧修张口背道："枯藤老树昏鸦，小桥流水人家……"

95. 八月八龙抬头？

经历了一小段时间的消沉后，江川絮想要振奋，让林晓童出主意。

林晓童沉思片刻说，常言道"从头做起"，要不我陪你去理个发吧，不然上着课总有鸟来碰玻璃，长此以往对动物的生命安全和公共设施都不好。

江川絮抓抓自己鸟窝一样的头发，嘿嘿笑说，确实长了。

两人在中午放学后火速吃完饭去找理发店，看见一家名为"××国际造型"的理发店，门厅敞亮，牌匾鲜明，觉得靠谱。

江川絮问要不要试试？林晓童说当然了，既然高考在即，剪个精神点的头发也能有个好心情，不妨一试。

于是二人推门进去，刚进门，即被山呼海啸的欢迎声惊了一跳，略一缓神后，生出一丝飘飘然之感，心想这跟之前剪的五块钱小发廊就是不一样。

江川絮给林晓童说："你也剪一个吧，我请客。"

林晓童一抬手说："善！"

江川絮一愣，笑道："善？你倒是挺会察纳雅言！"

随后两人被分开伺候，落座后不久，江川絮心里就又惊了几番，心想自己果然已经被时代远远抛下，原来现在的美容美发行业里都有了相声说唱专业。

从洗头到坐下的十分钟内，他身旁一直游走着一个手头没活的小哥，倾心竭力地给他说关于"办卡"和"这家店面"的单口相声，语速快得找不着气口，听得人胸闷，直说到他家店面是传承百年的老店，享誉海内外一百年。江川絮才抓住机会质疑："改革开放到现在三十多年，那之前六十多年呢？"

单口小哥停顿下来，说确实是传下来的店，但祖上不叫美发……叫剃头。

江川絮问："那这家店的祖上是不是姓曾？"

单口小哥没听懂，终于安静了片刻。

这时，理发师出现在他身后，单口小哥变为捧哏。

身份一变，语调也就变了，只听捧哏小哥压着沉重的重低音，胸腔共鸣抑扬顿挫地问江川絮："知道这位给你操刀的人是谁吗？！"

江川絮蒙了，努力思索后只能说不知道，印象中上一个问这话的似乎说自己是五百年前大闹天宫的孙悟空？

捧哏小哥微微一笑："这位就是我们的首席发艺总监，今天你有幸了！"

江川絮说幸会幸会。

接着身后的发艺总监淡淡一笑："叫我 Tony 老师就好！"

江川絮说老师好老师好。

捧哏小哥又微微一笑，笑得川絮深觉自己阅历浅薄："知道 Tony 老师在我们这有多厉害吗？"

江川絮摇头……

捧哏小哥开始简述 Tony 的经历，总结下来，Tony 在美发界的地位，相当于歌唱界的帕瓦罗蒂、足球界的罗纳尔多、摔跤界的约翰·塞纳，大类如此吧。

讲了五分钟，吓得江川絮肃然起敬。

接着 Tony 老师在镜子上潇洒地画了一个丑陋的马勺，说是江川絮的头（无法拒绝），并在草图的脸上签上了自己的大名——Tony，呜里哇啦说了一堆他从北美日韩游学时专研的头发构造学内容，用了一部分诸如"头部结缔组织"的专业名词。

江川絮被唬得如坐针毡，心说遇到美发大神亲讲发艺，就好比遇到泰山北斗亲授武艺，讲完有被逼为徒或为子的危险，怕自己当不起，忙说老师我今天就简单理一下，长的部分修一修，剪漂亮点有个好心情回去上学。

Tony 老师说 OK！

说着"咔嚓"两剪子下去，大半头发不见踪影，江川絮忙问老师："莫非咱要剃度？"

Tony 老师说 NO！

两剪子后 Tony 摇身一变卸下伪装，起初江川絮以为他只是负责贵气的海归，谁知他才是逗哏。

Tony 老师：头发焗个油吧，你看都干了，还劈叉，只要 389 元，这里我做主，给你 289 元的金卡价。

江川絮说：老师不用。

Tony 老师：那做个护理吧，只要 299 元，我做主……

江川絮说：老师不用。

Tony 老师：卡里充个值吧，只充 2300 元，立即升级从五折卡变成 3.8 折卡，永久尊贵……

江川絮心想：初中充 QQ 会员时企鹅也这么说！

捧哏小哥插嘴：这位哥还没办会员卡……

Tony 老师听后，发出一声无比夸张不可思议的质疑声：“伊克斯 Q 思米？”

接下来的一个小时里，江川絮的头被洗了三遍，对话从办卡内容延展到消费升级、时尚理念以及——龙！

Tony 老师问：“哥？你知道龙吗？”

第四遍躺在洗头台上的江川絮闭着眼睛说：“龙！能大能小，能升能隐；大则兴云吐雾，小则隐介藏形；升则飞腾于宇宙之间，隐则潜伏于波涛之内。龙之为物，可比世之英雄！”

Tony 鼓掌，又问：“哎呀呀呀，文化人文化人，那哥？你知道龙抬头吗？”

江川絮说：“Tony 老师，那是二月二！今天都八月八了！”

Tony 说：“不啊哥，今天中午店里正好四位顾客，除下来不是每个人的二月二吗？”

江川絮说：“您不去当市场营销专业的老师，实在是可惜了……”

这时林晓童也已剪完，最终，在整个店里上上下下的吹捧说服和号称两折亏本的大力优惠下，江川絮掏空腰包出了五百办了张号称全球连锁店通用的卡，用林晓童的话，叫"倾其全囊"。接着，整个店的店员鼓掌九次，轰天震地地齐声大喊"恭喜帅哥成为会员！"喊得江川絮浑身起鸡皮疙瘩，尴尬无比。

二人出店时，他才反应过来，谁家的二月二算的是阳历？这时林晓童看着他的头使劲憋笑，他回看一眼林晓童沦为空气的空气刘海，再看一眼 Tony 老师不能自理的头，心想也算同病相怜！

Chapter.25

第二十五章·船长！我的船长！

白浪像毒龙一样撞过来，哗啦啦散了一海，
船头"黑珍珠号"的字样被冲模糊了，
接着喘息的工夫，又一个大浪。
于是江川絮愤怒了，出奇地愤怒和悲伤。
他愤然冲向甲板，一刀剁断绑帆的绳索，大帆便晃悠悠荡了下来，
船开始剧烈地飘摇。

96. 无力指摘的领域

永昶走后,江川絮、林晓童与何牧修自然升入了高三。

临近七月份的尾巴,大伙在课余都憋出绵羊音唱《狮子座》以自娱。

在一片"羊群"的哀鸣声中,考试匆匆而至。考完后放了几天假,紧锣密鼓进入了假期补课状态。同学们捶胸顿足地号叫,悲叹成绩出得如此之快。

卷子发下来,都傻眼了。一学期"丁零当啷"学到底,语文成绩惨淡收场。因为标准模式下假大空的套话被忘掉不少,同学们用初启蒙的美学思想答题,这在应试的战场中无异于迎着枪林弹雨"赤膊上阵",大有虎痴许褚的痴态。

就像初学走路的孩子尚不能驾驭双脚,初窥国学的人也不能驾驭双手,有人信马由缰地抒情写意,有人高屋建瓴地创作诗歌。

最震动人心的是,高中生惯有的恍然大悟在文中少了一大截,校方猛吃一惊,以为这些孩子智商返祖了,感恩力和感悟力都这么差,这还怎么挑起社会大梁?还怎么肩负民族希望?!

当即明察暗访,斟酌对策,多方打探下,将暗矛对准了"基汀"老师。唯有"基汀"本人整天乐乐呵呵,似乎对自己不容乐观的前景无知无觉。

但江川絮几人相信,像"基汀"这样的人,对自己的境况是有察觉和预判的。因为某次他忽然化用哲学家本雅明还是谁的文,说了几句当时以至后来的他们想起来都忍不住回味的话,他说:"由于完全沿袭着依赖相同结构与模式照搬过来的应试教育,那么,到处都有了教育,教育因此宣告死亡。"

听完这句话,大家觉得像是一道光照了进来,破开了某些无力指摘的领域。细细琢磨,其中的含义越发推敲不尽。以致很长一段时间内,江川絮说了很多句格式相同的话:"由于完全沿袭着依赖相同结构与模式照搬过来的建筑模式,那么,到处都有了建筑，建筑因此宣告死亡。"……"由于完全沿袭着依赖相同结构与模式照搬过来的城市建设，那么，到处都有了城市，城市因此宣告死亡。"

后来江川絮偶然见到了这句话的原话："既然人工造物是现实的核心，那么，到处就都有艺术。于是，艺术宣告死亡，因为不仅艺术的审美超验性已然死亡，而且，由于完全浸透着依赖相同结构性的美学，现实本身与现实的形象亦混淆不清。"……

97. 腐化的天堂电影院

算起来，大家在"基汀"的熏陶下时日不久，直至他本人说出那段颇有意味又离经叛道的话后，命运的齿轮有所松动。

那时"基汀"讲到秦淮八艳系列，照常地嬉笑怒骂，用飘逸散乱的板书勾画着颠倒往事、风月佳人。

先是柳如是，接着是李香君、董小宛、陈圆圆三人，并称赞了这四人在"某些家国大义方面"的正义感。

这时校方觉察到不对，警告说："李法贤老师，高考将至，你给学生们尽讲些妓女的故事，恐怕有伤大雅吧，哈哈！哈哈！哈哈！"

法贤撇撇嘴："这个'排比句'的情绪表达得不错！"

此事算个引子，像是"吧嗒"一声，命运齿轮上的一颗螺丝掉了下来……

随后"基汀"讲到李白，喝了点小酒，讲《大鹏遇希有鸟赋》，讲"斗酒十千恣欢谑"，讲"安能摧眉折腰事权贵"，讲到酣畅时，上演了一出矮胖版的醉玉颓山。大伙将就着包容了他的形体，却醉心于他文墨起落处的"慨当以慷"。

这件事学校以严重警告处分处理，并处罚金 500 元，又以五戒规劝法贤说饮酒是残贤毁圣、败乱道德的恶源，更遑论酒后乱言，不赶紧抓分押题，讲什么"飞禽走兽"的故事。

由此祸事更近一步，像是命运齿轮上的一排螺丝掉了。

之后平静了很久，江川絮等人生怕学校把"基汀"换掉，也盼他能收敛做人，直到第三件事发生。

当时赶上有关部门第三次视察，整个学校躁动起来又开始大扫除，精神风貌一月内整顿三回。

唯独他们的教室里拉帘熄灯，"诸君"静坐。

多媒体银幕上放着托纳多雷的《天堂电影院》，大家已忘了"基汀"身在何处。影片已演到阔别家乡30年的主人公多多返回故里，在破旧的天堂电影院中放映艾福瑞多去世前留给自己的胶片。这胶片里的镜头全是30年前牧师剪辑掉不让大家看的接吻片段，音乐淡雅哀愁，人过中年的主人公满眼泪水。

观影的人仿佛也见到三十年光阴纷至沓来，回忆，尽是掏心挖肺绵延一生的回忆，青涩的爱恋，深厚的亲情，所有细枝末节都让人感动。

除了少数几人微微的鼾声，教室里一片压抑的啜泣之声，林晓童泪珠滴答滴答往下掉，默默捉着江川絮的衣角擦鼻涕，何牧修嚼得笔头咯吱吱响，江川絮也忍不住偷偷抹眼泪。

正在这时，教室门猛地砰然打开，一道刺眼的白光晃得大伙睁不开眼。所有人在那一刻是那么讨厌"光明"。

接着，霹雳般的喊喝声在众人耳畔炸响："大扫除了！你们要造反吗？"

背着光，教导主任像一尊怒佛一般直挺挺地铸在门口，他逆光的头颅偏转，忽然看到屏幕上尚未结束的吻戏。

一看之下，这还了得！满屏幕的腐化，这回可算捣毁了"聚众淫乱"的窝点。

有那么一刹那，他在江川絮的讥讽瞳里化身为戏里狼行虎视的架子花脸，立身阳光里，浑身上下的怒火，张口迸出四颗獠牙，"哇呀呀呀呀呀"一声喊，用戏腔喝道："众奸贼，寡廉鲜耻，成何呀呀呀呀呀呀体……统……"

"基汀"的故事到这里基本就结束了。他走出教室门时，屏幕里最后一幕是天堂电影院的崩塌，徘徊在过去的脚印早已被如今的尘土覆盖，旧日的世界只存于部分人的记忆，而他们的步伐还得迈向彼途……

黑板的角落里写着一行飘逸的板书——"她是你纯净的灵魂，整个宇宙都由此成形……"

98. 船长！我的船长！

"基汀"离开前最后一次来教室时，讥讽瞳迫得江川絮恍恍惚惚。

他察觉不到自己的神情，似乎是笑了笑，又似乎没笑，他记不清了。接着莫名的情绪从讥讽瞳开始，传遍了全身，在那一刻，江川絮以为自己成了义无反顾的斗士，不料差点成了烈士。

他忽地站了起来，他想起自己在李伯苗下乡之前没有站起来。

蓝色的光从他眼底进射而出，几乎难以自制。

接着他听到四面八方的声音，接着他感知到四面八方的眼神。

白浪像毒龙一样撞过来，哗啦啦散了一海，船头"黑珍珠号"的字样被冲模糊了，接着喘息的工夫，又一个大浪。于是江川絮愤怒了，出奇地愤怒和悲伤。他愤然冲向甲板，一刀剁断绑帆的绳索，大帆便晃悠悠荡了下来，船开始剧烈地飘摇。

他从甲板一侧取来木桶和毛笔，木桶中是荡漾的墨汁，他饱蘸浓墨冲向船头，像极了仗剑而起的少年，像极了惭恩报怨的刺客，像极了无头无脑的愣货。

朗月沉静，但风浪之声何其喧嚣。

江川絮感觉到身边人在扯他的胳膊，他甩开抓他的手，迎着狂风呼喝："把帆扯高咯！"

接着，江川絮看见了，他见到"基汀"身着"邓布利多教授"的长者袍，戴着半月牙的眼镜，智慧地笑，和蔼地挥别。

于是江川絮忍不住跳上了桌子，他激动不已，他热泪盈眶，他庄严地说："Captain, my captain！船长！我的船长！"

接着他环视四周，有人瞪眼惊讶，有人乐不可支，有人泫然而泣，有人低头沉默，有人不可思议……

99. 八千壮士赴戎机

站上桌子大呼"船长"的乖张后，江川絮并未受到严厉惩罚，这多亏了讥讽瞳当时的发挥和班主任的回护。

他一口咬定江川絮有病，于是江川絮很感激地装了病，医生拨弄江川絮半晌，用一口方言说："你这个小子呀，搞不好是青光眼呀，有病得治呀！"

江川絮诺诺连声，开了几服药，千恩万谢地离了医院。

回来的路上，他想这"青光眼"的借口也瞒不过公然上桌的罪过呀，只好自己给自己望闻问切，花心思学了一些保外就医、无病呻吟的手段，给自己添了条病例叫——"青光眼诱发的间歇性神经失调"。

班主任听到这个病况后也没有深究，只是警告他高考在即，要老实做人，不得造次。

于是之前一幕幕就变成了荒诞的闹剧，封存在各自的记忆海里。在这场改变命运的考试面前，什么事情都容易过，"债券"的事情容易过，"基汀"的事情就更容易过，行话叫"一切为高考让道"。

最后冲刺阶段，学校给大家放映了一些著名高中高三学子誓师大会的视频，视频中的同学们拉着巨大的横幅，高举着右拳庄严发誓，势要赢得高考，赢得人生。一轮宣誓完毕，有专家出场训话，命令所有同学在操场上一字排开对父母跪拜，同时大声地抒发对双亲养育之恩的感激。在此过程中，专家以情带声，以声传情，声情并茂地用话筒朗读着成绩的高低等于同学们所行孝道的深浅这个道理。

集体谢恩情的环节结束，随即开始第二轮拉横幅的宣誓，同学们从起初的嘤嘤啜泣到疯狂嘶吼，个个面红耳赤，场面蔚为壮观，这场面在多媒体的大屏幕里公放出来，像极了电影中将要慷慨就义的赴边八千壮士。让人脑海中莫名蹦出曹植的《白马篇》："捐躯赴国难，视死忽如归！"

此时，诡秘的云层中穿出日光，照破晦暗的荒崖，这是理想的号角和最理想的人群！

作为观众的江川絮一众也抱头痛哭，如丧考妣。

林晓童哇哇大哭着问江川絮："我们像什么？"

江川絮在抽泣的空隙回复道："可能像审判苏格拉底的人群。"

林晓童抹一把泪反驳："我们总比那些容易被煽动的文盲好一些吧。"

何牧修哽咽插话："差球不多！"

江川絮举手报告："老师，这里有人学黄渤骂脏话！"

……

在一把鼻涕一把泪中，同学们哭声震野，达到了誓约仪式的巅峰。

终于，千呼万唤始到来的高考扑面而至，又扑面而过。这迎来送往，似乎是倏忽之间的事，却有十二年青春在之前铺陈。江川絮算心理素质极差的类型，在考场上差点没因紧张缺氧晕厥。之后他和林晓童考到了北京，进了两所重点大学。

去大学前，他畅望了一片辽远无际的世界，规划了一片瑰丽无比的蓝图。之后想起来，依旧只能用那首元曲"呵呵笑我，我笑呵呵"来形容。

100. 碎片化的"知识"

毕业分手之际，江川絮正和老师同学们在教学楼下的松柏底下惜别，忽而有教科书从楼顶雪片而下，书页撕得纷纷扬扬，各色教材，无数试卷。楼下的人乍以为是歹徒暴动，再一瞧，才知是毕业人群的狂欢，那时候没用微博，不知道全国各地的高三学子竟然都有如此不谋而合的"庆祝"仪式。

校方感叹，十二年含辛茹苦培养成人的学生们一脱缰绳简直可怕，都是些对伟大知识毫无敬畏之心的狂徒。

校长大呼："请你们用科学的基本原理'辩证地矛盾地普遍地'看问题！"

呼罢抬头一看，发现最提倡精神文明建设的张舜同学也混在人群中起哄，不由得暴跳如雷……

碎片化的"知识"迎风飞舞，大雪一般。

正是，大雪纷纷何所似？空中撒盐差可拟。

这时有人摆手说，比喻得太土，该是"大雪纷纷何所似？未若柳絮因风起"……

Chapter.26

第二十六章·人心不死，灯芯不灭 —— 大学篇

长久以来，江川絮对大学的构想是这样的。
这里包容着怪人、奇人，酝酿着伟人、诗人，不嘲笑俗人、妄人。
万千理想都能备受尊重，一切真理都需身体力行，
所有的荒诞都可立足。

101. 情为何物，惟恍惟惚

在上大学的前夕，大家聚在一起，燃起捡来的枯枝，生起一堆篝火，要度过一个奇妙的傍晚。

何牧修、永昶、林晓童和江川絮围坐在篝火旁。

良久，江川絮问林晓童："什么感觉？"

林晓童说："比较热！"

何牧修附和："我也是。"

江川絮理解地点点头，说："毕竟这是八月，点火不是为了取暖！"

四人面面相觑后表示赞同，纷纷挪着屁股离火远了一些，林晓童顺势挪过来靠在江川絮肩上。

就在高考前夕，林晓童和江川絮之间摩擦出懵懂的爱情火花，那时两人情窦初开，一切都那么奇妙。

起初似乎是在友群的起哄中，江川絮听说自己有了爱情，接着就有了爱情。而像所有的爱情一样，最初都伴着神秘与新奇，迷惑和未知，甚至说不上从什么时候开始的，如果真正往回看，也许能追溯到那个——"牛魔王在月夜中渐大渐小"的夏天。

那时，江川絮有事没事就会给她讲幻想里的小世界，而林晓童总是听得很入迷，叫他"怪物"，催他快写下来……

四人围着篝火天拉地扯地闲聊，大家发现一年不见，永昶咏唱诗歌的习惯已大大改变，林晓童憧憬地向他打听起大学，永昶不置可否地耸耸肩。

当最后一缕阳光收敛了形迹，一架飞机从顶空掠过，云层被拽出两道长长的花翎。

林晓童认真地问:"你说,飞机上的人往下看,看到的我们有多大?"

大家笑起来,永昶扶着自己的额头无奈道:"晓童,你这智商幸好学了文,天空这么单一的背景,你在地上肉眼看飞机,没个豆子大,地上这么多的参照物,肉眼能看到一个人?"

林晓童见他们笑她,使劲地掐江川絮,江川絮忙正色帮她回场:"笑什么笑!笑什么笑!你俩不知道福尔摩斯的厉害吗?请叫她二娃!"

何牧修反应过来,尖着嗓子喊:"爷爷!爷爷!"

永昶问啥意思?

江川絮解释:"就有千里眼那个啊——橘娃!"

林晓童:"那叫橙娃吧!"

江川絮:"哦哦,橙娃!橙娃!"

大家笑成一片,林晓童也忍不住笑,掐得江川絮的右臂几近残废。

回家的时候,他们遥遥看到半山上有一个人的轮廓在走,那人照明的东西不是手电或者手机,更像是提着盏柔和的油灯,晃晃悠悠,恍恍惚惚,凭直觉,江川絮觉得那是看山大爷。

当晚,江川絮梦见自己飞在黑夜的云层里,遥望地上的一切。起初他很兴奋,但后来有些慌张,他看见天机老头提着古老的宫灯,扛着个幌子摇摇摆摆地走,走着走着就横跨了一条大江,江水滔滔,他却不用舟楫。

他渡过了江,宫灯就熄灭了,接着风一吹灯又亮起来,却已经是看山大爷拎着它。大爷拎着它上了山,优哉游哉地在自家的破木梁上抹糨糊。江川絮听见耳边有熟悉的歌声,转头看见林晓童在另一片云上傻兮兮地唱:"看山大爷在巡山耶,巡完南山巡北山哟……"

江川絮回顾看山大爷,却看到父亲忙碌的身影,他努力要看清父亲手头的活,却发现离得太远,他盯着父亲的身影,心头涌起一个念头:"原来稍稍隔点距离,人居然就这么小……"

102. 枕上黄粱,一厢情愿

世上有了手机,有了网络,就淡化了许多别离的伤感。

最终,他们惜别了自己的亲人和友群,四散到全国各地的大学以酬壮志,心头还是燃起了几分热烈的希望和憧憬。

长久以来，江川絮对大学的构想是这样的。

大学应该是这样一个地方。有个神圣的大堂如同圣殿，孔夫子或老子的雕像立在圣殿中央像是启迪后代的神。一座典雅的图书馆坐落在大学的心脏，像壁炉中的火焰在热烈有力地跳动。图书馆后应该有片幽深的林子，林子后是一片静谧的载着鸭子的湖。在湖与树林衔接的僻静角落里，坐落着一个小小的庙或观，里面的空间足以落下一口钟，每天黎明之际和向晚时分，"嗡……嗡……嗡……"地敲几下，如同苍穹一点。

那林子中有缓坡，有坑坑洼洼的水畦。满怀憧憬的人或漫步在树木的缝隙，或哼唱在林间的草地。

在这里，人有天趣，有意趣，有人趣。

爱好天文的躲在僻静的角落观天，爱好地理的撅着屁股掘地，直至一丝月亮的魂魄掬出夜晚的霜露，灵性的人偷偷摸摸溜来采撷。

所有人都能专心于自己的喜好，并为此乐而忘倦，甚至不着形迹。

这里包容着怪人、奇人，酝酿着伟人、诗人，不嘲笑俗人、妄人。万千理想都能备受尊重，一切真理都需身体力行，所有的荒诞都可立足，人们讨论着自由和与自由息息相关的命题，讨论着生命与命途嬗变的意义，猫、狗、老鼠和精灵一样的孩子游走在此。

在这里，人们知道自己是人，人人生而平等的真理不言而喻。在这方沃土里，栽培着彷徨和知觉，以及大大的欢喜和淡淡的悲伤。高尚的与平庸的互不影响，美与丑各行其道，只有少数人摸着碗缘战战兢兢地祈祷。

日光就如此疏疏朗朗，或大晴大放，画画的孩子安安静静地坐在一棵安安静静的树下。江川絮趴在树上，为松鼠捧着松果，和松鼠一起，眺望远方。在很遥远的地方，父亲和母亲在炊烟里闲聊，锅里炖着排骨汤……

说起那排骨汤，那是江川絮遥远故乡的一道美食，而在那遥远的故乡，还住着一个美丽的姑娘，她华衣华裳，她清雅万方……

如今寻思起来，当时勾勒出来的一厢愿景，有一个名字，叫"霍格沃茨"。

103. 变大变大，是谓大学

事实上，大学是个能将他们所见所闻所思所感都变大的地方。

在这里，江川絮见到了大人流，听人分析大趋势，发声吹嘘大数据。凡是加上了"大"字,总让人迷信三分。在这个大得让人空落落的城市中,他度过了传说中最美好的四年时光。

在那些尚未融入"大"的小日子里,初出茅庐的江川絮被迫警惕,因为那双讨厌的讥讽瞳总在一旁用令人恼火的刺痛自作主张地警醒他,让他在听闻某些"大"的音时,就像肩吾听接舆说话时那样,产生一种"大而不当,而不返,惊怖其言,犹河汉而无极"的错觉。

这种错觉当然是不近人情的,一来对前来给江川絮宣讲"大"的人不礼貌(江川絮在讥讽瞳刺痛时无法维持温良的表情管理),二来它让江川絮烦躁,生硬地阻止了江川絮快速融进"大"族群。

川絮想到肩吾在遇到接舆大话连篇、没有边际的问题时,有好朋友连叔可以求教,他也可以找永昶这个过来人求教,于是拨通了永昶的电话。在彻谈了一个小时后,江川絮才知道,原来永昶在同样遇到"大"这个问题的时候,还遇上了"远"的问题。永昶预测说,在不久的将来,不,应该说很快,江川絮也会遇上"远"的问题。

这些"大而远"的问题表现在实际的层面其实很多。

比如,从刚踏入大学校门的那一刻,同学们就火急火燎地拟定了人生的职业生涯规划,并就当前国内的就业形势和前景展开了由浅入深的研究。

物质与财富这些原本"大而远"的概念骤然迫近,开始鲸吞蚕食地与学习画上约等号,随着时间的推移,这约等号的波浪线渐拉渐直,越拉越快,终于在毕业前夕成为等号。即印证了那句粗糙到鲁莽的话——"学习是为了找工作,找工作是为了挣钱"。

至于那些"仰观宇宙之大,俯察品类之盛"的精神乌托邦,对于绝大多数人来说,已成幻想。

由此,很多人有了更加宽泛的知识,宽得像是沙漠,四面看不到头,细瞧之下沙子虽千差万别,但粗看过去堆砌的本质却大同小异。

江川絮也紧跟上了互联网青春的节奏,学会了在铺天盖地的讯息中入眠,某种急躁的情绪催促得人时时刻刻都要从手机里挖掘信息,以至于没有什么新闻可以真正震撼人们超过三天。

一段时间后,有大量同学感叹自己选择专业时脑子进了水,相互聊天发现,"进水"人群远非局部,有这样的抱怨,首先是因为很多人在报专业前压根不清楚自己喜欢什么。其次是没想到灌输模式从根本上依旧如故,最后是对学而优则"试"

的惯状不曾改变略有失落。无奈，江川絮也是进水大军中一员。

但根据"守恒定律"，有大失望必有大欢喜，这些大欢喜来源于个别来校讲座的团体或个人，或为饱学之士，如周岭先生、白岩松先生；或为童年偶像，如六小龄童、星爷。这些人以其独有的人格魅力、学养或儿时回忆，沸腾大家的一腔热血，举手投足间，掷给江川絮半个童年……

伴随大学记忆的，还有这座庞大的城市。很多时候，江川絮能体会到这座城市的娇嗔和厚重，在它永无休止的喧嚣里，也暗含着少许的宁静，或许他们该赞美这种美，赞美这种似乎永不衰竭的钢化生命力。

一切乐趣与相聚、悲欢与离合，一切沉沦与堕落、笃志与崛起，都演绎在这一幢幢桶状的大楼里和一条条硬化的马路上。在这里，少有田野中的寒暄，少有青坡上的热语，更少有对着满天繁星时青涩的神驰魂往，但梦依旧从那些筒子楼里溢出，搭建出绵延千万里的银河。

正是因为城市的庞大，所以才能在被称为"熔炉"的肚子里，杂烩出无数人的故事与命运。

在某些时候，江川絮会对它的过于庞大与高速产生怀疑，怀疑人的分量，究竟会不会因为环境的反衬而缩小，以致在无限重复的节奏里，变得轻浮。如同歌里所唱："她静悄悄地来过，她慢慢带走沉默。"……

104. 猴王不老，信念不衰

人的一生大概不会有很多次机会直面扑面而来的童年，这是一种异于常态的感觉。在这一刻你会恍惚、会憧憬、会心潮澎湃、会感觉安宁。

林晓童和江川絮很幸运，在刚进大学时，就一起见到了儿时的"齐天大圣"——六小龄童先生。他们在理性上很清楚，该叫他章金莱先生，而非单纯地将他标签化为"猴王"或"孙悟空"，但听他张口说了几句话，理性即被回忆掩埋。

他们隔着三排椅子听他讲，讲玄奘精神，讲西游旧事，一时间神思杳杳，满目光影。

其间二人对视一眼，彼此望到对方眼中的"债券"，都心照不宣，都避而不谈。

整个讲座过程中，江川絮坠入儿时的影像里，茫然感动又怅然若失。

直至最后，当《西游记》的音乐响起，六小龄童在讲台上耍起金箍棒的时候，全场沸腾了。

短短几分钟时间,他像一个引信,嗞嗞燃烧过来,点燃整个童年的火药桶。这个画面的外延带给人的情绪冲击大大超出它本身,这无关传统与新潮,只关乎童年。

在那个瞬间,江川絮眼中见到的,是记忆里那个身披圣甲的大圣,他百折不挠,他心如烈火,他笑可指天,他怒敢踩地,两根花翎一身软甲,是逍遥六界冲破一切桎梏的猴子。

他金光万丈地站在那里,远胜偶像的意义,而真正让人感动的,是满载的回忆。江川絮的脑海中轮番滚动过许多个大圣,为什么齐天大圣无可替代?

他的兵器有多厉害吗?不!还不如九齿钉耙厉害,但它叫"定海神针",它有"定"沧海的力量,无论什么时候,它来了,大圣就来了,大圣来了,人心就安定了!

这样潇洒的兵器,才能配得上这样潇洒的主人,金光万道,重逾千钧。

是他的法力无敌吗?不!满天神佛真要和他动起手来,不要说三清、佛祖、镇元子能随手碾压他,就连四极、菩萨甚至神仙的坐骑都能拿他。但为什么偏偏心心念念记着他!因为这猴子太直接太真实,太疾恶如仇,太痴心不改,他可以在雷电中嬉笑,可以在五指山下怒骂,可以在炼丹炉里瞠目;他可以为一方百姓求雨而问责玉帝,可以在被冤枉逐走时跪谢师恩,可以在误解中咬牙切齿,却在误解冰释后心无芥蒂。无论身处火海还是冰窟,无论身处深渊或是灰烬,他的赤子之心难改。

每当他出场,大家就知道,希望来了!什么是希望?这一个人,立在那里,就是希望!就像蓦然见到一柄李寻欢的飞刀,无论多糟糕的处境,多绝望的形势,只要飞刀寒光一点,大家就知道,李寻欢来了,他来了,正义也就来了。

正如歌中所唱:"蹉跎了岁月,伤透了情怀……只一颗心儿未死……哪怕是野火焚烧,哪怕是冰雪覆盖,依然是志向不改,依然是信念不衰!"……

105. 人心不死,灯芯不灭

后来林晓童拉着江川絮去看了良心之作《大圣归来》,可当他看到大圣一袭红色战袍在大风中猎猎飞扬时,却在刹那间进入了《宝莲灯》的记忆。

又是儿时的动画片,很简单的构图,但江川絮对其中一幕幕画面印象至深。

小沉香跋山涉水带着小猴子去找孙悟空,要拜他为师救出三圣母。

起初,大圣为了磨砺沉香,假意不帮他,对一颗牙的鼹鼠土地爷说:"当年有我，现在无我，我已跳出三界外，成就真佛身，世间的事我不再插手。"

土地爷听了这番话，愤愤地骂他铁石心肠，年幼的江川絮也为小沉香捏着一把汗。

后来小沉香历经艰辛，终于找到大圣，见到的却是一尊低眉顺目不理世事的"隐佛"，三言两语就下了逐客令，俨然已没有半点齐天大圣的影子。

可当小沉香终于明白"精诚所至，金石为开"的道理，再找到大圣时，他对大圣说："铲除邪恶、维护正义的事，别的佛可以不管，师父怎么能不管呢？"

大圣探身问为什么。

沉香跪指着大圣身后四个烫金的大字说："因为师父是——'斗战胜佛'，所以绝不会对世间的不平坐视不管！"

"哈哈哈哈"一阵笑声凌空而至，如同刀锋贴肉一般切开人最敏感的神经。这是最肆意的笑，最张狂的笑，最佛性的笑。

接着呼啦啦大风长入，一袭战袍样的袈裟"呼啦啦"裹过来，掩住大半个屏幕，大圣一步从莲台跨下来，拧着袈裟大笑着咬牙切齿道："不就是二郎神嘛！俺老孙不把他打得满脸桃花开，他就不知道花儿为什么这样红！"

说罢袈裟一卷重裹佛身，长长的袈裟收敛的刹那，大圣归位，又上莲台，由猴性瞬间再进入佛性。

这一幕太英雄，像极了《大圣归来》中长袍漫卷的画面，却更加深刻地斧凿在江川絮的记忆深处。

当年年幼的江川絮每回看到这一幕，都忍不住热泪盈眶，在心头千万遍地叫："大圣要出手了，大圣终于出手了！"

故事的后来，沉香又问如何点燃宝莲灯。

大圣告诉沉香："灯和人一样，人无心则死，灯无芯则灭。"

沉香说："可是灯芯已经被我舅舅给毁了。"

大圣闭目道："灯在人中，芯在灯中，人心不死，灯芯不灭"……

一盏莲台，一腔热血，有情有义，有智有慧，这才是所有人认识的斗战胜佛。

最终，沉香和三圣母相会，大圣哈哈一笑，唱一句"俺老孙去也……"直入云霄。

这里面的大圣是陈佩斯先生配的音，实在是匠心之作，不知感动了多少人的童年。

而当年的幸福想想是多么简单——"幸福就是，妈妈和沉香在一起！"

……

Chapter.27

第二十七章·冯翼惟象，何以识之

在那一段较为漫长的时间里，
他们，包括林晓童在内，
都在摸索着一种抵御被程式化而成为一个相对独立个体的方式。
林晓童还在日常学"小羊肖恩"的闲暇读了卡尔维诺，
她不愿意相信"人已被压缩成为预定行为的抽象集合体"。
她要成为一幅宁可怪诞也相对独特的画，
而非简单的模仿品……

106. 梅花三叹白努力

　　江川絮在大学里的第一个朋友是在高数课上认识的，认识他之后，江川絮自我标榜的"识人之明"沦为笑话。也是在那个时期，"后现代主义的行为艺术"大刀阔斧地进入他的视线，渐渐"鸡犬上天梯"，与江川絮幼年所学所见的"阳春白雪"分庭抗礼。

　　那堂高数课，老师讲的是大数学家拉格朗日的"三明治定理"，江川絮忽然听到一声喟叹自墙角而来。

　　他偏头望去，只见一个穿紫色长袖的胖小伙拿着一柄小扇子斜趴在桌上，长相虽然看似老实巴交蔫头耷脑，但从他的眼神中却能看出几分獐头鼠目的狡黠。

　　他的肘下压着一本书，书册露出书名的前几个字，《万般世情……》，江川絮当即搜肠刮肚想象这几个被遮住的字是什么，《万般世情脂砚斋》？《万般世情红楼梦》？想了良久，苦于无果。

　　胖小伙感觉到有人注视，忽然展扇，猛摇三下，猛叹三声，江川絮定睛瞧去，只见扇子上画着一朵娇艳欲滴的梅花，诧异道："难道是……梅花三叹？"

　　只见胖小伙撇嘴冷笑，江川絮被他笑得心底发毛，不再瞧他，却不知他这是在酝酿，酝酿了良久，胖小伙咳嗽一声，江川絮回头再看，他已晃起脑袋，用江川絮可以听见的声音碎碎念道："用一个'洛必达法则'，调和一个'三明治定理'，酿出一道'白努力（伯努利）公式'，岂不悲哉！"

　　江川絮一听，高人呀！他也是花一年的时间听完高数和线性代数，临到考试的时候，才在网上见到关于这两"数"的定义，原来高数和线性代数是两棵树，上面挂了很多人。

　　当时听到胖小伙发表高论，江川絮认定他是个高人。

但这实则是江川絮认识此人以来，他说过的最正常的几句话之一，其余大多数时候，只能用"斯文败类"来形容他。

107. 常好潘驴邓小闲

当天下课，江川絮和胖小伙在洗手间来了场当时以为是"英雄相惜"，后来每想起来都恶心的"食不知味"的邂逅，大致情形如下。

胖小伙率先拱手问：这位兄台，尊姓大名？

江川絮拱手还礼：在下江川絮，今见兄台面善，想必是高人。

胖小伙说：幸会幸会，"想必"没有必要，在下的确是高人，听兄大名，也如"晴空霹雳"！

江川絮问：那敢问兄台怎么称呼？

胖小伙哈哈一笑，伸手从书包里取出那本书，江川絮定睛一瞧，才看清面目，那万般世情之后缀着三个字——"金瓶透"，全名《万般世情金瓶透》。

他拱手一翻，打开念道：所谓"潘驴邓小闲"，鄙人潘小贤……

认识他后，江川絮明白了人不可貌相这句话的深意，初识此人，会被他外表的敦厚老实迷惑，但接触一段时间就会发现，那敦厚老实的外表实则是一层易化的蜡，这层蜡下掩藏着一颗"没羞没臊"的心。

此人熟读名著三百部简介，以侃大山、编段子为职业，自负才色双绝，风流倜傥，是个不世出的奇才。

江川絮暗自嗟叹，什么样的土壤能培育出这样目空一切兼之吹起牛皮来口若悬河的人。潘小贤甚至生造出一个"潘门弄帅"的词，来形容自己的倜傥风流。

半年后，潘小贤撩撩头发重新介绍自己，"容我露出本尊的庐山真面目，没错，还是被你猜出来了，鄙人便是乱花渐欲迷人眼，千村万户不留行，迷起人来能迷得人五迷三道，耍起帅来能帅到人肝肠寸断，人称'潘驴邓小闲'五绝集于一身，'仁义礼智廉'五美归于一处的英俊男儿潘小贤……"

江川絮听完，面无表情地说："那以后就叫你潘驴子吧！外号'登徒子'！"

登徒子起初颇有一番长吁短叹，叹壮志未酬，叹怀才不遇，叹下来和江川絮的迷茫大致相同，就是对本专业没兴趣又苦于无法。

后来的几年里，两人因天天相约蹭课和半夜三更一同写作，结下臭味相投的友谊，又因日常斗嘴编段子，闹出许多笑话。

在很多相似的深夜，江川絮困惑地忍受着登徒子大呼小叫乱改古诗词的恶趣味，所有鲜活的字眼经他"张冠李戴"的手这么一揉，即刻"身首异处"衰死大半，而登徒子本人却乐此不疲，还总摘《人间词话》里的句子掐头去尾为江川絮洗脑。他说："嗨呀！'诗人视一切外物，皆游戏之材料！'听过没？听过没？"

这些奇谈怪论集中而野蛮地撕裂了江川絮关于传统的部分审美，将其固有自圆的理念击出一条裂缝。

在那一段较为漫长的时间里，他们，包括林晓童在内，都在摸索着一种抵御被程式化而成为一个相对独立个体的方式。林晓童还在日常学"小羊肖恩"的闲暇读了卡尔维诺，她不愿意相信"人已被压缩成为预定行为的抽象集合体"。她要成为一幅宁可怪诞也相对独特的画，而非简单的模仿品……

108. 汝梦登天兮

江川絮和登徒子在一起的多数时间，都在被迫听他"想当年"。

大二时期，欲辨前路而不得的登徒子找到一条"花前柳下的小径"借以抒怀，在挂着三个云端女友的情况下，又追着一个同校女生，并分别为她们取名为"于东蓓""于西蓓""于南蓓"和"于北蓓"。很长一段时间内四个女生互不知晓彼此的存在，而他斡旋其中，显得游刃有余。

从这件事情江川絮深刻体会到，整个社会从实体空间驰往虚拟空间的速度多么飞快。

那时登徒子成堆成堆地写信，简直要穷尽毕生精力来制造糟粕，尽管这些糟粕跟大部分网文相比，依然算得上"文采斐然"。至于糟粕的主要内容，除四处散播求偶的讯息外，就剩下自夸他本人是一个"中国不出，外国不造"的奇才，只差个机会插上翅膀就能上天，还化用庄子和辛弃疾的话——"昔余能登天游雾，有美人可语，秋水共婵娟"。被江川絮改为："昔汝欲登天游雾，燥矢坠！"

总而言之，登徒子的情书写了有半麻袋，等贴上邮票后就飞向了祖国的大江南北，美其名曰"我的爱从不在一个地方停留"，而这样的博爱江川絮只在大理段王爷身上见过。

好在，登徒子终究不是古代公卿，不具备这种横跨驷马的权限，好景不长，即被天生具有侦探基因的女孩们发现了，冠其以"渣男""禽兽"之名，断然与之绝交。

登徒子情路受挫，长恨无已。疑惑道："小爷有志摩之才、李敖之情、潘安之貌、西门之色，凭什么不能有佳人环绕之乐？"

江川絮面如严霜地喝止他不要扯那些虚构出来的东西……

有天登徒子喝了点小酒催愁，愁催出来后又"想起当年"，说想我潘小贤当年，也是走过南闯过北，火车道上压过腿，黄河长江喝过水的优秀社会青年，现在一天天的都在干啥？想当年我以我笔走天下，以"秀发长留下巴"之姿回眸，学校不得来十几辆救护车？

江川絮给他分析了人群被他吓倒和吓晕的概率。

他无视江川絮，继续说，当年啊当年，我难道不曾少年吗？没点宏愿和理想吗？

江川絮呵呵一笑，说你这不就套了个"老炮儿"的故事吗？小爷当年风光过，如今居然没人鸟我了，没落了、失望了、垂死了，得了吧，装得跟个人似的。

他又说，这！学的都是些什么？你说平时啥都听不懂，到考前刷三天三夜都差不多会了，浪费这些时间干吗？还点名把人箍在座位上，不让人蹭其他专业的好课！等小爷写一篇旷古绝今的文章说道说道这个事……

江川絮叹道：来……我给你讲一个名叫李伯苗的人！

那天，江川絮意识到，登徒子和自己一样，有点陷入虚无主义的倾向，这种虚无主义，会消解真实与严肃。

这之后不久，登徒子摇身一变成为一名成功的情感博主，以遍历世事的口吻编纂着凭空想象出来的故事，用打散偶像剧中的桥段再重组的方式赚取着少男少女的眼泪，并坚持每晚跟世界各地的姑娘们统一说一声——"晚安"。

这并非他的原创，而是从公司的实战经验中得来的，那时正是公众号的红利期，他实习的传媒公司管辖着五十多个看似毫无关联的公众号，依据不同的定位，像工业流水线一样生产着时评、文章和故事。

他在学习炮制了一段时间后对江川絮说："人往往就是喜欢低级的趣味胜于高级的趣味，就是喜欢碎片化的把戏而非'整饬'的思想。如果做内容，你只需要把核心的嚼碎吐给他们，他们也不知道，他们也懒得问；如果写情感，你只需要把最激烈的拼凑给他们，他们也只是为了满足一时的快感或伤心……"

当时江川絮不信，林晓童也不信，鄙视登徒子的妥协就像管宁斜睨华歆。

109. 人有万相

江川絮和登徒子与光阴和匮乏感鏖战的日子里，消失许久的"影子"又出现了，江川絮的心头又泛起一股神秘的困惑。

这厮每次出现，总让他产生一种空荡荡的无所适从感，同时，讥讽瞳也格外活跃，还有那个关于"庸常"的梦。

这种困惑不能自释，终日盘旋在他的脑海。等他暑假回家后，就时常抽空去寻天机老头。

去了后又不知怎么说，只是闲谈解闷。聊着聊着，就忘了"影子"的事。

有一天他正跟老头聊天，忽然脑子里灵光一现，想起早先见到天机老头时的熟悉感，那个告诉他们"路通天下"的看山大爷浮现在脑海中。

于是江川絮对天机老头说，您长得像一个人！

天机老头说，嗯！

江川絮问，那位看山大爷是您什么人？

天机老头说，内人。

江川絮愕然。

他又问，你们为什么都是老大爷？

老头反问，难道我们都是老二爷才不奇怪？

江川絮一时无可辩驳。

老头冲江川絮一笑，笑容甚浅，看似浮在面皮上，却又像含着深意。

江川絮趁势说，我碰到了一个跟我很像的人。

老头说，恭喜！

江川絮说，这有什么可喜的？

老头问，你们说过话吗？

江川絮说，没有，不想说，若即若离的。

老头微笑。

江川絮问，我想知道他是谁？

老头说，冯翼惟象，何以识之？

江川絮愣了片刻说，师父请您说人话。

老头反问他，那你先告诉我，我是谁？

江川絮说，您是东方老头？！

老头问，那路通天下的老大爷是谁？

江川絮沉吟片刻答，是那老大爷。

老头欲言又止。

后来江川絮又来问过他很多次，那看山老大爷是您什么人？

第二次他说，认识的人。

第三次说是熟悉的人。

第四次说是本体。

第五次说是他的指头。

江川絮问他为什么每次给自己的答案都不一样？

他说："人有万相！"

之后的日子里，江川絮陆续问过这样的问题，渺渺真人是您什么人？

天机老头说，内人……认识的人……熟悉的人……本体……他的指头。

江川絮又问，那您是他什么人？

天机老头说，内人……认识的人……熟悉的人……本体……他的指头。

江川絮再问，为什么这么说？

他说："人有万相！"

这时江川絮第二次提起那神秘的"影子"，老头似笑非笑。

他问，"影子"究竟是我什么人？

老头说，"影子"之于你，就相当于"他们"之于我。

江川絮知道老头口中的"他们"是看山大爷和渺渺真人，他不信这些鬼扯，但还是调侃："原来'影子'是我的内人、认识的人，我的指头？"

老头说："人有万相！"

……

这些话一度成为二人之间的笑谈，自此，江川絮叫天机老头"师父"。

Chapter.28

第二十八章·不履迷津，幻梦将散

高山仰止，景行行止，
虽不能至，心向往之！

110. 虽不能至，心向往之

不久后，天机老头带着江川絮，参加了一场黄沙漫天的保护古庙之战，但因寡不敌众，终究没能护庙周全。

回来后，天机老头的腰牌丢了，他慌慌张张地四处寻找，江川絮问他："师父，这块腰牌很重要吗？"

老头说："重要得像是贾宝玉的通灵宝玉。"江川絮一想，贾宝玉丢了通灵宝玉，岂不变成了疯宝玉！

果如他所料，老头丢了腰牌后间歇性疯疯癫癫，时常焦躁，坐卧间都在寻找。

江川絮也忙忙乱乱帮他找，可是四下寻遍都不见。正应了那句"寻寻觅觅，冷冷清清，凄凄惨惨戚戚！"

他想到会不会是护庙当天掉在庙里，于是跑去那里找，去时古建筑早已坍成废墟，挖土机轰隆隆地开工，一片"冬到丧后、沙飞石走"的景象，哪里还能找到腰牌这样的微物。

不去庙中则已，一去之下，看着残垣断壁，没来由想到孔尚任的《桃花扇》，什么"眼看他起朱楼，眼看他宴宾客，眼看他楼塌了"。什么"残山梦最真，旧境丢难掉，不信这舆图换稿"。

想得人怒气勃发，大为扫兴。

回来后江川絮问师父，说您明知结果，当天为什么还要带我去拦着开发商自取其辱呢！

老头摇摇头，说了句让江川絮至今想起来仍旧振聋发聩、无地自容的话，他说："高山仰止，景行行止，虽不能至，心向往之！"……

111. 真理之口，幻梦将散

江川絮帮天机老头寻腰牌不多久，假期也眼看到头了，他跟师父打了声招呼，回去上学。

但心里却时常记挂着腰牌之事，记得勤了，现实中没找到它，却在梦中找到许多次。

这是一系列怪梦，梦里天机老头慌慌张张寻腰牌，自己也随着他找。

他们从窝棚出发，寻着寻着到了一处山壁，江川絮用讥讽瞳往山壁的罅隙望去，见黑暗深处闪闪有光，他高兴地回头道："师父，腰牌一定在里面！"

天机老头神秘一笑说："是在里面，可是你敢去拿吗？"

江川絮昂首挺胸说："为什么不敢？！"

说罢朝那窄窄的山缝走，走到山缝口时，缝隙已然变成矮矮的洞口，他回头瞧瞧老头，见其破衣烂衫，淡淡地冲自己笑。

江川絮咬紧牙关蜷身钻进去，接着，黑暗吞噬了他。周遭的一切变得拥簇，空间令人窒息，他的脑海中浮现一个意识，这个洞，是《罗马假日》中的"真理之口"。

许多孤独的脚步声响起在四面八方的山岩中，他颤抖地向前爬，腰牌始终在他面前一丈处闪呀闪。他甚至已经看到正面的字了，刻着什么"万初天机"，但就是够不着。

正当江川絮惶遽难安之际，山壁岩洞忽而消失，他站起身，发现自己身处一片寂寞的沙岸，头顶有一种不知名的鸟悲鸣而过，它的叫声不像是凡音，而它们飞过的地方，翎羽翩然散落。

四野空荡荡的，不远处有成片的湖水哗哗作响。

在湖水的浅岸，腰牌发了光，他步步踱近它，弯腰去捡。

忽而一个声音呼唤在耳旁："醒来，醒来……絮儿醒来！"

江川絮醒来的时候睡在天机老头棚屋的沙发上，屋中生着火炉，炉子上架着红薯，老头正用糙手捋那破蒲扇上的毛。一旁的旧收音机里，轻轻柔柔放着久石让的《天空之城》。

江川絮清清喉咙，睁着眼恍惚，感觉时光无比悠长，像是小时候一觉醒来，午后的太阳晒着，母亲在织毛衣，父亲在浇花，墙上的摆钟"咔嗒、咔嗒"。

江川絮说："师父，我做了个怪梦，梦见你的腰牌被我找着了，我跑去给你捡，从山缝钻进了山洞,好像'真理之口',之后又到了一处沙岸。"

老头不回头,问:"腰牌捡到了吗?"

江川絮说:"没捡到!"

良久,老头蘸着唾沫给江川絮翻出一本手写的书,江川絮不说话,他也不说话。

翻到其中一页,他起身指给江川絮看:是跳跃的两个词,被他用铅笔遥遥勾在一起,叫——"不履迷津,幻梦将散"。

江川絮问他:"师父,您不做梦吗?"

他说:"不做!"

江川絮摇头不信,说您又吹牛,至人无梦,您那天还说什么做梦和袁洪这样的通臂猿猴打架来着。

他咳嗽一声掩饰尴尬,说:"偶尔做梦,吃吃鸡腿。"

112. 裹着雪域的梦中人

这个梦萦绕在江川絮脑海中很长时间,在梦里,他总在俯身捡腰牌的瞬间功败垂成,实在令人心有不甘。很久之后,他又有两次续上这个梦。

一次是在天迎的山坡上,夏风轻柔,他带着表弟表妹拎着凉皮上了山。

在山顶,江川絮把外套和一张薄纸板铺在身下躺着和大伙说话,表妹玲玲开始讲笑话,这是个冗长无比的笑话,江川絮未能撑到笑点,就睡着了。

梦里的自己依旧在找那腰牌,好奇心翻涌如潮,不知不觉,他站在了沙岸边,左顾右盼。

他觉得这里的空气、氛围,一切一切都与世不同。

时间过得飞快,似乎眨眼就到了黄昏,山水在瞬间变了样貌,他惊声大叫。

他的身前出现一片竹林,而湖岸边也变出一块石碑,其上刻着三个苍劲有力的字"清越湖"。

他透过竹林向外望,是大片的草地和殿宇垒起来的古堡,他意识到自己是在做梦,这是梦中变了样貌的霍格沃茨。

接着生机出现了,像是缥缈的青烟凝聚。

一只奇丑无比的怪物在湖边不安地跺脚,一个身裹女孩袍子的男孩试探性地靠近这不知什么物种的怪物。怪物奋蹄扬爪,但小男孩胆怯却坚定。他的手里举着一个小瓶,瓶口打开,朝地上倒了半枚药丸。

人们往往对拥有丑陋表象的事物大加挞伐，但这个孩子不同，他揣着善意接近它，不因其外表伤害它，厌弃它。

江川絮看到男孩的样貌，仿佛旧时相识。

忽然，他的讥讽瞳一阵灼烧，向右望去，只见很远的林子一角，还躲着一个男孩，他静静观察这一切，沉着冷静像是久经沧桑的战士。

在梦里，讥讽瞳像是望远镜，遥望远处那个冰山似的孩子，那孩子全身上下有微不可觉的气流转动，像是裹着大雪，而那股雪，无比苍凉。

江川絮看不清他的相貌，但见到他的眸子里，扑棱出一只一只冰蓝色的飞鸟，江川絮莫名其妙地意识到，这也许是眼泪。

骤然之间，远处的男孩像是觉察到了江川絮的存在，猛地转头朝他这里看来，男孩的眼瞳闪着灿灿的金光。

江川絮悚然心惊，像是被某只手拽着出离梦境，在出梦的最后刹那，讥讽瞳从那片金光中望进男孩的眼瞳，他的眼里，是一片茫茫的雪域。

醒来时，表妹婷婷在摇江川絮，表妹玲玲面如黑水像在赌气，表弟和表姐都在笑。

婷婷说："哥，起来了，草上睡久了得痔疮呢，玲玲讲个笑话，你好歹尊重一下分享啊，没有那么无聊吧，就这么睡了？"

江川絮忙翻身哄玲玲，把一切神奇都留在梦中。

第三次进入这梦时，他站在那片名叫"清越"的湖边，那面目丑陋的凶兽就立在他身前一丈远的地方，他感觉恐惧，快要窒息，但蒙蒙眬眬又体察到这生物的善意，那是种掩藏在丑陋外表下的柔懦，于是他鼓起勇气探手去触碰它。

这时他又感觉到一缕窥探的目光，带着凌厉的寒气在自己身后，他扭头往林中望去，黑沉沉的林中，一双灼灼金眼闪烁出丝丝疑惑。

是那个眼中有雪域的男孩，他躲在暗处……

第二十九章 · 时不当兮，阴阳易位

"阴阳易位，时不当兮。
怀信侘傺，忽乎吾将行矣……"

113. 时不当兮，阴阳易位

"影子"的再次出现迫得江川絮愈发上进，他一股脑参加了很多学校社团，做策划、办舞台、搞剧本，以见明星和学者为荣，忙得风风火火，急着要以密集的活动填补不喜欢本专业的遗憾。

可一旦闲暇片刻，心里就莫名地空旷，尤其在看到晃荡的"影子"后，这种感觉尤为强烈。这个奇怪的人，在无形中把一个声音塞进了江川絮的脑海，那个声音说："你在篝火之间漫游，但却不属于任何欢宴。"

江川絮不属于任何欢宴，但他尽力在欢宴之间流窜，以笑闹假装自己是欢宴中的一员。但从小到大学习生涯留给他的某种"正确"意识折磨着他："这些活动都不是你的主业，主业渣，次业再怎么忙都不入流。"

这个声音在他脑海里盘旋了很久，他才发现，他并没有自己想象的那么叛逆，那么特立独行，他虽然是个在嘴上日常鄙视填鸭式分数的人，但在现实中却从没尝过当学渣的滋味。等真正成了所谓"学渣"时，才发觉自己没那么能"拿得起放得下"，他开始与周遭格格不入，也不太想和同专业的同学们交流，这关系到一种莫须有的尊严，似乎一无所成的时候所说的每一句话，都会沦为混吃等死的借口。

因此江川絮谨言慎行，摇身一变，从高中时跳跃飞扬的样子变为沉默寡言，债券十几年来身处角落的尴尬与困窘被他一朝体验，只不过他为了自我安慰，强撑着说这叫"韬光养晦"。

他想起自己刚入大学时，自认为是一座压抑许久亟待喷发的活火山，喷发的一瞬间必然天地失色，大有可为。但喷发后，才发现天地并没有失色，而自己也没有大展宏图，只是很快变成了火山灰，坚硬，不溶于水，但消失在火山灰群里，左看右看都是患难同胞，长得和自己一样，土了吧唧缺少辨识度。

他还记得自己最像火山的时候是初入校门觉得"百废待兴"的当口，那时参加校学生会文艺部的面试，面试师姐问："你为什么要参加文艺部呢？"江川絮用激昂的情绪掩饰紧张，撂下一句爆笑当堂的话"我要在文艺部燃烧自己的激情……"

当时他莫名其妙手足无措，自忖没抖包袱怎么大家笑得如此开心，难道是自己搞笑的功力不自觉间就到了这般出神入化的地步？

后来才知道只不过是词语的意思发生了嬗变，"激情"摇身一变成为"基情"，"文青""圣母"已经沦为骂人的词，这就是时代的变迁，用屈子的话说，就叫："阴阳易位，时不当兮。怀信侘傺，忽乎吾将行矣。"（阴阳已经颠倒了位次，时令节序也已错移，满怀忠信却惆怅失意，飘飘忽忽我将远行他方。）

到了大二、大三，见够了名人，江川絮的匮乏感不减反增，明白了别人再大的荣光都披不到自己身上，他不会因为见了谁而增色一分，仅仅是满足一下小小的虚荣心罢了。于是下定决心推掉了所有社团活动专心写作，他觉得只有有了作品，才会有跟未来斡旋的余地。

但说起来，他的家人并不觉得写作是能光耀门楣的正业，就像大多数家长不认为画画是什么正业，不认为音乐是什么正业一样，他们预见到一个人写作时的衰败，就像待冬的枯草一样。

114. 避水金睛秦观书

那些年同样感觉"时不当兮"的还有"墩子"和"半桥"。

把他俩放在一块说的原因很简单，他俩身上有着与债券身上的不同特质，墩子有债券的憨厚，半桥有债券的天赋。

墩子原名秦观书，其实这是个好名字，江川絮曾对他说，观书乃是雅事，"秦观书"，掐掉一个字就是"秦观"，是大才子，能写"两情若是久长时，又岂在朝朝暮暮"这样的名句；改动一个字就是"秦叔宝"，拿个黄金锏能当门神，这一文一武皆俊逸之士！

无奈秦观书来个"正正得负"，既没能继承秦少游的才华，也未能继承秦叔宝的体魄。他生得五短身材，形似大郎，一双长睫大眼嵌在脸上，被鼻子这道分水岭分得太开。根据体态特征，他荣获"墩子""避水金睛兽"等雅号。

起初，墩子以板寸头、红领巾的憨厚形象收获了广大群众的一致好评，后来由于专业困顿，堕入游戏的魔道，以起早贪黑打游戏为生，磨牙放屁打呼噜为专长。

这一点家庭教育也难辞其咎。

墩子在高中时候也被家庭箍得太紧，几乎没见过什么电子产品，进了大学忽然就像疯马脱了缰，成了一名跑起来火车都敢撞的主，骤然间见到这花花世界里，竟然有网游等诸般妙处，难免情不能已。

何牧修曾说他们旁边宿舍中有一个外号"老坛哥"的同胞，症状和墩子很像。老坛哥也是叱咤游戏界的一员老将，有"廉颇老矣，尚能饭否"的余勇，有"驰骋沙场，笑傲江湖"的气量。走位风骚意识好，单挑团战样样强。据说他身材瘦削，如历饥荒，却有着"瑜伽大师也不过如此"的定力和专注力。

对此，何牧修有这样的感慨："小时候看作文书，经常见到专注看书以至食物蘸墨而不觉的故事，今观老坛哥打游戏，饭里蘸上大便恐怕都尝不出。"

老坛哥曾创下一直打游戏不出宿舍，连吃方便面八十八桶的传奇纪录，不洗的方便面桶在阳台齐齐整整地码成一座山，成为大三时他们学校最传奇的行为艺术。用老坛哥本人的话说："八十八个桶正好对应了钢琴上的八十八个琴键，是情怀的象征！"

墩子相比老坛哥的境界，显然还差无数日夜苦修的努力。但他的人品没问题，忠厚又诚实。他不是那种打起游戏来不顾别人死活的人，他懂得尊重别人，有人上床睡觉，他会悄无声息地插上耳机。单凭尊重别人这一点，他就能算得上大节不亏。

墩子祖籍北京，但从小在河南嵩山一带活动，长大后认祖返乡，举家迁徙。他操着一口河南普通话，但深为祖籍北京感到自豪，动辄学两句京片子，以"孙子"和"小爷"为口头禅，属于那种乡土观念极强的孩子。

他比江川絮小半岁，江川絮让他叫自己"子龙"，而他也是唯一一个践行该要求的人，他喜欢叫江川絮"老大"，加在一起简称下来就叫"龙老大"。

江川絮说，别把"子"字丢了，单单叫"龙老大"，怎么听都像个愣头青。

115. 温婉璞玉林半桥

墩子在游戏之余，经常被那些网页上弹出的"仔细阅读三分钟，改变你一生"的赚钱之道吸引。

于是在每个手麻眼酸的深夜，他趴在床头阅读了成千上万个"三分钟"。以至于毕业后干起推销来如鱼得水，人们夸他不愧是好大学教育出的口才，他矜持地微微一笑，不告诉别人这是他"民智未启"时看广告练下的苦功。

江川絮和他成为朋友后，见其游戏不止，几分残留的交际人性近乎泯灭，于是拉他去太极社打太极。

太极社是江川絮大一下半学期加入的学校团体，师父姓杨，是混元太极的一脉传人，几十年风雨无阻地在学校一片小核桃林里强身健体，遇到面善好学的同学即刻慷慨相授，社中以师父为首，有大大小小的师兄、师弟、师姐、师妹以礼相交。

墩子连去几天，网瘾立减。

更有缘的是，他在太极社遇到一个温婉如玉的姑娘，姓林，叫林半桥。

之前提到这林半桥同学有与债券类似的天赋——画画，而且颇有一些"无心插柳柳成荫"的运气。

说起来，这还要归功于她上课时的勤奋，她所有的课本都有大篇幅的涂鸦，这是不旷课时苦修的结果，从最初的随笔到后来的天赋觉醒，一共只用了三四年时间。

毕业后她摇身一变从经济专业变成一位插画家，她扬言要将这段艰辛的奋斗故事讲给子孙后代，以"贻害百年"。

熟识之后，墩子好奇一个女生为什么要起"半桥"这么个怪名字？她讲说，自己一岁多的时候，有次她妈妈抱着她外出，路过一座桥，她忽然哭闹起来，她妈妈就停下来哄了她半天，继续往桥上走，刚走了一小半，前面的桥忽然塌了，一场惊心动魄的事故就这样和她母女二人"失之交臂"。

江川絮被她的陈述戳中笑点，打断她说这种"不太遗憾的事"不能用"失之交臂"这个词，要用"擦肩而过"！

她白了江川絮一眼继续讲，等安全到家后，她父亲当即找大师算了一卦，大师说掏钱，于是掏了五百块钱，接着大师说奉天承运，合该改名。于是家人费了一番周折把还是孩子的她改名为林半桥。

听完这段故事，大家得出结论，豆腐渣工程是绵延且有传承的存在。

墩子怀有一个疑问，说如果当时林半桥不哭，她妈妈抱着她踏过长桥，桥在身后塌了，会不会改名叫"全桥"？又或者，会不会正是因为她的哭闹，耽搁了她母亲的行进时间，才有了这场虚惊。

这个问题问完，林半桥赏了墩子一整套擒拿手，导致他整个身子沦为五花肉的惨剧。

后经推敲，林半桥的哭闹正巧让母女幸免于难，根据当时半桥母亲的行动速度，如果没有耽搁，桥塌时她们必定还在桥尾，所以半桥有功！

她家人受到昭示，觉得可能家中要出个郑板桥，忙找了位国画老师教她画画，所以她的部分画画天赋来源于童子功。但据她回忆，那时她竹子画得像蚯蚓，老鼠却画得很像米老鼠，国画老师没法子，对她的父亲说："你女儿的名字是外国音译过来的'板桥'，不是郑板桥，所以合该学油画和素描。"其父一听，心说不能崇洋媚外，看样子学画并非正途，还是紧抓课本。

这才有了后来的林半桥在大学四年自画成才的故事。

116. 带头大哥朱小鱼

略述前两人事迹，是为了引出后来跟他们一同出游的大事，否则有尾无头。

在说游记之前，还有一人要着重提一提。

这人名叫朱小鱼，听这可男可女的名字，你绝难想到他是个脾气率直的八尺大汉；看他拘谨小巧的字迹，你也绝不会想到他是个身怀武艺的青年侠客。从名到字，都断不能和他路见不平一声吼的性格相匹配，算是"字如其人"这个说法的又一反例。

对于朱小鱼名字和形体、性格的反差，江川絮的比喻就多了。

就像未看《水浒》，猛见"花荣"名姓，你猜不出他是神弓雕翎煞秋月的"小李广"。

又如少知清史，只看纳兰悲词，你想不到他是弓马骑射均上乘的御前带刀卫。

再如不读古龙，听说"陆小凤""楚留香""花满楼"，你猜不出他们是名满天下的"探盗盲"三侠……

朱小鱼听了这些比喻颇为受用，闲来无事又搜索了些人物套在自己身上，譬如浪子燕青、西门吹雪、李寻欢，还有本家朱子柳等等，从他搜集的这些人物就能看出，武侠小说是其挚爱。

由于他年龄最大，一众朋友就叫他"小鱼儿大哥"，他嫌别扭，于是大家叫他"带头大哥"。

带头大哥朱小鱼是山西人，常奉同为山西人的"关二爷"为偶像，喜欢听屠洪刚的歌，以道义为做事标准，性情耿直，大男子主义倾向严重，往往被社会中各种不公之事气个半死，也因此常常受人嗤笑。

江川絮等人遇到他后，被他身上的某些草莽气质和义勇吸引，所以毫不含糊地敬他，毫不吝惜地赞美他。

117. 飒沓如流星

朱小鱼总让江川絮想起曾看过的一则金庸先生的访谈，记得老人家说，如今青年人缺乏侠的精神，见到不平之事有时候我一个老头子都想上去帮一把。

而朱小鱼就是那种罕见的不缺侠义精神且敢作敢为的青年人，最让大家津津乐道的，是这么一个事。

有次黄昏时分，朱小鱼在路过一条巷子拐角时，看到前面一个女人的包被一个黑衣贼抢了，事不关己的朱小鱼奋起直追，曲里拐弯追过三四条巷子，冲那贼屁股踹了一脚，那黑衣贼才撇下包跑了，他夺回包，无力再追"穷寇"，于是站在原地等。

等来等去不见失主，灵机一动，俯身翻开包看里面有没有什么身份证或联系方式，正在翻看，被巡警抓个正着。巡警盘查半晌要扣人，朱小鱼千方百计解释不通，一怒之下摔包便走，接着被带回警局。

审问许久，失主也到了警局领包，警察要失主上前辨认抢匪，那女人只记得劫匪穿着黑衣，于是指着同穿黑衣的朱小鱼说就是他！

朱小鱼激怒，暴跳不止，警察惊讶，当巡警这么多年，还未见过如此猖狂的恶徒，真是鼠作猫猖。

那天他一直待在警局，直至后半夜几条街的监控都被调出来，仔细辨认下，才还他"半个"清白。

这调监控还清白的过程也十分坎坷，抛开黄昏时候光线不好等缘由，为什么要调数个监控才能还"半个"清白呢？给出的理由大致可归为几条。

第一，那劫匪深知地形，他抢包的那个巷角并无监控，所以没有拍摄到朱小鱼从起始点奋起直追的画面，这属于地利不利。

第二，紧跟着有监控的区域，第一个监控坏了，是为数不多遇事之后真坏的诚实监控。这属于天时不利。

第三，拍到第一个朱小鱼追逐劫匪的画面不足以证明朱小鱼是见义勇为之人，也可能是同伙，在劫匪得手之后跟随逃窜。

第四，并非同伙，为何穿衣风格如此之像，一丘之貉这个词形容的就是"同是丑类，差别甚微"。还有，并非同伙，为何被抓时急赤白脸，态度恶劣，实在像歹人被撞破坏事时的气急败坏。最后两点，属于人和不利。

有此四点，"半个清白"被毁于一旦也在情理之中，最终尚能留住半个清白，还要归功于最后一个摄像头最开始的零点几秒画面。放慢看，能见到一条强有力的弹腿朝着黑衣人屁股的方向踢出屏幕，包被反手扔进屏幕内的地上，接着朱小鱼追逐出画，两秒后入画捡包，捡了包后在摄像头中心位置站定，东张西望，站了一会儿，低头翻包……

也就是说，天可怜见！才没让他蒙此不白之冤。朱小鱼追到劫匪的时机几乎刚好，他速度稍慢一点，则可能落入两个监控的交接盲区，追及速度稍快一点，那一脚弹腿入不了画，就算推测到窃贼向后扔包，也不足证明朱小鱼的清白，可以被说成聪明劫匪的交接，恰如赛跑时的传棒。

临出警局，警察叔叔对他进行了肯定："看你虽不太像好人，但监控却记录了你的善行！"

这时被抢女子已拎包回家，所以错过了对妄下定论冤枉好人的致歉。

美中不足的是，朱小鱼最终没戴上见义勇为的帽子，原因是发现他时他正在翻包，根据推测：不是劫匪也可能是见财起意，不足证明是"专注"做好事，而且纯粹的好人应该是品德高尚之人，品德高尚之人一般温文尔雅，不会粗俗地大喊大叫……

常人经历这样一件事，估计会寒了见义勇为的心，譬如那些荒谬的逻辑落在李伯苗耳朵里，会凭空听出"李陵降北，名辱身冤"的意思来。但朱小鱼不是，缓了几天后，他照样见义勇为，他把《侠客行》中的一句话抄在自己毕业证的背面，叫"银鞍照白马，飒沓如流星"……

Chapter.30
第三十章·孟光接了梁鸿案

江川絮认为笑本身是一门经得起推敲的学问。
所谓"开口便笑,笑天下可笑之人",
什么事该笑,什么事不该笑,
哪些是可笑之人,哪些是不可笑之人,
怎么笑,讥笑、怜笑、哂笑、冷笑、鼓励的笑、善意的笑,
这都值得想一想。

118. 兄弟如手足

朱小鱼有一套陈旧的思维罐子，罐子里装着些"兄弟如手足，妻子如衣裳"的过时理论。所以他以积攒了几辈子的运气，找到了一个能包容他这些过时理论的妻子，为其取外号叫"彩裙"。

彩裙是个有些与众不同的女孩，她从不嘲笑朱小鱼的耿直，江川絮认为她有大学问，因为他认为笑本身是一门经得起推敲的学问。所谓"开口便笑，笑天下可笑之人"，什么事该笑，什么事不该笑，哪些是可笑之人，哪些是不可笑之人，怎么笑，讥笑、怜笑、哂笑、冷笑、鼓励的笑、善意的笑，这都值得想一想。

江川絮认为朱小鱼并非可笑之人，所行之事也并非可笑之事，却偏偏常受讥笑，而彩裙不笑，要笑也只是怜惜地笑，温柔地笑，所以江川絮与她很投缘。后来林晓童也跟彩裙要好，经常调侃朱小鱼说，这样的嫂子，你不该叫她"彩裙"，应该叫"霓裳"吧！朱小鱼每回都嘿嘿傻笑，说"霓裳"太艳了！

朱小鱼用取外号的幼稚方式践行了"妻子如衣裳"的理论，"兄弟如手足"当然更要践行。所以他称呼江川絮为"右臂"，称呼秦观书为"左膀"，听说他还有"前足"和"后脚"两个兄弟，只可惜江川絮和秦观书不认识。

彩裙没有受过什么高等教育，却有着温良的性格和智慧的爱情观，她把朱小鱼当成一个独立的、有自主思想的人来对待，而她相信这个人，所以从来不对朱小鱼的决断与个人行动加以束缚。

江川絮认为这一点也十分不易，但每当他认真就这方面发表对彩裙的夸赞时，都会收到朱小鱼的白眼。

江川絮自认情真意切，不明白这白眼因何而来，后来林晓童提醒他，是不是他的措辞有问题？每回夸彩裙，江川絮都这样说："你真是我见过为数不多的智慧女性，居然能把小鱼大哥当成一个独立的人来对待……"

这句话朱小鱼听到耳里，掐头去尾的重点在"居然当成人"上，但江川絮发出这个感慨的重点在"独立"上，意思自然大相径庭。

这看似是一句玩笑话，但江川絮说的时候没有丝毫调侃的意思，甚至他认为，在亲友甚至更广泛的人际交往中，能够尊重对方是一个独立的人，不以身份、地位、财富等因素臆断、凌驾、放纵、束缚对方，是一件非常不易的事。

他是由衷地赞赏彩裙，因为很多人在恋爱时，会将恋人当成自己的私属品，干涉甚至切断其正常的决断与社交，多少关系都是以爱之名行束缚之实。

他就经常和林晓童发生这方面的纠葛，几次三番灰头土脸的调停无果后，只好把自己圈在一方狭隘不透风的小世界，筑起与外界隔绝的篱。

但从彩裙身上，看不到这种男女恋爱之间普遍的狭隘，江川絮试图用学识来分析这种豁达涵养背后的来源，但没有什么成果。

彩裙敢于交付真心，从不对自己的付出抱怨，在这种不捆绑的信任之下，朱小鱼的个性反而渐渐收敛，这是对真心的回馈。所以在做每个决定之前，都心里念着彼此，这也许就是爱情中奇妙的良性状态。

双方都心甘情愿地为彼此改变，没有强制与压迫，没有讨要与争夺，更没有面红耳赤和耿耿于怀，这种爱情的样子，让人想不出一个比"体面"更合适的词。

在体面的爱情中，他们没有一方催逼婚姻，水到渠成，二人大胆地步入婚姻的殿堂。

林晓童问江川絮："这样的婚姻，能算坟墓吗？"江川絮摇头说："不能！"

……

秦观书被朱小鱼和彩裙的爱情熏染得情窦大开，哭着嚷着要恋爱，林晓童问他，是真的心上坐了颜如玉，还是路边的野花都要采？

他憋红了脸，吐出几个快把门牙崩掉的字："我……想……追……林半桥！"

说出来后他整个人开脱了许多，央求林晓童为他支着儿，江川絮插话让他"少打游戏多看书！"他嫌太简短，林晓童提议让他去问问朱小鱼和彩裙。

彩裙听后笑说："半桥喜欢画画，八成喜欢有一定文艺气息的男生，观书你还太老实，首先要学习谈吐，和女孩好好说话！"

朱小鱼趁势说："先别急着练谈吐，别吐痰就行了，先把嘴上没闸的坏毛病改掉！"

大家听后哈哈大笑，说起一桩"口无遮拦"的事情来。

119. 环环相扣的骗术

秦观书人很好,就是嘴上实在没闸。

有一回,江川絮独自一人在宿舍,忽然墙角的座机响了,他接起来,对面问:"先生,您有一份邮件未收,是否要查询?"

他当时呆头呆脑,不识骗术,于是顺口说查询一下。

接着对面电话转接邮局,一位亲切正经的女子继续与他通话,只问了他姓名,江川絮如实回答,经过查询,说他有个车牌未收。

江川絮疑惑说自己在北京上学,尚无驾照,更没钱买车牌,一定是搞错了。

对面说先生稍等,为您核实,半晌,核实完毕,说:"先生,您的车牌号是沪×××。该车牌办理于去年10月8号,并于去年12月26日有肇事逃逸行为,受罚款两千。"

听到这里江川絮隐隐觉得有些不对,在电话这头坚称是搞错了。

随后亲切的女服务只字不提钱,只是提醒说:"根据您所述情况,很有可能是身份信息泄露,导致他人冒用了您的身份办理车牌,这种情况建议您报警备案,注销当前用您的身份办理的非法车牌,防止给您带来不必要的麻烦。"

江川絮寻思这是好话,之前盘旋在脑海中的一丝怀疑烟消云散,对这和蔼可亲的女客服颇多感激。

接着女客服一本正经继续建议:"由于车牌号是上海籍,所以您的情况最好上报上海浦东市公安局,报警热线×××。很高兴为您服务。您可以自己打电话,这边也可帮您转接。"

江川絮听后感动得一塌糊涂,感叹人间有真情,表示愿意接受转接服务。

接着电话转接,"嘟……嘟……嘟……"几声后,一位男士用浑厚坚定的低音出声:"您好,这里是上海浦东市公安局,我是警员张某某,代号×××,请问有什么需要帮助的吗?"

江川絮细听背景,那边貌似是嘈杂的办公室模样,人来人往地办理案件。于是他把别人冒用自己的身份信息办理车牌并肇事的事情说了一遍。

"张警官"听后,问他根据这个情况,方便来警局吗,做个笔录备案。

江川絮说自己人在北京上学,报案就行,没法过去。

于是"张警官"取折中方案,说那就在电话上录个口供备案。让他准备一下,听到电话中"嘟"的长音开始将姓名、身份证号码、在哪里上学、报案详情说一遍。说完之后,问他身边有没有手机,为取信于他,还给江川絮一个查询号让他查询他们公安局的电话。

江川絮用手机查询完毕，打电话过去果然是亲切的"张警官"接的电话，于是挂断手机，盘坐在地板上正式用座机开始录口供。

正在这时，手机响了，江川絮低头看一眼，是墩子的电话，这边口供刚要开录，没空理他，于是挂断，墩子执着，又打过来，他只好接起来快速说了几句。墩子那边叫他打太极，川絮说正忙，有个家伙盗用了自己的身份信息办理了上海车牌肇事，他正打电话报案录口供。说完墩子"哦哦哦"地挂断了。

这边江川絮听着座机嘟的一声长音后，开始郑重回答"张警官"的问题。直到"张警官"根据他的身份证查询出车牌详情，忽然话锋一转，问江川絮是不是有事瞒着他。

江川絮被搞得莫名其妙，随即对瞒与不瞒的问题纠结半天，随后"张警官"郑重其事地宣布了一个惊天消息。他说："同学，恐怕事情不简单了，你的身份信息涉嫌一起境外走私杀人案……"

听完这句话，江川絮才骤然间意识到自己被骗，眼前一幕幕什么傻老头被诈骗团伙骗走10万血汗钱的新闻滚滚而来。他知道接下来那边就该问公了还是私了了？中国人凡事爱私了，不爱走公法的程序，所以容易着道。

江川絮想明白后，火冒三丈地打断他问："事情不简单，能有多复杂？"

果然，三言两语后，"私"这个字蹦出台面。听到这里，江川絮愤然挂了电话，挂了电话心疼起拔凉拔凉的屁股。后悔看穿骗局挂得太早，被骗了这么久连几句反击都没有。起身后揉着压麻了的腿拨通了110报案，听了大致经过，警方告诉江川絮说，这种骗局很普遍，叫他小心就是。

再回过头思索这骗术，环节相扣，细节缜密，转了几轮下来，一切善意的提醒似乎都合情合理，一不向你提钱，二不说你中奖，三没诓你亲戚有恙，直引被害者到最后一步，循序渐进地夯实信任的基础，简直用上了诱敌深入的兵法。

初次接触者确实有点防不胜防。

120. 蝇头半纸被人篡

望着窗外渐渐隐没的夕阳，江川絮哑然无语，本以为这件事了了，没料到真正好笑的故事才刚开始。

这时手机又响，是朱小鱼，接通后，就听到朱小鱼急躁痛苦的声音：

"在哪里？"

江川絮摸不着头脑："宿舍啊！"

"你怎么样了？"

江川絮又摸不着头脑，顺口回答："没怎么样啊！"

那面听江川絮声音镇定，朱小鱼沉默片刻后长叹道："幸亏苍天有眼，可怜我年纪轻轻，几折'右臂'！"

江川絮在这边头皮一紧："大哥说人话，你胳膊差点断了？"

朱小鱼一愣神，用怒其不争的声音骂："我说的是你啊！"

……

当天江川絮和朱小鱼通话的后半个时辰，交流的主要内容是痛斥秦墩子。核心议题有："如何封印这只避水金睛兽的大嘴""论大嘴无肛的饕餮与墩子的血缘关系"，引用的典故主要有吴炳的《绿牡丹·倩笔》"蝇头半纸被人轻篡，询求仓卒，语句没遮拦"，以及《红楼梦》中的"正纳闷'是几时孟光接了梁鸿案'，原来是从'小孩儿口没遮拦'，就接了案"……

所谓水滴城溃，人言可畏。原来，江川絮给那骗子"录口供"前和秦观书短短十几秒的通话，已经让整个事情不胫而走，不但不胫而走，更是走了大样地不胫而走。

秦观书跟江川絮通话结束后，马不停蹄地给朱小鱼打电话说："大事不好了，大事不好了！"

朱小鱼听他仓促的语气，还以为师父被妖怪抓走了，一问之下，才说是江川絮被公安局带走了。朱小鱼复述之下的情景就是如此，当时朱小鱼骤然吓出一身冷汗，摸摸自己的右臂，其状如刘备失庞统。

秦观书告诉他："川絮因为冒用车牌并且肇事，被警方刑拘，正录口供呢，情况万分紧急！"

朱小鱼忙问他哪个警察局。

秦观书说："不知道，川絮说得太急，可能是在去警局的路上。"

朱小鱼一听这可坏了，嘱咐他一句先别声张，斟酌良久才给江川絮打来电话。

江川絮听朱小鱼说得如此惊心动魄，气得牙痒。

更让他诧异的是，晚些时候他去太极社，又从师妹处听到不同版本，师妹巴巴地望着他说："再见到师兄真好，我们听说你无照驾驶，还撞了人，畏罪潜逃却被抓个现行，当时听到这个消息都震惊了，我们以为再见你时，你仍大二，我已毕业。"

江川絮叮嘱师妹稍等片刻，等我打死了秦墩子，再来跟你说话……

Chapter.31
第三十一章·受难日里风波恶

他很喜欢这样一个地方,
人活着,水流着,太阳照着,
一切雍容得像梦境,一切安静得像梦境。
来的人踏梦而来,去的人也踏梦而去。
千愁万绪都已沦为旧日杜撰的笑话,
恨事不足念,爱事不忍携,
于是就这样吧。

121. 坐在海上补张网

秦观书和林半桥的爱情萌芽于一场说走就走的旅行，那是在大三前的暑假。

他们听说，清凉的海风容易吹来爱情的种子，于是，处心积虑把旅游地点选在一个风景优美的海滨城市。

出发之前，江川絮事先确定秦观书的嘴闸已经拉好，而且业已具备一部分文人骚客最基本的谈吐能力。

他告诉秦观书："要让半桥觉得你有文学素养，首先要真诚！其次要真诚！最后，那种'大海像个顽皮的孩子啊，看着让人不知疲倦；大海像是蓝蓝的天空啊，把云彩都印在上面……'等这种中学生范文你就别背了，好歹看看诗集。"

秦观书遇到关切终身的大事，不敢怠慢，向江川絮敬礼道："保证好好备课，但可能不知道用在什么时候，到时候还请龙老大做僚机，为我保！驾！护！航！"

江川絮也郑重拍拍他的肩膀："放心，到时候我适时引导，随机应变，你看我举火为号！"

秦观书眼皮跳了跳。

在接下来的几天里，他排除网络诱惑的万难，废寝忘食地拿起诗集，用上打游戏时的专注，搜寻起叙述大海的诗词，江川絮也趁机翻书，以免僚机坠毁。

最终，成行的有江川絮、林晓童、永昶、秦观书和林半桥，彩裙有了身孕，朱小鱼大哥陪着她，错过了旅行。而那座海滨城市确实美丽，姑且称之为"天堂"。

他们几人都是生平第一次见到大海，于是在海边走啊走，看潮涨潮落。

直到下午，在沙滩上扎起帐篷，等日落。

海风吹得身上凉飕飕，夕阳西沉。

林半桥拿出画板，开始画画，秦观书坐在她身边安静地瞧着，林晓童专心地用沙子埋脚，江川絮捏着她的肩望水，永昶躺在帐篷里咬着一瓶饮料咕嘟嘟吹。

不知谁的手机里放着谭维维的《如果有来生》，歌里这样唱：

> 以前人们在四月开始收获
> 躺在高高的谷堆上面笑着
> 我穿过金黄的麦田
> 去给稻草人唱歌
> 等着落山风吹过……

江川絮觉得这词写得真天才，唱得又太灵性。上次听这首歌，是在林晓童学校的图书馆里，下午五点左右，他抱着本书坐在面窗的位置，林晓童坐在一旁插着耳机在平板上看《小羊肖恩》，毫无预兆地，天边下起了太阳雨。沉沉的云层中一缕日光洒落，整个学校的喇叭里缓缓地响起这首歌，江川絮一时动容。

尤其听到"等我们都长大了，就生一个娃娃，他会自己长大远去，我们也各自远去，我给你写信，你不会回信，就这样吧……"时，几乎情不能已。像是瞬间生命充满了无限的希望，所有的仓皇和流离都变作假象。

如今坐在海边，那天的情景仍历历在目。

他很喜欢这样一个地方，人活着，水流着，太阳照着，一切雍容得像梦境，一切安静得像梦境。来的人踏梦而来，去的人也踏梦而去。留下海水静静冲刷，那沙滩上，必然刻下过无数名字，垒起过无数堡垒，写下过无数故事，然后风一吹，浪一卷，一切湮灭得干干净净，后来的人有新的泪水，新的欢愉。

少年站在这里，豪情满怀，热泪盈眶，不会被汹涌人潮淹没，不会被无谓枷锁束缚。

中年站在这里，望穿迷津，拆掉鬼脸，不会被功名利禄熏染，不会被海市蜃楼迷惑。

老年站在这里，遥感归期，一生天涯，不会被生死离别牵扯，不会为七妄八灾感怀。

千愁万绪都已沦为旧日杜撰的笑话，恨事不足念，爱事不忍携，于是就这样吧。

那么一生走到尽头时，唱不唱哀歌呢？他想不会唱，哼哼小曲吧，人们说荼蘼凋敝，花事已残。

他想起天迎的山坡，人走累了躺下来，眼前是铺开的天与云，人睡在坡上，像睡在天上……

夜渐渐黑下来。画画的手停了，观画的人顿了，埋脚的沙子凉了，吹泡泡的饮料喝完了，歌曲也已经止了。

他们打开帐篷中的充电台灯，穿好鞋去海边漫步。

林晓童说我要走了！江川絮看她一眼，问她走去哪里？

林晓童顿一顿，望了水面一眼，说她害怕。

江川絮哈哈笑了几声，牵着她的手把她换到内侧，说这海里是个生命乐园呀！说罢自己看着那沉沉黑水，忽觉心悸。

他发现自己也不能直视这种苍茫，他看着望不透的翻滚不息的海水，更多的也是恐惧，对未知的恐惧。

他转身对永昶说："看来，咱还是高估了自己的冒险精神。"

永昶说："没有杰克船长的本事，还老想要'黑珍珠'！"

……

秦观书酝酿良久的感情在星辰下达到饱和，很自然地提到海子，江川絮提一句："女巫亲吻过的咒语破天而来，浇湿的誓言漉漉退场，我坐在海上补一张网，你伏在海底披星戴月地歌唱。"

秦观书接一句："我目送沿海的日落，紧抱一个醉生梦死的枕头，游不出回忆却学不会放手，怎么走？"

林晓童唱起《小螺号》来为这样的夜催眠。于是在大伙诧异的眼神里，一切关于命途和未来等宏大主题的思考戛然而止。只听她脆生生地唱：

小螺号嘀嘀嘀吹

阿妈听了展翅飞

小螺号嘀嘀嘀吹

阿爸听了颤巍巍

小螺号嘀嘀嘀吹

姊姊做饭忙喽

小螺号嘀嘀嘀吹

叔叔闻到快快回

……

122. 受难日的欢歌

这的确是一座非常清新干净的海滨城市，人们赤脚走在街道上，穿过并不喧闹的人群。

几天时间下来，大家都非常愉快，尤其是秦观书，"焚膏继晷"地向林半桥施展才华，他来时积攒的知识储备业已告罄，就趁着大家休息的时间补充新知识。江川絮这个僚机则在游玩之余，时刻提醒他，注意把握施展时机与力度，张弛有度别太腻。

林半桥想不到秦墩子憨实的外表下尚有如此不为人知的内心，对他的好感倍增。

林晓童和永昶看着好笑，却心照不宣。

直至旅游的最后一天，这一天，被他们称为——"受难日"！

耶稣的受难日他本人早有预料，而江川絮等是凡人，所以受难前不但没有预感，反而乐而忘形，可谓"乐极生悲"。

几天清净的游玩，已让他们喜欢上这座城市，甚至觉得城中的每个人都面目可亲。除此之外，也是因为自带的干粮已吃干净，不想再去肯德基等快餐店补充，终于中了糖衣炮弹，拐进一家餐厅着了道。

这是一家巷子中的大排档，姑且叫它"天堂大排档"。

迎接他们进门的是热情多礼的老板娘，嘴里喊着"平价平价"的口号，像是捧财神一样捧得他们几人恨不能仰天大笑。

进了餐厅，老板娘招呼他们上二楼，二楼也是露天排档，一家人正坐在离他们不远处的一张圆桌上吃饭。

坐定后上菜单，江川絮还是带些谨慎地翻开看，菜价虽贵，但尚在接受范围之内，拔腿走又不好意思。于是商量之下，林林总总点了一些。要了三斤大虾、五只螃蟹、一碟皮蛋豆腐、一份紫菜鸡蛋汤和四碗米饭。

不一会儿菜饭齐备，他们俯身寻找大虾在哪里？起初江川絮以为是自己的讥讽瞳又出了什么幺蛾子，导致视线不清，抬头瞧见其他人的反应，才知道瞎了眼的并非他一人。

秦观书叫来服务员问："虾在哪里？"服务员一脸不耐烦地"喏！"了一声，转头就走，大伙顺着她"喏"的口型和方向看过去，只见桌上一盘红色的带着触须的生物尸体，长得跟放在紫菜汤里的虾米差不多大。

江川絮揉着眼睛望着服务员远去的背影叫道:"大侠留步呀!总不可能是这东西?这叫大虾?这里的'大'和传统意思里说的'大'难道不是一个意思?喂大侠……"

但远去的背影依旧执着。桌上五人面面相觑,看了半晌,林半桥说:"吃吧!"

江川絮点头表示同意,出门在外,不宜节外生枝,忍一忍,吃完就撤。

刚要动筷子,林晓童举手说等等,我拍个照发个说说留作证据。

手机刚掏出来,忽然从角落里窜出一个彪形大汉,用温和的语气告诉他们,本店不允许拍照,江川絮刚要问为什么,却见到他脸上道道横肉里写着"蛮横"二字,只好愤而作罢,哼了一声表示不满,埋头吃饭。

于是大伙带着情绪闷头吃起饭,那大汉又悄无声息地退入黑暗里。

江川絮小声调侃:"历来客栈酒馆、茶楼妓院皆为是非集结之地,豪杰此起,大侠彼伏,动辄刀光剑影,恩怨情仇,怪只怪我们初入江湖,缺了小心!"

大家说是是是,转眼气氛又活跃起来。

林半桥看着秦观书一撮一撮抓起"大虾"往嘴里丢,笑道:"这大虾的分量倒没少。"

永昶接上话说:"这次来应该带上'净坛使者',他要是来了,这虾估计不够他的牙缝宽!"

林晓童也笑起来,举大拇指表示赞同。

秦观书和林半桥不知道"净坛使者"的来历,问:"猪八戒?"

永昶跟她解释:"是我们小时候一个除自己之外几乎什么都吃的朋友,以'能吃吗?'为口头禅,什么飞禽走兽鳄鱼蟒蛇的都吃过。对于海鲜向来生吃,一回一百多个生蚝。所以大家叫他'净坛使者'。"

林半桥表示不相信。

江川絮啧啧道:"你是没有遇到过这样的人罢了,他小时候连纸都吃,有一回看《西游记》,见孙悟空吃了书能学到知识,他把一整本数学书带牛皮纸分四天吃得干干净净。数学老师上课发现他没书,问他书呢,他说吃了,老师以为他小小年纪就敢顶撞大人,得治,就给他罚站。他受了委屈,我们又不肯为他做证,原因是那时候大家都还小,他就爱吃各种大家看来可爱的动物,劝他又不听,所以大家没人给他做证……于是课间休息时,他趁老师不在,一怒之下,拿起老师的教案就吃,吃了三分之一,老师来了,抓个现行,才相信他真的吃书,真相是揭开了,但老师的手写教案已惨不忍睹!"

林半桥和秦观书笑得人仰马翻,半天回过一口气,秦观书问:"那他吃的时候你们干啥呢?"

"我们就看着呀,当时他吃教案的时候教室里一半人都是蒙的,然后大家就整整齐齐坐着看他奋勇吃书……"

提起净坛使者,整个桌上的荫翳气氛一扫而空,大家快快乐乐地吃完了虾米及螃蟹,纷纷感叹没有叫上净坛使者这样的妙人实在可惜。

但没想到,这一番关于"可惜"的感叹在半个小时后变成"幸亏"!幸亏行程中没有净坛使者,否则这次旅行大家可能要步荆轲有去无回的后尘。

他们这边正笑语欢颜,忽然有个尖锐的女声从"一家人"那桌传来,像是指甲擦过黑板,林晓童脊背发麻打个哆嗦,偏头看去,风云已在窗边汇聚……

123. 袒胸四恶

"……想吃霸王餐?"

这句刺耳的啼鸣声似乎是出自老板娘之口,而她的人,已移形换影般出现在"一家人"那桌前头,面目阴鸷地含着冷笑观变。

只见她手中掌个计算器,像是掌着某种生杀予夺的厉害法器。身后立着两个袒胸露乳的壮汉,动静之间裹着黑风。

对面一家人中父亲和另一个男人也站了起来,与老板娘这方对峙。

父亲横眉立目:"你们这不明显讹人吗?我们吃了什么就五千多?"

江川絮连忙低头点了一遍自己这桌的菜,再努力回忆菜价,预想同样的事应该不会也落到他们头上!

场中,"一家人"那边共有五人,一个十岁左右的小女孩、小女孩的父母、一个显然是爷爷的老头和一个像是小女孩的舅舅的中年男人。

林晓童小声说:"不会吧!一大家子人来吃饭,还带了小孩老人,应该不会吃霸王餐吧!"

他们尚未搞清局势,呼吸间,母亲掏出手机要打电话,冲突骤然加剧。

"放下电话!听见没有,放下电话!给你砸了!"紧接着店家这边开始污言秽语大声威胁起来。

父亲喊:"干什么?不要动,报警!警察来了咱们解决!"

这厢老板娘一招手,猛然间一股黑云滚滚,裹着十个人乌泱泱冒了出来。至此,戏才正式开场。

等那十个人出场与那两条大汉会合,根据站位,江川絮瞧出了将领与喽啰的区别。

领头四人排众而出,八大喽啰列位其后,除老板娘似乎有些人模样外,其他人都袒胸露乳,几可称为"袒胸一族",为首四人称得上"四大恶人"。

"大恶"膘肥体壮,几乎是一头行走的野熊,似乎不大能听懂人话,也不大会说,所以在随后的对话中,"二恶"常为其代言。姑且称他为"恶贯满盈公熊野"。

二恶骨瘦嶙峋,浑身纹满了青红色调的小鬼夜叉,像一幅上蹿下跳的浮世绘,细瞧似乎都是画上去的,蘸着唾沫应该就能擦掉。老二一开口,大家才发现错怪了老板娘,之前"刮黑板"的嗓音正是出自老二之口。大家亲切地称他为"无恶不作浮世鬼"。

老三浑身上下散发着酒味和臭气,衣服像是硫化氢做成的,又像在茅坑里泡过,臊味阵阵,叫他"凶神恶煞屎壳郎"也不为过。

再瞧老四就顺眼多了,一头等离子杀马特发型,活像日本电影里的黄毛混混儿,本要叫"穷凶极恶黄毛犬"的,但对黄头发的人不公,就叫"杀马特"吧。

实际上江川絮觉得不该这样比喻他们,因为这诸位大哥也都是爹生娘养,喂着粮食长大的,可惜当时没空问他们姓名,只好用昵称代述,殊无不敬之意。

随着四恶的出现,金色余晖一抹抹从店中向外退走,快得惊人,阳光一走,寒气迅速袭来,这是磨牙吮血的戾气,是江湖中千钧一发的杀气。

公熊野等人出场后,污言秽语不便引述,只好翻译一下大致意思。大致意思是,首先,我携众兄弟诚挚地问候各位顾客的祖宗安好,敢吃霸王餐,祖宗我不答应,钱不够,剁个腿再走。

江川絮听后对其他人分析说:"二哥这话的逻辑有漏洞嘛!怎么和黄王霸将军一样?!问候了大伙的祖宗,紧接着又说自己就是刚刚被问候过的祖宗,还有剁了腿,还让人怎么走?!"

林晓童和林半桥见此情形已经害怕,急切地催促:"我们要不结账快走!"

偏头一瞧,袒胸一族已分散阵型,把下楼梯的路给堵了。

124. 千面郎君

老板娘厉声叫道:"上!"

袒胸四恶身后的八个人二话不说，冲上去就开始对那父亲及小舅子推推搡搡，连丝毫"辩礼"的机会都没给，也是一瞬间，那桌母亲的手机已被当成武器"缴了械"。

　　江川絮和永昶、秦观书骤然暴怒，但自忖不能力敌，江川絮想起护庙时天机老头的缓兵之计，忙小声急速说："要救人，得设计拖延他们，随机应变，等待救援。"

　　秦观书说："好，老大听你的！"

　　永昶说："善！"

　　江川絮猛提一口气站了起来，头重脚轻腿肚子软，但终究还是站住了。

　　"众位兄弟们，有话好好说，不要动粗嘛！"

　　那头老板娘的眼神冰箭般射过来，她嘴角带着嗜血的冷笑，冷得江川絮胸口一窒，腿肚更软，颤声道："群殴非英雄本色，有本事一个个过去打！"

　　对面攻势止了，四大恶人拨开八大喽啰，呵呵一笑，开始挨个上前动手。

　　永昶惊愕地瞪大眼睛问江川絮："车轮战？这就是你出的主意？"

　　老板娘哼一声，张口道："多管闲事者，杀无赦！"

　　此时讥讽瞳一闪，江川絮才看穿老板娘的真面目，原来她是传说中的"千面郎君鬼面常"，见人说人话，见鬼说鬼话，一张画皮蒙在脸上，连亲妈都认不出是人是鬼，遑论让人看穿她的心肠。传闻他早已绝迹江湖，却不想在这海滨排档化身毒妇，干起了坑人的买卖。

　　再瞧四恶的真容，原来是牛鬼蛇神！身后的那些袒胸喽啰，都是什么大祸星、五鬼星、十恶星、吊客星、丧门星。

　　环视四周，透过讥讽瞳稀薄的蓝光，"天堂排档"的店面也变了样，忽而变作黄眉怪的假小雷音寺，忽而又变作孙二娘的人肉店。

　　老板娘手持尖刀狞笑道："由你好似鬼，吃了老娘的洗脚水，这憨子肥胖，好做黄牛肉卖。这瘦子扛进去先剥了皮再说……"

　　讥讽瞳熄灭，江川絮被吓得冷汗潺潺，小腿终于软得立不住，"扑通"坐倒。

　　头晕目眩缓了半天，睁眼看见林晓童几人关切的目光，咳嗽一声掩饰尴尬："起得太猛，晕了一下！"

　　但他心说，天可怜见，让我有这样的法眼，识破了这些个妖魔，虽然这并没有什么用！

　　永昶又问："计将安出？"

江川絮一时无计，无计时只好用缓兵之计，勉强说："我已经把群殴变成了车轮战，墩子你先分析一下战局，等我想想，首先救人要紧！"

秦观书闻言，拿出专业素养口若悬河地以最快速度分析战局："这还怎么救？看样子我们要跪了，待会儿我们的最终战术是要推线收兵还是中团宰将？"

永昶接："有道是擒贼先……"

江川絮："撤！"

大伙齐刷刷看向他。

愣了半晌，秦观书再将话题引入战局："龙大哥，待会儿你出冰锤带几瓶血中单断后，我们就先护送女施主和对面母亲女孩出五速靴回城。"

江川絮诧异地瞄他一眼。

永昶摊手："他说啥呢？"

秦观书眉头攥成一团："不好，你看四大恶人出了暴击装备，太虎了，对面良民队跪了，大恶出了无尽之刃，二恶出了贪欲九头蛇，三恶出了饮血剑，四恶攻速好快，几乎看不出手法，不知是幻影之舞还是三相之力……"

分析到这里，林半桥怒而打断道："你说什么乱七八糟的？永昶分析吧！"

秦观书连忙闭嘴。

永昶紧张地搓着筷子："兵法有云：'知己知彼，百战不殆；而不知彼而知己，一胜一负。'我们就是属于'知己不知彼'，所以应该能战个平局。"

大家一听这开场，就奠定了平局的战果，信念倍增，问他怎么个战法。

永昶伸着筷子在桌上快速勾勾画画，细密的汗珠从额头渗出来："所谓上兵伐谋，其次伐交，其次伐兵，我们呢肯定是上兵！因此要伐谋！"

林晓童表示不赞同："说我们'伤兵'还靠谱点。"

秦观书示意不要打断，问如何伐谋？

永昶头一摇："不可攻者，守也！我们目前不可攻，得守！"

"怎么守？"

他伸手擦擦汗："善守者藏于九地之下。善守者，敌不知其所攻，微乎微乎，至于无形，神乎神乎，至于无声。"说罢无声。

林晓童偏头问江川絮什么意思？江川絮解释说："意思是说让我们找个地洞钻进去，敌人不知道从哪里攻击，然后我们悄无声息地消失掉，别留下一点踪迹。"

大家愕然，莫名其妙。

永昶见他的"守"法收效甚微，又提出"战"法，说什么"所谓以一围十，不战而屈人之兵……"

江川絮在永昶胡扯的工夫,一个脱身之法飞速在脑子里孕育成型,半晌,他咬牙切齿整理出一点思绪:"老子是直面过冲地将军黄王霸而不倒的男人,怎么会被这帮牛鬼蛇神吓住!待会儿咱们先骗母夜叉老板娘过来,问价结账,问出多少钱都先别冲动,我们的目的是让他们暂缓对那家人的打击。我负责语言骚扰和拖延,永昶想办法和那桌小姑娘的爸爸舅舅沟通。"

永昶迅速点头,江川絮的手快速伸进秦观书和永昶的衣兜,抽出他俩的手机,和自己的手机一起,从桌下递给瑟瑟发抖的林晓童和林半桥,示意她们迅速揣起来,接着用几乎微不可闻的声音嘱咐:"那桌妈妈的手机已经被收走了,我们三个男生的手机偷偷给你俩,待会儿你俩去上厕所,如果要没收手机你俩就给两部,到了厕所偷空往外求救,给朋友发群消息求报警,胆子放大,一会儿万一被发现挨打的时候有墩子替你们扛。"

秦观书惊讶地瞪着自己的义气兄弟,江川絮不理他,提起中气大喝一声:"老板娘结账了,结账了,看在结账的分上,别打架了。"

老板娘抬手,四大恶人住手,那桌的父亲和小舅子已鼻青脸肿,公熊野体态肥胖,运动了一会儿显然累了,坐下来喝水休息。

母夜叉摇头摆尾施施然地踩着猫步走过来,转眼间又变得温柔可亲,江川絮想到《说岳全传》里的两句话:"虎豹不堪骑,人心隔肚皮。"又想起《封神演义》里姜太公一叹:"青竹蛇儿口,黄蜂尾后针,两者皆犹可,最毒妇人心!"胸中彻骨地寒。

当然这话只宜针对极少数心比蛇蝎的人。

看着计算器上的数字,大家的心拔凉拔凉的。

合计下来,老板娘一展手:"一千五百八!给你们优惠下来,收一千五!"

"多少?"……

125. 砧板鱼肉

"多少?"

听到报价的瞬间,所有人青筋暴起,江川絮只恨自己没有拆迁将军黄王霸的"九龙七凤五虎三狼英雄刀",也没有城管大队横野队长的专治不服"阿瓦达索命鞭",不能力斩此毒妇于马下。

母夜叉巧笑颜兮，声音优雅："一千五百八，折优惠价，收您一千五，有问题吗？"

秦观书气得满脸通红，但谨记克制待援的方针，颤声问："我想知道怎么算的？之前的菜单呢？不是明码标价童叟无欺吗？大虾和紫菜汤里的虾米一样大我们就忍了，屁大的螃蟹怎么算的价钱？不是一斤八十吗？我们要看菜单。"

"哟哟，你是童吗？你是叟吗？都不是装什么？再说，我欺负你了吗？"

母夜叉娇声呛了秦观书几句，笑嘻嘻取来菜单扔到桌上，颇为理直气壮。几人围坐起来，用尽各自毕生眼力俯身看菜单，差点要去买显微镜，"目光如炬"形容的便是那种状态。

终于，林半桥以她画家独有的观察力，在这份菜单的某一页菜品夹缝中，见到两个字"常价"。

翻翻翻，翻到最后一页，发现一张薄薄的纸片贴在塑料上，用针眼大的字，排头写着"假价"。

永昶问："啥叫假价？"

林半桥气急而笑："就是假期的价格呗！"

母夜叉颇为欣赏地对林半桥举起拇指："这小姑娘冰雪聪明！"

永昶犹在噩梦中没醒过来，喃喃道："假价不是假的价格，是假期的价格？"

接着老板娘看他们很像鱼肉，跳不出砧板，便很热心地讲解了一番菜价的构成，即一盆紫菜汤、四碗米饭、三斤"大"虾和五只螃蟹以及一份皮蛋豆腐是怎么合理地要价一千五。

首先，根据那份暗藏玄机的"假价"，这种大虾其实是论只卖的，由于这大虾大得和虾米一样，能让人一撮一撮吃，所以三斤之多，少说得有200只。一只5块，这就是1000块，但店家仁厚，给他们便宜算，算150只，就是750块。再说螃蟹，按"假价"算下来，也按只卖，一只160块，这是800块，说到皮蛋豆腐，由于豆腐皮蛋都并非沿海特色，因此要从其他地方进口，算稀有菜肴，所以100块一盘，紫菜汤分量大，80块一盆还算贵吗？米饭10块一碗，四碗40块，算是景区平价，看你们是学生，各种打折下来，1580块，再砍掉零头，收一千五，这还贵吗？

经老板娘妙手空空这么一算，他们似乎还占了些便宜，按原价算来，刚好还让他们多"挣"了520块。按老板娘的说法，省了个"我爱你"出来，但他们觉得省出来个"250"。

秦观书勃然大怒道："干！老子一个月生活费才一千，吃了些破虾米，就能花一月半。老子吃黄金都不这么贵。"

永昶百忙之中普及知识："吃黄金的话你会像尤二姐一样被坠死。"

老板娘见江川絮等人并不引颈就戮，尚有负隅反抗的打算，冷眼上翻，千面郎君面目早变，一张脸阴森得像是鬼判，四面喽啰察言观色，围拢过来。

江川絮忙举手制止，说："老板娘给我们一点时间，我们两家凑凑。"

母夜叉见这小子识时务，指着食物冷笑道："所谓，识'食物'者为俊杰，你们既然吃了我家美食，就得给钱，钱不到位，自古没有这个道理，看在我好说话，给你们一点时间。但在这里给你们计着时！"

江川絮说："是是是，听您说话，就知道是个文化人。"

老板娘冷冷一笑，转头给四恶抛个眼色。

秦观书和永昶忙过去把哭泣的小女孩和老头搀过来，那父亲和小舅子鼻青脸肿躺在地上，被喽啰看着不放。

江川絮拱手对老板娘说："总得有个主事的过来商量。"

于是那位母亲被放过来，来时递给大家一个善意的眼神。

江川絮趁机向林晓童和林半桥递眼色，两人磨蹭了一会儿后起身说要去厕所，老板娘哼哼一笑："别耍什么花招，手机交出来！"

于是林晓童和半桥乖乖交出两部手机，母夜叉手一挥，两个秃鹫样的婆子押送她们去如厕，大家捏了一大把汗。

剩下的工作就是拖延时间了，江川絮努力回忆师父天机老头是如何与开发商斡旋良久，想来想去自以为得其要领却无法实行。

但他们事起仓促，没人知道四大恶人的背景，也就编不出他们祖先的神勇，总不能凭着臆想夸他，这位仁兄，您祖先猪刚鬣乃是下界的天蓬元帅，虽错投猪胎，却能一路保唐僧西天取经，修得正果……

126. 锁屏没打开

后来，让他们沦入绝望境地的，是细节。

林晓童和林半桥从厕所回来时，泫然欲泣。

其他人眼睁睁地看着她俩颤抖着身躯坐下来，满期待一个会心的微表情来告诉他们恶徒终将绳之以法的喜讯，结果只等来林晓童绝望地摇头和哽咽的五个字——"锁屏没打开！"

"什么？"其他人恨不能戳耳自尽，脑海中全是"嗡嗡"的轰鸣。进行曲都差点唱响，被奴役的人已望见曙光，你们告诉我们——锁！屏！没！打！开！

千算万算，算到最后万万没想到，她们慌慌张张交出去的手机是自己的，到厕所摸出三个男生的手机，心急如焚地捣鼓良久……锁屏没打开！

直至这件事结束很久，"锁屏没打开"都是他们五人难以启齿且不可磨灭的痛，自诩平生最临危不惧的一次自救就这样"喜剧"收场。

永昶后来回忆这件事时颇有感慨，说理论和实战果真是两码事，就像诸葛亮使尽解数才火烧了上方谷，眼看最大的对头司马懿要葬身火海，谁知就在这时上天浇下一盆冷水，把火灭了。

那天在厕所，两个老妖婆押解着两个女生分开上厕所，林晓童摸出两部手机，是永昶和秦观书的，林半桥摸出一部手机，是江川絮的……这就是所谓"天欲亡我"的运气。

到了这个关头，永昶掐指算："天灵灵，地灵灵，心余力亏，妄动生灾，妄动生灾呀！"

江川絮骂道："闭嘴吧，再不动，还是人吗！"

说罢他拍案而起，拱手道："诸位同胞，能否慈悲为怀？还有这位施主，你看，你露着毛见人，不太雅观。还是回家换身行头再来……"

127. 最大的白日梦

日暮天晚，海边清风都吹不走这家"天堂排档"的血煞阴风。

江川絮一行和那桌的母亲凑出三千的现金，准备再叫老板娘协商，尚未付诸行动，三恶屎壳郎醉醺醺又开始手闲，蹲在地上拿个酒瓶就往那父亲周身敲敲打打，那父亲举手遮挡，被二恶浮世鬼唰唰两下撕得上衣稀稀拉拉像纸片。小舅子不堪其辱，奋力一跃，从二楼跳了下去，喊声、叫嚷声、欢呼声响成一片。

这面三个男生终于怒不可遏，一切自救计划灰飞烟灭。

后来的故事凄凄惨惨恍恍惚惚，怎一个"悲"字了得。在这种绝望状态下，江川絮等奋起一把少年勇，打过架的人应该知道，在那种精神高度集中的状态下，时间似乎慢下来，眼前人的一举一动都以慢镜头放映。

秦观书天真地跳起来："畜生，有本事跟小爷单挑，小爷单手掐死你。"

说罢被人当头一棒给他在额中心敲出一个红印来，瞬间起了包，像是要破出一只角的亢金龙。

江川絮回头见永昶气得满脸通红，嘴里骂着狡诈恶徒，脚下却逡巡不进，要给他打个样出来。（永昶身为一员骂将，甚至连一员骂将都算不上，此人生来手善，从没跟江川絮以外的人动过手，所以得打个好样。）

江川絮冲他大喊一声："奉先匹夫，看我力挑四恶。"

说罢才发现手边没有枪，没法完成"挑"的动作。急中生智，忙中插上耳机，耳机里是兰迪·奥顿的出场音乐，他随着音乐缓缓起身，准备贴身肉搏。他像福尔摩斯一样精准地丈量了自己与这些人之间的距离，并迅速解析了他们的攻击方式，一只精密的罗盘在他脑海中飞速运转。

首先，他要侧身夺路，启动"凌波微步"，从腋下穿过挡在眼前不能力撼的大恶公熊野，随即起跳，一招塞斯·罗林斯的"战争践踏"，右脚落下的时候千钧之力刚好踩在三恶屎壳郎的后脑上，三恶的前额撞碎在地面的刹那，他再借力从其臭气熏天的肉头上腾空再起，一招罗曼·雷恩斯的"超人拳"，这拳扫过去应该能打掉屎壳郎附近并排站立的至少两个喽啰的门牙。门牙飞出来后，江川絮再借助巧劲运用"没羽箭"张清的"弹指小神通"给他们弹回口中，于是此二人被自己的牙呛得躬身伛偻，几乎要咳出肺来。

在他俩躬身如虾时，二恶浮世鬼必然从侧面向江川絮扑来，他则用陆小凤的步法闪身其后，一招布洛克的"Suplex"（德式背摔），这下"浮世鬼"该变成吊死鬼，脖子断的概率有百分之五十三。紧接着他用丹尼尔·布莱恩的"鲤鱼打挺"漂亮翻身。起身一半时正巧喽啰丧门星、十恶星从他身后偷袭，他再顺势一招兰迪·奥顿的必杀技"RKO"。他背部着地，臂弯里夹着俩喽啰的头，故而他俩应该面部着地。

这一招下来江川絮自己也会受损，但约翰·塞纳"Never give up"的精神在心头盘踞，于是他忍痛起身，四恶杀马特手抄木棍而来，这下不宜贴身近战，于是一招肖恩·迈克尔斯的"Superkick"（下颚粉碎踢）踢碎杀马特的下颚。杀马特手中的木棍会脱手而出，正巧飞向墩子的方位，墩子即可捡起棍子与刚才给他一棍子的喽啰一战。

此时战局已轻松许多，被牙呛得死去活来的小个子喽啰刚缓过神，被江川絮一把抓来杀鸡儆猴，一招CM·朋克的"GTS"（永久沉睡）。又以迅雷之势痛击另一条被牙呛到的落水狗，一招"塞纳AA"，将他横扛在肩上摔下来，一张圆桌被拦腰砸折。

这时，全场被正义的光辉笼罩，剩余喽啰已被震慑，秦观书和永昶将之"砍瓜切菜"般降服。

只剩下大恶公熊野与江川絮对峙。江川絮学"送葬者"伸出舌头上翻白眼对他做个"斩首动作"进行威慑，此时葬爷的音乐《The Darkest Side》响起，两道闪电带着烈火劈下来，整个天堂排档熄了灯。"假山"一样的公熊野凶神恶煞般带着两百斤横肉地动山摇朝他奔来，而江川絮眼见不可力敌，随手扯下一张餐桌的桌布，借着闪电之火引燃，举过头顶呼呼呼舞动三圈，带火的桌布瞬间成为一条长鞭。他持鞭而立，一招蜻蜓点水，鞭头的火焰便啪的一声击打在公熊野的毛胸上，于是乎他的毛从脖颈到会阴一路被引燃。

其时，有人以为天堂排档在燎猪毛，有人以为排档里在燃狼烟，还有人会以为现世董卓被点了天灯。

这把火烧不了多久，必被喽啰扑灭，千面郎君老板娘已上来。

胸毛熄灭后，大恶公熊野恼羞成怒，几乎要返祖变回本体，江川絮看他体型，"送葬者"的墓碑钉头，锁喉抛摔等技能不能用，对策未定，公熊野迎面扑来。

电光火石间，江川絮已从他横肉的抖动频率看出他心底的恐惧与怯懦，心一横，有了孤注一掷的勇气，"呜啊……"一声仰天长啸后，携着排山倒海之势冲向他，一招"Spear"（飞天肩），战斗结束。

聚光灯凝于一点，光圈中的江川絮将公熊野耷拉的双手交叠在他烧焦的胸前为其送葬，以"上四方固"的姿势挺起上半身，冲着千面郎君的方向吐出舌头，上翻白眼。

千面郎君如果问他这招叫什么，他会冷笑一声，不会告诉她这是"黑暗压制"。

至此，正义得到伸张，暴行遭到惩治。

江川絮起身扶起被害群众，微微一笑，和众好友事了拂衣去，深藏功与名，只留下满地魑魅魍魉吓破了的胆和四大恶人悔恨没有提早向善的心。

……

当然了，这是江川絮做过最大的白日梦。梦到结局时，他觉得已是大成，没必要再用其他暗杀技。

其时的江川絮嘴角勾起一抹冷笑，睥睨轻蔑地看着诸煞，缓缓地站起来，起身之时，他感到有道正义的光环正从背后升起，这一刻起得漫长。站直身子，他想到既然要选择西式打法，不如用博大精深的中国功夫起势，于是移拳走位，动混元太极步，来一招标准的"懒扎衣"，以示临危不乱，撩衣应战。

动作刚到位，忽然间头顶便挨了一棒，这一棍来得阴险，他一句"狡诈恶徒"尚未出口，棍子上的劲道便已沿着百会穴而下，迅速打通了泪腺。

　　江川絮忍着丹田之气喷薄欲出，六个人从对面腾出手围了过来，加上身后偷袭的算七个，"咚⋯⋯"他脑袋又挨一下，眼前星星月亮团团转。

　　他晕乎乎咒骂道："七只狡诈恶徒，七个矮冬瓜，七个葫芦娃⋯⋯"骂声未止又挨一棒，他觉得满腔怒火快要炸了，战意逆天，战力却已不足三成。

　　永昶已被双手反剪，秦观书抱头蹲在地上哼哼，对面恶徒拿着棒子，嘴里骂骂咧咧。

　　林晓童使劲拉着江川絮的胳膊，头摇得像个拨浪鼓。

　　江川絮怒道："我'懒扎衣'还没使出！"

　　林晓童快要哭出来了："还扎什么破衣服！"

　　江川絮说："我还有好多搏斗技巧没有用！"

　　永昶说："搏个屁，净坛使者说，'食食物者为俊杰'，这桌上食物这么诱人，俊杰你快消停吃点食物，吃完好赶路。"

　　⋯⋯

128. 长太息以掩涕

　　旅游回来后，紧接着都开学了。

　　回到学校，江川絮问太极杨师父，我为什么败了？

　　杨师父说，因为你幻想太多，出手太慢。

　　江川絮说我气贯长虹，不输古人。

　　杨师父说，快回宿舍歇着吧。

　　江川絮再问，用"懒扎衣"这招对吗？

　　师父说真打起来看真功夫，没空摆架子。

　　江川絮瞠目说，我颠颠又倒倒好比浪涛！

　　师父偏头嘱咐两个师弟，你们师兄受了刺激，赶快架回去吧！

　　回到宿舍后，江川絮依旧悲愤不能自制，想起屈大夫悲愤填膺的往事，考虑要不要去通惠河边散散步，看看能否偶遇个渔父，问问是不是举世皆浊。

　　随后他在河边孤身一人散步半小时，吐得胃液都不剩了。临走发现河神已臭死在水中，仙身裹在水草和垃圾里。江川絮已没空管他，跌跌撞撞回去后便失去了嗅觉。

江川絮想起这些愤懑和屈辱，实不能忍，不知屈大夫怎么忍的，打开书才想起屈大夫忍不了自沉汨罗江了。

他翻到屈大夫的《远游》，在他的原词上稍作改动，写了篇泄愤的《远游》发到几人的旅游群里。

群里林晓童、何牧修、永昶立马回应。

原文道：

览方外之荒忽兮，沛罔象而自浮，祝融戒而还衡兮，吾不还！
经沧海涉汤池兮，骋八漠而周流，宓妃劝而常驻兮，吾欢颜。
持鞭节而宰客兮，悲反顾而遁潜，下无地而上无天兮，吾叫喊。
棒击颅而嗡嗡兮，长太息而掩泣，心郁结而不自释兮，泪涟涟。

林晓童问这是什么意思，永昶发语音解释："就是说，咱们跑到外面去看世界了，像是在大海中浮行，火神祝融劝我们掉转车头回去，我们说不回去。接着看了海，游了泳，四处溜达溜达，有个像宓妃仙女一样的美女劝说多住几天，于是我们很高兴。直等到被人拿着棒子鞭子宰客了，才哭着喊着要逃跑，结果发现逃不走。于是嚷嚷，接着就被打了……棒子打在脑袋上，脑袋里嗡嗡响，被打完边叹息边捂着脸哭，心里憋屈呀，想不通啊，不能自我消解呀，泪就哗哗淌。"

听完解释，林晓童责问："宓妃是谁？"

何牧修回答说："洛神！"

江川絮看到林晓童这么会挑重点，一口气上不来，伸手关了电脑。

后来，他们在某则新闻里见到了类似的故事，题目为《震惊，游客嫌菜价贵与店家发生冲突，怒跳二楼摔伤脚踝》……

Chapter.32
第三十二章 · 初始的生命之钟

像是萌芽抽穗,百草出花。
像是苍颜返少,发白还青。
新生命的诞生,往往会带来某种沛然的令人焕然一新的力量。

129. 太史慈遛弯——见怪不怪

所谓"否极泰来倚马待,峰回路转穷复通"。

"受难日"后的很长一段时间,大家进入转运状态。爱情、事业、新生命,如雨后春笋般纷纷而起。

秦观书迎来人生第一春,得偿所愿将林半桥追到手,这跟"受难日"中几人的共同经历大有关系,一次患难,让他们大大亲近。林半桥不仅看上秦观书敦实的人品,更欣赏他在关键时候有男人的态度和正义感。

永昶打道回府后,在一处矿井签下了生平第一份工作,听说月薪还算可观。

而江川絮和林晓童在大学附近租了个小单间,养了一只萌小兔,叫"嘟嘟"。

租这个单间一来方便写作,二来解决了林晓童每次来找江川絮时没法逗留的尴尬。那时他们都很不富裕,而江川絮的学校在朝阳区,林晓童的学校在海淀区,来回周折就要三个小时,虽然同在北京,实际却跟异地差不多。

那时,林晓童对于时间的概念和发明日晷之前的古人差不多,江川絮时常要体验"旷日持久"这个词。

好在大学时期的林晓童对于化妆这项"亚洲神术"尚处于幼稚的探索阶段,嘴里还宣扬着"真实才是真的美!"的学术口号,也感谢有美颜相机这种让化妆变成非必要的高科技,才没将她的迟到从"小时"上升至"天"这个单位。

但即便如此,每回约会,江川絮还是会有一种"熬药童子"或者"张巡将军"的切身感受。前者总误以为炉子里熬的不是药而是诸如齐天大圣之类的东西,得等满七七四十九天才行,还得提防炸炉。后者困守睢阳,饿得眼冒金星都快死了,援军不到。

久而久之,这种等待的拉锯战成为一种"新常态",有了"不能短期更改"

的稳定性,而江川絮对她"持之以恒"的迟到行为以某个秋高气爽的日子为转折点,彻底做到了不悲不喜,心如止水。

那天,林晓童再次一脸歉意地鼓着腮帮子挪到他身边时,江川絮只是神色泰然地吐出一句"吃饭去吧!"然后就在林晓童诧异的眼神中拽着她的脑袋走向食堂。

林晓童见江川絮一脸风轻云淡的慈祥,反而觉得心惊肉跳。

她试探道:"你不问我为啥迟了吗?"

江川絮沉默半天,对她说:"我给你讲个故事吧!"

"嗯!"

"小时候让过梨的那个北海郡太守孔融,有一次被黄巾军贼寇围在了一个叫都昌的地方,当时城里有个叫太史慈的将军要出城去找救援,但城外贼兵太多,乌泱泱的人,突围不容易。于是他打开城门骑马出城,敌人很奇怪,都跑出来看,只见他在城壕边插了两个箭靶,张弦拉弓,嗖嗖几箭,箭无虚发,都射在靶心上,射完回了城。"

"第二天,太史慈又出城门,围城的贼兵又有一部分爬起来看,嗖嗖几下,又见太史慈跑马射靶,第三天太史慈又出来,又射!如此反复几天,太史慈再出城的时候,书上说'无复起者',没有再爬起来看的人了!……然后,太史慈就骑着马,从一群躺着的敌人旁边突围出去找了救兵。你知道这个故事讲了个什么吗?"

"我知道!"林晓童瞪大眼睛举手。

"啥?"

"讲了这个叫太史慈的将军射箭厉害呀!"

江川絮摇摇头:"不!只讲了一个道理。"

"啥?"

"见!怪!不!怪!"

这个道理,当下饥饿的林晓童没听懂,就下着饭咽到了肚子里。

事后她复述给永昶听,永昶用她能听懂的话解释了一遍:

"你看看,这大清早的,那个叫太史慈的将军在敌人围城的情况下还出城溜达,奇怪不奇怪?奇怪吧,奇怪这些黄巾军兵娃娃们不得爬起来瞅瞅?但就看到这人莫名其妙地在城下练习射箭,射术还特别准!第二天,太史慈继续出城透个气,又瞅,还是射箭!这样几天后,大清早再听到有马从城里出来的声音,兵娃娃甲刚准备探头出去看一眼，兵娃娃乙一把拉住他，睡眼蒙眬地对甲说：睡！又是那个叫太史慈的多动症患者出来遛弯了，让他自个儿溜达着吧……这就叫见怪不怪！用在你俩身上就是——'迟到了？又迟到了？这人是谁？哦，晓童，哦……晓童迟到有啥大惊小怪的？'……"

130. 当时只道是寻常

见怪不怪的迟到成为惯常后，住宿相应成为问题。

好在林晓童在这方面并没一点矫揉造作，所以他们住过各种各样密不透风的小区地下室，没有酒店那样的独立卫生间，没有窗户，每次从梦里醒来，不看手机都不知是白天还是黑夜。

每回林晓童要是到得早，江川絮会带她去学校蹭好课，去食堂觅食，到晚上他会回宿舍背个书包出来，带上笔记本电脑和充电台灯，要么两人就凑在一起看一些节目和电影，要么就是江川絮写作，林晓童用平板玩《植物大战僵尸》，过不了关的时候，就骚扰他，要他帮忙。

二人在暗无天日的地下用力地生活着，时而激烈争吵，吵完后又因为"要陪晓童上厕所"这样的小事和好，回来后还有两成概率不和好，但江川絮绝不会撇下林晓童独自回宿舍。两人时常这样蜗居在一个个封闭的不到六平米的黑匣子里，在偌大城市的夜里抱团取暖。所有立意坚决"天亮就分手"的置气和冷战，都会因为小小的互动重归于好，比如饿了时，林晓童说想吃学校旁边小摊的土豆泥，江川絮说大半夜没了，明天给你买两盒。

后来每次想起那段时光，江川絮都会脸红，他脸红自己作为一个男孩的无意识与无知，那是在一段阴雨的日子里，他们最后一次住地下室，隔天林晓童回学校后，两人通话，她随口对江川絮说："怪物，我好像不想再住地下了，厕所好脏，被子都是潮的！"

江川絮脱口说："好！"在那一刻，他羞愧得无地自容，浑身上下从发根到脚趾火辣辣刺痒地烧，那是一次男人意识的觉醒。

之后他在学校周边找到一个城中村，租了一间十五平方米左右还可以做饭的单间，林晓童来的时候，兴冲冲地，两人拎着一大包从淘宝上买的便宜厨具布置停当，又去市场买了好些菜，回家做火锅，途中她左右手各拿一根从路边买的烤面筋，对江川絮说："怪物同志，请你认真地写作，等出了书，要给我买好多东西！"

江川絮扶着她的头问："晓童同志，要什么，请列清单！"林晓童郑重地说："请给我买个面筋摊！别的再说！"

江川絮笑得气都接不上来："好！我们晓童志向才大呀！到时候我把面筋小哥也给你聘过来，随时给你烤面筋！"

他当时根本就不懂，这世上有多少男孩，能为自己走不丢的女孩，买一个面筋摊？

131. 泣血蝇虫笑苍天

那天的火锅吃得很安心，房间里没有椅子，他俩并排坐在床上，慢慢悠悠不用考虑住处地吃，吃一半吃累了，林晓童要求歇一歇陪她打会儿游戏。

打开电脑，她轻车熟路下载了一款豪华双人版《黄金矿工》，培训着江川絮抓那种叼着钻石的猪。江川絮嘴上喊着弱智啊弱智，操作上却努力配合着她。

后来他又带着林晓童，一起玩了好多他玩过的游戏，什么《仙剑奇侠传》《古剑奇谭》等等。

她总在玩到结局的时候哭得肝肠寸断，看着灵儿与拜月魔头同归于尽，落日大雪中阿奴吹笛送行远去的李逍遥，还剩十年寿命的月如抱着李忆如等候在雪树下。再看看推开木门后已经双目失明的云天河、情深似海的"爱妻韩菱纱之墓"，听着风晴雪对怀里死去也入不了轮回的百里屠苏的独白："我很想陪你，陪你走过很多地方。我愿意代替你的双眼，看尽繁花似锦，云卷云舒。我愿意成为你的双脚，踏遍天涯海角山川万里，一年……又一年。"每回都情不能抑。

火锅吃完已经黑透，两人都耍起无赖不想洗锅，林晓童说有个叫周公的人在呼唤自己，要谈一些事情。睡前，江川絮说她这么懒，必须要听一首安魂曲助眠。于是他把灯光开到低暗的暖色调，手机连上蓝牙小音响，开始播放。

"注意，开始咯！"

"嗯！"林晓童满足地闭上眼睛。

"千古悠悠，有多少……冤魂嗟叹，空怅望——人寰无限，丛生哀怨！"

"啊……吓死我了，你个神经病！"

"哈哈哈哈……"

"泣血蝇虫笑苍天，孤帆叠影锁白练，残月升，骤起烈烈风，尽吹散……"

"快关了关了！我要扒了你的皮……"

132. 一只小兔叫嘟嘟

隔天，精神饱满的二人在回学校的天桥上遇见了"嘟嘟"。不同于关在大笼中团在一处取暖的众小兔，它被单独关在一个偏僻的小笼子里。起初，他俩压根儿没注意到它。

驻足良久后，经过一番激烈的思想挣扎，林晓童拽了拽江川絮的袖子，两人相视一笑，耸了耸肩。

接着就是林晓童的挑兔时间，好一会儿，她才决定将一只熊猫眼的小白兔带回家。正准备结账，江川絮不经意瞥见关在单独小笼里的另一只兔子。

当他提起笼子时，那只兔子正在奋力舔毛。它翘着一只前脚，将一只耳朵拉了下来，卖力地梳理，对周遭的一切"置若罔闻"。林晓童和江川絮面面相觑，随后就将其带回了家。

这是一只与众不同的神奇小兔，比拳头略小，是个黑白相间的毛团。颈部一圈锦缎样的绒毛，除了一只白色的前脚和额头一道闪电形白毛外，其他地方都是黑色，尤其是那双黑漆漆的眼睛嵌在脑袋上，乍一瞧简直瞧不出来。

根据它绵嘟嘟、圆嘟嘟、胖嘟嘟等特点，他们实在想不出还能有什么名字比"嘟嘟"更适合这只生物。因此，它有了自己的大名，叫"嘟嘟"。

开始几天，嘟嘟被暂养在江川絮宿舍。他不忍心将它关在笼子里，于是进了宿舍就任由它跑，没一会儿，这小东西就为自己找到一处安身立命的温柔乡。它找到江川絮的棉拖鞋，头朝外把自己塞进鞋框里，像极了一个毛茸茸的圆萝卜，江川絮见到后实在是忍俊不禁。

不到两天时间，嘟嘟已经熟悉了他，每天一进宿舍，它都会跟前跟后，往他鞋上爬，江川絮总弯腰揉揉它然后把它抱起来。

随着冬日渐近，气温也慢慢变冷，每晚写作时，江川絮都会把嘟嘟放在手边。起初，它会爬上江川絮的笔记本键盘，卧在他的两手间，用脚在屏幕上敲出一行行乱码，江川絮在大乐之余，实不忍心赶它下去。后来怕它渐渐习惯，就用蜂蜜诱它下去，找桌上其他地方玩。后来它只要吃饱，就会坐在电脑的出风口处吹暖风，吹着吹着开始打瞌睡，脑袋蒜锤一样轻点，江川絮时而将它拨转方向，让它屁股对着风口，以防头被吹着。

它醒着的时候，会从头到脚舔舐自己的绒毛。梳理胸口的绒毛时，会坐起身来低头舔，两只前腿直直垂着，像在站军姿，常常站不稳当，还会前后栽，通常这时，江川絮就会马上跟林晓童打语音电话。

他对林晓童小声说："你家胖葫芦坐着舔毛呢！"她听到后，会在电话那头发出不可思议的叫声。

这时江川絮总"嗨！"一声表示见怪不怪，"这都惊讶！你嘟啥不会？它还会扒垃圾桶呢！"

133. 二郎神嘟戬

入冬后，嘟嘟迅速成长为一只会吃书、会舔蜜罐的兔子。

这可不得了，桌上再也容不得它，啃些课本倒没什么，可这小东西偏爱拣那些硬皮装帧的著作吃，"嚓嚓嚓"跟蚕一样，冷不丁吃出一个弧形的边角来，让人哭笑不得。

江川絮的一本《庄子南华》和秦观书的一本《羊皮卷》惨遭其殃，为防宿舍另一位同胞小豪受难，只得对嘟嘟"哀矜惩创"，在地上为它安了个小窝，限制其部分自由。

然而，这自由限制得并不彻底，这小东西为了口腹之欲，竟然自学了上房揭瓦的本事。

有天早晨江川絮没课，兼之凌晨睡得太晚，正在梦中，被查寝阿姨的叫声惊醒，"这是哪里来的松鼠？"

江川絮立马从上铺探身往下看，只见嘟嘟直挺挺站在书桌上，抱着蜂蜜罐，正偏着头呆望着宿管阿姨！

惊得江川絮瞠目结舌。

他很狼狈地向宿管阿姨解释了这是只兔子而非松鼠，松鼠有大尾巴，它会站着舔蜜罐但确实是只兔子，解释的过程中自己都忍不住笑了出来。阿姨瞪他一眼，发慈悲让他尽快处理掉，江川絮连忙向她保证。

之后，江川絮把嘟嘟搬进了租的房，林晓童这才正式参与到了奶妈行列，来探望它时，"嘟嘟"的名号随时变换。

在不同的时候，林晓童叫它不同的名字。比如根据它脑袋上闪电形的标志，叫它——"哈里嘟特""二郎神嘟戬""闪电嘟"等。

为此她还作歌一首："你额头有闪电，你身后有尾巴，谁也不知道，你是二郎神。"而"闪电嘟"一语双关，同时描述了嘟嘟见到菜时的奔跑速度。

而它睡觉时，林晓童叫它"胖葫芦"，它蜷在一处坐着睡觉，头是一个球，身子是一个球，像极了葫芦。后来它不再坐着睡，而是冷不丁地侧身躺倒在他们身边，有时候江川絮和林晓童忽然听见"咚"的一声响，回头一看，嘟嘟已躺得四仰八叉。

一个小单间的房租蒸发了二人大半的生活费，斟酌之下，做饭成为日常。江川絮炒菜，林晓童做面，有时候会像刚搬进来那天一样做火锅。每次做饭时，嘟嘟就像陀螺一样在他们脚下旋转，等到开饭，它更是竭尽所能往人身边蹭。尤其是在见到排骨后，它就不再吃菜。

江川絮笑骂这小东西没骨气，是个见利投敌的主，林晓童就立马反驳他，用她惯常的倒装把字句："你把我嘟不要胡说！它可是一只尊严嘟，还是一只志气嘟。"

于是两个人，一只小兔子，每天团团转着生活。

有一天，林晓童认真地对江川絮说："怪物，我们不能让嘟嘟当鳏夫！"

"鳏夫？"

"对啊！"

江川絮看着她认真的样子，以手抚额，半响后对她解释："鳏夫，是丧……算了！"

见江川絮无言以对，林晓童继续说："今天我来的时候，见到一只毛蓬蓬的小白兔，我想她应该叫'绒绒'，刚好能跟嘟嘟成个亲！"

对此，江川絮表示了怀疑，他怀疑要是真买什么"绒绒"回家，嘟嘟可能不会将之当成相亲对象，会当成抢菜对手。

说罢，林晓童还觉得这是对嘟嘟情商的诟病。

就在他俩为一只兔子的姻缘担忧时，一声嘹亮的哭声赤条条划破了这方纷纷扰扰的世界……

134. 初始的生命之钟

像是萌芽抽穗，百草出花。像是苍颜返少，发白还青。

新生命的诞生，往往会带来某种沛然的令人焕然一新的力量。

朱小鱼在这条新生命成功脱离彩裙身体的瞬间，摇身一变成为父亲。相应地，彩裙嫂子则一跃成为母亲，不管他们是否真正准备好，这都算是他二人生命之钟的再一次初始。

江川絮看着朱小鱼，能看出他在短时间内较为急剧的变化，他紧张又温柔，俨然像一位父亲。

宝宝满月后一天，大伙聚了一桌，朱小鱼征询大家的意见，要给宝宝取个小名。

林晓童拉着江川絮自告奋勇，说："要论起名，我俩可是业界翘楚，当仁不让当仁不让！"

彩裙摊手做个请的动作，朱小鱼插话质疑，问："你俩给谁取过小名？"

林晓童和江川絮相视一笑，拍着胸脯说我家兔子的名号就是我们取的，而它的小名分别有"圆萝卜""胖葫芦""哈里嘟特""二郎神嘟戳"……

随后，他俩被建议找凉快的地儿歇一会儿。

两位自荐者受挫，其他人群情踊跃，"左膀"秦观书开门见山率先起名："我看就叫'小哪吒'吧！是他，是他，是他，就是他，我们的朋友，小哪吒！"

朱小鱼一听马上摇头否决："叫小哪吒，将来我和宝宝的关系一定不会太好！"

大家哈哈大笑。

林晓童说："你现在又不拿大宝剑吓她，她以后怎么会拿火尖枪扎你！"

大家又笑，跟着起哄。朱小鱼摇头摆手就是不同意。彩裙大嫂为丈夫解围，说："哪吒小时候太大起大落，开始太调皮，爸妈管不住，后来又太惨，让人不忍心，什么'割肉还父，剔骨还母'的，不要叫小哪吒，压不住这小名，起个普通一点的。"

朱小鱼为妻子鼓掌，称其说出了他心中所想，并提出要求："起个跟爸爸关系好的名！"

林半桥问朱小鱼："那大哥你小名叫啥？"

朱小鱼说叫小鱼儿。

秦观书哈哈一笑，说："那就叫'小狗剩'吧！"

大伙齐刷刷瞪他一眼。

江川絮拍手："不如叫'花无缺'怎么样！"

随即他俩遭到集体鄙视。

鄙视完，大伙一合计，说要和朱小鱼关系好，就要跟她爸一脉相承，不如叫"小虾米"或者"小螃蟹"吧！

朱小鱼和彩裙对视，说能不能别这么草率！

于是经过半小时的洽谈筛选、斟酌损益，大伙否掉了"小虾米"和"小螃蟹"，为宝宝敲定小名叫——小青蛙！

彩裙叹息一声,绝望地问:"敢不敢把小名起得再好听一点点!"

大伙再次斟酌,半晌后说:"小青蛙化自小蝌蚪,不然就叫'小蝌蚪'吧!"

这回没了异议,宝宝的小名就这样新鲜出炉,叫"小蝌蚪"。

林半桥和林晓童整理了所有人的意见总结发言说,经过我们几位专家的通力合作与多方会谈,一致否决了好几个优秀小名,分别是"小虾米""小螃蟹"和"小青蛙"。"小虾米"可能会被鱼吃掉,不能很好地体现小鱼大哥希望和女儿建立和谐共荣家庭的美好愿景,首先被否!"小螃蟹"是个不错的小名,特立独行又积极向上,小螃蟹还拥有能保护自己的钳子,而且极小的可能会和别人重名,但有点鼓励她"横着走"的意思,这一点不符合彩裙嫂子希望女儿正道直行的美好愿景,其次被否!"小青蛙"既不会被小鱼吃掉,又不会横着走,相比之下竞争优势明显,但彩裙嫂子嫌弃难听,所以照样否!我们就是这样一支精益求精的团队呀!最后大家发动劳动人民的智慧,想出用小青蛙更年轻时候的状态"小蝌蚪"来为宝宝命名!新颖别致,且为其下一阶段成长为小青蛙打好了基础。唯一一点美中不足的是,小蝌蚪和小鱼儿并非同一物种,但同为水生生物,一脉相承,确实能和小鱼大哥扯上千丝万缕的联系,算得上充分满足了可爱、传承、朗朗上口等一系列优秀特质……

一番总结后大家热烈鼓掌,秦观书对朱小鱼补充说:"我们还小!所以将来'小蝌蚪'成了'小青蛙',会说话了,就叫我们哥哥姐姐,而我们照常叫你大哥!"

江川絮几个立马响应,纷纷拱手说:"就是这样,'蝌蚪妹妹,你爸爸是我们的大哥!'"

朱小鱼瞪着他们:"那小蝌蚪怎么叫我?"

林晓童莫名其妙:"当然叫你爸爸啊,难道叫你隔壁老朱?"

大伙笑得人仰马翻,朱小鱼咬牙切齿地叫:"我是说辈分!"

林半桥笑说:"这样!我们各走各的辈分,互不影响嘛!"

135. 及她横行之日

玩玩闹闹直到杯盘狼藉,彩裙嫂子不能久坐,先行一步被朱小鱼送回去休息了。

过了一会儿,朱小鱼自己回来跟他们聚。

那个晚上,朱小鱼喝了些酒,喋喋不休地讲他要怎样培养小蝌蚪长大成人。

首先要教导她善良，正直！

江川絮说善良不用教，她看着自己的母亲长大，自然善良。正直也不用教，她看着自己的父亲长大，自然正直，就像你我看着你我的父母长大，根绝对不会坏。

朱小鱼说，我要教她高尚……自由……摆脱低级趣味……独立辨别是非。

江川絮说你只要不束缚她自然成长，在关键的是非问题上对她加以引导，告诉她什么是真的，什么是假的，告诉她不要跟着人流活着，告诉她悲悯在任何时候都不可耻，她会是比我们小时候还要好很多的孩子。

朱小鱼又絮絮叨叨地感慨说，现在当爸爸了，责任就大了，就不会那么自由了，以后小蝌蚪调皮了怎么教育？

江川絮看出他的紧张，哈哈笑他，说，你这纯粹是杞人忧天，我和晓童养了只兔子都调皮呢，何况一个孩子！小时候还乖得很，长大些就开始吃书舔蜜罐，转眼找不着了，你"嘟嘟""嘟嘟"地喊半天，人家忽然从垃圾桶里探出个头来。还有半月前你给我的大白兔喜糖，我装在牛仔裤后兜里。有天回去闻着嘟嘟挺香，还夸它说嘟嘟今天吃了啥，香喷喷的。隔了两天发现后裤兜一个大洞，奶糖已经没了……

朱小鱼听后幸福地笑着，半晌又道："我还要让她睁开眼睛看世界！"

江川絮笑叹，那得等她能像小螃蟹一样横着走的时候……

Chapter.33
第三十三章·见信如晤

惟此独立之精神，自由之思想，
历千万祀，
与天壤而同久，共三光而永光。

136. 真人成假人

现如今很多网络公司通过给网页加代码,能非法获取用户 Cookies,继而知道一切用户的上网隐私。

当何牧修知晓这个事后,悲观地联想到"斯诺登事件",感觉自己赤裸裸行走在这个世上,连一丝遮挡也没有。于是在某段低迷的日子里,不太乐意用网络,而是选择写信给江川絮。

收到他的第一封信时,正是小蝌蚪出生的那个冬天。

江川絮急不可耐地在去往图书馆的途中拆了信,无奈雾霾太大,几乎看不见字。

到了图书馆坐定,展开信看,信中这样写:

川絮:

见信如晤。

很长时间没有联系你,不知你近况如何?只因前段时间陷入低迷期,心绪忙乱,不知前路,所以闭关。

写信给你,一来是信件有久远的质感,有留存的意义;二来近日来我知道了原来我们在网络上赤身裸体,无数人躲在幕后研究咱们的构造,这让我深觉反感。

前段时间,很多事情在脑海里盘旋,我思考自己存在的意义,但苦于无果。

今天走在路上,我忽然想起当年咱们高考誓师时,匹夫永昶的语文老师说的那段誓师词:"孩子们啊,你们就像八九点钟的太阳,而太阳像个红红的大油饼……"

我想起来后笑出了声,觉得那时候大家的幽默感真是不错。

之前我没料到大学是这样一个地方,鱼龙混杂、"良莠不齐",像是个小社会,功名利禄占得很满,人逐利而走就像狗逐骨头而走。

当然，我不能奢求它有多好，那些只是不懂事时候的一些幻想吧，我记得大多数老师的第一讲，讲的都是这节课如何结课，如何考试，何时考试。平时分占多少，卷面分占多少，什么是绩点，以及怎么算考勤，好像所有的学习都是为了第十六周的考试一样，这些关于大伙"身家性命"的大事让我觉得迷惑又失落，仿佛再次掉进了那个没完没了的分数怪圈。

接着果真如此，各路神仙来给我们分析当前国内外的就业形势，传授职场经验和成功学，搞得大家惶恐不安。周围人都走得很快，目的很多，于是我也很慌，也跟着瞎忙活，大一想跟同学创业，大二想要出国，后来听人说考研好，可以缓冲，忙忙乱乱又想考研，真如漏网之鱼，东走西窜。

前日读《庄子》，"不忘其所始，不求其所终，受而喜之，忘而复之，是之谓不以心捐道，不以人助天。是之谓真人"。我想自己几忘所始，不知所终，所以快成"假人"。

……

不过，我们学校后面有座山，山上有个小瀑布，还有个朱漆的亭子，环境清幽，可以野炊，我烦闷时就可以到山里走走，聊以慰藉。山里还有个庙，有次我跟庙里一个有女朋友的和尚老哥聊天，才知道他们中的大部分都是高薪高文凭的寺庙上班族！下班后的私生活跟常人一样，我想问他是不是姓鲁，但忍住没问。

最后博你一笑，你绝对想不到，我来这里学会的第一首歌是"江南皮革厂，江南皮革厂，江南皮革厂倒闭了！"因为我们小吃一条街就有一家皮包店，每天经过时都听到里面放着："温州最大皮革厂，江南皮革厂倒闭了，王八蛋老板黄鹤吃喝嫖赌，欠下3.5个亿，带着小姨子跑了。原价100多、200多、300多的钱包现在全部卖20块，统统只要20块……"

自打我来这里，这家皮包店就清仓大甩卖，甩卖了三年，现在还昂首挺胸没有一点关门的迹象，我想起"瘦死的骆驼比马大"这句经典俚语，猜测这皮革厂生前可能是个体面的"大观园"……

听说雾霾严重得已让人有腾云驾雾的感觉，不知你和晓童近况怎样，感情如何？是否焦灼？期盼有你的好消息能振奋我心。

牧修

137. 久羁难振，息交绝游

江川絮读了几遍，喜忧参半地笑出声，从笔记本上撕下一页纸回信。

牧修：

  见信如晤。

  我一切安好，晓童除了懒和呆，一切也都安好。你所说的困顿我正在经历，可能比你还惨。你尚且喜欢专业，我对专业兴致乏乏，靠着去别的专业蹭课"维持生计"！

  好消息不多，等我逐条给你理理，看能不能为你宽怀。

  前几天我和晓童去看了静安先生碑，这是目前见过最厚重的一座碑，等你来了带你再去看看。权引碑中最后一句话来共勉："惟此独立之精神，自由之思想，历千万祀，与天壤而同久，共三光而永光。"

  你的偶像启功先生如今也已经被拍成电影，在我们学校一千五百人报告厅公映，我去看了，也见了导演，拍得很情怀，可惜排片率太少，票房惨不忍闻。

  还有，周岭先生被请来做了一期关于《红楼梦》的专题讲座，讲的多是当年他们合作拍摄《红楼梦》时候的往事，听得十分感动。讲座结束后我问老先生要了份签名，弱弱问了句："先生，大观园群芳散后史湘云在画船上的结局是出自您的手吗？"

  先生说："之后的故事因为时间太紧压缩太厉害，好多人物的结局都没法展开，'真假宝玉'的重头戏只好省略，很多人的命运也只好一笔带过。"

  我想古往今来的绝大多数人，命运都被"一笔带过"，但愿咱们几个不要这么草草收尾。

  再有，那个"带头大哥"朱小鱼跟彩裙嫂子合伙生了个女儿，我们发挥聪明才智给宝宝取的小名，叫"小蝌蚪"。本来要叫"小螃蟹""小青蛙"这类别出心裁的名字，但见带头大哥要拔刀，只好屈服于他的淫威。此人好"醉里看剑"，有辛弃疾的作风，是一条不可多得的壮士，有机会可以介绍给你认识。

  除此之外，我和晓童养了只名叫"嘟嘟"的萌小兔，晓童对其溺爱有加，如今已到无法无天的地步，严重威胁了我的地位。我跟你写信之际，这小东西估计在家中垃圾桶里上蹿下跳。春节等我带回家，让你"观瞻观瞻"。

  最近我还在关注崔先生探讨的转基因等问题，你空闲可以看看。

  好事就这么多，剩下的大学情形和你不尽相同，如今我深切体会到债券当年之痛，已知"久羁者不振"的道理。对此，我已学会沉默，这也许是必要的沉默，也许不必要，总之我觉得在自己的作品没成形前，说话都是虚的。对于上课，目前能做到"公选不逃，必修选逃"。

至于作品，我常陷入自我怀疑的旋涡，前脚落笔还满心欢喜，笔迹未干，即开始不满，如此反复迁延，进度缓慢。近日思索缘由，原来是功名利禄乱我心，一面想尽快有成绩，屏去家人的担忧；另一面又告诫自己慢工出细活，不可自乱阵脚。这样纠结焦躁，常在神经上折磨。

再说感情，感情上我和晓童还好，她从来不是一个挑肥拣瘦公主派的姑娘，在衣、食、住、行的问题上，我俩和谐得一塌糊涂。只不过在社交方面，她却是个醋罐子，我一参加集体活动她就生气，最严重时候恨不能断绝我与外界的往来，你知道我最受不了诸多束缚，所以偶尔也跟她闹得不可开交。她还常以陶渊明的"请息交以绝游，世与你而相违"来鞭策我，我常被她用典的能力气笑，告诉她息交绝游怎么着也得是一种主动意愿的行为，不是被迫让别人掐断我跟外界交流的喉舌……

总之，时间久了观念相左，留下些讨厌的痼疾，她时常猜忌，我时常受冤枉，冤枉后她也不以为然，我说人生苦短，何必故步自封。

为此，我经常在她睡觉时放《大宋提刑官》的主题曲感化她——"千古悠悠……有多少，冤魂嗟叹！"无奈惨遭毒打，收效甚微……

祝一切安好。

川絮

138. 先生犯鬼，猝不及防

江川絮收到何牧修第二封信已是隔年的事。

这中间的一个漫漫长假，江川絮退了租房，将小兔嘟嘟带回了家。又由于种种原因，辗转将之托付给家住带院平房的朋友。离别之时，嘟嘟站在笼子里巴望着，江川絮忍痛给嘟嘟喂了棵菜，嘱咐好友一番，回了老家。

刚到老家没几天，他经历了一次重大惨痛的历练——丢稿！这稿丢得人肝胆俱寒，如坠冰窟，实时让他感受了一回杨过苦等十六年后重上断肠崖却不见小龙女的心情。

故事可简单概括为十六个字——"既不炳烛，又不扬声，先生犯鬼，猝不及防！"

整件事发生得毫无征兆，只是写作时笔记本电脑发热，江川絮拿电脑到一家电脑店里除尘，店员问他要不要顺便装系统，他说好。店员小哥就让他第二天来取，第二天到店，电脑如刚买的一样崭新，里面的所有东西一应被其格式化！

江川絮问那个店员："哥？不是！装系统不是只需要格式化 C 盘吗？"那位店员以一个尴尬的面相终结了整个故事，称自己不知道。

于是，30 万字未备份的文章、小说存稿丢失殆尽，江川絮抱着万一希望，盼他有妙手回春的本事，如有，他就立马做一面"菩萨再世"的锦旗送给他。不料恢复了半天，店员小哥又把电脑格式化了一遍，系统就此崩溃。询问之下，发现这位"哥"的年龄比江川絮还小，却已从某大学计算机专业毕业。

江川絮几乎气死在当场，但也无法深究其责任，只能怪自己大意，没有防患于未然的备份意识。

随后整整一周时间，这台笔记本电脑游历了省城的整片"科技一条街"。辗转一圈后，拿回手里时更加心痛，文档的名字都恢复过来了，打开则全是乱码。恢复的人说是因为格式化了两遍，所以回天乏力。

总之，江川絮生平第一次切身体会到何为功亏一篑，也第一次极深地认识到，自己的心血，只有自己痛心。

这之后较长一段时间内，他都无法再下笔。江启文劝儿子要有个好心态，说写过的东西终究记在脑子里，大不了熬些工夫，"重抹桌子重摆筷子"再写一遍，东山再起后还是一条好汉。再说了，总不会想着靠写作吃饭吧！哈！哈！哈！

在自暴自弃半月后，江川絮开始尝试看着旧日的标题重写，却按捺不住随时要井喷的怒火，这怒火中情绪复杂，多的是对劳而无功的不甘和掏心挠肺的无力。只觉处处落笔都非原貌，非但超越不了原貌，连写原貌时的语感都荡然无存，反刍一样吐出的剩饭毫无灵感可言，所以常常写着写着就忍不住干呕，字里行间也戾气深重。

永昶倒是经常安慰江川絮，他说："匹夫你知道谈迁同志吗？这哥们殚精竭虑，撰写明史二十六年，终成！结果在印刷前夕，手稿被人给偷了……给偷了……给偷了，倒霉不倒霉，你就说倒霉不倒霉！你这……没有让你写二十五年再格式化你电脑吧！"

江川絮听得目眩神摇，忍不住想剁掉这只乌鸦的嘴。

等他收到何牧修的第二封信，这些，都已成往事……

139. 盘盘大棋满天飞

第二封信中，何牧修这样写：

川絮：

见信如晤。

不知你近来可好！上次收到你的回信后，精神许久。

前些日子，美院一位书法老师携我办了个书法班，闲来教一些同学写书法，小时候的功底总算派上一点用场。如今老师已放权给我，让我自带一部分学生，每晚我都会翻翻碑帖。仰望先贤古风，时常自惭形秽。

我常想起咱们的中学时光，那时，我是那么地向往神秘热爱天文，在你们面前笃定自己将来要当个天文学家。但现在看来，可能大多数人都会把大多数时间都虚耗在将来的"生计"上，热爱在嘈杂的环境里是如此地不坚定，甚至不堪一击，很少有志同道合者，也很少有人将之看作正途。

不过我也时常自我安慰，正是因为没有把这些探索性的学问编入大学专业，才使得它们保留了一部分可探索性，没有沦为烂大街的东西。

我那天无意间翻出你中学时写的明信片，上面写着什么你想去极地瞧瞧极光，在挪威的小镇里自己动手盖一个木房子（虽然我估计你连挪威具体在哪都没搞清楚），像《指环王》里的矮人族或者精灵族一样，动手制作各种小物件。我们那时劝你别外出张扬，说出去人们可能会认为你是个傻子，当然不说出去，人们也可能认为你是个傻子（这不冲突）。总之，看完后我为咱们当年的幼稚感到开心，我俩在某些方面很像，都肩负着家族对于"大学生"的期望，对于高等学府无来由的迷信，假使毕业没有一份稳定体面的工作，必然饱受诟病。这也是你搭建的理想国最终要崩塌的一个缘由。

作为挚友，我不希望你的理想国崩塌，但作为挚友，我又能预见到你理想国的崩塌，你明白我的意思。

我瞧了一眼你关心的那些问题，没瞧出几分眉目，只看到整个网络中无关问题本身的攻伐谩骂之声，喧嚣纷杂，沸反盈天，还有那满目的阴谋论，似乎谁都有一盘巨大的棋在下。十八路反王三十六路烟尘，各自有各自的算盘，实在有种"盘盘大棋满天飞"的感觉，而有用的信息百中无一！

我已决心考研，再给自己两年缓冲时间，因为我知道，不可能立马"飞黄腾达"，不知你作何打算？

假期你在老家，我回来得迟，可惜没有见面，我听老贼永昶说了你丢稿丢得"一丝不挂"的事，都说"亡羊补牢，为时未晚"，你连牢都丢了，想想也的确是痛苦不堪。打电话给你时本来要问，但你没提，我怕提起来揭你痛处，不知道抑郁情绪现在恢复得怎么样？

还有，我还听老贼说了你们那回旅游被坑的事，听后着实愤懑。他还提了两个有趣的朋友，叫墩子和半桥。

期待下个假期能见面一叙，也说不定我哪天会"思君不见上帝都"，哈哈……

牧修

140. 游尘浮絮惹烦恼

江川絮读完后，提笔回信：

牧修：

见信如晤。

看到你这封信，比上一封开心许多，恭喜你的书法已可"传道授业"！

我常想，成人的兴趣是如此狭隘，天趣是如此浅薄，而梦想说出来就那么几个，可归结为各类职业。所以有点未被摧折的热爱，是件很好的事。

你所说那满目的阴谋论和攻伐谩骂，也是我对网络议事最强烈的观感，网友掌握的那些内情外情，大事小节，让人恍惚中以为在看《禁闭岛》。有时读完他们的论断，仿佛置自己于瑟瑟阴风之中，悲观又摸不着头脑。因此，我已将网名改作"丈二和尚"。

假设让这批人投身编剧行业，我等将来饭碗堪忧。

至于浅薄的被奉为圭臬，经典的被任意篡改，为天地立心的被各种利益集团戏弄，为生民立命的被认为是哗众取宠，继而网民狂欢，一地鸡毛，事件本身渐被忽略，人身攻击大行其道，这已成常态。从这个角度看，这的确是个娱乐至死的年代，似乎任何一种存在方式都存在问题。

窃以为娱乐和严肃不该如此含混，娱乐不需减，严肃更不该骂，只关心娱乐的人就别在严肃的问题上当搅屎棍，而严肃的人偶尔娱乐也是其无可厚非的自由。不该标签化，更不该泼脏水，有人提出问题，就坐下来心平气和地谈，何况有些是事关民生的问题，该给些起码的尊重……

丢稿的事，我目前已从"一丝不挂"升级为"衣衫褴褛"，耐着性子补了些残破的篇章，聊以遮羞，怪只怪自己大意。

还有你说的"天堂"小城被坑的事，如今也已释怀，但在事发后那段时间，心态却并非如此。那时每想起来，都会不自觉地幻想自己如何私下惩处那些害人的黑商，幻想归集下来大概能拍一部《满清十大私刑》，可见人的潜意识里是喜欢私刑大过公刑的。但也有部分缘由，是对公刑的不够信任或失望，假使虐童、虐父母、校园霸凌、天价宰客等问题用公刑都能及时有效公平妥善地解决，使得作恶者无所遁形，被害者受到保护，私刑便不至于在人脑海中泛滥，也就不会有许多受害者消极厌世，靡所适从。

我想我可能有轻微的被迫害妄想症吧，看到一些事情，就会想象到自己身上，假使被霸凌的是自己，或者我的亲人，假使被虐待的是我的子侄，假使被敲诈的是我的朋友，我能怎么做？才能使他们免受戕害……你也许会觉得这是游尘浮絮惹烦恼，是纯粹的庸人自扰！

最后给你介绍一下"墩子"和"半桥"，他俩大名分别叫秦观书和林半桥，如今已是情侣一双，半桥有画画的天赋，她画画时让人想到债券，不过她落笔很优雅，债券落笔很鬼祟。

废话差不多了。等你哪天有了"说来就来"的兴致，我一定跣足奔迎，当然，你不是许攸，我也不是曹操……

川絮

Chapter.34

第三十四章 · 江海漂漂共旅游

只有在恍惚中你才可能会听到这座城市的叹息，
沮丧的、迷茫的、兴奋的、怅然若失的
深沉的叹息……

141. 手机公司总基地

如果你是只闷在"一坨水里"快要憋死的乌龟,总要探头出来呼吸空气,那不妨游一段,爬一段,逃到未知的另一方水域,或找一片浅滩,这走的过程,就不会气闷。

李伯苗不愿做闷死在一坨水里的乌龟,于是他游一段,爬一段,在"十一"国庆时逃来北京找江川絮,一下火车,差点被挤死在这方水域。

江川絮和林晓童在北京西站接到他,乌泱泱的人群像是蚂蚁,他拎着一只小箱子迷失在人海里,穿着干净的白衬衣,插着白色的耳机。

江川絮之所以能在茫茫人海中看到他,除了依赖讥讽瞳的能力,还靠李伯苗白衬衣都难掩的半身匪气。

李伯苗见到江川絮后异常兴奋,掏出手机打电话,不一会儿过来一男一女,原来他不是一个人,还带着江川絮幼年的仇人和他的女朋友。那仇人自然是净坛使者徐海言,而李伯苗的女朋友叫璐瑶。

江川絮见到徐海言后分外眼红,冲上去捶他一拳,他还江川絮一拳,两人哈哈大笑。

林晓童跟璐瑶打了招呼,并调侃李伯苗说,路遥知马力,你这匹劣马好不好,璐瑶知道……

他们排了将近一小时的队进了地铁,上地铁前,总共遇上五个形貌各异的男人靠过来询问:"'苹果'要吗?便宜给你!"这使得璐瑶诧异地以为地铁站是手机公司的总基地,林晓童笑着冲她摇头。

当时军事博物馆站检修不开,他们要绕远路到林晓童学校附近的宾馆。

终于被身后的人群涌上地铁,人流即刻将他们冲散。江川絮和净坛使者被挤在门的这头,李伯苗被挤在门的另一头,林晓童夹在中间,而璐瑶,隔着门玻璃跟大伙奋力相望，几十秒工夫，消失在视线里。

站稳后，江川絮赶紧掏出手机给李伯苗发消息，让他联系璐瑶上下一班地铁，在两站后会合。可没等他编辑完短信，就听到李伯苗抑扬顿挫打电话的声音。

"喂？北京地铁服务中心吗？你们军事博物馆站为什么不开呢？你看看！还有我听说二号线人流多也不开，我们千里迢迢来祖国的首都，那横幅上还打着'北京欢迎您'呢！歌里还唱着北京欢迎您！就这么'欢迎'呀！赶紧开了吧，人这么多！……对对，我女朋友都被挤没了……人没了！上地铁前还在一起呢，等地铁门一开人一挤一冲，回头再看，人就没了……对，没上得了车……我这两天都在北京监督着，嗯就这样……啊？我是谁啊？我是一个公民呀，给你们反馈反馈意见。"

地铁上一群人笑起来，林晓童和江川絮面面相觑，江川絮隔着人群不好打断，只好默默地背过身去假装不认识。

不料李伯苗这时举起手机踮着脚隔空冲他喊："喂！老江！你要不要说两句？"

大伙齐刷刷望向江川絮，他正装聋哑，净坛使者拿手推他："喂！他叫你呢！"

江川絮糊弄不过去，忙摆手，只听他搭上话筒，一本正经继续道："我朋友不说了，那就先这样吧！尽快呀，我这两天监督着……好，也祝你们生活愉快！人都没了……"

这件事后，江川絮和林晓童不敢再把他往人多的地方引，无奈，这里没有人少的地方。

142. 天然交响乐

前几天的行程里，几乎有一半时间花在路上，另一半时间花在看人上。

这看人分为两方面：第一方面，看别人，因为风景挡在人潮后，无法不看人，还要防扒手跟在屁股后（后来这种现象大大减少），没法不留神；第二方面，看自己人，怕稍有不慎，自己人会淹没在人海里。

这两样活加在一起做往往令人眼花缭乱，只恨没有变色龙的眼，不能360度无死角旋转。

林晓童安慰他们说好在天气晴朗，能见度好，如果碰上雾霾天，倒是能省一样工作,风景是不用看了,就只剩下手拉手碰人了,如果不手拉手,恐怕只剩下找人了。

耳朵作为七窍之一,眼睛既然担责,耳朵自然也责无旁贷。眼睛的工作充其量只有两面,而耳朵的分工却得八方,八方没有什么虫鱼鸟兽的声音,基本清一色人声,说"清一色"其实不准确,因为每个人音色不同,上天赋予每个人与众不同的音色,就是为了在人多时施展,大伙像百灵鸟一样争相斗鸣。

部分人说起话来往往要大呼小叫山呼海啸,虽然这部分旅游人群在人少时也经常大呼小叫山呼海啸,但人少的时候地域相对大,所以喊叫声相应地被稀释了分贝。人多则不然,分配到每个人耳边的分贝忽低忽高,频率忽强忽弱。时而如重金属,时而如轻音乐;时而如蜂鸣,时而如凤鸣。"嗡……"一阵低沉,"啊……"一阵高亢,好像天然交响乐。

所以每天回到宾馆,脑子里满满都是人海与地铁留下的残声。

故宫、颐和园、恭亲王府,处处爆满。林晓童为他们宽怀说,这些古城历史遗迹,需要人少的时候来看,才能领略古代劳动人民的智慧与勤劳,你们这时候来,只能是"多行不义必自毙"了。

江川絮连忙解释:"别听晓童瞎用俚语,那叫'自作孽不可活'!"

143. 弹幕盘古

净坛使者徐海言除了吃的毛病屡遭人劝诫外,还有个好题词的毛病,传承自他宦海沉浮中的父亲,实在让人费解。

他动辄手痒难耐,每到一处古迹都耐不住汹涌的才情,要题词一首,所以身上常装着作案凶器——马克笔。

大家感叹说:文明发展时至今日,保持这样质朴习惯的人已经不多见了,但坏在仍有余孽……

当江川絮发现他"老孙到此一游"的癖好后,慌忙制止,那时他已在一棵树上画了个大桃心,桃心里写着:"颐和园,×年×月×日",并提小诗一首:

今日游园兴致好,
人山人海真热闹。
登上高峰向下望,

我与天公试比高。

提完词，举手机凑近自己的大脸咔嚓一张自拍。

江川絮是在他自拍时发现的案发现场，仔细一瞧那小诗的水平，跟前些年新闻上报道的某位"砸"字不会写却喜欢砸人电脑的某地文联主席差不多。

再细看，又跟大帅张宗昌的那首《游泰山》有异曲同工之妙。

远看泰山黑乎乎，
上头细来下头粗。
如把泰山倒过来，
下头细来上头粗。

等他自拍结束，江川絮慌忙一把搂住他，小声问："你是不是还想完成撒尿的步骤？这人来人往的，还有监控摄像头呢，你可克制一下吧！"

在净坛使者寻觅第二作案地点的间隙，江川絮苦口婆心给他讲了"爱新觉罗牛皮癣"的故事。

江川絮说："你知道吗？乾隆皇帝那样一位勤政爱民的皇帝，都因为这个爱题词的毛病饱受诟病。他有事没事，都喜欢在人家古字画上题词作诗，把好好一幅古画用自己的御章盖得跟一张试章子的草稿似的。"

"什么米芾的《蜀素帖》，王羲之的《快雪时晴帖》，尤其是黄公望的《富春山居图（子明卷）》，他随时带在身边，想起来啥往上写啥，这才被后人称为'爱新觉罗牛皮癣'。"

"除了字画，文物古迹他也简直是走哪提哪，什么万寿山上刻个'山川映发，使人应接不暇'，大类如此吧……其实你在自己的东西上创作，怎么都没问题，但在公物和别人的东西上覆盖式创作，就会留下坏名声！"

说到这，江川絮怕他还不能理解，于是又编了一段，说估计"文字狱"的鼎盛都和乾隆皇帝这乱题词的毛病有关，写得太多，到后来感觉词语不够了就生造词语，底下人也不说，于是写着写着就把原本字词的意思也就给忘了，才会"望文生义"，牵强附会。你知道吗，他放到当今互联网时代应该叫什么？应该叫"弹幕盘古"，就是弹幕界的开天鼻祖。

前车之鉴啊，人家皇帝那么有文学素养，在文物古迹上乱题词都被骂，遑论你个草民。

……

终于，在江川絮"引经据典"的劝说下，净坛使者及时收手，也算个知荣知辱的好同志。

144. 誓断左膀与右臂

到了第四天，大家的游兴因为人太多而衰竭大半，尤其是李伯苗，他似乎有轻微的人群恐惧症，人太多的地方凑上去就感觉气闷。

于是在他的提议下休养一天，正好雾霾"如期而至"，大伙以天气不佳为由，决定留在宾馆打牌，等下午再说。

正巧朱小鱼打电话给江川絮，川絮兴高采烈地叫他前来与各位朋友相见。

见了面，林晓童问起彩裙，朱小鱼说她被小蝌蚪缠住脱不开身，他自己跑来偷个清闲。

林晓童说有空去探望小蝌蚪，并问他要照片看，朱小鱼掏出手机，里面存满了女儿妻子的近照，小家伙已长得有模有样。

说起照相，就要提及朱小鱼的一个怪癖，他本人不大喜欢照相。大家一起出去玩，都是他来拍照，自己却很少入镜。听他自己开玩笑说，是因为小时候看恐怖片被吓到过，里面的照相机吸走了人的灵魂……

大家听完他的解释，纷纷群嘲，林半桥嘘他说这分明是怯镜头，朱小鱼同志作为五讲四美三热爱的社会主义好青年，哪有封建迷信的道理？！

其他人也深以为然，所以常以偷拍的方式逗他。一次林半桥把游玩时偷拍到朱小鱼的丑照发到他们几人沉寂许久的微信群里，召开照片"论坛会"。

江川絮起头哀悼说："可惜了，带头大哥的灵魂又被吸走了，这是一个多么无辜干净的灵魂，因为他是大哥，灵魂比我们重一克，是掷地有声的22克！"

林晓童接茬反驳川絮："胡说，众生平等，朱小鱼虽是大哥，但灵魂也是21克，再说，22克屁一样轻，什么叫掷地有声？！"

林半桥继续接茬反驳林晓童："不对，22克拉，那是小鱼大哥给彩裙嫂子的钻戒，是爱情的象征，此情重于泰山！"

群里哗啦啦发一长串鼓掌的表情。

秦观书适时冒出来问："啥啥啥？我刚在打游戏，错过了什么吗？……哦！

大哥，我帮你拯救灵魂。"

　　随后暴怒的朱小鱼在群里发了七八条五十几秒的语音。
　　江川絮说："大哥，你在说什么大哥？我们不方便听呀大哥！麻烦打字。"
　　随后，林晓童附议，林半桥附议，秦观书附议。
　　朱小鱼即刻打字指挥墩子："左膀左膀，呼叫左膀！力斩右臂，我有重赏！"
　　一阵沉默后，秦观书打字："报告大哥，左膀掰不过右臂，需要支援！"
　　朱小鱼无声，秦观书再次呼叫："报告大哥，左膀已被右臂策反，求看法！"
　　至此，朱小鱼像鱼儿一样沉入水底，留下一句："寡人誓断左膀右臂。"

145. 蝎子的寓言

　　朱小鱼来后，一行人重新燃起游兴，在傍晚时分去了王府井。
　　他们在摩肩接踵的情况下依旧奋勇向前，挤进了小吃一条街。
　　接着，在大伙目瞪口呆的注视下，净坛使者表演了一项绝技——吃蝎子。活生生的蝎子被店家拿起来一条一条穿在竹签上，腿脚挣扎，蝎钳乱摆，随后被刷上一层油架上烈火，噼里啪啦烤，没两分钟，就趁热进了净坛使者的嘴。
　　江川絮从小耳闻目睹其吃相长大，已见怪不怪，璐瑶和林晓童两女生就有点招架不住了，大有要吐的趋势。
　　净坛使者表示自己还可以生吃，问大伙要不要看他表演，众人异口同声地拒绝！璐瑶咋舌道："人怎么啥都吃！"
　　很久很久前，江川絮给净坛使者说过一则关于蝎子的故事。
　　记得那是一次小朋友之间希望建立友谊的伟大尝试。当时江川絮看了一则伊索寓言，讲给净坛使者听，他说"一个小孩蹲在墙角捉蚂蚱，不一会儿捉了很多……"
　　净坛使者接话："然后就都给吃了……"
　　江川絮停顿片刻，继续道："不一会儿捉了很多，忽然看见一只蝎子。"
　　净坛使者接话："然后就给吃了……"
　　江川絮看着他……
　　他们的对话就这样告一段落。
　　很久前，江川絮重提起这个寓言，是跟何牧修、林晓童坐在山坡上。
　　江川絮说："一个小孩蹲在墙角捉蚂蚱，不一会儿捉了很多，忽然见到一只蝎子，刚要放手去捉，蝎子举起它的毒刺对小男孩说：'来吧！如果你真敢捉我，就做好丢失所有蚂蚱的准备吧！'当时我记得那本书下有寓言注解，注解道，这个故事告诉我们，要学会分辨好人和坏人，并区别对待他们，否则就会受到不必要的伤害。"

听完后何牧修和林晓童面面相觑，随后林晓童摸着脑袋问："啥意思？注解是说小男孩是坏人吗？"

川絮和牧修哈哈大笑。

何牧修说："对呀，晓童对这寓言解得没问题呀！故事里要伤害另一生命体的生命体是人，而不是蝎子，所以这个故事是告诉动物们，只有强者才能生存。否则都会被净坛使者这样的人吃掉？……"

欣赏完净坛使者吃蝎子，朱小鱼对其兴趣倍增。

于是在回去的路上，江川絮说起小时候自己跟净坛使者之间的恩怨，不但大伙听了笑，他听了也笑。

江川絮问他："你还记得小时候校服衣领的味道吗？"

他摇头说吃过太多东西，忘了。

他说自己小时候最爱看的动画片是《中华小当家》，还有什么《美食的俘虏》，长大后想要策划一档震惊中外的美食节目，恨被《舌尖上的中国》抢先。

林晓童劝他："还是少吃一些稀奇古怪的东西吧，正儿八经烹饪出来的美食多了去，吃些家禽，别总偷着吃那些珍稀保护动物，你看穿山甲都快成葫芦娃里虚构出来的神兽了……"

后来，他们再次听到净坛使者的消息时，他已算是"重生"之人，在鬼门关上游了一遭又回来的，在某种意义上能算是重生之人。就像醉后吟诗游地狱的胡梦蝶，昏死了三日，家人都快要埋他了，才醒过来，算不算"重生"？

这事的因果无非也是吃，有一天，净坛使者下着酒吃了些饭店里来路不明的野河豚，中了毒。幸亏抢救及时，否则不死则瘫。知道他康复了，欣慰的同时大家也没有过多地同情，如果真有"因果"，这也许算是个警示吧。

有一天，江川絮翻出自己过去的一篇手稿，上面写着这样的小诗：

    人们咀嚼着自然的骨肉
    在其残骸上惬意地呻吟
    淫邪杀意被涂满蜜意

温驯野蛮被做成汤羹
　　绅士们扯出万物的内脏
　　面目熟稔的客人坐在暗中
　　剃刀上的血水吧嗒吧嗒
　　捕鲸的枪钩成为乐声
　　树的心被剖出缠在手上
　　鲨的皮被剥下来在腰间
　　而它们从生到死
　　没有坟台

146. 山大沟深，尽出阴背愣戾

李伯苗一行离开北京的前一天晚上，大家买了些烧烤和酒，聚在宾馆玩闹。

江川絮很少碰酒，所以喝"提子"。但这提子也有度数，几杯下肚后，脚底飘飘，思维却极为清晰。

玩玩闹闹，大伙醉意渐浓，提起许多旧事。

林晓童笑骂李伯苗，说他不是"少好飞鹰走狗，游荡无度"之人吗？！为什么这次旅游，除了在地铁上原形毕露了一次外，剩余时间这么收敛这么乖，是不是在璐瑶面前故意装的？

大家立即起哄说，肯定是！这还用问吗。

李伯苗举手要求肃静，但大家哪里管他，要将他昔日的斑斑劣行一一"揭发"，于是他捂上了璐瑶的耳朵。

璐瑶挣脱，问道："那他以前是什么样子？"

林晓童简单总结："大概像个劈砖的马猴吧！"

"呼"的一下，他翻身跳到地上，夸张地学大马猴举起两只手，圈着腿在地上快速走一圈，以示自己游荡无度。

江川絮冲璐瑶摊手说："看见了吧，这就是原形。"

转头又对李伯苗玩笑说："唉！回归真我吧，不要压抑天性！"

李伯苗佯装大怒，说："那你们意思是让我继续去流毒社会呗，好的，再见，各位混账！你们伤了一颗向善之人的心！"

说罢作势要走，刚走到门口，被大家骂了回来……

净坛使者徐海言在酒酣中,带着幸福的微笑,像悟能一样拉着长长的鼾四仰八叉地睡死在地板上,一呼一吸之间有很长的间隙,吓得林晓童常去探他鼻息,怕他晕死过去。

江川絮拍掉她的手,说他已经达到了真人的境界,"呼吸以踵",不用担心。

李伯苗配合江川絮的话,脱下自己的袜子放在净坛使者鼻子边。

大家继续打闹,窗外继续车水马龙。剩下的人,也逐一进入蒙眬状态。

寡言爱笑的璐瑶也变成话痨,说:"你们知道吗?其实伯苗已经工作了!"

江川絮跳起来一巴掌拍在他脑袋上说:"不够意思,啥都不说!"

他嘿嘿摇头,璐瑶接上前话:"不过现在已经不去工作了。他去了一家饭店,干了两个月,最后差点把人家后厨连根端掉,现在跑出来旅游。"

江川絮诧异道:"这么说你是避难来了?通缉犯?做了啥伤天害理的事?"

璐瑶笑着摆手,李伯苗仰天大笑:"那帮孙子不敢报警!"

林晓童问缘由。他挑挑醉眉:"那帮孙子恨不能把大便放到锅里烹了让人吃,良心大大地坏了。我干了两个月后进了后厨,一周内差点恶心死,到处运来的馊狗肉充牛肉给人吃!

"还有那帮孙子的眼睛像是长在房顶上,质检每次来,后厨都有几个小时的充裕时间收拾现场。一次我跟大厨提了一句,说这么做恐怕不好,差点挨打。有一天,我插着耳机听朴树的《平凡之路》,听着听着忽然怒从心头起,脑子一热,于是找了一家卖炮的店,买了一大袋子"窜天猴"和鞭炮,趁他们不注意,扔进了后厨的明火上。我就跑了。你知道吗,窜天猴炸锅碗瓢盆的声音,'咻——咻——Duang——嗡——,'"

醒着的人都哈哈大笑,跷起拇指说:"狗贼像个英雄!"

江川絮还化用他家乡的一句方言夸他:"山大沟深,尽出阴背愣尿!"

末了,林晓童还有一事不明,她问:"你不该是听着摇滚热血沸腾说干一场的人!为什么听《平凡之路》能听得你怒从心中起?"

李伯苗说:"我觉得这是一首无奈又正义的歌!"

江川絮找出歌词。

歌里唱:"我曾经失落失望失掉所有方向……当你仍然,还在幻想,你的明天……"

147. 古城的叹息

那一夜后面的事情，摇摇晃晃，像是一群莽夫的狂欢。

大家由衷地盛赞了李莽夫的莽撞，酒后的人就只剩下鲁莽的正义观，什么法制理智都被抛诸脑后，只剩下愣气和狭气。

林晓童说，见义勇为的事情都被李伯苗这样在上学阶段就被判定要流毒社会的问题人士干了，要那么多英明神武的全才何用？用来制裁和鄙视他吗？

江川絮觉得她说的是又不是，迷茫中，一时觉得自己有文化，一时又觉得自己没什么文化。

撑着撑着，林晓童和璐瑶也和衣而眠，只剩下江川絮和李伯苗尚能大眼瞪小眼。

李伯苗是彻底醉了，大着舌头使劲地推搡净坛使者起来听他讲笑话。

江川絮骂他这偏激的狗贼不许诋毁伟大的祖国。

李伯苗又举起一杯酒，拿出手机捣鼓半天，给他看便签，置顶写着一句诗："江海漂漂共旅游，一樽相劝散穷愁。"

江川絮见也应景，接过杯子喝了几杯啤酒，心脏"突突突"地乱跳。

再后来，话头不知不觉绕到债券身上，说起他的《蒲公英册》，说起疯疯癫癫的大伙帮他写的情书。

江川絮对李伯苗说："都过去了，如果债券能自然长成，除去'半人半圣半木头'的匹夫永昶外，绝对是咱们中思想最正的，无作奸犯科之嫌，无乖张叛逆之念。"

李伯苗说你还记得当年债券被罚去扫厕所那回吗？勤勤恳恳来回三四遍，刷得便池一尘不染，能照出人影来，差点打上蜡，滑得人直趔趄。

江川絮哈哈哈空虚地笑，笑得胆汁快要翻上来，于是去厕所吐，吐完扯着李伯苗出门透气。

夜已经深了，整个城市似乎都已安眠，但他想这可能又是自己的幻觉，在之前的幻觉中，这样的国际大都市从来不会安眠，而是永远拖着浮肿的疲惫的庞大无比的身躯，屹立，屹立，屹立千百年……

只有在恍惚中你才可能会听到它的叹息，沮丧的、迷茫的、兴奋的、怅然若失的……深沉的叹息。

Chapter.35
第三十五章·讨薪檄文

一切麻木的根由,都源自懦弱。
明明耻于为伍,却因为六便士而在慌促中唾弃了明月,
明明什么都不信,却假装自己是个信徒……

148. 和尚头疼不头疼

李伯苗一行走后，江川絮的生活再次步入正轨，每天的日常大略可简化为看书、写作、看电影、突击考试、联系林晓童以及和登徒子潘小贤斗嘴。

登徒子自恋和闲扯淡的功力与日俱增，没事给自己起了一堆名号，什么"文学泰斗""营销天才""段子大拿""新媒体领袖"等等，并认定自己死后应该是会被追封谥号，而据他分析，照自己的天才程度，谥号应该和努尔哈赤差不多长，大类于"承天广运圣德神功肇纪立极仁孝睿武端毅钦安弘文定业登徒子……"

有一天两人正在校园里走着，登徒子忽然声调悲戚地大呼自己"完了"。

江川絮懒得理他，大步流星向前走，他追在后头絮叨："完了，真的，川絮啊，我完了！……我可能马上就要火了，到时候统治一下文坛，然后就声色犬马，每天沉溺在酒色之中……唉，这辈子完了！"

江川絮"哼"一声，说那你小心"马上风"死了！

他听后不以为然："所谓'牡丹花下死，做鬼也风流'嘛。"

但无奈在，那时的登徒子找不到能让自己慷慨就义的牡丹花，连臭绣球都找不到，只好化身为无聊男子，取个网名也叫"无聊男子"，时常加一些互黑互粉的群做双面间谍，以舌战群徒为乐。

那时他迷恋比特币、区块链、以太坊和锤子手机，其中只有手机能容其置喙，于是他加了两个群，一个"锤粉"群，一个"锤黑"群。

在这两个群里同时存在一个网名叫"和尚"的人，和尚是个锤黑，常常跑到锤粉群里教育人。

登徒子作为无聊男子，见到这样的事，骤然有了用武之处，于是编了一个"和尚五岁时被锤子砸过脑袋"的故事反击和尚。

和尚在群里一发声，登徒子就问人家头疼不疼，为显尊重，特在"和尚"后缀"老师"二字，还将其设为特别关注，只要和尚老师说话，他就紧接着发问："和尚老师头还疼不疼？"

这边一问，群里就开始起哄。和尚说他无聊，他就发一张固定的"无聊男子踢驴图"来显示自己的无聊。

这个故事诞生的那天，登徒子几乎得意得不能自持："看到没，川絮？嗯？知道啥叫天才了没？……像我这种才华与帅气并飞的人，真的已经完了。你知道吗？这就是个逻辑学里的逻辑悖论，回答疼也不行，不疼也不行，和尚老师回答疼与不疼都说明他被砸了。"

"和尚老师都蒙了，在群里说'莫！名！其！妙！'你能想象他说这句话时候的表情吗？和尚老师一摸秃头，说莫！名！其！妙！哈哈哈哈哈，我这几天一天问他几十遍，和尚老师你头疼不疼？他说我无聊，我就发'无聊男子踢驴图'，然后和尚老师就莫！名！其！妙！"

随后，登徒子把自己的群昵称改成"和尚老师头疼监督者"，专门监督和尚老师是否头疼。

他又找到陈奕迅的一首歌，叫《谢谢侬》，截屏歌词在群里反复@和尚，一天@二十八遍。歌词中隔几句就是头疼不头疼："管他头痛不头痛，有人这样努力，我只觉得光荣……我的头痛不再痛，能够生存就有恃无恐，苦痛说了没人懂，爱人没有用……"

像登徒子这样自得其乐的人，江川絮是生平仅见，但他教会了江川絮一点——不在乎！一种对不喜欢的东西发自内心、毫无顾忌、近乎荒唐的不在乎。

149.《讨薪赋》

"一切麻木的根由，都源自懦弱，明明耻于为伍，却因为六便士而在慌促中唾弃了明月，明明什么都不信，却假装自己是个信徒……"

这是永昶在麻木之前想明白的道理，在投入下一段麻木的人生阶段前，他将这个热血的道理私授给了尚且没那么麻木的江川絮，再次激起了江川絮蛰伏已久的某种"为民请命"的热情。

在一个微霾无风的下午，远来的视频电话里，永昶眉飞色舞的讲述起几段"吴起奔楚""商鞅投秦"的故事。

江川絮听了半程，忽然道："有屁快放！你是不是辞职了？！"

永昶忽然从椅子上一跃而起，拍着桌子大笑道："哎呀呀呀呀呀呀，匹夫知我呀！"

　　江川絮笑骂，让他少读些存天理灭人欲的书，下次有事直接说，这么憋着，容易憋出肾结石。

　　永昶问他是怎么知道的，江川絮引述钱钟书先生的一句话回答："猪能否快乐得像人，我们不知道，但是人会容易满足得像猪，我们常看见的！"

　　随即二人隔屏对骂，半晌，永昶又问："我这个决策合适吗？"

　　江川絮斩钉截铁道："合适！早该辞了！"

　　永昶释然地叹口气，故作惆怅道："现在洒家成了散人，岂不是要……骖鸾腾天？"

　　江川絮道："哎哎，纠正一下，你那不叫散人，叫游狗！还有啥骖鸾腾天之类的词与你无关，准确用词叫——流！落！街！头！"

　　二人又隔空对骂了一阵子，消停下来。

　　江川絮知道永昶是来他这要一个肯定，也打心底里为他高兴，他觉得这个匹夫脑后虽无反骨，但论其人类属性，怎么也不像个役于力的莽夫而像个斯文不至扫地的文职，尤其是在这个遍地文职的年代。况且他做的工作一不是其所长，二不是其所爱，三还拖欠工资。在月亮与六便士双失的情况下，人更容易被动从麻木中脱身，因此古来多有发于幽愤者。

　　永昶在得到肯定后心情大好，连声叫道："对啊，早该辞了，这种拖欠半年多不发工资的企业，白瞎了你一篇《讨薪赋》！"

　　……

　　两个月前，永昶第一次给江川絮说起那段"因六便士唾弃明月"的感悟，那时时至腊月，滴水成冰。他的眉尖若蹙，眉锋垮落，加之面目消沉，一脸丧情，大有种要驾鹤西去的病态。

　　江川絮开玩笑说你未老而沉，简称老沉？

　　永昶嘴角下拉，皮肉苦笑。

　　江川絮说如果现在用一个涂版印在你脸上，一定是个恰到好处的"囧"字。

　　永昶嘴角上翘，皮肉微笑。

　　江川絮意识到事情的严重性，在他俩之间，两句不还嘴，没有事变就有鬼。迫而查问，永昶才有气无力地说起工作一年来被拖欠工资一事，企业内部结党营私一事，家人劝他曲意逢迎一事，林林总总不一而足。

　　江川絮说莫非你要效法貂蝉灭董卓的故事？否则你曲意逢迎什么？

　　永昶嘴角稍咧，皮肉假笑。

三笑之后，江川絮莫名奇妙勃然大怒，当即挂断视频伏案奋笔，写了篇《讨薪赋》挂在了朋友圈里，誓要为永昶讨还薪资。

无奈此文仅在朋友圈发表五分钟，即被众多亲友师长勒令删除，并耳提面命的教育了江川絮行走江湖三缄其口的为人之道，更告诫其作为未来社会的栋梁，千万不能有反社会倾向，视而不见、听而不闻才能明哲保身。

150. 糜竺遇美人

一月后，要饭未遂的永昶入职一家私企，被分配到青海一处偏僻的分厂，每天昼坐读书，夜坐观星。做完本职工作后，也不出厂子，闲时就像个修士一样拿本书晒太阳，一待就是大半年。

江川絮和牧修聊起永昶的定力时，常常感慨不已，感慨他是个欲望寡淡的人，没什么野心，也没什么想要干一番事业的执念，他能把前不着村后不着店的地方看成世外桃源来享受，就冲这一点，他俩自问不能。

大半年后，永昶被本部调至西宁，江川絮抽空去探望他，人倒是精神了不少，但那寡淡的性格，丝毫未变。

江川絮明知故问地调侃他，问他有没有找女朋友。

不出所料，永昶瞪着眼睛骂，匹夫无礼！

隔天，他们和同在西宁工作的好友老金见面，三人厮混一天，老金告诉江川絮，他俩的一个初中女同学小樊也在西宁上学，江川絮心想既然小樊和永昶同在西宁，他俩要是认识，正好做个伴，于是联系她出来坐坐。

中午见面后，江川絮介绍彼此认识，永昶身为地主，带大家去了一家他熟悉的咖啡厅聊天。

在去咖啡馆的路上，江川絮跟小樊同学寒暄，永昶一路无话。

点完咖啡，永昶就一声不响地消失了。良久，他不知从哪儿冒了出来，手里拿着本《三国志》，江川絮看见他拿了书来，心里翻江倒海，而老金目瞪口呆，小樊不明所以。

果不其然，在接下来的三个小时里，永昶跟一尊佛像一样在江川絮身旁正襟危坐，身形笔挺如钢枪，一页页往后翻书，翻得江川絮想掐死他。

只见他时而蹙眉，时而憨笑。全程一言不发，对小樊同学更是视若无睹，完美上演了一出"糜竺遇美人搭车，同行二十里目不斜视"的故事。

江川絮和小樊同学也曾试图与他进行一些人类的沟通。

小樊问:"你发小在看什么?"

江川絮偏头看一眼回答:"《卷三十三·蜀书·后主传》。"

小樊问:"看这个干什么?"

永昶:"今晚准备兵出褒斜道,北定中原!"

小樊:"啥?"

永昶:"哈!《汉之殇》!"

江川絮连忙解释:"是一款三国全面战争的游戏,他要根据正史尽诸葛亮未尽之志,兴复汉室……"

小樊:"嗯?"

江川絮无奈地向小樊解释了此人书痴呆子和天煞孤星的"命格"。

下午小樊要回学校,几人沿街逛了逛。

天色向昏,夕阳正好。

忽然间,三小时未主动发过一言的永昶手指前方不远处的一条街道,神情严肃地说:"看!这就是当年马步芳走马的地方……"

小樊被吓了一跳,莫名其妙地问:"他在说什么?"

江川絮拍着快要笑岔气的老金,转头对永昶长叹:"匹夫,你也是个人!"

Chapter.36
第三十六章·鹅衔明珠，愁来碰人

途经几个叠虹的小龙湫，绛紫色的晚霞横空铺展，
淤在胸中的油腻被细碎的水珠洗涤一空，
江川絮顿足观望，恨不能结庐于此，
就在这迷离的瞬间，"影子"已走远。
四下荡起旷古的风……
一只白鹅叼着颗明珠晃晃悠悠从云边经过。

151. 白鹅衔明珠

"影子"背对着他。

江川絮的讥讽瞳一阵恍惚，视线像蜂鸟的翅膀一样剧烈颤动。他使劲揉揉眼睛，再睁开时，"影子"背对着他。

江川絮想到卞之琳的《断章》，"影子"成了驻足楼下看风景的人，而他，成了坐在图书馆里看"影子"的人，按照这个逻辑，此人应该会在夜里装饰他的梦。

果然，"影子"装饰了江川絮的梦，不过，却是噩梦。

在梦的初始，"影子"对他如影随形，令他不胜其烦，他极力想要摆脱，却又甩不掉。于是他站在原地回头瞪视"影子"，却看到一团淡淡迷雾。迷雾中的"影子"更加让人难以捉摸，只听他轻声地笑，笑声熟悉又陌生。

江川絮不再逃避，而是凝目敛神要看穿他。"影子"就站在那里，像是一个复刻版却更完美的自己，又像是一条能预见的通往无量前程的人形之路，抑或一个范本、一个蓝图。

江川絮说，你莫非是万花筒？有变化的能力？

"影子"不言，掉头便走。

江川絮怀着满腔的困惑，反过来拔步追他，他稳步走在江川絮前头，脚踢正步目不斜视，对周遭万籁视若无睹，对诸多观众左右逢源，他只瞩目"有用"之物，是个近乎完美的完人。

途经几个叠虹的小龙湫，绛紫色的晚霞横空铺展，淤在胸中的油腻被细碎的水珠洗涤一空。江川絮顿足观望，恨不能结庐于此，就在这迷离的瞬间，"影子"已走远。

江川絮只得发力再赶，赶得精疲力竭，却始终难及。一抬头，明晃晃的太阳越来越大，他叫起来："大哥，你又不是神行太保的传人，走那么快干什么？等等我嘛！"

"影子"依旧不应。接着，追逐的沿途陆续有江川絮的亲朋好友现身，他们或浮在空中，或站在路边跟"影子"打招呼，却不跟江川絮说话，甚至好像看不见他。

渐渐地，江川絮意识到走在前头的"影子"似乎夺走了自己的身份，他心想这还了得，匹夫无礼！

他们开始顺着螺旋式的树干向上追逐，那是一条通往太阳的路。跑了半天，江川絮聊以遮羞的内裤都快烧没了，他只好嘶声大吼："大哥，你怎么一言不合就往太阳上走？那里太光明，太焦灼，不自由！咱换个地方说话……成吗？……"

这次他的话似乎奏效了，一片阴影从斜上方的位置投射下来，遮在了他的眼前。江川絮抬眼看，金灿灿的光芒勾勒出一个近乎神的伟岸身形，这个身形拉出一道巨大的影子，铺开至他身后千万里远的地方，江川絮就被覆盖在这阴影下。

讥讽瞳开始发光，"影子"的真身也逐渐可视，只见他悬空站在太阳下，头戴博士帽，身披董事装，腰缠富人蟒，脚踩官爷靴，身侧的文凭证书有一丈来高。

四面八方的声音如潮水涌来，说看看这小子，什么叫不辜负父母养育，不辜负师长栽培，不辜负亲戚期望！

再看看他后面跟的这个乞丐……傻不拉几黑咕隆咚的，全身上下除了内裤啥都没有，脸都看不清……

江川絮吃了一惊，大声反抗说："啊？你们把我俩搞混了？我才是江川絮！"

大家说："脸都不要了……"

一阵让人魂悸的喧闹后，嘈杂声消失，四下荡起旷古的风。

江川絮精疲力竭地跪倒在地，冲着"影子"大声喊："大哥威武！小的给您跪了，草民就一个问题，您究竟是何方神圣呀？给个提示，收了神通吧！"

太阳的温度逐渐从炽烈变冷，江川絮仰视"影子"，见他的眼神中有怜悯，有说不明的情绪……这时，一只白鹅叼着颗明珠晃晃悠悠从云边经过。

江川絮愣神半晌，随即起身拍拍膝盖上的土，嘟哝道："难道我错怪你了？！"……

这个梦之后，他更加迫切地想弄清"影子"是谁，绞尽脑汁，想起天机老头告诉他的四个字——"人有万相！"

他琢磨："难道师父的意思是说，'影子'就像《V字仇杀队》中的V先生？是你是我是大家？"

152. 霰雪遇明灯

天机老头出现时，据说北京大雪纷飞。

要说这雪，数朋友圈里下得最大，各种"北国风光，千里冰封，万里雪飘"的大雪诗漫天飞舞，北方的孩子争着抢着要告诉南方没见过雪的孩子，下雪时候的栏杆是甜的。

清晨江川絮趴在窗边向外望，不见雪的影子，深不甘心，便下楼去感受，出了室外，才感觉到雪融在手背上的冰凉感。这雪下得和沙冰一样，触地即融，只顽强地在树枝上覆起一层薄衣。他心想，一定是作祟的讥讽瞳束缚了自己的感官。

就在这样一个日子里，江川絮遇见了坐在凉亭里的熟悉身影，在那个瞬间，他不敢相信自己的眼睛。

江川絮高兴坏了，想当年初遇天机老头时，他小憩在霰雪中，如今身在异乡，再遇时，仍在霰雪中。

天机老头的到来就像亲人来到自己身边，点亮一盏明灯，那是真正的"明"灯，而非让人心中负疚的"暖"灯。

江川絮又问他腰牌是否找到？而他又是从何处来？

他说他从来处来！

江川絮说上一个这样回话的和尚被李坤打跑了。

他说上上一个这样问话的嵇康被司马斩首了。

江川絮请他吃饭时，问他住哪儿？他大手一挥说不用管，他说老夫可能快要回紫微了，行程就在近期！

江川絮说您老怕是有了"窜天猴"，又调皮了……

153. 此西游非彼西游

自从天机老头带江川絮参与了那次荒唐的护庙之行后，每回见到他，"天下事，少年心，分明点点深"的情绪总是翻涌不休。

两人亲切地就欧洲难民潮水深火热、ISIS 恐怖组织肆虐西方、叙利亚战局长线焦灼等问题交换了意见，并就朝鲜一意孤行进行核试验表示了担忧。

前者意见中主要的情绪是无奈和祈福，当然还怀着一些对祖国和平现状的欣慰。

当然以上皆是草民之间茶余饭后的胡扯，到后来江川絮谈及"影子"的问题，才是谈话的重点。

而在情理之外又在情理之中的是，天机老头知道"影子"。虽然江川絮曾跟他提起过，但这回老头表现出来的"知道"意味深长。

江川絮说："师父，我和'影子'的交集很少，甚至连一句话都没说过，可是每次见到他，都刻骨铭心，而且似乎总能从其他人嘴里听到关于他'优秀'的讯息。转眼要打听时，说话的人就不见了，我也想不起是谁。最近还总是梦到，但从心底里，我排斥跟他认识。"

天机老头说："嗯！"

江川絮问："'影子'是什么人？"

老头说："该问，'影子'是你什么人？"

江川絮惶恐："难道我还有什么不为人知失散多年的兄弟？"

待了半天，没人说话。

江川絮顺着老头递给他的语意重新问："师父，'影子'是我什么人？"

老头说："我怎么知道？！"

他说得好理直气壮，让江川絮一时气结。

等一口气顺过来，他继续问："师父，您不知道为什么让我问您他是我什么人？"

老头喝口茶说："因为当年你问我，看山大爷是我什么人！"

江川絮再次气结……

又过了半天。

江川絮问："那您究竟知不知道他是我什么人？"

老头眨眨影视剧里标准的神棍眼道："去看西游！"

江川絮说："《西游记》我早看过了。"

老头说："此西游非彼西游。"

江川絮挠头："那此西游又是哪个西游？……去哪里看？"

老头说："我的屋里就有。收音机下垫着的三本书，中间一本，等你将来有空，就回去看。"

江川絮问："那此西游讲的不是唐僧四人西天取经的故事吗？"

老头说："讲的当然是唐僧西天取经的故事！"

江川絮沉默，场面一时冷清，许久后。

江川絮没话找话："我刚进大学的时候见了六小龄童。"

老头说："嗯！孙悟空是灵明石猴！"

江川絮灵机一动，问："那'影子'是六耳猕猴吗？"

……

这次对话后，天机老头说"影子"这事情不能"豁然而通"，那就该慢慢来，而江川絮说人家《达·芬奇密码》里解那么多秘密就只用了一天一夜，为啥他们探一个谜要磨这么久？显得智力不够。

老头笑说反正也没别的谜可探，急什么？

江川絮无言以对。

接着，天机老头再次神龙见首不见尾。

随着风雪渐劲，毕业的年关也渐渐近了。

154. 愁来碰人

"经济的绳索紧扣在每个人的头上，多少性命就这样被绞死了，乡村本像一个瘦鬼，一听见年关，马上形销肉化一变而为骷髅。"

这是臧克家先生在《愁来碰人》中说的一句话。毕业前的年关对于大多数将毕业的学子而言，注定是不太好过的，因此这"愁来'碰'人"说得十分形象。如果将这句话中的"乡村"改成"我们"，将"一个"改成"一群"，似乎也适用。

江川絮和周围人一样，在潜移默化中，也将经济的绳索套在了脖子上，不至于被绞死，却也被扼得难受。尤其待在父亲江启文身边时，总有种"功业未建，髀肉已生"的紧张感，怕辜负又要坚持自我。

他和他父亲骨子里都是很要强的人，父亲比他干练，比他坚韧，比他传统，但固持一种"学历造人"的观念，为江川絮预设了"上中下"三种人生。

上版蓝图是考完研究生考博士，考完博士考公务员，最好上遍好学校，端尽"铁饭碗"，然后登坦途，踩青云，成为一名优秀的社会主义建设者兼成功人士，那才叫"骖鸾腾凤，光耀门楣"。

退而求其次的中策锦囊，则是学好本专业，喜不喜欢不重要，重要的是该专业要前景广阔，先进好公司，业余时间适当搞搞喜欢的事，毕竟人是社会人，是社会中的一分子，首先要完成社会的使命才能称之为"人"。这样一来，也大体算得上是"生荣死哀，不辱家风"。

末途是写作创作，说这是浮萍之态，可惜了十几年应试教育的栽培，做这种事一不经世致用，二对国家 GDP 少有帮助。更何况如今国运昌盛，民族步步复兴，不需要什么振聋发聩的声音来震醒国人，还有那幻想出来的乌托邦与理想国，毫无意义。兼之如今人们的阅读习惯已变，碎片化的阅读已全方位取代长篇叙事，搞这方面的创作，徒耗青春，始终让人悬心，如果毕业落得个无所事事，高不成低不就，那才是——"赍志没地，落魄堪伤"！

江川絮对老爸用词的准确性表示佩服，但和他的观念始终有分歧，不但有分歧，有时甚至不屑一顾，这种不屑一顾在别人面前能通过伪装掩饰，但哪里瞒得过亲爹的眼睛。焦躁之余，只好心急火燎地期待着获得人生中第一桶——足以让个人有选择自由的劳动薪金，来抵御年关时的各种问询，这薪金的来源他希冀能从那些只写未投的稿件中获得，而如何投？投给谁？如何保护版权？他都一头雾水。

一段蚂蚁上锅的日夜焦虑后，他跟天机老头说起这种状态，他说外国有部电影翻译过来叫《心慌方》，形容目前的焦虑恰恰合适。

老头摇头晃脑叹口气，想了半天，对江川絮说："你先别忙，听我给你说个故事。说汉朝啊，有个叫应劭的人，他写了这么个事，说他祖父应郴有一次在夏至日，请主簿杜宣喝酒，当时北边的墙壁上挂着一杆红色的弓弩，影子投到杯子里像是一条蛇，杜宣以为杯中真有蛇，所以很害怕，但又不敢不喝。当天回去后就肚子疼，吃不下东西，身子垮了，怎么医治都不能痊愈。后来应郴有事路过杜宣家，去看望他，问病因，杜宣说可能是蛇进了肚子。应郴回家后琢磨这事，回头看见悬挂的弓弩，想到了原因，又叫手下请杜宣来，再次置酒款待，酒杯中又有蛇的影子，应郴说明原因，杜宣看到是弓弩，心病去了，病就好了。"

江川絮知道他说的是"杯弓蛇影"的典故，但认真听完，乱麻一样的心思平整许多。这"疑神疑鬼，妄自惊扰"实在是患得患失的一种常态。

155. 不成功惶恐症

"心慌方"的时候，人会利欲渐炽，而利欲渐炽的时候，人的身体即使很闲，精神却闲不下来，不但闲不下来，还会高度紧张，总感觉什么都来不及了，时时难以宁神，惶惶不可终日。

传递到生理上的反应就是呼吸压迫、心胸拥堵、目光浑浊、手忙脚乱。

而蛰伏的意志力像是用了劣质柴油的拖拉机，"哐啷啷"发动起来又熄火。

手机成为一个神经质的填补讯息的工具，大家神经质地将之时刻握在手里。不断地从中叼取七零八落的消息，天南海北，风马牛不相及的讯息作为空虚本身来填补空虚这个无底之洞，一旦屏幕熄灭，又会再次陷入忙乱。

大家像是得了"不成功惶恐症"，动静之间皆惶恐，只要在非成功状态下，就会眼中无景，心中也无景。

当时，"商机"变成一个常常入耳的字眼，登徒子开始追风做起网络大电影编剧，继什么《道士下山》《道士出山》《我与道士不得不说的秘密》后，决定找投资做一部《尼姑下海》，自称"商机小王子"。

跟他合作的哥们儿是个"诗痴"，每天在朋友圈刷屏似的作诗，但论及诗歌造诣，像是师从于净坛使者徐海言，有种语言障碍的感觉。

诗痴喜欢嗑着瓜子批评《道士下山》的艺术水准，说人要有"艺术追求"。相比于他，登徒子倒是坦诚，说你少扯淡，咱们就是抄人家的IP捞点钱，你倒是给自己竖了个高牌坊，要不搞一部《道士牌坊》也行！

江川絮也说："你们要在人家爸爸嘴里讨残羹，还说人家爸爸的羹做得不好，这可不是好儿子！"

后来，诗痴忙着每天游窜于清华、北大和各个电视台，东迁西跑以参加各种凑人数的活动，来编纂朋友圈的诗词游记，造成时时刻刻与领导人会晤的假象，这些行为导致了时间上的错位，再回头时"道士"的IP热度已过，那部在制作前即被预测要彪炳影史的《尼姑下海》才幸而夭折。

与此同时，很多人一个猛子扎入炒股的大潮中，争当股界浪尖上的弄潮儿，以期飞黄腾达后请巴菲特吃午餐。却没料到自己太重，浪尖浮不起来，被闷死在了海泥里。

秦观书想尽快筹一笔钱帮林半桥开个画室，急切得很，于是跟随人潮站上了股票的高地就要扎猛子，被江川絮和朱小鱼一把拽住。

他奋力挣扎，说不要变成发抖的小喵喵，拿点投资的魄力出来！

江川絮说你换个死相吧，别玩高空坠物，你一步一步蹚入海，漂在海上淹死也好看点，别一头杵死在海泥里，一来太突然，二来不美观。

朱小鱼点头赞同，说炒股本是风险投资，有了闲钱炒一炒热一热，这翻炒之间全看心态，赚了固然可喜，赔了"鳄鱼止损"，我们拦你，意思是如果你非要玩，也是慢慢摸索慢慢投，别都投进去，不然你吃啥？

可当时的秦观书已利令智昏，跟在一位投股大神的屁股后头团团转，大神告诉他："股票市场要利就要舍得投资，所谓'钱滚钱'，你投'伟人脑袋'自然回报给你'伟人脑袋'，你投零钱那只能给你返硬币。"

秦观书被鼓吹得几乎要上天，不到一周俨然成了投资小神，满口期权期货、超买超卖，整个人像吃错药一样兴奋，入股坚决，下手狠快，结果一个月后遇上股市蒸发，人没死，半个胃算是被股市压瘪了，自此后很长一段时间，成功过上讨饭的生活。

江川絮和朱小鱼怕他过得凄惨，跑去跟失恋人群抢楼层，轮流替他承担一些生活费以作安慰。秦观书本想给林半桥个惊喜，无奈先给自己个惊吓，好胜之心压迫得他不想让其知晓，懊恼不堪，反而和林半桥闹出许多别扭。

江川絮再次安慰他："你要知道，大多数股民乘坐的都是'泰坦尼克号'，既然友谊的小船说翻就翻，股民的巨轮还不说沉就沉？你还光着膀子冲浪，被冲得一丝不挂很正常，回头我送你条旧内裤穿……"

他们之中，两个女生相对理智。

林晓童在是否继续进修学业这个问题上陷入良久的自我攻坚战，而她这种情况，并非个例，而是群像。大伙被代表做了很多年决定，乍一下让自己为本人的人生做决定，难免焦头烂额。

有段时间，她也在外界的声音夹缝中艰难抉择。今天买了考研书，跟着考研的大军前仆后继，明天就有人说考研没前途，出国才有前途。于是灭了考研的雄心，燃起出国的决意，再买一套托福雅思的教程，呜里哇啦开始学英语。又隔了一天，有人说别出国了，国外动荡不安，而且贵不可耐，投资不值，紧着赶快找工作，就业形势这么紧张，再折腾就剩下了。听罢又放下手机，开始铺天盖地地投简历，希望赶上最后一班收容的火车，别做了"被剩下"的人。

几经折腾后，她定下心，决定实习，后来她分别在几家大型互联网公司实习，直到进入一家很好的传媒公司。那段时间，一种紊乱、现实又荒诞的气氛围绕着他们，压迫感和琐碎兜兜转转，时而让人目眩神摇。

林半桥在和秦观书闹别扭之余，也定了志向，她搜罗出这四年大学时光里用过的大部分课本，把那些辛勤耕耘在课本间隙的涂鸦整合起来，想看看能否展出一幅"人生长卷"。

可喜的是，她家里人出人意料地通情达理，不但对她不从事"并不喜欢的理工领域"表达了令人感动的理解，甚至鼓励她成立个小小画室去闯一闯。

林半桥当然喜出望外，喜中只带一点焦虑，焦虑自己如何将一百分的努力发挥到一百二十分。她整个人简直像在阳光下拔节成长，江川絮将杯弓蛇影的故事告诉她，说你既然有世上最强力的后盾——家人支持，有什么好急躁的？

后来，她也如愿开起了自己的小画室，但在这之前，她同样进了一家传媒公司做策划工作，就在这短短几个月时间里，一头衣冠兽将他们从青春时代一鼻子拱入了社会的暗域，见识了一番。

Chapter.37
第三十七章·相鼠有皮，人而无仪

他们往往有迷惑人的外表，
肉眼瞧是瞧不出丑恶来的，
不但瞧不出丑恶，
甚至还能瞧出魅惑可亲和憨态可掬来，
他们善于利用他人的喜爱，
善于捕捉他人的心理，
自身心理素质过硬且足够狡猾。
千面郎君的老板娘求财害人，也许毁人一时，
而蝇营狗苟衣冠兽是为色害人，足以毁人半生。

156. 地走人形兽，春开鬼面花

有一天，江川絮上网看视频时，讥讽瞳忽然一阵刺痛，只见一个肥头大耳的精怪披着人皮跳跃在舞台上，哗众取宠，博得一片追捧。

起初他还以为讥讽瞳又花了眼，刚拍着脑袋要醒醒目，不料秦观书窜出来指着屏幕大喝一声："看，禽兽！"

江川絮才知道自己没有看错，终于，他们和伯邑考的老猿一样，修炼出了识妖辨畜的本领。

他一时脊骨生寒，想起钱钟书先生批在《阅郑所南诗》中的一句话："地走人形兽，春开鬼面花！"这个瞬间，屏幕中人与"排档四恶"中的"恶贯满盈公熊野"恍惚相似，但此人要比公熊野更加险恶，为示区别，权且称他为——"蝇营狗苟衣冠兽"吧，虽然这对兽类着实不公平。

初识"衣冠兽"的那几天，大概是江川絮认识秦观书以来，见过他最萧条、最荫翳、最无所适从的几天，那是种难以排遣的无所适从。总之，为了某些事，秦观书伤透了心。

林半桥和秦观书的这次分手，不同于之前一百次真真假假的打闹，这次分手，没有了辗转反复的余温。秦观书删掉了林半桥所有的联系方式，屏蔽了她的一切消息，默默地蜷缩在角落里，旧日的盟誓与情谊，枯萎于旦夕之间。

夜里，林半桥怀着满腹委屈打电话给江川絮，让他给秦观书带话，质问其怎么能如此绝情？在那个情绪几近崩溃的晚上，江川絮了解了故事的始末。秦观书坐在冰凉的地上，反复给他强调"旧人"两个字。强大的空虚感捏着他的喉咙，黑暗争分逐秒地碾过来，让孤立中宵的人，无所遁形。

157. 最伤是旧人

林半桥在成立画室之前，先进了一家比较知名的传媒公司，做了几个月关于节目策划的实习工作。

在一次节目录制中场休息的间隙，她和当晚的几个嘉宾明星合了影，其中一个胖胖的明星很亲和地跟她聊了天，还加了她的微信。此人年过三十，有妻有子，长相憨实，笑容可掬，看面相，绝对是知荣知辱的孝子贤孙。林半桥看过他的搞笑小品，也时常关注他的直播，所以亲切地称他为"哥哥"。

闲聊中，这位"胖哥哥"说有空约她参观自己的工作室，林半桥作为初出茅庐的新瓜蛋子，受宠若惊。

时隔数天的一个夜里，林半桥接到胖哥哥的微信，要约她出去唱歌，林半桥一看时间，已经到晚上十一点半了，第二天还要上班，就十分可惜地婉拒了。

又隔数日，这位胖哥哥约林半桥参观自己的工作室，当天半桥盛装出行，于下午一点开开心心乘坐公交前往赴约。

他俩在约定地方相见，见面后，胖哥哥带她进了工作大楼，直到出电梯进工作室，对她都是很清冷的态度，一路无话。

他们在工作室绕了一圈，胖哥哥便带她进了自己的办公室，进了办公室后，他的冷脸才涣然冰释。

两人说说笑笑开始聊天，聊了一会儿，胖哥哥问林半桥这么漂亮有没有男朋友，这时她跟秦观书又闹别扭分了手，于是赌气说没有。随后胖哥哥三言两句绕到男女之事，说女孩子要注意安全云云。林半桥只是觉得有点奇怪，但一来觉得他是公众人物，二来惑于他好父亲好丈夫的憨厚形象，也没多想。

胖哥哥问半桥喜欢哪样的男生，半桥自以为情商很高地捧了对方一下，说就喜欢哥哥这样的男生啊！

接着，那胖哥哥起身锁了门，在门外人来人往的情况下，转身就把林半桥强搂进了怀里，张口就亲了上去，一只手往她裙底探，嘴里还念叨着："那就帮帮哥哥！你不是喜欢我吗？帮帮我！"林半桥吓得不轻，却拗不过他的劲，随后极力挣扎，挣扎良久，那胖哥哥放开了她。

后来，那胖哥哥安抚了她的情绪，并送她出了门。

这是一段发生在光天化日之下未果的侵犯，万幸悲剧在未酿成前终止。秦观书在讲述这个故事的过程中，时而陷入长久的沉默，江川絮于沉默中感受到强烈的压抑与落寞。

终于听他说完，江川絮勃然大怒道："报警啊！"

秦观书软绵绵地说："她不想把事情搞大，她说事关名誉，对谁都不好！何况单凭微信聊天，哪能作为证据！"

江川絮看他有气无力的样子，恨不得抽他一个耳光，他说："禽兽披着人皮在外面逍遥，你俩败狗一样不死不活地窝着，一个委屈得要死，一个消极得要死，你能不能有点男人的样子？！"

秦观书被他一激，猛地起身道："是我不想吗！是我不想处理吗！是林半桥死活不让好吗！是你没遇到好吗！再说那个畜生还有家有室有个孩子的，搞得他家破人亡，对谁好？"

江川絮骂道："你俩是圣人吗？被害了还想着害人者的利益，就你这能力，能搞得那畜生道个歉掉点粉丝就不错了，还'家破人亡'，既然是圣人，那你俩还半死不活，搞笑呢？"

秦观书一把揪住江川絮的衣领，吼出声来："对！我让那狗东西掉点粉，人报复了咋办，林半桥咋办？"

江川絮摸一把脸上的唾沫星子，甩开他的手，碎碎念地骂了几句，冷静下来。

良久，他压下火气："行，那咱先撇开那畜生不说，说说你俩，虽然说林半桥没脑子，但她是受害者啊，你不安慰她，在这时候彻底跟她断了是几个意思？她告诉我，你嫌她和那畜生一样恶心。"

"我没安慰她吗？我自始至终说过她的一句不是吗？你听听，这是林半桥给我说这事时候发的语音。"

秦观书翻出语音，随手把手机往地上哐当一扔，江川絮逐条点开，越听越心凉，听到后来，五脏都像是冻在了冰窟里，只剩空落落的感觉。这时，他才明白了"旧人"两个字的含义。

恶心的藤蔓爬上墙面，他们首次见识了真正意义上的"恶"。

158.斯德哥尔摩综合征

林半桥发给秦观书的语音，絮絮叨叨语无伦次，可以概括成一句话——"他差点侵犯我，但是他很好"。

逻辑是什么呢？逻辑是"因为他的力气很大，当时他完全可以，但最终他没有。"……"最后我吓得发抖，他还安慰了我。"……以及"我说自己对他很失望，只是把他当哥哥时，他神情显得很落寞。"……"他最后还送我出去了，给我说了好多好话，觉得他挺好的，现在还是会看他的直播。"

最荒唐的是，林半桥说最后胖哥哥放开她并安抚了她的情绪后，她说她要走了，胖哥哥还要她过去抱抱他，然后她就真的过去抱了他，她说她那时"在他怀里感觉很安心，有种劫后余生的感激"，还自觉机智地说了句："哥哥你太胖了，我抱不住你。"

江川絮暗叹认识了这么久，从没料到林半桥的情商和智力是如此之低，但转念一想，并非只是情商低，而是在林半桥的爱情小屋里，已没有了秦观书的一席之地。林半桥给秦观书发语音，只是因为信任他，发生了这么惊心动魄的事，她完全无法自我排遣，需要一个倾听对象。

林半桥第二次打电话给江川絮时，江川絮对她说："作为你俩的好朋友，我不偏不倚，以前每次你俩闹别扭，我都是站在你这一方，但这一回，是你做错了！你再去听听自己给墩子发的语音，就会明白这次他为什么这么决绝地拉黑你……因为他太伤心了，没有其他原因，只有一点，你和他的身份问题，他是你什么人，是你的旧人！你俩即使分手了，之前还有点点滴滴的情感在，在这件事上，他从来没有说过怀疑你的话，更没有责备过你一句。就像我把晓童当成了亲人，就像朱小鱼把彩裙当成了亲人。你给一个真心爱过你的人说一个衣冠禽兽对你骚扰未遂的情况时，你没想过他会心痛？"

林半桥哭腔中夹着怒气："我当时给他说的时候，根本没想那么多！"

江川絮沉默下来，不知道怎么措辞，他心想是啊，是想不了那么多，当一个人对另一个人的爱情渐渐消失时，她就体察不到对方的喜怒哀乐，不过是一个人放下了，另一个人没有放下而已。

半晌，江川絮说："人只有在一种情况下会对自己真心爱过的人说别的异性和自己的搂搂抱抱而不自觉，甚至对其恶心行为进行回护，这种情况就是他俩的过去已散如云烟，所以才会察觉不到听者的心痛。半桥，你不该在这件事上回护那个渣滓的！"

"没你想的那么复杂，我只是觉得他可以，但他没有，就这一点，我就觉得自己很幸运。只是单纯觉得很幸运罢了！而且我不想把事情闹大，他放开我了，我安全，可以了，以后我不会再和这种人出去，因为我不再相信他的为人，我要保证自己的安全，我还是喜欢他，可能是因为他在我最最害怕的时候让我觉得安心了一下。"

"什么叫他可以，但他没有？你知道他这叫强奸未遂吗？光天化日在他自己的办公室，外面还人来人往，他有妻有子，事业有成，况且是公众人物，你在抗拒挣扎，他敢继续吗？我从没料到你不但情商低，智商也到了下限！你自始至终都在为一个人渣辩解，'他其实挺好的，他其实只是一时冲动'，拜托！他是一个见你第一面就兽性压过理智并且付诸强制行动的成年男人好吗？！是因为他有所顾忌才不对你继续施暴的好吗？！按照一个正常人的逻辑，他作为一个名人，大白天还在自己的办公室里，想要强行和一个大学女孩发生关系，未遂后赶紧出言安慰、装扮好人不是他自保的正常反应吗！他会傻到不用这么一点小伎俩堵住女方的嘴吗？你出门维权，他的职业生涯不就毁了吗！你以为他放开你是良心大发，立地成佛吗？最后你还说什么，'还是很喜欢他，会看他的直播'，还很害怕地去烧香求他别再找你，我求求你，求你作为一个上过学的人，有一丁点法律的常识好吗？他要再联系你不会回绝吗？不会拉黑他吗？不会联系我们吗？不会报警吗？"

林半桥开始在电话那头啜泣："我也不知道……我也不知道……我很害怕，我给观书说的时候，就是怕他冲动，我怕他冲动会报警，最后那人安慰我了，我觉得他可能也只是冲动……"

江川絮听她哭得泣不成声，心也逐渐软下来，回头看见秦观书一个人趴在阳台的书桌上，一动不动，心想这样狗血淋头的小概率事件，怎么就落在了他们身上。

他斟酌了一下语言，平缓下语气，对林半桥说："你听过斯德哥尔摩综合征吗？打一巴掌揉三揉，就会觉得施暴者其实也没那么坏，你好好想想，你有自己说的那么喜欢他吗？不！你只是在给自己找能释怀的借口，叫——'因为我很喜欢他，所以他对我未遂的侵犯我能够部分原谅'，还有你知道什么是冲动吗？我长久地爱一个人，有次我实在看她很美，忍不住上去亲了她一口，这是冲动！而不是见她第一面，就锁了门，狗一样冲上去说你帮帮我吧，这不是冲动，这是变态！"

那通电话的最后，林半桥哭得昏天黑地，江川絮在安慰她情绪之余问她要不要举报这个人渣，她不让，只想引以为戒并尽快忘了这件事。

江川絮说那你就哭吧，使劲哭一哭，有句话叫"虎豹不堪骑，人心隔肚皮"，咱们都还太嫩，还不能从憨厚的面相看穿人善恶的心肠。这不怪你，算是个教训，就像我不丢稿永远不知道备份，你不遇险永远学不会自卫。

迫近黎明的时候，江川絮睡着在座椅上，在不断跳跃的乱梦里，他的讥讽瞳见到纪晓岚、蒲松龄和干宝。纪晓岚对他说："'鸲鹆岁久能人语，魍魉山深每昼行。'你们看到的，是在白天行走的魍魉呀！"干宝和蒲松龄相继肯定，江川絮惊而不信，干宝点头道："居若水！"蒲松龄摇头道："捉不尽！"

忽然听到身后有动静，江川絮回头一看，只见魈魈变化的"衣冠兽"摆出玉盘珍馐，等待着正值青春涉世未深的少男少女……

159. 阳恶与阴恶

这件事后，秦观书和林半桥的爱情算是告一段落，旧日种种似乎都只在光阴的假象里片刻存在过，这或许不怪他们中的任何一人，青春年少时，哪有那么深沉的隐忍与宽谅。

江川絮作为最近的旁观者，深切地体察到他们的创伤隐藏在肉眼之下。学生其实是个很弱势的群体，在自主能力和判断能力不足的情况下，很容易被这种"衣冠兽"一鼻子从青春净土拱入前所未见的社会暗域。而有些人生而丑陋，注定要让他们的父母为其蒙羞。

他有句话想当面送给那头衣冠兽，叫——"虺蜴为心，豺狼成性，牲口何辜，为尔代名！"但恐怕机会不大。

除了"防人之心不可无"的教训外，江川絮也有种深深的无力感，他知晓了，一个人不够爱一个人时，会忽略其感官。这时，如果一个人放下了，另一个人没有放下，就会有人伤心。

此外，在江湖中行走，两种人最可恶。

一种顶着恶面行恶，一种顶着善面行恶。

顶着恶面行恶的，并不多阴诈，姑且称为"阳恶"。他们虽然可恶，但限于智力，容易识别。这类人身上带着常人触之即惧的煞气，遥遥就能望见，绕开即可。

而那些顶着善面行恶的，却让人防不胜防，称之为"阴恶"吧。这类人诸如"千面郎君鬼面常"，以及这位"蝇营狗苟衣冠兽"。他们往往有迷惑人的外表，肉眼瞧是瞧不出丑恶来的，不但瞧不出丑恶，甚至还能瞧出魅惑可亲和憨态可掬来，他们善于利用他人的喜爱，善于捕捉他人的心理，自身心理素质过硬且足够狡猾。千面郎君的老板娘求财害人，也许毁人一时，而蝇营狗苟衣冠兽是为色害人，足以毁人半生。而且受害者往往因为羞耻而吞声咽气，甚至不敢让家人知晓，证据也不易收集……

后来，江川絮梦见在一个万人的盛宴上碰见那衣冠兽，陈粒女士在台上唱歌，歌词却改了："我看过牲畜披人皮，听过良善被人欺……"

接着，衣冠兽找他碰酒，江川絮笑着说好，他拿来话筒，端起酒杯，彬彬有礼地虚晃一下，然后对着话筒说："相鼠有皮，人而无仪，去你妈的！"

Chapter.38
第三十八章·人言落日是天涯

江川絮最后一次睡着在故土的山坡上。
四野梦声环绕，夸夸其谈的现实如烟飘散，
当时的他未以为奇，
疏忽一瞬，少年的一切都已远去……

160. 微火天堂

  爷爷去世后不久，江川絮回到天迎待了八天，他没想到自此之后，他再也没有在天迎待过这么长时间。

  沿途，讥讽瞳闪啊闪，被风撕扯的花冠、托着篝火的鸟群、被时间掣肘的生命平白无故地出现在他眼前，生死的事未免使人无奈。

  小姨一家带着江川絮上了坟，下山时遇到一只土拨鼠在洞前探头探脑。其余人先下了山，江川絮和表妹婷婷坐在土拨鼠的洞口上方待它出来，用手机拍摄了一段。

  剩下的日子，他住在小姨家，偶尔去爷爷家看看，屋里已没了人。恍惚中他也愣一愣神，想起散了的人们也曾这里欢笑，在那里起卧。

  他掀开缝纫机上的绿布摸了摸，拿起用了几十年的捣蒜木杵耍了耍，又挨个坐了坐爷爷用刨子做的板凳，还在木板床下发现两个大箱子，一个里面放着古董级别的裕兴 VCD 和各种光盘，《宝莲灯》《葫芦娃》《三毛流浪记》《大闹天宫》等满满一箱。另一个里面是他小时候的玩具和杂物，有用橡皮筋捆起来的一摞摞洋画片，有一只画着虎的纸糊灯笼，一桶形状各异的细木棍，还有一个很大的老鹰风筝，筝杆是父亲江启文亲手制作的。

  他取下洋画片上的橡皮筋，一张一张地翻过去，每一捆都是一个系列，有些时隔十几年尚且平整，有些已皱皱巴巴。看完，江川絮又将它们小心捆起来，连箱子抱回了小姨家。

  当晚吃火锅的时候，电视里播放着《隋唐演义》，江川絮忽然对表妹婷婷说："要是你哥以后又勤奋又穷，你就可以叫我'秦琼'！"

  表妹反应了一下，哈哈大笑，说哥你大夏天的讲冷笑话再把人冻死！

小姨也笑说，你俩神经病！

那些天，江川絮像条游狗一样争分夺秒地在天迎的各处闲逛，和表弟表妹开玩笑。昔日的市场已经拆迁大半，但风烛残年的凉皮店还存活在一片板房中。

每天上山前，江川絮都会来买一碗凉皮，跟在这里一站就是二十来年的老阿姨寒暄几句。

第一天他对阿姨说：您像泰山！

第二天他对阿姨说：您像华山！

第三天他对阿姨说：您像嵩山！

直到连尽了五岳，夸到"您像九华山！"时，阿姨好奇地问江川絮为什么夸她像山。

江川絮说：因为只有群山屹立不倒！

卖凉皮的阿姨爽朗地笑起来，皱纹爬满了风霜雕刻的脸。

江川絮一时记不起这个阿姨年轻时的样子，仿佛过了二十几年，他都长到这么大了，卖凉皮的阿姨自始是这样。他想起"多少人曾爱慕你年轻时的容颜"这句歌词，恐怕只有爱慕的人，才记得彼此年轻时的容颜。

到第七天，江川絮最后一次过来买凉皮，阿姨将筷子放进打包的塑料袋里，忽然轻声说："川絮啊，今天的凉皮我送给你吧！"

江川絮忙摆着手说阿姨不用，泪水却已莫名其妙夺眶而出……

那天的风格外地轻，他站在山上举目而望，别无二致的屋舍，可望不可即的群峦，"影空怀远"这个词涌上心头。

山坡上的馒头花长势凶猛，熏得人有点醉，风声在耳边环绕，它说："小纸风车丢在草里……走过的人都说树枝在长……一个娃娃转眼长大……而这样的故事已成定局……"

江川絮最后一次睡着在故土的山坡上。四野梦声环绕，夸夸其谈的现实如烟飘散，当时的他未以为奇，疏忽一瞬，少年的一切都已远去……

161. 岁月你别催

回京后，江川絮给"伤重未愈"的秦观书看了上坟时拍摄的土拨鼠视频，又讲了他新编的关于"秦琼"的段子。

本指望能为其宽怀，不料短暂的大笑后，却是长久的沉寂。

这种郁郁不得的情绪像肉眼难见的柳絮一样充斥在整个宿舍里，令人呼吸滞塞。

　　起初几天江川絮尚未察觉，但随着时间的推移，一股肉眼可见的焦躁戾气从无头苍蝇般疯狂找工作的秦观书身上带出，他的五官逐渐扭曲板硬。

　　有天江川絮实在忍不住，提了一杆拖把棒子，和蔼可亲地架在秦观书的头顶问："墩子你跟我说实话，你的脸最近是不是骨折了？打了石膏？！"

　　秦观书不语。

　　江川絮的关心再进一步，仔细端详其面目后道："不像骨折！你是情路受挫，想整容？"

　　秦观书不语。

　　江川絮对友人的关心向来非浅尝辄止，继续刨根问底："丑不是你的错，你别想不开呀！"

　　秦观书不语。

　　"你非要整，可不能去假整容医院！"

　　随后两人打了起来，幸好江川絮早年间跟永昶时常会战，有较为充足的实战经验。在有武器的情况下，与其战了个旗鼓相当。

　　战斗完，头顶一个包的秦观书告诉两溜鼻血的江川絮，他奶奶前段时间去世了，而他家人以学业工作为由，没让他回去，如今对比江川絮，他不是滋味！

　　……

　　当晚，他俩置了点酒，没喝几杯便已七荤八素。秦观书连日里板结如铁的脸上终于有了一丝人的生气，那生气中透着悲愤，随即他发下幼稚的"宏愿"说，他要暂时拉黑他的父母了！等赚够钱再联系，让他们刮目相看！

　　江川絮问为什么？

　　秦观书说他开始厌恶和他父母交流，甚至开始逃避与他们通话，因为每一次交流，都不得善终。所有话题的起始点和落脚点都在工作和薪资上，好像除此之外，世界之大，再无话题可聊，再无趣事可看！

　　江川絮说，嗨！毕业在即大都如此，何必呢？

　　秦观书怒道，主要是我奶奶去世时，我要回去看一眼，他们都拦我，跟我说的最多的话，是抓紧找工作才是尽孝！

　　江川絮安抚秦观书的情绪，叹口气道：说说奶奶吧！

　　随即，秦观书泊入无限回忆里。

他说："小时候我表哥经常逗我,说我是个'多头'。"

江川絮问:"多头是个啥?"

秦观书说:"多头是我们的家乡话,就是多出来的布头儿,做衣服余出来的部分。"

江川絮给他倒上一杯。

"表哥逗我,一会儿说我是从垃圾堆捡来的,一会儿说我是从大坑里捡来的,所以我小时候总觉得自己多余……"

江川絮出言安慰:"你的身份来历确实是个谜,可惜达尔文走了,不然你还可以问一问。但不妨事,不管你从哪里来的,只要你是人类,咱们的起源应该是同宗的!"

秦观书晃晃酒杯:"……后来我奶奶知道后,拿着扫帚追着我表哥一直到大野地里,追出去好几里路。"

江川絮跟他碰一杯说:"真好!"

秦观书说:"那时候嘴馋又不懂事,经常会去邻居大爷家的地里偷花生和玉米,偷完后,我就会把花生秧和玉米秆藏在自家拖拉机的翻斗里。"

江川絮疑惑道:"你把花生秧偷回来也就罢了,偷玉米秆到自家车里是几个意思?大义灭亲?"

秦观书瞪他一眼,继续道:"但天不遂人愿的是,最后还是很不幸被发现!"

江川絮目瞪口呆:"玉米秆都扯回去,很难有幸不被发现吧!"

秦观书说:"挨打时,就我奶奶站出来护着我……"

江川絮拍拍他的后背:"无妨,这样'自掘坟墓'的事并不是你一个人的专利,永昶小时候偷吃方便面也是,把没吃完的方便面连袋子塞在他家的暖气缝里,被打的时候,没有一根方便面条是无辜的。"

秦观书说:"因为这事奶奶让我罚站了一个小时,之后她去村里串门,每次回来都会给我带一点花生。"

江川絮说:"那我知道了,你奶奶是刘姥姥,你小名叫板儿。"

说罢二人又打了起来。

打完架,江川絮像个翩翩浊世佳公子一样正正衣冠,忽然正色对秦观书说:"回去一趟吧!"

秦观书哇的一声吐了出来,眼泪混着鼻涕,狼藉一地。

162. 无人知晓

翌日，江川絮酒醒时发现秦观书已经走了，不用想也知道他回家了，江川絮顿感欣慰，一咕噜起身，给父亲江启文打了个电话。

江启文与秦观书的父母如出一辙，同样为其工作与学业悬心，江川絮说爸咱聊点别的吧！但绕来绕去，半个小时的通话中，还是"不负众望"地将二十六分钟都花在了事关工作与前途的叮嘱上。

挂了电话，江川絮实觉索然无味，点开邮箱胡乱投了几份简历，又翻身上床睡了一觉。醒来已是下午，他草草吃了点东西，准备写作却无头绪，一种淡如轻纱的情绪弥漫在空气里，像层不可视的罩子将他团团圈在当中，毫不起眼，却挥之不去。

他莫名想到天迎，想到秦观书的奶奶。隐约觉得这情绪跟亲情有关，于是决定去找部亲情电影舒缓一下，问了匹夫永昶，永昶拍着胸脯为他推荐了一部"绝对轻松暖心"的电影——是枝裕和的《无人知晓》，看完之后，差点儿窒息。

江川絮从未看过如此收敛压抑的电影，一点情绪的宣泄口都不留给观众。

影片讲述了一个贫穷的单身妈妈带着四个没身份的孩子搬进新租的房子，之后离家出走一去不返，留下大哥哥"明"挑起了照顾三个弟弟妹妹的重担。起初他们还会收到妈妈寄来的钱，但时间一久，便没了音信。四个孩子的生活就这么在阳光和玩耍中日渐绝望，所有情绪都被强行消化在沉默里……后来，饥饿的小妹妹"雪"从椅子上意外跌落再没醒来，哥哥"明"和朋友纱希将"雪"的遗体装进行李箱，坐地铁带她到了机场，在那里，为她完成了"跟着妈妈看飞机"的心愿。

其中，几个孩子猜拳上阶梯的情景简直是神来之笔，一个固定镜头里只有三个孩子，他们都出了"布"，没人该上阶梯，但让人奇怪的是，他们都没有继续再出拳，其中的弟弟转头看了一圈，在几秒的静止画面后，天使一样的小妹妹"雪"从阶梯下面蹦蹦跳跳跃入镜头，举着"剪刀"的手势……这个画面对比着小妹妹去世后结尾阳光明媚的轻快，给人造成一种极度克制的反差。整部电影里，几个孩子自始至终没流一滴眼泪，就这么轻而易举地掏空了江川絮的心力。

随后几天，江川絮的讥讽瞳焦躁起来，一些关于亲情、生死的思考被强行灌入脑海。他时时想起那条孤灯垂照的长街，穿着破衣服的哥哥牵着"亲戚家无人知晓"的妹妹往家里走，信誓旦旦地对她承诺以后会带她坐地铁看飞机，而天真乖巧的妹妹踩着会响的鞋，咯吱咯吱，咯吱咯吱……

163. 望极天涯不见家

江川絮接到秦观书的视频电话，入眼是一条打着石膏的腿。

江川絮奇怪道："你把前些天脸上的石膏打腿上了？"

秦观书不说话，镜头上移，露出缠着绷带坐在轮椅上的自己。

江川絮猛吃一惊："你去埃及了？"

秦观书亲切地问候了江川絮的大爷，挂断电话。

江川絮忙又回拨过去，问他遭何劫难以至于此？

秦观书说："和我爸回老家给奶奶上完坟没几天，这条腿就慷慨赴难了！"

江川絮问他严不严重。

秦观书忽然笑道："医生说了，伤筋动骨怎么也得缓一百天！"

见其笑容中毫无残喘，川絮松了口气，说这么大的事情，咱得到"匹夫群"张灯结彩一番。

……

秦观书在"匹夫群"里跟永昶、朱小鱼"哭诉"腿伤始末，言语悲壮，令闻者啼笑。

原来在六天前，回乡兴奋的他在与儿时伙伴的寒暄中唤醒了童年记忆，自觉幼年时钦慕少林功夫，也曾是个"飞檐走壁"的村头豪侠。只不过后因学业疏于修炼，致使功力日渐荒废，既然回去，没有不捡起来的道理。于是，他放着大门不走，连翻老院三面墙以期恢复轻功，等翻到第四面，却不料这院墙年久失修，轰然倒了半壁，武林盟主的交椅终因左小腿轻微骨折拱手让人。

众人听其哀号，实在惨不忍闻，但观其形貌，却又并无大碍。

江川絮夸他未履沙场而"就义"，等回来得为他摆上一桌接风洗尘。

其他人默哀了一分钟以示同情，永昶诚恳地建议他："要是郁闷的话，可以去看看是枝裕和的《无人知晓》，暖心感人，比较容易疏导情绪！"

随后的一个月，他们天天接到秦观书的视频通话，但仅六七天后，大家就不胜其扰，只剩川絮还秉持着人之初最基本的人道主义精神对其进行"关怀"。

秦观书感慨久病床前无孝子，并让江川絮转达其余诸位好友。

朱小鱼叹其舌头未瘫痪，实是一件悲哀之事！

眉开眼舒的秦观书一反常态，江川絮在奇怪之余试探问他："难道是腿断了有点开心？"

秦观书说太开心了。

接着，江川絮发现这句话并非玩笑，秦观书腿上虽打着石膏，但看起来比任何时候都轻盈。

每天，他都会滑着轮椅汇报工作似的，给江川絮直播田野尽头的阡陌、桑树下的野鸭、清风里的芦苇、水草中的蛤蟆。

江川絮听其喋喋不休的叙述，厌烦的情绪忽而不见，他仿佛真正看到了这个人，从其成长的点滴，知晓了是什么雕刻成今日的他。

他告诉江川絮，村里王书记家买新车了，其麟儿已签在了著名企业内。隔壁李妈妈家盖新房了，其爱女已嫁了个富二代。而他与父母聊天，聊及他童年的事，发现很多他们都已经记不得了。

江川絮称自己对这些不感兴趣，秦观书又给他说起其他事。

他说他又让村里小时候给他剃过头的大爷给他剃了回头。

江川絮说："这是多么稀罕的幸福！"

他说他又见到了小时候邻居大娘家那头屁股上有胎记的驴崽"火烧"，它业已成长为一头"亭亭玉立"的大驴，下了三头中驴，中驴又下小驴，小驴刚生下小小驴，完成了四世同堂子孙绕膝的天伦之乐。

江川絮说："保护我方'火烧'！"

他说他还碰上了村头多年未见的傻子。

江川絮问："他是不是骑根棍子，你对他说'古伦木'，他对你说'欧巴'？"

在通话的最后几天。

他说："川絮啊，我们可能要失去家乡了！"

江川絮说："闭嘴吧你，我早知道了！"

"没家乡，岂不成了孤魂野鬼？"

……

他说："川絮啊，我镀的金已掉了大半，我想争取在十年之内，在首都挣出一个厕所来，与君共勉！"

江川絮说："闭嘴吧你，谁要跟你共勉挣厕所，老子志向远大！"

……

他又说："川絮啊，这次摔伤腿，真是太好了！"

江川絮说:"是太好了,恭喜你,终于找到一个'回家'的正当理由!"

……

江川絮想起前些日子为何焦躁的大概缘由。

某一刻,人们似乎再也找不到一个妥善回家的理由,仿佛要发生一些大事,才能光明正大地回家,又正大光明去见一些久已未见的人,亲戚、朋友、小吃店的老板、叫不上名的大爷,甚至村头的傻子。这恐怕是一种悲哀,因为"衣锦还乡"和"荣归故里"羁绊着他们,让他们只能遥遥窥探,那个即将也终将失落的地方。

最后,秦观书对江川絮说:"川絮啊,我爸妈似乎除了我的好前程外,已经忘了我的其他故事!"

江川絮沉默下来,他想起《七号房的礼物》中,纵使在生命的最后,也有父亲牵着女儿的手,坐在热气球上,衷心地感叹:"夕阳好美呀!夕阳!"

Chapter.39

第三十九章 · 日出之际，会做一个梦

多年后，我们会在草长莺飞的季节相遇，我会将马鞍上的污泥抹在宽大的衣衫上。
……
怪我记性太差。
如今，我已记不起她的名字。
只记得在遥路的尽头，弥漫着迷途的花。
那晚，不该一直行路，该停在路边。
这样的话，日出之际，会做一个梦。

164. 家境、家境与家境

总有一些人，尝试打破生活中的妥协与苟且，他们披芒携电，大部分折戟沉沙，将自己伤得筋断骨折，却能带来燎烈人心的故事。

李伯苗这样一个打小被认为是贩夫走卒的人，在爱情里，义无反顾地为大家上了一课。

这一课，火一样照得众多麻木的心通透。

那是后来的事情了，炸了黑店的后厨后，李伯苗换了好几份工作，最后接了他父亲的衣钵，学了修车的技术，以修车和跑出租稳定下来。

那时，璐瑶的父母已经开始对女儿催婚，说女大当嫁，最青春的时光才有最丰富的选择，你学历有亏，只好青春来补，这样才会有个好将来，别等成了剩女，再去舔穷碗。

璐瑶听后，将李伯苗介绍给家人，她的父母草草了解，就表示根本瞧不上眼，并一意孤行，开始给她安排相亲。璐瑶自己形容，家里人恨不能将之挂在红绿灯的电杆上，和过往条件合适的男人都相一遍，以便筛出"真龙"带她飞。

相亲对象中，有官宦子弟比她大十几岁，相完亲后跟璐瑶的爸"哥俩好"地划拳。

有家产几百万仍奉行男尊女卑观念的，拿一本《礼记》给璐瑶讲什么是三从四德。

有表面斯文但骨子里比女人还妩媚的，揪住个服务员的小错"吧唧吧唧"能翻着白眼说半小时。

总之，她家人对她相亲对象的安排是有准则的，除了事先打听人品不是太离谱这一项外，其余几个准则概括下来分别是：家境、家境与家境。当然，还得是个男人。

起初，璐瑶还抱着轻松应付的心态陪着玩，还给密友讲述相亲遇奇葩，什么人都能碰到，但相了一段时间，心态便厌烦沉重起来，她没想到几桩交易不能愉快达成,反而使家人催得更紧。

这事璐瑶做得不妥,置李伯苗于无地。但她是那种柔和无主见的女孩,初衷是应付家里的催逼,此外也不排除一部分猎奇心理,但这猎奇心理中,并没有半点伤害李伯苗的心思。

接着李伯苗知晓了此事,对璐瑶大发雷霆,璐瑶向他道歉,他不接受,随即璐瑶在惶恐中失去了他的消息。直到一周后,璐瑶接到他的电话,让她开家门。璐瑶很惊奇地开门,看到他西装笔挺地站在她家门前,打着领带,带着花束,就像电影里的传统桥段一样。

李伯苗对璐瑶一笑,说:"对不起,我为前几天的暴躁向你道歉,不过今天我不是来看你的,今天,我是来搞定我老丈人和丈母娘的。"

可以想象,璐瑶作为多愁善感界的一位元老,在听了这两句李伯苗私底下练了无数遍的台词后,被帅得快要晕过去。

而此刻,李伯苗带着一种英雄救美时义无反顾的微笑,抬起穿着光可鉴人真皮鞋的脚,雄赳赳气昂昂地迈过她家的门槛,经过她身边时,还顺手将一朵花,插在了璐瑶耳鬓……

他的胸中酝着鹏程万里载"璐"飞的伟大蓝图,酿有赴汤蹈火为"瑶"亡的壮烈勇气,他相信把这些一股脑铺开在璐瑶的父母眼前,一切崎岖沟壑都将在笑声里化为坦途。

可惜,这种自信只维持了半盏茶时间,这半盏茶,是寒暄的时间。

半盏茶后,璐瑶父亲用久经沧桑的声线稳稳地拖出一个五字问句:

"有……房……和……车……吗?"

此句一出,坦途变作滩涂,李伯苗走在滩涂上,感觉自己要陷落下去。

片刻的宁静,落针可闻。时间在这几秒钟走得缓慢,因为李伯苗的大脑闪得飞快。

他偏头看看大门的方向,门外停着一辆公司租赁的出租车。

咽了口唾沫,他强装镇定地压下满要吐出来的心虚,点头说:"有……房车!"

165. 向着自由的"白珍珠号"

李伯苗答完这三个字后的故事,可用"觥筹交错"来形容,场面和谐愉快。

他擦着汗开始向璐瑶的父母展露他要对他们女儿好的决心,以及构建起来的关于二人的未来。

可惜的是，本应慷慨的演讲变成一篇更改内容的背诵，一来源于心虚紧张，除璐瑶外的璐家人不知道，他脑海中构架的房车，不是两样东西，而是一样东西。二来源于谎言的传递性，你编了一则谎言，那么真实事件中凡是牵扯这一谎言的原本逻辑链都会出现漏洞，李伯苗顺着璐瑶父亲的提问编了有房车的谎言，那么他蓝图中拼搏房车的一系列过程都要有所更改。

总之，这是个可以有很多定性的玩笑。

等他回到家，即刻开始为了他言语中的那个"房车"忙碌起来。

他请了假，将破仓库中一块庞大的塑料布揭下来，塑料布下是个庞然大物——一辆旧客车。

他爸爸原来开过班车，这辆旧客车在"退役"前就是他爸爸开的。而不久前他看过一则新闻，新闻里说一群外国大学生毕业后，将一辆报废的客车合力改造成一辆豪华的房车，几男几女结伴旅游，走了很多地方，看了很多风景。

他在被问及房和车的问题时，忽然心生"见贤思齐"的疯狂想法，心说既然买不起房和车，为何不能如法炮制，也来个"合二为一"。

如今话已经说下，不身体力行岂不变身矮子？于是硬是凭着他有毅力，请了父亲以前的几个学徒帮忙，亲手把那辆退役的客车卸了座子，将车底和陈旧的地方精心翻修，加固喷漆、翻新零件、安装布置……一通殚精竭虑的折腾下来，真的诞生了一辆房车。

长长的车身被分成三段，用推拉塑料门隔开，依次是简易客厅、厨房、卧室。三个房间各有各的风格，贴着不同主题的壁纸。车停下的时候即可休息、做饭。

李伯苗说这是他们的家，他要悉心爱护，以后他要缓慢安全地开着他们的家，去看遍祖国的大好河山，何牧修说那停家费能停穷你。

李伯苗又说这也是他的婚房，到时阳光破窗照进车内，小小的桌椅泛着温馨……

江川絮一行恨不能以头抢地山呼大神，他夸赞李伯苗说："这是你做过最拉风的事情，是我们见过最拉风的事情，你小子最终不偷不骗不抢，用自己的手干出一件认识你都觉得与有荣焉的事。"

李伯苗玩笑："这是我的战舰，对我意义非凡，能不能叫它'白珍珠号'？"

大伙大力地拍他的肩膀，告诉他："别说白珍珠号，你就叫'白鸡蛋号'都行！赶明儿给你送顶帽子，你就是'白鸡蛋号'的船长。"

飞吧，向爱情，向光明，向自由……

166. 风推浪涌，正好扬帆

"白珍珠号"启程之际是矛盾大爆发、天人大交战的时候，江川絮等人不在身边，没法齐刷刷送李伯苗一个诚意满满的"起飞式"。

矛盾爆发的火药桶，自然是璐瑶的父母，他们从多方渠道探明"李伯苗家没有新房，而车是出租车"的消息，甫闻噩耗，气得七窍生烟。

璐瑶的父亲痛骂李伯苗是"狼子野心，企图空手套白狼"。这一骂将李伯苗定义为狼，把自己的女儿璐瑶也说成狼，璐瑶及时听出，并欢快地表示赞同，说爸，你终于承认我俩是一个物种了！赞罢被其父痛斥。

璐瑶的母亲建议去戳穿"狼子"的谎言，让女儿看清他是个满口谎话的鬼。

于是双方约见，重提旧话，璐瑶的母亲问："房车呢？"

李伯苗自信满满又怀三分忐忑地将她们一家带到"房车"前。

指着车头上安装的一颗白色皮球样的东西说："叔叔阿姨，当当当当……容我介绍，这是我的房车，'白珍珠号'！"

璐瑶惊喜得无以言表，而她父亲惊讶得目瞪口呆，一口气憋住，半天才颤声问："这是你说的房……车？"

李伯苗欢快地说是呀。

璐瑶的父亲气得团团转，璐瑶的母亲理智尚在，问："且不说你骗人，就单论你这白球号的车……"

"白珍珠号！我亲手改造的！"李伯苗纠正。

"……单论这破车，能代替房吗？能放冰箱吗？能看彩电吗？怎么上厕所？冬天要冻死在里面吗？你要让我女儿住这？"

"阿姨，我家有个老房……虽然小了点，但只是短期，将来一定会买新房……"

"将来？将来要多久？开始就敢在这么大问题上行骗！等着跟你住新房，等到什么时候？……"

璐瑶坚定地出面维护李伯苗："这有什么不好！这简直太棒了！我愿意！"

"棒个锤子！你愿意？你不问问生你养你的爹妈愿意不愿意！"

李伯苗蒙了，没想到自己殚精竭虑精心打造的"家"，受此当头一棒。

接着双方都痛心无奈，展开一场拉锯战，良久，璐瑶父母带着女儿愤然而去，留下一个"不学无术的骗子"待在当地。

这次不欢而散后，相亲的号角再次被璐瑶的父母吹响，一切安排紧锣密鼓，只差一根幸福的火箭，就能直接载着求姻缘的人上西天。

甄别再三，她的父母为其相中一优质男士，三天两头邀来家中做客。茶余饭后为她讲述当今全球金融局势以摩擦爱情的火花，这火花摩擦得生硬，像是菜刀擦在磨石上锵锵溅起的，而璐瑶只能陪着礼貌的假笑，几乎要被火花火化。

璐瑶的父母见此情形，还要趁热在这硬擦出来的火花上打铁。不但要打铁，还要铸剑，铸什么剑？铸雌雄双剑，一柄叫"君子剑"，一柄叫"淑女剑"，继而双剑合璧，共结良缘。

结果作为"淑女剑"的璐瑶不堪铸就，最终天人交战良久，留下一张"我去找伯苗"的字条，跑了。

"白珍珠号"，就在这样的风推浪涌中，起航了。

167. 苍山大漠，匹马天涯

说实在的，李伯苗在这件事上做得还算体面，以他"少好飞鹰走狗"的野性，没有想什么让生米煮成熟饭、"种下我家种，便是我家人"的低劣伎俩来强迫璐瑶家人同意他俩在一起。也没有因为冷水浇头而轻易放弃，然后和所有放弃者一样诅咒抱怨对方的家庭利令智昏，再顾影自怜安慰自己说为了这样的女人，不值得。

他辛辛苦苦怀着满腔热情亲手打造了在他财力范围内能做的最浪漫的"移动之家"，并选择为此熬汗争取。仅凭这一点，就很硬气。

当璐瑶来找他时，他说搏一把吧，不然"白珍珠号"为谁开？于是载上璐瑶，对她说："我们开着家去旅行，然后找一个好地方打拼，暂时避过这一阵，等稳定了自己的事业回来，你爸妈自然会同意！"

璐瑶答应，二人在当天下午上路。

"白珍珠号"像一匹昂首挺胸的白马，载着他们向风景出发，他们觉得这就叫"有勇有成"。

上路后，璐瑶打电话通知朋友们，电话中她透着喜悦，大家能想象在移动的家里看世界时的激动，那一切观感都是新的，一切触感都是有生机的，世界就在脚下，说走哪儿就走哪儿。

江川絮脑补出在一条长长的路上，一辆自制的房车摇曳慢行，不追风不逐电，与岁月平行。

像是某些西部的公路电影，放着悠扬慢摇的音乐，沿途经过片片农庄和田野，停驻在一个复古的酒吧。又或者像某部游侠的小说，男女主人公匹马天涯相互依偎，时在苍山，时在大漠，时在天涯。

林晓童愤愤地用何牧修的话表示了她的羡慕："小心停车费收穷你们！"

结果，他们都想多了，这"白珍珠号"压根儿没活到收停车费那一步。

当晚，"白珍珠号"便被交警拦了下来，以"私自改造车辆罪"扣了李伯苗驾照十二分，罚款两千，车被扣下。

就这样，这可能是有史以来准备时间最长、行程时间最短的私奔。

将近黎明，璐瑶的父母前来带走璐瑶，免去许多哭哭啼啼的细节不再详述。

遥思往事立斜阳，李伯苗总是会悠悠地吐一口烟圈，靠着斑驳的墙面，将手上的机油擦在衣服上，说那时候我们年少轻狂……

这个故事有一个漂亮的甩尾，住在江川絮的想象末端：男女主人公匹马天涯相互依偎，行在苍山，游在大漠，浪在天涯……

168. 日出之际，会做一个梦

之后，江川絮用《东邪西毒》的叙事写下了这个故事。

那年，我深爱上一个女孩。

我以为爱情的神采光芒焕发，却敌不过现实鬼面獠牙。

……

皇历上说，二十一，胎神安于房东。冲鼠，煞北。宜：出行，婚嫁；忌：动土，开光。

在这天，我孤身跨上一匹老驴，去往她家。

我备好炽热的真心、滚烫的热情，要驾迎灵魂的伴侣。但她的父亲告诉我，要娶他的女儿，不但要有雕花的梁栋，还要有金辔的鞍马。

那一刻，日头随着老驴低眉顺目地喘息，凉了大半。

我问，能不能迁延两年？

他母亲说，女孩的青春经不起半刻迁延。

我低头思索，头低得快要失掉尊严。我想到借钱买房，想到借钱买马，想到变卖家产……直到灵光一现，我说我有房马。

但他们不知，这"房马"，不是"房"与"马"，而是"马上的房"。

接着觥筹交错，宾主尽欢。

回家后，我意识到自己并无雕梁的新屋，也没有远行的良马，唯有一双糙手，可以搭起一个行走的家。

于是我给四匹老驴刷了毛，换了鞍，喂饱了草料，更新了蹄铁。

我在它们中间架起木梁，架起席棚，搭起一座带轮子的新家，那雕花的壁，是我殚精竭虑，一手所画。

我在家中支起床帏和屏风，隔出精致的厨房和小小的客厅，重置轮辐盖轸，又换上最好的减震，确保四匹老驴子不用吃力就可以远行。

我心爱的女孩看到它，惊喜地捂住嘴巴，她是孝顺温柔少主见的好姑娘，兴奋又害怕。

就在这"轮子上的家"竣工不久，她的父母前来视察。

见了所谓"房马"后勃然大怒，说阴险的小子，竟然是这样的无耻骗徒。害我们推了张王李赵诸公子的婚约，却骗我女儿上这卑贱的驴车。今天回去，就答应张家婚事，让你做死心的蛤蟆。

我努力辩解，但苦于无法。

事情一发不可收，我对心爱的女孩说，别再受逼迫，坐上咱们的新家，去梦谷吧！去那里努力发家，等有了雕花的梁栋和黄金的鞍马，再回娘家！

她听后，再三挣扎。

那日，皇历上说，胎神安于床北。冲蛇，煞西。宜：移徙，求嗣；忌：修坟，造桥。

老驴轻点蹄尖，嘚嘚嘚上了路。我们心满意足地坐在席棚里，有让我孤独的摇烛，有不让我孤独的她。

我们要去梦谷修马鞍，听说那里有嵇康的后人。

我问她江湖路遥，你可愿往？

女人飒然笑问，我是江湖？

我模糊记得当时一笑，但如今已不明白她为何有此一问。

我想起大雪天坐在马车上的李寻欢，我觉得自己比他幸运，他的爱人一刀一刀雕在手里，埋在土里，腐在岁月里。

而我的爱人坐在身边，时间一刀一刀雕刻的，是两个人的剪影。

那一天过得漫长，沿途一路是景，房中能听到鸟鸣。她兴奋地走来走去，伸出脑袋夸奖昂首挺胸的老驴。

她说每匹驴子也都应该有一颗自由牧野的心。

我笑说，你非驴，怎知驴之心？

她笑说，你非我，怎知我不知驴之心？

她又夸鞍漂亮。

我说，黄漆的鞍，终究不是金……

那晚，月光皎洁，路如星河。

而星河铺成一条线，马车行驶在星河上，闪动着氤氲的光，那一霎，我以为生命摆钟一成不变的频率业已被勇敢打乱。

但江湖终究是江湖，剑的影子，血的构图。

将近黎明之际，我们被一道强光照上。那不是黎明的日光，而是纠察灵官的光，街道在顷刻间被晃得虚浮。

灵官色厉内荏，秉公处罚，扣下了雕花的木屋、黄漆的辔头。

他说江湖出行，驴是驴，房是房，有的是沿途的客栈，雕花的栋梁。你这厮，若私改成房和驴，便犯了法。

我呵呵笑说，我知道这世上，多雕花的栋梁，可等买了自己的栋梁，我的人，早已入了别人的洞房。

后来，女人的父母来了，她看到父母的脸，皱纹像是沟壑，每条沟壑里都是伤了的心，她嘤嘤地啜泣。

一切变得比草莽直接的江湖复杂，又或者，江湖本就是复杂而非草莽直接的江湖。

于是，所有人都伤了心。

他们毅然带走了她，我奋力解释。

但驴是驴，终究不是江湖中可以代表体面地位的马。棚是棚，终究不是江湖中可以代表稳定财力的家。

纵然十六只蹄子加六个轱辘，也躲不过路远天涯。

……

多年后，我们会在草长莺飞的季节相遇，我会将马鞍上的污泥抹在宽大的衣衫上。

女人说，你好哇！

我也说，你好哇！

可说完这三个字，便没了下文。

怪我记性太差。如今，我已记不起她的名字。只记得在遥路的尽头，弥漫着迷途的花。

那晚，不该一直行路，该停在路边。这样的话，日出之际，会做一个梦。

Chapter.40
第四十章·吾道非邪，不至于此

  大风撕扯着男孩们的胸膛，风中似乎有个声音在对话。
……
  他们慢慢从天桥往下走，身周的一切渐次坍塌，整个世界都荒芜了。
  群相转动，所有意义扑灭成烟……
  像是浩劫。

169. 恶浪卷英莲

小蝌蚪有了自己的大名，叫朱钰儿，大伙瞧着她一寸寸长大，从牙牙学语到蹒跚学步，日日成人。

对于朱小鱼一家来说，她是家庭的天使，恰如《七号房的礼物》中的小女孩艺胜，是恩赐的福音，是父母生养又要天地生养的礼物！

江川絮到朱小鱼家看她时，小蝌蚪两岁。她已经能叫着哥哥靠过来，裹着小袄子贴在江川絮腿上蹭，江川絮让她坐在自己的鞋上拖着她走，小家伙咯咯咯地笑。

江川絮对彩裙笑说："小蝌蚪迟早长成'小青蛙'，等她大了，会水陆两栖了，我就带着她上房揭瓦！现在正是最乖的时候，要珍惜呀……到时候可别下逐客令！"

彩裙大嫂被他逗笑，边熟练地为小蝌蚪冲奶粉边说："你可别小看了蝌蚪，匪着呢！前段时间还不哭不闹，就最近几天，学会折腾人了！要啥东西我和她爸爸只要不给，就会假装耍脾气。站在我和她爸爸的必经之路上，偷偷观察我们的行动，来调整哭声的大小。"

江川絮笑："说不会吧，钰儿站起来让哥哥看看，假装生气一下！"

朱小鱼从卫生间出来，用冰凉的湿手按他的脖子，笑骂说："你个崽子，不给娃娃教好，尽想着往淘气带。"

江川絮摆出一脸无辜样耸耸肩，说："我在开发小蝌蚪的慧根呀，别将来长大跟她爸一样笨，至少也随个彩裙大嫂。"

说着抱起小蝌蚪，彩裙拿着奶瓶过来喂奶。

小蝌蚪喝了奶，蹦跶几下就累了，江川絮躺在藤椅上，把孩子放在怀里，和朱小鱼说话，不一会儿，就听到沉沉鼻息响起来，孩子睡着了……

后来，没等小蝌蚪长成"小青蛙"，忽然一个黑浪卷过来，孩子便消失得无影无踪。

这股浪卷过来的时候，是朱小鱼带着孩子，江川絮也在他的不远处。朱小鱼分神干了什么无关紧要的事，一眨眼的工夫，孩子不见了。

接着，朱小鱼在江川絮的讥讽瞳中，变成了元宵节之后的形销骨立的"霍起"，这时，"英莲"已经丢了，祸乱已经开启。

170. 露水的世啊

江川絮回过头的时候，孩子不见了，只有海浪在寂寞地笑。

这一幕的画面感太强，简直像被生凿进脑子里，因此他坚信小蝌蚪只是被卷进了浪花，随着波涛去茫茫大海中游一游，跟着小丑鱼尼莫和海绵宝宝转一圈……去去就回。

但这种自我催眠，被时间踏成飞灰。

江川絮想啊，这不该是人为的惨剧，否则就太邪恶了，邪恶得超越了人心所能忍耐的底线，但就算归咎于无情海浪的戏谑之举，也无法令人接受。

这是从古至今最丧尽天良的恶浪。仅仅在父母分神的片刻间隙，豺狼一样叼走嬉戏在沙滩上的孩子，只剩下未亡人望瞎了眼，盼穿了心，却到哪里去找？

接着，一切故事像是行走在万花筒里，太痛了，痛得人眼花缭乱。

大批寻人启事、传单帖子被他们疯狂地发出去，全世界都在盼着小天使能够回家，能够安心地从小蝌蚪变成"小青蛙"，在小鱼大哥和彩裙大嫂的护持下长大成人，长成正直善良乐观果敢的人，长成悲悯高尚自由博爱的人。

江川絮在潜意识里不愿意相信小蝌蚪丢了，或者说被人抱走了，生怕听到一句："没机会了，没希望了。"哪怕一句，绝望中的人都会崩溃。

他那叛逆的讥讽瞳，已担负不起这诸多焚心的乱象。它们闪得太剧烈，整个视野都随着讥讽瞳的晃动上下游移，整个世界的色彩与运行规律都在随之坍塌，在一片抑郁的蓝光中，他见到彩裙像是瑛姑一样悲愤又绝望，见到朱小鱼像苦主一样惆怅又疯狂。

这是不可饶恕的至深之恶，杀人诛心，这是掏了一家人的心，还没亮兵器，就已将一个家庭挫骨扬灰。

江川絮记忆里沸腾的无数碎片被煮了出来，离世的亲人历历在目，其中有他的至亲。当年他目睹和感受养他育他之人如何转瞬间从鲜活到死亡，到入殓，到下葬，对于丧乱的痛感，如此相似又相异。

他忽然想到小林一茶在失去最后一个小女儿，家破人亡山穷水尽时无可奈何的那一声叹：露水的世啊，虽然是露水的世，虽然如此……

171. 吾道非邪，何至于此

时间在片刻间抽离去很多年，江川絮在天桥上碰见朱小鱼，他背着包跟他站着寒暄，万千车马从脚底飞驰。江川絮说："大哥，咱俩照个相吧。"朱小鱼说好！

照片里他俩搂着彼此的肩，朱小鱼面目消瘦，咧嘴而笑，大风撕扯着男孩们的胸膛。

风中似乎有个声音在对话，一个问："匪兕匪虎，率彼旷野，吾道非邪，何为于此？！"

另一个答："夫子之道至大，故天下莫能容。虽然，不容何病？不容然后见君子！"

朱小鱼问江川絮，他们说什么呢？

江川絮吧嗒吧嗒流眼泪说，他们说你呢！

随后，整座桥开始晃动，哗啦啦开始塌陷，江川絮问他，跑吗？

他笑笑说，随便。

他们慢慢从天桥往下走，身周的一切渐次坍塌，整个世界都荒芜了。

群相转动，所有意义扑灭成烟……像是浩劫。

紧接着，江川絮分明看见天桥下，有穿着雪衣的小蝌蚪，手拿师父天机老头的腰牌，就要消失在烟海中。

他脑子一热，纵身下跃，身子在半空中时，思维急速运转。

泪水从他的眼里向天上滚，遗憾没能再见父亲一面，就要被荒芜吞没。

父亲似乎在远方吹笛子，声传悠悠，音声难辨……

172. 亲爱的小孩

"醒醒……醒醒……"

江川絮睁开眼睛，眼泪还在止不住地往下流，他身上盖着毯子，蒙眬中看见站在眼前的朱小鱼，正抓着他的胳膊摇晃。

小蝌蚪已不在他怀里，他要说话，却嘶声没说出来。

彩裙已经拿着热毛巾弓身下来。

朱小鱼捏着他的肩膀问："怎么了？"

江川絮清清嗓子，接过毛巾擦一把泪水纵横的脸："魇住了！"

他问自己睡着多久。

朱小鱼递过一杯水说："四十分钟吧！"

四十分钟？怎么感觉像睡了几年！

从摇椅上起身后，江川絮已彻底清醒，可那种复杂的情绪还久久盘旋在脑海中。

朱小鱼开始叙述事情经过，说江川絮吓了他们一大跳，之前还跟他说着话，说着说着他就睡着了。于是朱小鱼过来把小蝌蚪抱到床上去睡觉，给他盖了个薄毯子就坐在沙发上看电视。

看了一会儿发现川絮睡觉时反应有点剧烈，起初没在意，之后彩裙忙完厨房里的活，过来时才发现，睡梦中的江川絮已泪流满面，彩群忙让朱小鱼叫醒他，自己去拿热毛巾。

彩裙问他梦见啥了，在梦里伤成这样？

江川絮有点不好意思，胡编道："梦见我和小鱼大哥在一座桥上见了面，照了相，他在要饭，最后桥摇摇晃晃要塌了，我俩差点死在那儿。"

朱小鱼哈哈大笑，说那是我在摇椅子呢！好好说梦见啥了，别编！

江川絮说，梦见小蝌蚪丢了……

这是讥讽瞳的最后一次大爆发，在梦里的爆发。

梦里朱小鱼和彩裙的神情格外清晰，像是千千万万父母对子女的缩影。如果可以，他们都会呕心沥血地编织一件仙女的外衣，像《撞车》中的父亲一样，郑重其事地将其从自己身上脱下来穿在子女的身上，告诉儿子或女儿："宝贝，我有一件神仙给的透明外衣，能为你消灾解难，保护你免受任何伤害，爸爸（妈妈）给你穿上……"

梦里还有那个让人不断回想的故事，故事里孔子问："我的道路不邪恶，我也是好人，为什么我的命运到了这个地步？"

颜渊回答他："您的道很大，大到世人难容，尽管如此，但不容有什么关系呢?不容您,让您的命运坎坷,人们才看到了真正的君子!"
……

那之后很长一段时间,江川絮每次听到那首老歌都情不能抑,歌里这样唱:

>小小的小孩,今天有没有哭
>是否朋友都已经离去
>留下了带不走的孤独
>漂亮的小孩,今天有没有哭
>是否弄脏了美丽的衣服
>却找不到别人倾诉
>聪明的小孩,今天有没有哭
>是否遗失了心爱的礼物
>在风中寻找,从清晨到日暮
>我亲爱的小孩
>为什么你不让我看清楚
>是否让风吹熄了蜡烛
>在黑暗中独自漫步
>亲爱的小孩
>快快擦干你的泪珠
>我愿意陪伴你,走上回家的路
>……

Chapter.41
第四十一章·腊去春来又一春

很久之前,他在天迎偶然翻到妈妈以前的几张画,
他把它们小心翼翼叠起来看。
他看到参天的林木中精灵游荡,蘑菇朵朵。
她踩着清浅的小溪从遥光中走来,背后是湛蓝的天,
森林为她设有一篱秋千,葱郁的藤蔓长成的秋千。
画中的大伙安静懂音乐,他们说古老的语言……

173. 腊去春来又一春

师父说他时日已到,要回紫微,江川絮听不出他的弦外之音,问他这时日是大限吗?老头赏他一巴掌。

临走前,江川絮见到,腰牌已经挂回了天机老头的腰间。

他对川絮说,人都是在一条向死而生的路上探求。

江川絮觉得他的这种说法听起来很悲观。

他说这并不悲观,而是先验,知道了向死而生,才能活得一往无前。

江川絮问什么是一往无前?

他说是勇敢地向着钟爱求索。

江川絮说那是要每个人活得都有意义吗?

他说意义是个刻意的概念,别被意义束缚。

江川絮张口欲问,他打个哈哈,摆手道:"我说着玩的!"

接着老头长叹一声问:"'一川烟草,满城风絮'的前一句是什么?"

江川絮说:"试问闲愁都几许!"

老头凝视着他的眼睛一字一顿道:"对,川絮!川絮!都是闲愁啊!……你要快乐呀!"

江川絮说嗯,然后讲给他最后一个关于"影子"的笑话。

他说:"师父您知道吗?我最近又梦见'影子'了,梦里我俩相看两不厌,不像现实中那么反感。既然摆不脱他,要么给他起个名字叫'敬亭山'吧!"

老头凝视他半响,拍拍他的肩膀,眨眨眼说:"人有万相!"

……

后来他走了,临走之际,问江川絮要了五块钱,江川絮瞬间泪如雨下。

一片朦胧中,只见老头大袖飘飘清风两袖,走出十几步忽而转头对他一笑。

这情形太熟悉了，他一时恍惚。

跛足老头、看山大爷和师父合于一处，似乎在说"腊去春来又一春啊！"

174. 救妄心者，正是真心

江川絮那谜一样的师父已经大袖飘飘地踏离人世，后来他跟身边的人提起天机老头时，已经没人记得他，好像这一切，都是他自己凭空臆想出来的东西，但他不在意。

天机老头的那句话一直盘旋在脑海，他说："川絮，川絮，都是闲愁啊……你要快乐呀！"每想到这句话，他都忍不住伤感。

他从没觉得这个疯疯癫癫的师父是什么高屋建瓴的大师，他只是个看过很多神话故事的疯老头，但有他在，江川絮觉得自己的情感和思维更像是一个人。

老头消失后，江川絮也毕业了，和林晓童的爱情也走到了尽头，嘟嘟早就死了，他始终瞒着她。

他用一个月的时间走了走该去的地方。

他先回到天迎，站在一片夕阳笼罩的山头，远眺着山下熟悉的一切和不复存在的河道，忽然生出这样的感慨："落日熔金，暮云闭合，人在何处？"

他坐在外公外婆生前坐过的地方，有一段长时间的失神。他忽然想起《史记》里最让他动容的一段，说的是年近暮年的汉高祖衣锦还乡，召集了昔日的父老乡亲喝酒，醉酒后叫来一百二十个沛县小孩教他们唱歌，高祖亲自击筑，唱的是他编的那首"大风起兮云飞扬"。唱完，"高祖乃起舞，慷慨伤怀，泣数行下"，然后对着父老乡亲说："游子悲故乡，吾虽都关中，万岁后吾魂魄犹乐思沛……"当时江川絮看到这句话，潸然泪下，不能自禁……

从天迎回来，他又去了当初的文殊菩萨庙，只见到一片四方四正的小区。小区里花丛点缀，尺寸大的草坪上插着"请爱护小草小花"的温馨标语，赞叹果然是"物以稀为贵"。

最后，他前往天机老头的窝棚寻找他说的那本西游。

如老头所说，书被压在旧收音机下，却并非吴承恩先生的《西游记》，而是明末董说先生的《西游补》。

书页中有折角，江川絮顺着折角翻开，入眼就看到要看的字。

明晃晃的八个字——"不真为真，真为不真！"

书上却是这么精彩的一段,《西游补》第十回《万镜台行者重归　葛藟宫悟空自救》：

……忽然眼前一亮，空中现出一个老人，对行者作揖，便问："大圣为何在此？"行者哀告缘由。老人道："你却不知，此是个青青世界小月王宫里。他原是书生出身，做了国王，便镇日作风华事业，造起十三宫，配着十三经，这里是六十四卦宫。你一时昏乱，当当走入葛藟宫中，所以被他捆住，我替你解下红线，放你去寻师父。"行者含泪道："若得翁长如此，感谢不尽。"老人即时用手一根一根扯断红线。

行者方才得脱，便唱个大喏，问："翁长姓甚名谁？我见佛祖的时节，也要替你注个大功劳。"老人道："大圣，吾叫做孙悟空。"行者道："我也叫做孙悟空，你又叫做孙悟空！一个功劳簿上，如何却有两个孙悟空？你且说平日做些什么勾当来，等我记些事实罢了。"老人道："若问我的勾当，也怕杀人哩！五百年前要夺天宫坐坐，玉帝封我弼马温做做。齐天大圣是我，五行山下苦一苦，苦一苦，苦得一个唐僧来从正西天铣上有灾危，偶在青青世界躲。"行者大怒，道："你这六耳猕猴泼贼！来耍我么？看棒！"耳中取出金箍棒打下。老人拂袖而走，喝一声道："正叫做自家人救自家人，可惜你以不真为真，真为不真！"突然一道金光飞入眼中，老人模样即时不见。行者方才醒悟是自己真神出现，慌忙又唱一个大喏，拜谢自家。

底下还有一段评，这样写：

评：救心之心，心外心也。心外有心，正是妄心，如何救得真心？盖行者迷惑情魔，心已妄矣；真心却自明白，救妄心者，正是真心。

读完后，江川絮心头雪亮，尤其看到这几句：
"自家人救自家人。""行者方才醒悟是自己真神出现，慌忙又唱一个大喏，拜谢自家。""救妄心者，正是真心。"

他想自己已经明白了师父"人有万相"这句话的意思，也明白了"影子"。

等看了书后，他在棚屋里寻找那面幌子，却没找到，也不在意。随后去了另一座山找看山大爷，不出所料，早已是人去木屋空，留在门口的破沙发外翻着弹簧和棉花。

江川絮抬头往门柱上望去，那里有半张残联，正好和天机老头棚屋外那张残联凑成一对：

　　　　天涯……人不问，

　　　　海苦……自来渡。

175. 他必在世界一隅小憩

后来江川絮只梦到过一次师父，他梦到自己捡回了腰牌，而天机老头出现在他身边，从他手中接过腰牌，笑一笑，嗖的一下像是打水漂一样，将之投入湖里。

江川絮目瞪口呆，说你这个神棍疯老头！

老头说过去的就过去了，腰牌之于旧日的他像是通灵宝玉之于宝玉，如今他已不在，腰牌自然没了意义。忘了它吧，否则你将无休止地寻找。何况，老夫又不是你的召唤兽。你随时找到随时召唤我，这回厕所都只上了一半，就被你召唤来了！

江川絮说："良师益友，为我启心！"

老头说："人有真精，保之则生，戕之则夭。"

江川絮不知讥讽瞳是不是自己的真精。

随后，他又看见老头大袖飘飘地转身便走，看见他吃着红薯大讲西游，看见他坐在树顶上了天。

他想，这时该有个白色的孝带在风中轻摇。

但他相信，这个老头，必然在世界的一隅小憩，无铺无盖，霰雪渐劲……

Chapter.42
第四十二章·暮光之中，万物垂坐

月光稀疏地洒落在小道上，有人在荒寒中无稽地眺望。
吟游的人，行在茫茫的大地上，开口吟唱天上的诗。
他眼见繁华与丑恶，耳闻高尚与龌龊。
他的脚步不止，因为茫茫的大雾后或有一片野湖。
渡过湖水，穿过沼泽。
是净土。

176. 一篱秋千

剩下一些反求诸己的问题，江川絮已了然。

在一个寂静的夜晚，他写下几封随笔，写完这些随笔，他该去见见"影子"，完成最后的事。

亲爱的爸爸：

你好啊，我与你太亲，许多话根本说不出口。所以借"他"之口说出来。

其实，他只想告诉你，你不必再为其操心，他已成长为一个大人，纵然人格存在缺陷，人性却尚且健全。你该做的，只有保重身体，消忧解烦地游山玩水。

如今，咱们有一个和睦幸福的家庭，什么都已满足。

至于儿子的那些不切实际的妄想，你该放心，终有一日，他会与整个世界和解，那时，怪诞与离奇的想法将会瓦冰消泮，偏激与义勇的尴尬将会渐次缓解，不与自己休戚相关的事故与故事他也都将置若罔闻。

望你原谅他对不平之事莽撞的嬉笑怒骂，那是他的智慧尚不能自遣。

他十分感谢你在他年幼时树起的标杆，叫"少无媚情"。更记得你教导他"人不为己天诛地灭"应该是"人不己为天诛地灭"，这让他坚信人有善美的灵魂……

很久之前，他在天迎偶然翻到妈妈以前的几张画，他把它们小心翼翼叠起来看。

他看到参天的林木中精灵游荡，蘑菇朵朵。她踩着清浅的小溪从遥光中走来，背后是湛蓝的天，森林为她设有一篱秋千，葱郁的藤蔓长成的秋千。

还有一处洞窟，里面燃烧着长明的火焰。步入这里的人眼眸清亮，能够望远，远处有吹口哨的孩子与其父亲站在山巅，迎风吹着《斯卡布罗集市》。

他们身后的木屋上坐着地精，带着泥巴的指节打着拍子敲击房檐。

画中的大伙安静地听音乐,他们说古老的语言。

暮光之中,万物垂坐……

177. 鱼鸟之恋

亲爱的晓童:

你好啊!我一直觉得,"纵令然诺暂相许,终是悠悠路人心"是一句很残忍的话。

如今我们成了殊途陌路的人,但也经过了时光。

你我认真地对待过那些时光,无奈我困在我的理想国,你活在你的小世界。

那首歌怎么唱来着:

> 天空太小,让我碰到了你
> 我是空中的鸟,你是水里的鱼
> 我没有把你吃掉,只是含在嘴里
> 我要带着你飞,而你不要哭泣
> ……

如今你要去瞧瞧世界,无奈翻遍了抽屉,却找不到一件喜爱的白衬衣。

怎么办呢?那就随便扯一件讨厌的黑衬衣吧!生活怎会让你称心如意!

但忘掉这些,向外瞧!自由的船帆已经扬起,"黑珍珠号"正在上漆,未知的种种不曾绝迹。那么就请你上船吧!那些幼稚的疑窦、焦灼的暗夜,终会忘记。

我尚且记得你喜爱的那句台词:"我不懂,是我们有着各自不同的命运,还是,我们只不过都是在风中飘荡。"

你会飘过很多地方,不用急着寻找栖息,世界在远方,愿你的心间有一片田园!

给你说件事,江川絮有一天告诉我,他当年爱一个女孩,但他那时尚不能明确明白那种情愫,只将之归为喜欢,并羞于经常说出口。直到他们分离后很久,他才梦见女孩被一只苍蝇吓哭的情景,他当时站在街边搂着她,既想嘲笑她,又心软到心疼……

话头起得太沉,最后给你讲个笑话吧!我发现你钟爱的那首"Oh my god, look at your face"和"小螺号,嘀嘀嘀吹"是一个调子,如果用我们之前的方法翻译过来,可以唱成"我的天,看看你的脸,阿妈听了展翅飞"……

笑一笑吧,亲爱的晓童,因为,生命太重,未来太远……

你是我在懵懂年纪遇到的最美风景,你可能不信……

178. 一壶浊酒尽余欢

亲爱的牧修和永昶:

你们好啊!我最近写了一首小歌,只是没人编曲。

我哼来听听。

"你卖掉了你的田园,再无子规的啼鸣,再无瓜果的香甜,再无青青的爱恋……"

先和永昶打个招呼,牧修常跟我说,你活得像个圣人,深谙礼义,欲望寡淡,似乎交际与俗世与你无关,窃以为,这是缺心眼的症状。

我常想,我这一生再难碰上像你这样脑回路与常人有别天壤的人,记得上次朋友笑骂一句"扯犊子",你忽然一本正经地长叹一声说:"'愧无日碑先见之明,犹怀老牛舐犊之爱!'这就是犊子的来历。"搞得朋友不知所措。

从小到大,你远超同侪的"慎独"能力也深为我所叹服,但我也知道了,"慎独"原来是中毒颇深的意思。

希望今后有女生出来聚会的场合,你适当地提高一点情商,不要再捧着一本《三国志》佛像一样坐在旁边一页页往后翻,也不要在三小时一言不发后,忽然指着前面一处街道说:"这是当年马步芳走马的地方……"这样很吓人的,真的!用牧修的话说:"这货也是个人!"

你从那不发工资的单位辞职后,我着实为你高兴,起初还担心你会卖炊饼聊度残生,现在看来,当初的担心实在是多虑,尔乃狡兔,狡兔三窟。

如今你已被缚在新的工作岗位,没时间和我等相聚。但我坚信相聚有期,不必忧虑。

我想起咱们之间的两则笑话,你问我何为束缚?我说像是穿了鞋子的猫要高抬腿地走路,这就叫束缚。

另一则是你骂我太轴,要轴死了,干脆以后叫我"宙斯"好了。

本该写点有意义的话给你,但一来觉得意义本身没多大意义,二来是有意义的话被人写多了，就像"孟子将见王"里的"孟子"被写多了，"王"也被人"见"多了，只剩"将"写的人少，所以金圣叹只好写了四个"吁"在卷面四角，这样还多少有点意思。

最后，让我们唱起那首挚爱的《卧龙吟》，预备——起：

"凤兮凤兮思高举，世乱时危久沉吟；龙兮龙兮风云会，长啸一声抒怀襟……"

再跟何牧修打个招呼！

不久前匹夫永昶跟我通电话，聊了一番云山雾罩的家国大事后，忽然问我："你有没有发现一个问题？"

我说啥？

他说："你发现没，每次咱俩通电话聊天聊的都是家国大事，都是正儿八经的男儿之言，但见面之后却死不正经！"

我说："发现了！"

于是我二人同时陷入沉默。半晌，我琢磨说："我觉得原因可能出在一个人吧！"

永昶喊道："对头！我也正要说。"

我说："那就正好印证了彼此的观点！"

他长呼一口气说："这下就板上钉钉了，今夜注定有个人要在远方失眠啊！"

我同意道："对，被黑得辗转反侧！"

他说："唉，真是，亏我长久以来还自责，要是早找到这个病根，早就释然了，我一直想，这究竟是我俩的原因还是另有原因，经过这一番印证，心里豁然开朗，果然是遇！人！不！淑！"

我说："那叫交！友！不！慎！"

咳咳……想必你已经看出来了，没错，说的这个人就是你！

如今你已经从何牧修沦落为"何首乌老师"，常常一张口，一列"呜呜呜"的高铁便横空而出，吓得大家一愣一愣，也害得永昶经常痛心高呼——"淫贼！"

当然，他这样的高呼显然是在刻意抹黑你，为此，我要真诚地站在阳光下大声说一句公道话："黑得不亏！"

有次永昶瞪着眼睛问我："哎？你啥时候也成了'何首乌'的弟子？"我当时举右手轻抚自己赤诚的胸口，义正词严地告诉他："非我本愿，事出有因！我无数次要拉着何牧修同志进入纯良阵营，无奈他从来不与我为伍，每次教育他，他都骂我'死是个正经'，都要跟我割袍断义，而且每次割的都是我的袍，割得我实在没衣服穿,只好与其同流合污。"

永昶听完后疾!痛!惨!怛!神情肃穆地用你的话说:"何牧修也是个人呀!"

我保证,这是本人黑你最惨的一次。

当然,凡是见过你的人都能证明,你虽然外表跳脱,但骨子里是个脱离了低级趣味的、心系国家且有益于人民的好同志。

说了你俩这么多优点,我要煽点情了。

我想,人的一生中需要这么一两个人,他们像不周山一般伫立在你的这片小天地,又像礁石一样顽固地杵在你人生的一方水域,无论你走多远,回头看到他们,就知道自己的初衷在哪。他们与你虽无亲人的血缘,但你知道没了他们,九天弱水会下来,届时你抬头看,你的天空也不会太完整……

亲爱的债券(祭泉):

你好啊!

有人说你的生命就像个麦比乌斯环,是个只有一面、一条封闭曲线为边界的纸圈,色泽单调,走不出去。但我觉得远非如此,在我印象里,该有一本色彩斑斓的《蒲公英册》,里面装着一个远比外边世界有趣千万倍的、美妙绝伦的世界。

这世上的花有千万种,总有掩盖群芳的独枝,总有姹紫嫣红的异卉,但也该有一些生在枯木之侧的小花,它们默默地成长,静静地开放。

世人总是轻贱它们这种墨守成规不起眼的生存方式,甚至身边的人都会激烈地压制他们的成长,过去我也觉得不好,但如今我已不会信口开河。

去了的就不再多说,写一首好笑的《祝生》送给你。

> 我看见汹涌的大火球朝我飞来
> 射向广漠的宇宙空间
> 我是其中的一粒微尘
> 胎生、卵生、湿生、化生
> 沉默在苍穹之涯
> 久飘且荡
> 没人祝我脱死
> 就像谎言一样
> 满是破裂与迷茫

收笔后,才想起,这原来是你的诗。

179. 反求诸己

亲爱的天机老头：

你好啊！我想叫你师父，但我知你并不在乎称谓，你实在是我的良师益友。"良师益友"是个完整的词，我难配得上"益友"二字。

你能跨在物欲之上寻得常人眼所未见的自由，我从你身上明白了何为"无欲则刚"。你几无求人脱困的念想，因此能风雨不侵，安之若素，永远不会低眉顺目，只会慈眉善目。

有一天，我在梦里想起昔日梦里的那只伤雁，忽然记起那句"雁过也，正伤心，却是旧时相识"，原来咱们是故人。

于是我在梦中求道于你，当时一个小破音响放着悠悠的音乐，我掀开你那破棚屋上的破门帘进去见你。

你问我：怎么了？

我说：我有四面墙的困窘。

你皱眉道：四面墙？

我说：是啊，四面是墙，不知出路。

你哈哈大笑道：这有什么可困窘，四面墙，则上下无墙，下可挖来上可翻……

我也笑道：知道你引的不是正经路！

破桌子上燃着一炷香，外面似乎下着雪。

你递过一个烫手的红薯，问我：你能呼吸吗？

我接过红薯说：能！

你又问：能呼吸说明什么？

我答：有氧气，我还活着。

对，能呼吸，就说明困不住。你活着，有什么地方出不去……

江川絮：

你好啊！告诉你件好玩的事。

今天，我见到一个人看一本书看得热泪盈眶。

我哈哈大笑，说这都什么年代了！你读本破书能读哭，当真酸腐。

我等他反驳我，好取笑他，不料他并不理我。

我忽然察觉到自己的粗鄙，感到没趣，无聊刹那抽掉了我的脊骨，我心想自己笑他做什么？！他哭给自己看，又没有哭给这个世界看！

我问他叫什么？

他说他叫江川絮。

我说你别扯淡，我哪有这样的时刻！我向来都是虚伪地逢场作戏。纵有，也是寻章摘句。

看他不语，我心头空落落地茫然，难道我也曾是敏感通性的人？

我明白，你我心底的跳跃飞扬，终要收缰，恰如花有花期，雨有雨季。

而你的那些执着与妄想，终要埋葬在一方一隅，若那一方一隅万幸是沃土，则会开枝散叶，并蒂接花。

看呀！

月光稀疏地洒落在小道上，有人在荒寒中无稽地眺望。

吟游的人，行在茫茫的大地上，开口吟唱天上的诗。

他眼见繁华与丑恶，耳闻高尚与龌龊。

他的脚步不止，因为茫茫的大雾后或有一片野湖。

渡过湖水，穿过沼泽。

是净土。

EPILOGUE

尾声 · 春光大好,不必悲伤

少年被呼啸而过的人群裹挟,不知何往,忘却初衷。

那随止随息的怒火早已磨尽,变成不哭不笑、又哭又笑,这种表情迟钝又机敏,总能拖一步观及事情的后效,以便思定而行,学名称之为"喜怒不形于色"。

当初以为敏锐灵气的慧眼也早已老花。

那些年:

小小男孩手举木棍,肩扛铁环,以为自己是哪吒。

小小女孩手捏泥巴,摆上碗筷,以为自己是女娲。

而整个世界,都有魔法。

如今哪吒升了天,女娲塑成像,幻梦方散,宫阙早塌。

只依稀记得,在一切设置与反设置的故事里,机器人也曾找过妈妈。

逃出屠宰场,跨上小飞机,飞到世界的尽头,飞到雄狮流泪之所,才恍然发现,并没有自以为是的独一无二,满满的实验室里,都是克隆的"他"。

等他历经沧海桑田,终于守望到万年前的妈妈,而那妈妈,却如同一日将熄的风中摇烛,只能在"失忆中"搂一搂这大欢喜与大悲伤的娃娃。

当风吹熄了残烛,一切灵魂的启示、生命的观照,都将折挫……

许多许多的事都已被尘封,没有人再于相聚之际朗读《浮士德》,那时候云灭诗生,自照孤光,我们殷勤说年华。

有人在低声读:

听我朗诵最初几幕的人们

>他们再也听不到以后的诗章
>亲切的友群如今已各自纷飞
>最初的共鸣已叹成绝响
>我的悲歌打动陌生的世人
>他们的赞许反使我觉得心伤
>从前欣赏过我诗歌的诸公
>即使还健在,也已天各一方
>我又感到久已忘情的憧憬
>怀念起森严沉寂的幽灵之邦
>我的微语之歌,像风神之琴
>发出的音声飘忽无定地荡漾
>我全身战栗,我泪眼盈盈
>严酷的心像软化一样
>眼前的一切,仿佛已离我远去
>消逝的一切,却又在化作现实……

最后的最后,江川絮和"影子"相遇在草长莺飞的季节,这地方像是广莫之野。

他们面对面站着,"影子"西装革履,江川絮布衣褴褛。"影子"含蓄地笑,笑意中带着伤,江川絮也含蓄地笑,声色并不张扬。

良久,江川絮说:"你就是我!"

"影子"点点头说:"人有万相。"

江川絮沉默下来,周遭万籁俱寂。

"影子"问:"你想好了?"

江川絮点头。

钟声从遥远的地方踱过来。

风骤起,他听到渐离击筑之悲声。

这风中夹着人声,哭哭笑笑,嘈嘈杂杂。

有人说:挖了吧!讥讽瞳于人于己都无益!

有人说:动手吧!城池已毁,瓦砾难鸣!

有人说:日已夕兮,予心忧悲,月已驰兮,何不渡为?

接着,人们温柔地剜去江川絮的眼。

动手之际,他的灵魂分裂出来,像飘飘的浮烟离地而起。只见地上站着两个人,一个身着布衣，一个西装革履，那身着布衣的背影呆呆地伫立如同僵尸，而布衣对面的"影子"抬起头注视着"他的灵"。于是"他的灵"看清了"影子"的脸，像在看镜子里的自己。

风呼呼地吹，载其飘过高墙，挂在云上。

"灵"抬眼，跛足老头、看山大爷和天机老头合于一体，荒岛主人公的"威尔逊"失落云海，少年派的"老虎"转身而去。

"灵"俯瞰，那布衣的身子一步步笔直地朝着"影子"走去，垂头丧气，毫无生机。

他每走一步，身子虚淡一点，每走一步，身子虚淡一点，等走到"影子"面前，他已消散在风里。于是，"影子"成了江川絮，或者说，江川絮成了"影子"。

……

世界在渐次瓦解，"影子"成了"全新的江川絮"，"灵"看见全新的自己蓦然仰头凝视他，见他尽力挥手，见他泪流满面，见他悔之无及。

而"灵"所在的云，变成了蓝色。

接着，人群从四面八方呼啸而来，他们相隔的天地之间出现一条波涛汹涌的河，河的那头有未知的光。

……

讥讽瞳消失了，就像鸡眼被拔了一样令绝大多数人高兴。

人群欢笑着打量没了讥讽瞳的"江川絮"，以手加额，击掌相庆，举止间透出极大的欣慰，仿佛在说：看看，在大家的不懈努力之下，又拯救了一只迷途的灵魂。

随后，人们载着"他"，大笑着上了船。

风声旷古，漫天的飞絮。

"灵"目送着江川絮渐行渐远，忽然记起在很久很久以前，有个跛足老头掐着脏兮兮的手指对他说："绝大多数生有讥讽瞳的人，最终，灵魂会留在此岸，身体会度向彼岸！"

……

天已放晓，江川絮醒来之际，恐怕已记不得，我曾伴他很久很久，见证他所有所有。

他仍旧是将要行走世间的生命体。

而我，只不过是一双陪他多年，教唆他兴风作浪的讥讽瞳。

春光大好，不必悲伤，这是命途该承之重……

POSTSCRIPT

后记·中道而无杭

关于《无杭》

有趣应当是《无杭》的一大要务,而它的另一大要务是刻画"情绪",也就是说,《无杭》是一本旨在有趣、重情绪高于重情节的书。至于是否是乌托邦或反乌托邦,都毫无意义。

最初落笔时,我十九岁,正是思维最动荡、情感最敏锐、对世界的所知最局限最迷茫的时候,常能感知到"这个男孩桑桑,忽然觉得自己想哭"的沛然情感,常在见闻一些乱象时感同身受。因此,我将少年时代的勇敢、怯懦、不甘、锐利,统统置进了这本由情绪堆砌的书里,企图以此消解困惑,捍卫一些"莫须有"的尊严。

也是由于这些原因,《无杭》的文字总脱不出解构意义的嬉笑怒骂,那时我已理解了"真实"的含义,总要在"真实"的基础上抒发自己面对不平之时幼稚的义勇,而这些表现在语言上,就变成了挑剔与谐谑。但最终,我也未能完全撒开不羁的缰绳写出一本纯粹调侃青春的书,因为我的记忆中还残留着一息故土的风声,它指引着少年江川絮,尚有一方梦里的理想之地。

书中有我的故乡、我的亲人、我的友群、我的梦境,以及和我共同成长起来的一小段时代。每个人物,都是一类人物的群像。比如主人公江川絮的好朋友债券(祭泉)是个长期经受家庭暴力的怯懦孩子的代表,在一切"有用论"的宗旨下,父母扼杀了孩子画画的唯一爱好;永昶是儒人士子(迂腐却可爱)的代表;江启文是中国传统家长的代表；李伯苗是贩夫走卒的代表；朱小鱼是身具侠客精神的代表；彩裙是贤妻良母的代表；小蝌蚪是初始生命的代表；老师吴法贤（外号"基汀"）是先锋思想的代表（要给学生们教美学而非照本宣科）。

他们都是我的身边人，发生的所有事，也基本是我的身边事。同时，他们也都是江川絮的身边人，伴随其成长，也为其制造困惑和矛盾。在面对这些困惑矛盾时，江川絮更像个旁观者，所有事关"真实"的情绪都由一双荒诞的会自主发光的"讥讽之眼"推出。

而江川絮的成长之路，也是一条找见自己、照见自己的路，他相信人的复杂，绝非能用日渐窄化的语境衍生词汇来简单概括。在他对这个世界的运行规则产生最本初的怀疑并与这种怀疑发生碰撞时，讥讽瞳"兴风作浪"，另一个他——"影子"应时而生。这个"影子"，即是老师家长、社会规则的框架下少年江川絮应该长成的样子，循规蹈矩，不做无关学习的"无用"之事。而他本人，则带着几分自命不凡的叛逆、时刻想要伸张的欲望，以存疑的目光处处碰壁。因此，江川絮在排斥"影子"的同时，又羡慕他。

书中魔幻现实主义的元素，从马贡多镇的一阵遥风开始。"影子"是其一，"梦境"是其二，"天机老头"是其三。这个老人看似处于社会的最底层，却总能跨在物欲之上寻得常人眼所未见的自由，他总在用为人最朴素的正义观与自由观，为江川絮讲一些"高山仰止，景行行止，虽不能至，心向往之"的道理。在江川絮被一些精神层面的哲学困境困扰时，老人用明末董说先生《西游补》中的"行者着见本性"一段启迪他——那个神秘的"影子"，实则就是每个于迷梦中"负隅顽抗"的求索者幻真幻假的另一个自己。故而江川絮在反求诸己后，终与"影子"在广莫之野相遇，完成了"成为大人"的过渡……

故事里的人已收敛了羽翼，有一天，他们中会有人率先用平和的语气跟大伙聊岁月，聊人生，聊过往不懂事，聊青春实可叹。大伙会觉得他说的话不空也不大，刚刚好，因为他只说一些真事，他自己的，不大不小，于外人可有可无，却由大家见证了的真事。

江川絮终究在成长中与自己的亲人、故土、理想国一一告别，像书名《无杭》所说：当日的少年梦见自己飘飘悠悠飞向高空啊，飞了一半，遽然返航……

关于自己

有人问，江川絮是你吗？江映烛是你吗？"影子"是你吗？

我说，江川絮是我也不是我。同样，江映烛是我也不是我。至于"影子"，他是荒岛主人公的排球"威尔逊"，也是少年派的"老虎"，从某种意义上，他是世人眼中较为完美的"超我"，但我却厌恶他的不真实。我想，这就是人的多样性，也是"人有万相"的含义。

接上前言，过去的我总是激昂地想要不平而鸣，到后来嗓子哑了才发现，自己只是取代了大公鸡的位置，于是学会了沉默。这种沉默并非鲍照"吞声踯躅不敢言"的沉默，也非"索博拉"那种"对生活曾有过的黑暗忍气吞声地照单全收"的沉默，而是一种维持体面的自束。在周遭的一切太喧闹而我不能进入某些离奇的欢宴时，这种自束便可以将我变成一个自言自语的摆钟、一个旁观者、一个自证价值且自得其乐者。

大约在很久前，我知道了"久羁者不振"的道理，后来这个词仿佛一棵树扎在了我心里，时不时蹦出来让我难堪，也让我警醒。我知道，人若长久地脱不出使自己感到困顿的环境，就会适应它，适应久了，想要再奋余勇，已不可能，这是另类的斯德哥尔摩综合征，也是变异版的"肖申克监狱"。这也就解释了为什么有些人的人生就像个麦比乌斯环，是个只有一面、一条封闭曲线为边界的纸圈，始终绕不出去。

我怕自己成为一个麦比乌斯环，这样乍听上去就有一种让人想扔硬币的怜悯和悲凉。好在囫囵吞枣看杂书的习惯救了我，在曲解了《推背图》中"扑朔迷离，不文亦武"这句话的含义后，自忖劈砖从武恐怕非我所长，或许只有从文才是免当"久羁者"的一条正途。于是当我进行自束的沉默时，即开始了对身周的观察，"债券"这个角色便"横遭不幸"地撞入我的眼帘。也许是出于同情，也许是气味相投，我对其颇多窥探，我从他身上看到了很多人共有的特性，那就是孤独。

纵然有江川絮几人的护佑，债券仍是一个由"思无邪"与"行无伴"雕刻而成的迟钝小孩，缺少怒气，没有情绪，一直在被支配中"苟且偷生"，这正和当年情绪富余的我形成鲜明的反差。由于他的过分柔懦，所以他只配在整本书中被称呼外号，而非真名"祭泉"。

在呼唤债券拔起情绪昂立船头时，江川絮和朋友们张牙舞爪大叫大笑，使尽了浑身解数。但在一片乱糟糟的喧嚷中，我想他们的内心和我一样，实则是伤感无比的。

他们将帆都撑起来了，七星坛上荡起东风，只等债券迈出一步，就能高蹈远游亡走天涯。但一回头，债券夹着一本散落大半的《蒲公英册》飞走了。

我想，这就是智慧不能自解的表现吧，而书中的其他人也大同小异。

在与匮乏感和庸常鏖战的岁月里，身为摆钟的我又捕捉到一粒粒火种——人心深处不甘屈居、不甘沦落、不甘苟同于难堪潜规则的火种，忽闪忽闪欲熄未熄地燃。它们在庸常的大口下左突右冲，趁乱对我"畅叙幽情"。

我说："嗨，你说你说，我写写吧！"但随着记录，我发现这些火种虽然励志，但大多失了有趣，说出来的话千篇一律地一致，或出于无心的高歌，或出于有意的弘扬，于是我在听至中途时睡着了。

在梦里，我又寻到一些抵御庸常的良方，那是些"寂寞嫦娥舒广袖"和"云之君兮纷纷而来下"的奇景，一切天壤交接和怪诞不经在此环境内自适。

我想起最后一次熟睡在故乡的山上，做了一个给"黑珍珠号"刷漆的梦。四野梦声环绕，夸夸其谈的现实如烟飘散，当时的我未以为奇，疏忽一瞬，少年的一切都已远去……

关于其他

当"讥讽瞳"的光芒像鞭子一样抽打在夜空中，噼里啪啦溅出的火光搅了部分夜行人的"清修"。关于这点，由于人性刚愎，我也懒得再去推翻多年前那个锋芒毕露的自己，对世界说一声言不由衷的对不起。

彼时的我们，慕冲天之举，追飞鸢之轨，像负羽从军的战士，又像终已不顾的刺客，决然地大踏步地向前走，走一路笑一路，不管芥子之身在这宏大的世界面前显得多么可笑。有时我也会为当初的某些怪诞脸红，甚至想要通篇删改，但终究做不出什么大改动。我觉得人该对过去的思考保有一些尊重，那是旧时的想法，旧时的履历，就算不合时宜，也不该弃若敝屣。借用鲁迅先生《野草集》中的话："过去的生命已经死亡，我对于这死亡有大欢喜，因为我借此知道它曾经存活。死亡的生命已经腐朽，我对于这腐朽有大欢喜，因为我借此知道它还非空虚。"

而《无杭》的故事，犹如从灰堆上吹起的几缕微火，没有燎原之势。它仅是我个人的时代缩影，有着鲜明的小族群烙印，这其中埋着许多故意为之的荒诞和说来可笑的肩负。那种不成熟却想要伸张的欲望、茫然却热情如火的乖张、偏激却满腔义勇的尴尬，最终，会渐次消解。随着讥讽瞳的渐渐熄灭，江川絮的理想国也逐渐荒芜。

敏感、思睡的夜晚，先驱者君临了沉默之乡。风露中宵之人的耳畔响起这样的呼唤"式微，式微！胡不归？"

他预感到有什么神迹会凌波蹈海而来，但错了那么一步，就一步，一万只蜡烛被世俗熄灭……

关于其他，我尚有一些感谢。

首先感谢父母、亲友及师长，对他们的感谢已融进血液，铭记在心。

其次感谢一些素昧平生但遥寄思想给我的人。

感谢庄子、屈原、曹植、江淹、李白、罗贯中、冯梦龙、曹雪芹等先贤，他们扶摇日月，光耀古今。

感谢王小波、钱春绮、南怀瑾、萧乾、马尔克斯、托尔金等先生，他们已位列星辰，无缘得见。

感谢曹文轩、J.K.罗琳、周星驰、韩寒等前辈，他们在我青春年少时进入我的世界，让我明白了"童真""情绪"与"想象力"。

一言至此，尚有许多让我了解"美"的电影导演，文中略表，不再赘述。

最后感谢人民日报出版社给我作品面世的机会。

话到这里，戛然……墨尽！

图书在版编目（CIP）数据

无杭 / 江映烛著. —北京：人民日报出版社，2020.10
ISBN 978-7-5115-6565-5

Ⅰ.①无… Ⅱ.①江… Ⅲ.①长篇小说–中国–当代
Ⅳ.①I247.5

中国版本图书馆CIP数据核字（2020）第183079号

书　　名：	无杭
	WUHANG
作　　者：	江映烛
出 版 人：	刘华新
策划编辑：	陈　红
责任编辑：	王慧蓉　陈　浩
封面设计：	不动罗盘
出版发行：	人民日报出版社
社　　址：	北京金台西路2号
邮政编码：	100733
发行热线：	(010)65369509　65369512　65363531　65363528
邮购热线：	(010)65369530　65363527
编辑热线：	(010)65369844
网　　址：	www.peopledailypress.com
经　　销：	新华书店
印　　刷：	涞水建良印刷有限公司
开　　本：	710mm×1000mm　1/16
字　　数：	310千字
印　　张：	22.25
版次印次：	2020年12月第1版　2020年12月第1次印刷
书　　号：	ISBN 978-7-5115-6565-5
定　　价：	49.00元